hänssler

Randy Alcorn

Post
von
Graf Moderthal

Randy Alcorn ist Theologe, Gründer und Direktor von »Eternal Perspective Ministries« (EPM), war vierzehn Jahre als Pastor tätig und ist Autor zahlreicher Bücher. Er lebt in Gresham, Oregon.

Hänssler-Hardcover
Bestell-Nr. 394.204
ISBN 3-7751-4204-5

Published by Multnomah Publishers, Inc., 204 W. Adams Avenue, P.O. Box 1720 – Sisters, Oregon 97759 USA
All non-English rights are contracted through: Gospel Literature International, P.O. Box 4060, Ontario, CA 91761-1003, USA
Originaltitel: Lord Foulgrin's Letters
Übersetzung: Damaris Müller und Herta Martinache

Internet: www.haenssler.de
E-Mail: info@haenssler.de
Umschlaggestaltung: Mehrblick Grafik & Design, Pforzheim
Titelbild: PhotoDisc, Businessman Working at a Desk
Satz: AbSatz, Hamburg
Druck und Bindung: Ebner & Spiegel, Ulm
Printed in Germany

ecpa International Member of the Evangelical Christian Publishers Association

Für Steve und Sue Keels

Eure Liebe zu Christus und zueinander
hat zahllose Schüler und ihre Familien berührt,
auch uns selbst.

Danke, dass ihr in Zeiten der Not
für uns und viele andere da gewesen seid.
Wir haben Hochachtung vor euch
und schätzen eure Freundschaft außerordentlich.

Der sicherste Weg zur Hölle ist der allmähliche –
der sanfte Hang, angenehm für die Füße,
ohne plötzliche Kurven, ohne Meilensteine, ohne Wegweiser.[1]
C. S. Lewis

Inhalt

Vorbemerkung

Wenn Sie einen Einblick in den Hintergrund und die Entstehung dieses Buches gewinnen möchten, schlage ich vor, dass Sie jetzt gleich bis zum Nachwort blättern und es an Stelle einer Einführung lesen. (Ursprünglich war es nämlich als Einführung gedacht.) Natürlich können Sie ebenso gut warten, bis Sie am Ende des Buches angelangt sind. Da ich davon ausgehe, dass viele Leser sich lieber ohne lange Vorrede in die Geschichte stürzen wollen, habe ich diese Informationen an den Schluss gestellt. Egal wie Sie einsteigen, ich hoffe sehr, dass es Ihnen Freude macht, Graf Moderthal über die Schulter zu blicken, und dass Ihnen beim Lesen seiner Briefe immer wieder mal ein Licht aufgeht.

PROLOG

Die Jagd

Wenn Jordan Fletcher nicht glücklich war, so lag es nur daran, dass ihm noch irgendetwas fehlte. Das Glück schien immer einen Schritt entfernt hinter der nächsten Ecke zu warten und er hatte sein ganzes Leben damit verbracht, um diese Ecke zu biegen … und dann um die nächste und die übernächste.

Dass er selbst gejagt wurde, während er dem Glück nachjagte, merkte er nicht.

1. KAPITEL

Besser kann es nicht mehr werden?

Nur mit einer kurzen Hose bekleidet, lehnte Jordan Fletcher sich in seinem Liegestuhl zurück und blickte von der sonnigen Veranda seines neuen Hauses in Sunriver auf die fantastische Wüstenlandschaft Zentral-Oregons. Schon immer hatte er sich gewünscht, ein imposantes Haus zu besitzen und nun hatte sich dieser Traum endlich erfüllt. Dieses herrliche Fleckchen Erde gehörte *ihm* und niemand würde es ihm wieder wegnehmen können.

Seine Frau Diane saß nur ein paar Schritte von ihm entfernt und las in einem Roman. Doch sie hätte ebenso gut ein paar Kilometer weit weg sein können, weil sie und Jordan in zwei völlig verschiedenen Welten lebten. Jordan vermied es nach Möglichkeit, ein Gespräch mit ihr anzufangen, da jede Unterhaltung unweigerlich darauf hinauslief, dass sie ihm aufzählte, was sie alles von ihm erwartete und wie oft er sie schon enttäuscht hatte. *Es wird nicht gerade billig sein, dieses Haus in Schuss zu halten*, dachte er, während er den frischen Kiefernduft einatmete und die gewaltigen Berge betrachtete, die von einem endlosen blauen Himmel umrahmt wurden.

Wenigstens kann sie mir nicht vorwerfen, ich hätte bei diesem Haus irgendetwas vermasselt.

»Ich gehe zum Laden.« Jordan zuckte zusammen, als sich hinter ihm jemand zu Wort meldete. Jillian? Die Stimme klang gar nicht nach einem kleinen Mädchen – vielleicht lag es daran, dass seine rotblonde Tochter inzwischen siebzehn Jahre alt war.

»Okay«, antwortete Diane, ohne von ihrem Roman aufzuschauen, der ein Leben schilderte, das weitaus aufregender war als ihr eigenes.

Missbilligend betrachtete Jordan das knappe Outfit seiner Tochter. Er begann irgendetwas zu murmeln, das sich anhörte wie »nicht mit fremden Jungs sprechen«, doch bevor er ausreden konnte, war sie bereits verschwunden. In letzter Zeit schien sie sich ständig in Luft aufzulösen, bevor sie seine Ermahnungen anhören konnte. Sie bat ihn nie mehr wegen irgendetwas um Erlaubnis und in den meisten Fällen sagte sie auch nicht, wohin sie ging.

Jordans Blick wanderte zu dem vierzehnjährigen Daniel hinüber, dessen Haar sich in steif gegelten schwarzen Stirnfransen von seiner bleichen Haut abhob. Die unvermeidlichen Kopfhörer im Ohr, kauerte der Junge unter einer Wüstenkiefer. Er war immer noch beleidigt, dass er hier mit seiner Familie herumhängen musste und sein bester Freund nicht mitkommen konnte. Auf seinem schwarzen T-Shirt bildeten verzerrte Buchstaben, die in Blutstropfen ausliefen, den Schriftzug »Hail Satan«. Daniel blätterte in einer Zeitschrift, die Jordan nicht kannte – vermutlich handelte sie von Computern oder Vampiren.

Ruhelos stand Jordan auf und fuhr mit der Hand über das glatte Geländer der Veranda. Er blickte zum Tennisplatz hinüber, auf dem er eine kleine Gestalt erkennen konnte, die Aufschläge übte. Eine Weile schaute er zu, um herauszufinden, ob dieser Kerl gut genug war, um ihn zu schlagen. Dann drehte er sich um und musterte das Haus, sein neuestes Symbol für Erfolg und Zufriedenheit. Die Fensterläden schienen ihn höhnisch anzugrinsen.

Idioten.

Der Bauunternehmer hatte die falschen Fensterläden einbauen lassen. Dabei hatte er ihn genau informiert, welche Farbe er haben wollte, aber dieser unzuverlässige Kerl hatte nicht zurückgerufen. Das würde er auf jeden Fall reklamieren. Trotzdem, das Haus war eine Augenweide.

Warte nur, bis Hal das sieht. Verglichen mit diesem Prachtbau wirkt sein Chalet in den Bergen wie ein schäbiger Bungalow. Und Matts jämmerliche Strandhütte? Die kann sich nicht einmal im Traum mit meinem Haus messen. Ich werde einen Grill kaufen und ihn Freitagabend anwerfen, bevor die beiden hier aufkreuzen. Noch ein paar Kästen eisgekühltes Bier, und alles ist perfekt.

Langsam ließ Jordan seine Augen wieder zu der Stelle unter dem Baum hinüberschweifen, an der noch vor wenigen Sekunden sein Sohn gesessen hatte.

Naja, er ist vierzehn. Er braucht wirklich keinen Babysitter mehr.

Jordan schlenderte ins Haus, um seine Aktenmappe zu holen, die auf der polierten Eichenplatte des Esstischs lag. Er zog die Tabelle mit den Umsätzen des letzten Monats heraus. Natürlich hatte er diese Zahlen längst gründlich studiert, aber er wollte sie sich noch einmal in aller Ruhe ansehen. Zufrieden ging er auf die Veranda zurück, ließ sich auf seinem Liegestuhl nieder und trank einen Schluck Limonade.

Ja, es stimmte. Er hatte alle anderen übertroffen. Jetzt war er wieder ganz oben.

Ich kann mir noch mehr Geld leihen und dieses tolle Boot kaufen. Kein Problem.

Es war ein fantastisches Gefühl.

Ja, fantastisch. Alles ist fantastisch. Besser kann es nicht mehr werden.

ERSTER BRIEF

Die Regeln unserer Zusammenarbeit

An Qualob, meinen neuen Untergebenen.

Obwohl mein Assistent Obsmut glaubt, diese Vorgehensweise sei zu riskant, habe ich beschlossen, dir alle meine Anweisungen schriftlich zu übermitteln.

Wie du sicher schon gehört hast, ist die Befehlskette in deinem geopolitischen Sektor umgebildet worden, nachdem Aschtar wegen seiner verwerflichen Illoyalität gegenüber Lord Beelzebub entfernt wurde. Ich wurde zum neuen Befehlshaber über deine Region ernannt, und das bedeutet, dass du und dein Kader von sechs Versuchern ab sofort meiner Autorität unterstehen. Dasselbe gilt für alle eure gegenwärtigen Untertanen, einschließlich des Erdenwurms Jordan Fletcher, für den du persönlich zuständig bist.

In der weit verzweigten Marketingstruktur unseres Reiches bin ich nun dein direkter Vorgesetzter. Ich werde von deinen Erfolgen profitieren und für deine Misserfolge verantwortlich gemacht werden. Achte darauf, dass Letztere ausbleiben.

Da ich ein persönliches Interesse an deinem Erfolg habe, werde ich dir scharfsinnige Ratschläge erteilen und alle deine Fortschritte genauestens überwachen. Ich werde dir helfen, Fletcher zu betrügen und zu vernichten, damit wir uns anschließend die Siegesbeute teilen können.

Ich bin ein Meister der Strategie und Taktik und ich werde dich in meinen Briefen in der vornehmen Kunst der Täuschung unterweisen. Um keine Zeit zu verlieren, beginne ich sofort mit Moderthals Grundausbildung beziehungsweise Versuchung Nr. 101:

Die Kreuzungen zwischen Geist und Tier, die diesen Planeten – *unseren* Planeten – bewohnen, sind eine unerschöpfliche Quelle der Faszination und Frustration. Es sind so *gruselige* kleine Geschöpfe, missgestaltete Fleischbälle, aufgeblasene Beutel aus Flüssigkeit und Mineralstoffen. Da sie jedem Geistwesen bei weitem unterlegen sind, müssten sie eigentlich unsere Diener sein – und doch wollte der Feind, dass wir *ihnen* dienen!

Solange du dich mit Fletcher oder einem anderen von ihnen beschäftigst, darfst du niemals vergessen, dass diese Kreaturen letztendlich nur Material darstellen, das wir gegen Ihn verwenden oder Er gegen uns. Es sind Waffen, die wir in unserem Jihad gegen den Himmel einsetzen, gegen diese tyrannische Zitadelle, die den Namen Charis trägt.

Denk immer daran, aus welchem Grund wir unsere Staatsbürgerschaft aufgegeben haben: Wir wollten das neue, größere Reich Erebus gründen, diesen mächtigen Herrschaftsbereich, gegen den die Hölle nur ein Müllplatz ist, ein Ghetto für menschliche Sklaven. (Der Feind behauptet zwar, dass wir ebenfalls eines Tages dort landen werden, doch das kann ich mir absolut nicht vorstellen. Für den Fall, dass es zum Schlimmsten kommen sollte, werden wir vorher noch so viel Schaden wie möglich anrichten.) Unser Reich wird jeden Tag mit den knöchernen Steinen und dem blutigen Mörtel der kostbaren Wesen gebaut, die nach dem Abbild unseres Feindes geschaffen wurden – einschließlich deiner Kakerlake Fletcher.

Führe es dir nur einmal vor Augen, Qualob: Diese Schleimbeutel sind ins Kreuzfeuer zwischen Erebus und Charis geraten. Skiathorus, das sie Erde nennen – diese eiternde Wunde, dieses Krebsgeschwür des Kosmos – ist das Schlachtfeld, auf dem zwei verfeindete Reiche um die Loyalität dieser mickrigen Menschen wetteifern. Und das Beste daran ist, dass die große Mehrheit dieser Geschöpfe nicht die geringste Ahnung davon hat. Wie können sie sich für einen Kampf wappnen, von dem sie gar nichts wissen? Und wie können sie eine Schlacht gewinnen, auf die sie sich nicht vorbereitet haben?

Moderthals Regel Nummer eins lautet daher: Lass sie im Dunkeln.

Die Schlüsselfrage ist grundsätzlich: Wie können wir es unserem Feind heimzahlen? Er war es schließlich, der uns von unserem rechtmäßigen Wohnort vertrieben und diese Schleimbeutel uns vorgezogen hat. Unsere Regierung lebt im Exil, weil Er uns ins Hinterland der Geisteswelt verbannt hat, wo wir keinen Ort unseren eigenen nennen können, bis wir Skiathorus kolonisiert haben.

Wie können wir diesem Schöpfer, der auf den ersten Blick unantastbar erscheint, Schmerz zufügen?

Dank unseres hervorragenden Nachrichtendienstes haben wir diese Frage inzwischen klären können. Der Zimmermann hat das Geheimnis gelüftet, als er den Erdenwurm Paulus fragte: »Warum verfolgst du mich?« Nun, wen hatte dieses elende Geschöpf verfolgt, wenn nicht die Christen?

Die Lösung ist so einfach, dass sie geradezu elegant ist: Wenn wir *sie* verfolgen, verfolgen wir *Ihn*. Indem wir die Christen – und alle übrigen schwachen und verletzlichen Abbilder – angreifen, vernichten wir etwas, das unserem Feind aufs Haar gleicht. Und was noch besser ist: Wir fügen Ihm tatsächlich Schaden zu.

An und für sich ist dieses Ungeziefer völlig bedeutungslos. Aber weil der Feind diesen Kreaturen so hohen Wert beimisst, können sie uns außerordentlich nützlich sein. Was könnte man einem göttlichen Vater auch Schlimmeres antun, als seine Kinder zu rauben, sie zu foltern und einer Gehirnwäsche zu unterziehen? Köstlich, nicht wahr? Während du Pläne für Fletcher ausheckst, Qualob, solltest du niemals das eigentliche Ziel aus den Augen verlieren.

Wie dir zweifellos bewusst ist, bin ich in ganz Erebus als hochrangiger Agent Beelzebubs bekannt. Von Zeit zu Zeit habe ich den Meister sogar auf seinen Reisen begleitet und war sein persönlicher Berater. Meine weisen Ratschläge und Empfehlungen für Praktiker sind geradezu legendär. Du wirst feststellen, dass ich weitaus kompetenter bin als Aschtar.

Betrachte es als ein hohes Vorrecht, von mir unterwiesen zu werden. Sei dir darüber im Klaren, dass viele ihren rechten Arm hergeben würden, um dieses unschätzbare Privileg genießen zu dürfen. Ja, viele haben buchstäblich ihren rechten Arm hergegeben, weil sie es versäumten, meine Ratschläge zu befolgen.

Trotz Obsmuts Bedenken bin ich der Ansicht, dass der Briefwechsel mit meinen Untergebenen einige Vorteile gegenüber unserer konventionellen Kommunikation aufweist. Bei der mündlichen Verständigung gehen wichtige Dinge verloren und man kann dem Boten niemals völlig vertrauen. (Der Feind ist uns gegenüber im Vorteil, weil Er sich gleichzeitig an mehr als einem Ort aufhalten kann. Das ist äußerst unfair, aber wir müssen eben sehen, wie wir diese Scharte auswetzen.) Ich habe deine Akte vorliegen, Qualob, und wie ich ihr entnehme, hattest du mit den achtunddreißig Schleimbeuteln, für die du in den letzten sieben Jahrhunderten zuständig warst, nur mäßigen Erfolg. Nicht weniger als sechs wurden Christen, und nur drei dieser Bekehrten konntest du daran hindern, dem Feind aktiv zu dienen.

Ich stelle höhere Ansprüche als Aschtar und ich dulde weniger Fehler. Du kannst mir ruhig glauben, wenn ich dir sage, dass es in deinem eigenen Interesse liegt, mir treu zu dienen. Sitz zu meinen Füßen und lerne oder du wirst auf meinem Teller liegen und von mir verschlungen werden.

Ein Wissenschaftler muss seine Laborratten kennen, sonst kann er sie nicht zu seinem Vorteil einsetzen. Geleitet von meinem scharfen Auge wirst du deine menschliche Beute verstehen lernen. Du wirst lernen, wie man ihr auflauert, während du den Instinkt eines Raubtiers entwickelst.

Lass mir umgehend ausführliche Informationen über Jordan Fletcher zukommen. In meinem nächsten Brief werde ich dir die Strategie der Teamwork-Versuchung erläutern. Denk daran, dass ich mich ab und zu persönlich von deinen Fortschritten überzeugen werde. Und zwar ohne Voranmeldung.

Damit du sofort beginnen kannst, liste ich dir nachfolgend *Moderthals Regeln für erfolgreiche Fischzüge* auf:

1. Verliere niemals dein endgültiges Ziel aus den Augen: Fletchers Versklavung.
2. Suche nach einem Köder, der wie für ihn geschaffen ist. Achte darauf, dass der Haken gut verborgen ist.
3. Verwende so viele Lockmittel wie möglich. Manche mögen ihn zunächst nicht interessieren, doch dafür beißt er vielleicht das nächste Mal an. Oder er verbringt sein ganzes Leben damit, von einem Köder zum nächsten zu wandern.

4. Mach ihm Versprechen, von denen du gelegentlich sogar eines erfüllst, damit er dir nicht auf die Schliche kommt.
5. Führe deine Beute mit den Dingen in Versuchung, nach denen *sie* sich sehnt, aber gib ihr nur, was *du* ihr geben willst. Locke Fletscher an, verhätschle ihn und versichere ihm, alles sei in bester Ordnung, während du ihn für Satans Altar mästest.

Solltest du nicht hinreichend mit meinen bisherigen Feldzügen und Auszeichnungen vertraut sein, empfehle ich dir, die anliegenden sechzig Seiten aufmerksam zu studieren. Dieser Bericht schildert eine kleine Auswahl der Verdienste, die ich im Laufe der Jahrtausende errungen habe. Darüber hinaus sind diesem Schreiben *Moderthals sechsundsechzig Regeln der Verführung*, ein bekannter Klassiker, beigefügt. Lies, staune und gehorche.

Es gibt mehrere Gründe, weshalb du meine Befehle befolgen solltest. Zum einen haben wir die gemeinsame Verpflichtung, uns an unserem Feind zu rächen und die Schleimbeutel anzugreifen. Zum anderen musst du mit empfindlichen Strafen rechnen, wenn du mich enttäuschst. Ich werde deine Siege mit dir feiern, aber im Falle einer Niederlage werde ich dich hart bestrafen. Erbarmen ist die Schwäche unseres Gegners – nicht unsere. Wir bilden das einzige Bündnis, das in Erebus funktioniert: eine Koalition gemeinsamer Interessen, die unser Haus davor bewahrt, auseinander zu brechen. Zu unserem beiderseitigen Vorteil musst du Fletcher täuschen und vernichten.

Wenn ich mit dir rede, werde ich erklären, erläutern und explizieren, doch sobald ich mit den Schleimbeuteln spreche, werde ich meine wahren Absichten verschleiern, verbergen und verdecken. Mir gegenüber musst du aufrichtig sein und ihnen gegenüber unaufrichtig – niemals andersherum. Ich erwarte ungeduldig deinen ersten Bericht.

Denk daran, Qualob: Obwohl es den Erdenwürmern gelungen ist, Dämonen aus ihrem täglichen Sprachgebrauch zu verbannen, haben sie es nicht geschafft, uns aus ihrem täglichen Leben zu vertreiben.

Im Dunkeln können wir am besten arbeiten.

Dein unanfechtbarer Vorgesetzter

Graf Moderthal

2. KAPITEL

Stimmen

Jordan Fletcher musterte die dunklen Vertiefungen in seinen Schläfen und die grauen Stellen in seinen Koteletten. Mit dem rechten Zeigefinger fuhr er über die Falten in seiner ehemals so glatten Wange. Blutunterlaufene Augen starrten ihm aus dem Spiegel entgegen … blickten sie etwa vorwurfsvoll? Rasch klopfte er mit dem Handrücken gegen die schlaffer werdende Unterseite seines Kinns.

»Jordan! Dein Frühstück wird kalt.«

Er stieß einen Grunzlaut aus. Die schrille Stimme, die sein Herz einst höher schlagen ließ, ging ihm inzwischen auf die Nerven. Heute schlug sein Herz für niemanden mehr höher. Abgesehen von Patty, seiner Sekretärin. In letzter Zeit dachte er immer wieder an sie. Er hatte sie während seines Urlaubs vermisst und sich lauter Vorwände ausgedacht, um im Büro anrufen zu können. Patty und er hatten dieselbe Wellenlänge. Sie sah zu ihm auf, anstatt ihn als selbstverständliche Gegebenheit zu betrachten, wie Diane es tat. Und sie war so schön, warm und immer … genau wie eine Frau sein sollte.

Nachdem Jordan seine rötlich braune Krawatte glatt gezogen hatte, richtete er sich auf und marschierte entschlossen zum Küchentisch.

Er trank seinen Kaffee und schlang einen Bagel hinunter, wobei er den Wirtschafts- und Sportteil der Zeitung durchblätterte. Diane starrte auf den Fernsehbildschirm am anderen Ende der Küche. Außer einer rein zufälligen Tuchfühlung, die sich dadurch ergab, dass sich einer von ihnen im Bett umdrehte, hatten sie einander seit Wochen nicht mehr berührt. Dafür hatte Diane ihm gestern einen ordentlichen Seitenhieb versetzt, indem sie sich darüber ausgelassen hatte, dass er zu viel trank und angeblich die Beherrschung verlor. Patty würde ihn niemals so geringschätzig behandeln.

Fünf Minuten später schlängelte Jordan sich in seinem dunkelblauen Lexus durch den Verkehr und lauschte einer Radiosendung. Seine Gedanken kehrten zu Patty zurück, und er begann, verbotene Möglichkeiten in Betracht zu ziehen.

Plötzlich hatte er das Gefühl, als sei irgendjemand bei ihm. Er warf einen Blick in den Rückspiegel, doch es war niemand zu sehen. Hinter ihm fuhr kein Auto. Als er den Hals reckte, konnte er sich davon überzeugen, dass der Rücksitz leer war. Von der Mitte seines Rückens kroch ein Frösteln über beide Schulterblätter.

Jordan schaltete das Radio aus, denn er spürte ein merkwürdiges inneres Ziehen. Es war eine tiefe Unzufriedenheit, diese unbeschreibliche Sehnsucht nach mehr, die ihm einfach keine Ruhe ließ. Warum war er nicht glücklich? Er hatte doch fast alles erreicht, was er sich vorgenommen hatte. Er verdiente das große Geld, er hatte das neue Ferienhaus gekauft und würde sich bald noch ein Boot anschaffen.

Was war es nur, das ihm noch fehlte? Was hatte ihm *immer* zu seinem Glück gefehlt?

Zu der quälenden Leere, die ihm bewusst wurde, kam diesmal noch das unheimliche Gefühl hinzu, dass er nicht allein war. Er spürte, dass er beobachtet wurde. Obwohl es in seinem Auto völlig still war, schien er Stimmen zu hören … Das heißt, es waren eher Fingerzeige, die ihn in die eine oder die andere Richtung lenken wollten. Schweiß tropfte von Jordans Stirn auf sein frisch gebügeltes Hemd. Er fluchte, wischte sich über die Stirn und schaltete die Klimaanlage ein.

Dann stellte er das Radio wieder an und drehte es so laut auf, dass es seine eigenen Gedanken – oder die eines anderen – übertönte.

Zweiter Brief

Lerne deine Beute kennen

An meinen enttäuschenden Untergebenen Qualob.

Dein Bericht über Jordan Fletcher ist viel zu oberflächlich. Ich will über sämtliche Einzelheiten informiert werden.

Als Fletcher auf dem Weg zur Arbeit war, hat der Feind tatsächlich einen weiteren Krieger ins Feld geschickt, um Jaltor zu unterstützen? Das ist ein untrügliches Zeichen dafür, dass Fletcher auf Seiner Abschussliste steht. Schön, du hast ihn dazu gebracht, das Radio so laut aufzudrehen, dass ihre Stimmen in diesem Lärm untergegangen sind. Aber sie werden nicht aufgeben, und deshalb müssen wir sofort einen Gegenangriff starten.

Ich habe unsere Hitliste neu geordnet und Fletchers Priorität von Gamma in Beta geändert. (Auf meiner Alpha-Liste stehen nur Christen.) Womöglich plant die Gegenseite bereits, wie sie seine Bekehrung in die Wege leiten kann – du musst um jeden Preis verhindern, dass er dem Feind in die Hände fällt.

Das bringt mich zu meiner Strategie der Teamwork-Versuchung, einer außerordentlich effektiven Methode, die sich Aschtar niemals zu Nutze gemacht hat. Ich empfehle, dass sich innerhalb einer kleinen Gruppe von Versuchern immer zwei zusammentun, die ihrer Pflicht in turnusmäßigem Wechsel nachkommen. Arbeite noch enger mit den anderen fünf Agenten deines Kaders zusammen – mit Feistback, Hacktritt, Ekelbrech, Baalhof und Faulschlich.

Jeder von euch hat einen anderen Patienten, um den er sich vor allen anderen kümmern soll. Beratet regelmäßig miteinander und tauscht Informationen über eure Schleimbeutel aus. Findet heraus, wie ihr sie gegeneinander ausspielen könnt. Zeitweise werdet ihr euer Gebiet gemeinsam verteidigen und manchmal müsst ihr Mann gegen Mann kämpfen. Schaut euch immer wieder gründlich die Filme über Fletchers Leben an. Spult sie zurück und haltet nach scheinbar unwichtigen Dingen Ausschau. Diskutiert darüber, wie ihr ihn am besten angreifen und seine Schwächen optimal ausnutzen könnt.

Die heutige Lektion lautet: Um bei Fletcher und den anderen Schleimbeuteln Erfolg zu haben, musst du erkennen, wie stark sich unsere Perspektive von der des Feindes unterscheidet.

Für uns bedeuten die Schleimbeutel Nahrung. Sie sind Mahlzeiten, die wir kauen und hinunterschlucken wollen. Wir streben danach, die Grenzen unseres eigenen Ichs zu erweitern und uns ständig zu vergrößern, indem wir ihren Willen in uns aufsaugen. *Er* dagegen fordert diese Kreaturen auf, sich Seinem Willen aus freien Stücken unterzuordnen. Wir wollen sie zu unseren Sklaven machen, damit wir sie ausbeuten und beherrschen können. *Er* möchte Söhne und Töchter haben, die er »lieben« und in seinem Dienst auf eine höhere Ebene befördern kann. Wir wollen sie verschlingen; *Er* will ihnen Vollmacht verleihen. Wir würden sie vergewaltigen; *Er* würde um sie werben.

Der Feind hat einen fatalen Fehler gemacht, als Er diese Außenseiter ins Zentrum Seines Schlachtplans gerückt hat, anstatt unsere Gegenspieler damit zu beauftragen, Seine Projekte zu realisieren. Zwar sind sie nichts weiter als ein Haufen katzbuckelnder Pagen, aber sie sind trotzdem tausendmal stärker, klüger und zuverlässiger als die Menschen.

Bedenke doch, mit wem wir es hier zu tun haben: Diese Parasiten, die Sein Ebenbild genannt werden, sind so beschränkt, dass sie tatsächlich glauben, im ganzen Kosmos gäbe es nur die Dinge, die *sie* sehen, hören, berühren, schmecken und riechen können. Der Rest des Universums, 99,999 Prozent der Wirklichkeit, existiert in ihren mickrigen Köpfen überhaupt nicht. Kannst du dir so etwas vorstellen? Diese Würmer ähneln den schleimigen Babys in den Leibern ihrer Mütter, die nicht einmal auf die Idee kommen, außerhalb der Reichweite ihrer eigenen Sinne könne sich eine riesige Welt befinden.

Diese unwissenden Narren sind die Schwachstellen im Plan des Feindes.

Natürlich verstehe ich, dass dir die quälende Leere, die Fletcher spürt, erhebliches Vergnügen bereitet, aber du musst trotzdem auf der Hut sein. Der Feind lenkt die Aufmerksamkeit dieses Ungeziefers auf ihre innere Leere, um diese Leere anschließend selbst zu füllen. Wenn der Feind oder dieser Lakai Jaltor deinem Patienten irgendetwas zuflüstert, musst du ihn sofort dazu bewegen, das Radio aufzudrehen, den Fernseher einzuschalten oder nach seinem Handy zu greifen. Lass ihn alles andere tun, als sein Leben näher unter die Lupe zu nehmen. Er darf keinesfalls über diese innere Leere nachdenken und erst recht nicht über seine Sterblichkeit!

Sorge dafür, dass Fletcher versucht diese innere Leere zu füllen, indem er sich impulsiv all den Dingen zuwendet, die der Feind verbietet. Diese Dinge sind nicht nur deshalb wertvoll, weil sie ihn vernichten werden, sondern sie bieten auch noch den Vorteil, dass sie ihn *ablenken*. Letzten Endes kommt es nämlich nur darauf an, dass unsere Beute vom Feind abgelenkt wird.

Obsmut bittet mich inständig, dich auf eine Tatsache hinzuweisen, die im Grunde selbstverständlich ist: Meine Briefe dürfen nur den Versuchern zugänglich gemacht werden, die mir direkt unterstehen. Lass die Mitglieder deines Zuges diese Briefe nur lesen, solange du dabei bist. Anschließend hauchst du meine Anweisungen an und verbrennst sie restlos.

Kannst du dir ausmalen, was geschehen würde, wenn diese Unterlagen feindlichen Kriegern oder den Schleimbeuteln in die Hände fielen?

Um eine Schlacht zu gewinnen, muss man seinen Feind kennen. Dem Feind ist ein grober Schnitzer unterlaufen, als er seine Anweisungen und Strategien schriftlich niedergelegt und sie uns förmlich unter die Nase gehalten hat! Denk darüber nach, Qualob: Seine Schlachtpläne und Taktiken zur Eroberung des Kosmos – Dokumente, die in streng geheimen Aktenschränken verschlossen werden müssten – sind über den ganzen Planeten verstreut, wo sie unbeachtet in den Nachttischschubladen der Hotels verstauben!

Der Feind hat die Katze aus dem Sack gelassen. Er hat seine Karten auf den Tisch gelegt und wir können so viel Einblick in Seine Pläne nehmen, wie wir wollen. Die Menschen stellen das verbotene Buch in Schaufenster und auf Regale, aber *wir* lesen es. Das ist unsere Pflicht, so sehr wir sie auch verabscheuen.

Moderthals dritte Regel: Was der Feind auch anstreben mag, wir wollen grundsätzlich das Gegenteil. Da das verbotene Buch zeigt, welche Ziele Er verfolgt, dient es uns sozusagen als Foto-Negativ dessen, was *wir* beabsichtigen.

Natürlich hat der Feind in das verbotene Buch auch einige falsche Informationen geschmuggelt, durch die Er uns irreführen will. Das offensichtlichste Ablenkungsmanöver ist die fortwährende Behaupung, dass Er diese Schleimbeutel »lieben« würde. Im ganzen Universum gilt das Gesetz, dass die Mächtigen die Schwachen unterwerfen und ausbeuten, und deshalb kann Er es unmöglich ernst meinen, wenn Er vorgibt, diese jämmerlichen Geschöpfe auf eine andere Weise zu lieben als ein Mann ein Stück Kuchen oder eine Prostituierte »liebt«. Was sollte man an diesem Ungeziefer auch lieben können? Auch bevor sie rebellierten, waren sie schon schwach und nutzlos. Und seit diese beiden Trottel im Garten den Tyrannen verrieten, haben ihre hohlköpfigen Nachkommen eine endlose Reihe von Sünden begangen (selbstverständlich mit unserer tatkräftigen Unterstützung).

Lass es dir nur einmal durch den Kopf gehen, Qualob: Wenn der Tyrann *uns* aus Charis hinausgeworfen hat – uns, die wir diesem Gewürm in jeder erdenklichen Weise überlegen sind –, sollte da noch irgendjemand ernsthaft glauben können, dass Er *sie* liebt? Es ist eindeutig, dass diese Liebe nur Seine wahren Absichten tarnen soll. Der Feind will die Schleimbeutel in Sicherheit wiegen, bis Er sie endgültig verrät. Er behauptet, dass Er sie trösten, alle ihre Tränen abwischen und sie eines Tages mit dem Lob »Gut gemacht!« in Charis willkommen heißen werde. Lächerlich! Glaubt Er wirklich, irgendjemand würde auf dieses gönnerhafte Geschwätz hereinfallen? Da wir solche billige Propaganda durchschauen, verschafft uns Sein Buch jedoch das nötige Rüstzeug, um Ihn an Seinem Werk hindern zu können. Ja, sorgfältig ausgewählte Textstellen können sogar als Brotkrumen dienen, die unsere Beute auf den sanft abfallenden Pfad zur Hölle locken.

Moderthals Regel Nr. 23: Ohne die richtige Strategie ist jede Taktik nutzlos.

Leider passiert es immer wieder, dass sich einige kurzsichtige Dämonen zusammenrotten und einen Penner dazu aufhetzen, einen Laden zu überfallen oder von einer Brücke zu springen. Danach werfen sie sich in die Brust und stolzieren so selbstgefällig herum, als ob sie irgendetwas Beachtenswertes vollbracht hätten. Aber dieses lebende Madenfutter ist doch schon längst ruiniert – es hat unsere Hilfe gar nicht mehr nötig. Ich glaube sogar, dass der Feind uns mit diesem harmlosen Ungeziefer ködern will, um zu verhindern, dass wir uns mit strategisch wichtigeren Punkten befassen. Verschwende deine Zeit nicht mit bedeutungslosen Drogenabhängigen oder kleinen Gaunern, denn diese Kreaturen werden auch ohne dich Böses tun.

Es sind die gebildeten und einflussreichen Ungläubigen sowie die Christen jeder Couleur, in denen das größte Potenzial steckt, das Seinen und damit auch unseren Zwecken dienlich ist. Sieh dir nur einmal Fletcher an. Er ist ein tüchtiger Geschäftsmann, der über eine ausgezeichnete Bildung verfügt und von anderen Leuten respektiert wird. Gleichzeitig ist er jedoch eine umherirrende Seele, die ihre Verwirrung und

Unsicherheit zu überspielen versucht, indem sie sich nach außen hin zuversichtlich und unabhängig gibt. Er ist das ideale Werkzeug.

Denk immer daran, dass wir langfristige Resultate anstreben. Jede Taktik kann dir nur in dem Maße nützen, in dem sie bei Fletcher die gewünschten Ergebnisse erzielt – Verzerrung der Wirklichkeit, moralisches Versagen sowie Gedanken und Taten, die dem Feind missfallen. Wir unterstützen alles, was diese Kreaturen in die Hölle befördert, und stellen uns allem entgegen, was sie zum Himmel zieht.

Lass mich noch einmal ausdrücklich das Wort *langfristig* betonen. Qualob, dein Führungszeugnis zeigt, dass du dazu neigst, den Menschen *jetzt* möglichst viel Schmerz und Leid zuzufügen. Das ist eine schnelle, billige Genugtuung. Glaub mir, wenn ich dir sage, dass ich das Vergnügen, den Schleimbeuteln Qualen zu bereiten, in tiefen Zügen genossen habe. Ich muss zugeben, dass ich zuweilen nichts lieber tun würde, als ein paar Megatonnen Schädlingsbekämpfungsmittel zu versprühen, um den Planeten von dieser Plage zu befreien. Doch gegenwärtig liegt das nicht im Bereich unserer Möglichkeiten.

Ehrlich gesagt, Qualob, erinnern mich manche Berichte in deiner Akte an einen undisziplinierten kleinen Jungen, der einem wehrlosen Insekt die Beine ausreißt. Geh immer planmäßig vor. Wenn du deine Beute in sicherer Entfernung vom Feind halten kannst, indem du ihr Schmerzen ersparst oder sogar ein winziges Vergnügen gönnst, dann tu dies um jeden Preis. Ewige Qual – nicht vorübergehender Kummer – ist unser höchstes Ziel. Dieses Ziel darfst du nie aus den Augen verlieren!

Halte Fletcher davon ab, daran zu denken, dass er bald sterben könnte. Er darf sich nicht überlegen, was ihn auf der anderen Seite erwartet. Mach ihn blind für die offenkundige Tatsache, dass sein letztes Stündlein näher rückt und dass er sich darauf vorbereiten müsste. Lass nicht zu, dass er über die Hölle nachdenkt. Falls er es doch tut, musst du ihm vorgaukeln, die Hölle sei eine einzige große Party, auf der alle amüsanten Leute versammelt sind.

Spaß in der Hölle? Eine äußerst nützliche Illusion. Lass ihn nicht auf den Gedanken kommen, dass jeder Wurm dort ganz allein ist und in ewiger Einzelhaft schmachtet. Geteiltes Leid ist halbes Leid, nur wird es in der Hölle niemanden geben, mit dem er sein Leid teilen könnte. Aber das soll vorerst noch unser Geheimnis bleiben.

Eine Hölle, in der man in guter Gesellschaft ist? Ein lustiges Völkchen, nicht wahr? Dabei geifern die Rachen der Hölle bereits nach ihnen. O ja, wir laden Fletcher herzlich ein, an unserer Party teilzunehmen! Auf der Straße zur Hölle reist es sich angenehm – erst bei der Ankunft und Unterbringung wird man zur Kasse gebeten!

Was Charis betrifft, so hat Lord Satan uns befohlen, den Wohnort des Feindes auf jede nur mögliche Weise in Verruf zu bringen. Wir sollen Seine Ebenbilder davon überzeugen, dass dieser Ort weder Aufmerksamkeit noch Begeisterung verdient. Sorge dafür, dass sie erstens glauben, sie kämen sowieso in den Himmel. Zweitens sollen sie sich unter dieser glanzvollen Stätte einen düsteren, öden Ort vorstellen, an dem sich nur langweilige Muffel wohl fühlen. Sie sollen denken, es sei keine Belohnung, an diesen Ort gebracht zu werden, sondern eine Strafe. Je verschwommener ihre Vorstellungen vom Feind, desto undeutlicher wird auch ihre Vorstellung vom Himmel sein und umgekehrt.

Wenn du dich an deine Pflichten hältst, Qualob, werde ich dich anständig behandeln. Solltest du jedoch versagen oder versuchen, mich auszutricksen, wird dich ein Grauen befallen, wie du es noch nie erlebt hast.

Der Feind mag dir das Leben erst zur Hölle machen, nachdem deine Zeit abgelaufen ist – ich warte nicht so lange.

Ich verbleibe in der Hoffnung, das Gewürm eines Tages auf einem Teller serviert zu bekommen,

Graf Moderthal

3. KAPITEL

Die Dunkelheit, das Buch und der Fleck

Nachdem Diane ins Einkaufszentrum und die Kinder zu Freunden gegangen waren, blieb Jordan allein im Untergeschoss zurück. Er machte es sich auf einem Sessel bequem und zappte eine halbe Stunde lang durch die verschiedenen Kanäle. Dann wurde der Raum plötzlich still und dunkel.

Jordan drückte auf verschiedene Knöpfe und versuchte, den Fernseher wieder zum Leben zu erwecken, doch ohne Erfolg. Er streckte die Hand aus, um die Lampe einzuschalten, die direkt neben ihm stand. Nichts.

Bin ich denn der Einzige, der weiß, wie man so eine dämliche Glühbirne auswechselt?

Er blieb still sitzen, bis sich seine Augen an die Dunkelheit gewöhnt hatten. Als sein Herz langsamer schlug, ertappte er sich dabei, wie er über die Richtung seines Lebens nachgrübelte – etwas, das er sich erst in letzter Zeit angewöhnt hatte. Dabei machte ihm diese Art der Selbstbeobachtung eigentlich Angst. Warum hatte er auf einmal so viele Fragen?

Als Jordan sich im Dunkeln erhob, stieß er mit der Hand einen Gegenstand um, der auf den Teppich fiel. Sein Weinglas. Leise fluchend tastete er sich durchs Zimmer, bis er eine Lampe erreicht hatte, die selten benutzt wurde. Er schaltete sie ein und ihr Licht fiel auf den alten Bücherschrank. Jordans Blick blieb an *einem* Buch hängen – der Bibel seiner Mutter.

Obwohl das Weinglas leer war, fühlte er sich verpflichtet, es sofort aufzuheben. Außerdem spürte er ein ungutes Gefühl im Magen. Er musste unbedingt mehr von diesem Mittel gegen Sodbrennen besorgen. Unschlüssig blickte er auf das schwarze Buch, während irgendetwas ihn davon wegzuziehen schien, als ob …

Im oberen Stock klingelte das Telefon und Jordan machte einen Schritt in Richtung Treppe. Gleich darauf überlegte er es sich jedoch anders und ließ das Telefon so lange läuten, bis sich der Anrufbeantworter eingeschaltet hatte und er die Stimme am anderen Ende der Leitung hören konnte.

»Hallo, Jordy, hier ist Ron. Ich wollte dich nur daran erinnern, dass wir morgen Abend Basketball-Training in der Barlow-Sporthalle haben. Wir sehen uns dann so gegen sieben, okay?«

Wieder blickte Jordan auf das alte Buch; es war zerlesen und voller Eselsohren. Trotz der Schwere, die er in seiner Hand spürte – *das ist sicher wieder diese Arthritis* – nahm er das Buch vom Regal und schlug es auf.

Aufmerksam studierte er die Handschrift seiner Mutter, die er auf den Seitenrändern entdeckte. Dabei brach eine Flut von Erinnerungen über ihn herein. Mit einem Mal wurden sogar die Zeiten wieder lebendig, die er in den letzten Lebensjahren seiner Mutter *nicht* mit ihr verbracht hatte. Er versuchte, sich ihr Gesicht ins Gedächtnis zu rufen, aber es gelang ihm nicht.

»Du warst immer für mich da, Mama«, flüsterte Jordan. Seine Wangen fühlten sich heiß und nass an.

Er blätterte einige Seiten um, bis er auf einen Abschnitt stieß, der rot unterstrichen war: »Legt die komplette Waffenrüstung Gottes an, damit ihr allen hinterhältigen Angriffen des Teufels widerstehen könnt. Denn wir kämpfen nicht gegen Menschen aus Fleisch und Blut, sondern gegen die bösen Mächte und Gewalten der unsichtbaren Welt, gegen jene Mächte der Finsternis, die diese Welt beherrschen, und gegen die bösen Geister in der Himmelswelt.«[2]

Ein prickelnder Schauer kroch seinen Rücken hinauf. Ein Teufel, der sich mit anderen Geistern gegen ihn verschwor? Seine Mutter hatte ihn und seine Brüder gelehrt, dass die gefallenen Engel aus dem Himmel vertrieben worden waren, nachdem sie gegen Gott rebelliert hatten. Aber das war natürlich ein Mythos, ein Ammenmärchen für Schwache und Leichtgläubige, genau wie die Vorstellungen von Himmel, Hölle und Gott selbst. Auf diesen Unsinn war Jordan Fletcher nie hereingefallen.

Er wollte das Buch schon zurückstellen, als sein Blick noch einmal auf die unterstrichenen Worte fiel. Eigentlich klangen sie nicht wie ein Mythos, sondern es schien eine sonderbare Macht hinter ihnen zu stecken. Sie hörten sich beinahe so an … als ob sie wahr wären.

Zögernd ging Jordan auf seinen Sessel zu, um sich hinzusetzen und noch weiter in dem Buch zu blättern.

Halt! Er musste diese Glühbirne auswechseln. Und sich noch dieses Magenmittel besorgen. Und noch einen wichtigen Anruf erledigen. Und ... *dieser Kaffeefleck auf dem Polster meines Wagens. Wenn ich mich nicht sofort darum kümmere, werde ich nie dazu kommen.*

Entschlossen stellte Jordan die Bibel ins Regal zurück. Immer zwei Stufen auf einmal nehmend, lief er die Treppe zur Garage hinauf. Er war selber überrascht, wie eilig er es plötzlich hatte, das Untergeschoss zu verlassen und sowohl der Dunkelheit als auch dem Licht zu entfliehen.

Dritter Brief

Die Arbeit hinter den Kulissen

An meinen Diener Qualob.

Hier im Hauptquartier wird die Luft immer schlechter. Dieser Ort ist so nüchtern und farblos. Er besitzt leider nicht die Eigenschaften von Charis, unserer ehemaligen Heimat, oder von Skiathorus, deinem Arbeitsfeld. Was sollte man in dieser provisorischen Unterkunft für vertriebene Geister auch unternehmen, um sich Zerstreuung zu verschaffen? Alles ist streng reglementiert, und wir werden genau überwacht, damit wir unsere Pflichten pünktlich erledigen. Und diese Pflichten können so langweilig sein!

Ich bin ein Soldat, kein Bürokrat. Ich giere nach Action. Zur Abwechslung wäre ich mit jeder Hinterhofschlägerei zufrieden – es muss kein zweites Dachau oder Vietnam sein! Die Tage vergehen, ohne dass in meiner Nähe ein Mord oder auch nur eine Prügelei stattfindet. Schon seit Wochen bin ich nicht mehr ausgezogen, um ein Kind umzubringen, und deshalb muss ich unbedingt wieder aufs Schlachtfeld zurückkehren. Sei dankbar, Qualob, dass du die Früchte deiner Arbeit in Nahaufnahme vor dir siehst. Sobald ich diesen Brief abgefeuert habe, werde ich mich auf den Weg machen und irgendein Blutbad anrichten. Warum sollen zweitklassige Geister wie du den ganzen Spaß haben?

Es bereitet mir große Sorge, dass dein Schleimbeutel ohne ersichtlichen Grund die Bibel seiner Mutter vom Regal genommen hat. Laut unserer Akten war diese Frau eine treue Christin. Schon die Notizen, die sie an den Rand gekritzelt hat, können uns schaden, und es gibt nichts Gefährlicheres als das Buch selbst. Warum schaut dieser Wurm es sich ausgerechnet jetzt an? Und wie kannst du verhindern, dass dieser Vorfall sich wiederholt?

Nein, wir können ihre Gedanken nicht lesen. Aber wenn du Fletcher genau beobachtest, kannst du an seinem Verhalten erkennen, was in seinem Innern vorgeht. Jede ungünstige Entwicklung musst du im Keim ersticken. Falls es sich nur um einen vorübergehenden Anflug von Sentimentalität oder eine rein zufällige Begebenheit gehandelt hat, ist alles in Ordnung. Aber du darfst keine voreiligen Schlüsse ziehen.

Unglücklicherweise hast du versäumt, mir mitzuteilen, ob Jaltor in irgendeiner Weise daran beteiligt war, dass Fletcher »zufällig« die Fernbedienung ausgeschaltet hat, worauf es um ihn herum still und dunkel geworden ist. Ein Zufall – dass ich nicht lache! Inzwischen solltest du kapiert haben, dass es keine Zufälle gibt. Um Seine schwer durchschaubaren Zwecke zu verfolgen, inszeniert der Feind unzählige außergewöhnliche Ereignisse – manchmal wissen wir, was Er im Schilde führt, und manchmal nicht.

Ich bin ebenfalls der Meinung, dass uns Fletchers wöchentliches Basketball-Training in der Highschool äußerst nützlich sein kann – dieser Sport wird ihn ablenken und hoffentlich auch darüber hinaus Wünschenswertes bewirken. Aus Fletchers Akte geht hervor, dass er zu Jähzorn neigt – der Sport verschafft ihm die Gelegenheit, diese Veranlagung zu pflegen. Das ist sehr gut. Lass ihn nörgeln und schimpfen und fluchen und die Fäuste ballen. Halte ihm die Schwächen anderer Leute unter die Nase, während du ihn für seine eigenen Charakterfehler blind machst. Erfreulicherweise pflegen zwei der Männer, die mit ihm Basketball spielen, eine außereheliche Beziehung. Natürlich fühlen sich die beiden miserabel, aber diese Tatsache kannst du Fletcher verheimlichen. Ja, ich stimme dir zu, dass der Aufkleber, den einer der beiden auf seinem Pick-up angebracht hat, ein gutes Omen ist: »Jeder braucht etwas, an das er glauben kann. Ich glaube, ich werde noch ein Bier trinken.«

Zurück zu der Angelegenheit, die momentan am dringlichsten ist: Glaub bloß nicht, es sei ein Zufall, dass Fletcher in der Bibel seiner Mutter ausgerechnet auf eine Stelle gestoßen ist, die von uns handelt. Ob Jaltor wohl seine Hand geführt hat, als er bis zu dieser Seite blätterte? Oder hat der Geist höchstpersönlich seine Finger manipuliert? Falls es so wäre, müsstest du um jeden Preis verhindern, dass Fletcher noch mehr über uns erfährt.

Im Grunde stört es den Meister gar nicht so sehr, wie er im verbotenen Buch dargestellt wird. Das Buch nennt ihn »den Fürst dieser Welt, der im Machtbereich der Luft regiert«. Außerdem wird er als Wolf, als brüllender Löwe und als listige Schlange bezeichnet. Da Lord Satan früher am liebsten in die Gestalt einer Schlange geschlüpft ist, um sich auf Skiathorus umzusehen, reagiert er auf diese Bezeichnung ein wenig empfindlich, doch insgesamt fühlt er sich durch diese Vergleiche sogar geschmeichelt. Es gefällt ihm, dass der Feind ihn so ernst nimmt (wie es schließlich nur recht und billig ist).

Von den Erdenwürmern will der Meister allerdings *nicht* ernst genommen werden. Schließlich ist kein General daran interessiert, dass seine Feinde sich von vornherein auf einen harten Kampf einstellen. Und jeder Trainer möchte am liebsten, dass das gegnerische Team glaubt, es hätte den Sieg bereits in der Tasche. Beelzebub will vor diesem Ungeziefer verbergen, dass er darauf aus ist, es zu verschlingen, weil eine Beute, die sich in Sicherheit wähnt, unbewaffnet in seinen Rachen spazieren wird. Zwar sollen die Schleimbeutel *am Ende* begreifen, was wir mit ihnen vorhaben, aber, wie sooft, ist auch hier das richtige Timing entscheidend. Der Trick ist, dass sie uns erst eine Sekunde, nachdem sie die letzte Gelegenheit zur Flucht versäumt haben, erkennen!

Fletchers Akte entnehme ich, welche Schulen er besucht hat. Er ist stolz auf seinen Studienabschluss, und obwohl er sich kaum Zeit nimmt, mal gründlich nachzudenken, hält er sich für einen Intellektuellen. Gebildete Menschen nützen uns am meisten, weil sie die ausgekochtesten Lügner sind. Sie schöpfen aus den tiefsten Speichern der Unwahrheit und des Rationalismus. Verführe Fletcher mit Ideen, die du ihm eingibst, und lass ihn denken, sie würden von ihm selbst stammen. Er soll glauben, er wäre innovativ und originell, während er nichts anderes tut, als die Dinge nachzuplappern, die in seiner Kultur als politisch korrekt gelten.

Du hast in deinem Brief geschrieben, dass Fletcher an einem der vergangenen Abende in aller Ruhe über sein Leben nachgedacht hat. Hast du ihm tatsächlich gestattet, innerhalb einer einzigen Woche in einer Bibel zu blättern *und* sein Leben kritisch zu betrachten? Was hast du dir eigentlich dabei gedacht, Qualob?

Benutze den Fernseher, den Computer, das Telefon, die Zeitung, sportliche Ereignisse, seine Arbeit – alles, was ihn in irgendeiner Weise daran hindern kann, sich selbst unter die Lupe zu nehmen. Welchen anderen Zweck sollten die Medien und die Technik deiner Ansicht nach haben, als die Menschen zu zerstreuen und abzulenken? Schon der kürzeste Augenblick des Nachsinnens birgt die Gefahr, dass Fletcher sich über den Zustand seiner Seele und – Beelzebub möge es verhüten – über den Ort, an dem er die Ewigkeit verbringen wird, Gedanken macht.

Dass die Schleimbeutel *denken*, wirkt sich nur selten zu unserem Vorteil aus, denn jede eingehende Betrachtung ermöglicht der Wahrheit, in Erscheinung zu treten. Logische Schlussfolgerungen spielen dem Feind in die Hände und jede Diskussion über die Wahrheit gewährt Ihm einen Heimvorteil. Leere Schlagwörter leisten uns gute Dienste, aber ernsthafte Gespräche können ein Schuss sein, der nach hinten losgeht.

Es ist immer besser, vom Feind abzulenken, als offen gegen Ihn zu argumentieren. Falls du zu laut mitdiskutierst, könnte Fletcher ein entferntes Geräusch der tobenden Schlacht aufschnappen. Er könnte – wenn auch nur für einen flüchtigen Moment – erkennen, dass er mehr ist als eine zufällige Anordnung von Molekülen, und dass es eine ganze Welt gibt, die genauso real ist wie seine und an die er noch nie einen Gedanken verschwendet hat. Oder, was am allerschlimmsten wäre, er könnte anfangen, die leise Stimme des Feindes zu vernehmen.

Nimm dich in Acht, Qualob! Wenn dein Erdenwurm diese Stimme hört, musst du für den Himmel büßen.

Dein stets wachsamer Mentor

Graf Moderthal

4. Kapitel

Türen, die sich schließen

Jillian kam zur Eingangstür herein, gefolgt von einem großen Mädchen mit wallendem zimtfarbenem Haar, das bis zu ihren Ellbogen herabfiel. Jordan schaute von seiner *Newsweek* auf und versuchte, sich an den Namen des Mädchens zu erinnern.

»Hi, Brittany«, rief Diane aus der Küche.

Die Angesprochene nickte stumm, ging hinter Jillian in deren Zimmer und schloss die Tür.

Jetzt hab ich es. Das ist die Volleyballspielerin, bei der Jillian vor einigen Wochen übernachtet hat.

»Wo ist Daniel?«, fragte Jordan.

»Redest du mit mir?«, drang es aus der Küche.

»Mit wem sonst?«

Keine Antwort.

»Wo ist Daniel?«, fragte Jordan erneut, diesmal ein wenig gereizt.

»In seinem Zimmer. Wahrscheinlich sitzt er vor seinem Computer. Warum siehst du nicht selbst nach?«

Jordan überflog einen Artikel, der über die neueste Schießerei in einer Schule berichtete. Den Teil, in dem wie üblich geschildert wurde, wie schockiert die Eltern des Täters gewesen waren und dass sie keine Ahnung gehabt hatten, dass ihr Kind sich zu einem Kriminellen entwickelte, ließ er aus.

Wie können die Leute nur so dumm sein?

Ohne Vorwarnung stieg plötzlich wieder dieses Gefühl in ihm auf – dieses brennende Verlangen nach mehr, nach etwas, das er nicht besaß und unbedingt haben wollte. Woher kam es nur?

Diese Sehnsucht nach … was immer es auch war … mutierte allmählich zu Phantasien über Patty. Nachdem Jordan diesen Gedanken ein paar Minuten nachgehängt war, las er einen Artikel über die neuesten

Trends an der Börse. Dann sprang er auf und ging ins Schlafzimmer, um Shorts und Basketballschuhe anzuziehen.

»Ich gehe in die Sporthalle zum Training«, sagte er, während er die Tür hinter sich zuzog. Er erwartete keine Antwort, denn er wusste, dass es keine geben würde. Aber was kümmerte ihn das.

Vierter Brief

Die stinkende Familie dieses Wurms

An Qualob, meine verwandte Seele.

In deinem letzten Brief hast du mich Moderthal genannt. In Zukunft wirst du mich gefälligst mit meinem Titel, also mit *Graf* Moderthal anreden. Wir sind keine Kumpel, sondern ich bin dein Meister.

Faulschlich hat mir berichtet, dass du und Ekelbrech Nachforschungen über einige meiner früheren Feldzüge angestellt habt. Er sagte, du wärst besonders an einigen ... sagen wir: Missverständnissen interessiert gewesen. Jawohl, zweimal musste ich mich vor dem Oberkommando verantworten, weil einige meiner boshaften Untergebenen mir das Wort im Munde verdreht und mich der Ketzerei beschuldigt hatten. Aber ich wurde beide Male freigesprochen und man hat mir meine Ankläger zur Bestrafung übergeben. Ich fand sie äußerst appetitanregend.

Mach nicht den Fehler, mich zu unterschätzen, Qualob. Ich war Eshmon von Sidon, der enge Vertraute von Chemosh, dem Gott von Moab. Ich habe mit Baal und Melquart von Tyrus im Sitzungssaal des Rats getagt. Wenn du meine Zusammenfassung gelesen hättest, wüsstest du, dass ich im alten Chile ein berühmter Gott der Inkas war. Man hat mir Kinder geopfert. Manchmal haben die Priester diese Kinder geraubt, doch in den meisten Fällen wurden sie mir von ihren Familien als Opfer dargebracht. Ich erinnere mich noch sehr deutlich an einen achtjährigen Jungen, der eine lange rote Tunika trug und ein Paar zusätzliche Sandalen für seine Reise ins Jenseits bei sich hatte. Er trug ein Geschenk für die Götter – für mich, Qualob, einen der höchsten Berggötter. Es war eine

Spondylus-Kette, die für diese Menschen kostbarer war als Gold. Ich war auf dem Cerro Llullaillaco, in sechstausendsechshundert Metern Höhe, als sie ihn mir opferten. Mit angezogenen Knien, in der Haltung eines Fötus, wurde der Junge mit Stricken gefesselt. Nachdem die Menschen einige Fruchtbarkeitsriten zelebriert hatten, schlachteten sie ihn ab. Es war prachtvoll.

Nun, Qualob, würde ich gerne wissen, ob man dir schon einmal Menschenopfer gebracht hat? Ich denke nicht. Vergiss niemals, mit wem du es hier zu tun hast. Besinne dich auf deine untergeordnete Stellung.

Das Oberkommando hat uns erneut darauf hingewiesen, dass Kinder unsere oberste Priorität sein müssen. Du musst sie auf der Stelle töten, zu Straßenkindern machen oder dafür sorgen, dass sie in ihrem Zuhause auf jede erdenkliche Weise missbraucht werden. Mach sie zu Vaterlosen, aber achte darauf, dass du ihre Ohren gegenüber der verführerischen Einladung des Tyrannen verschließt, der sich als ihr Vater aufspielen will. Drogen, Prostitution und Pornografie sind ideale Werkzeuge, um diesen Bälgern zu schaden. Und vergiss nicht, dass eine der effektivsten Methoden des Kindesmissbrauchs darin besteht, ihnen alles zu geben, was sie wollen. Das bringt mich zurück zu Fletcher.

Der Feind drängt dieses Ungeziefer in *Familien* zusammen, in denen sich die Eltern wie gewöhnliche Tiere vermehren und ihren abscheulichen Nachwuchs großziehen. In jeder Gesellschaftsordnung benutzt Er die Familie, um die moralische Ordnung zu erhalten, die *wir* untergraben wollen. Zum Glück haben viele Familien längst aufgehört, diese Rolle zu spielen.

Deinen Berichten entnehme ich, dass sich das Leben von Fletchers Frau ausschließlich um ihre Arbeit, Kunstgewerbe, Aerobic, ehrenamtliches Engagement und ihre Kinder dreht. Fletcher weiß kaum etwas über ihre Welt und sie kennt seine genauso wenig. Die beiden bewegen sich in völlig verschiedenen Kreisen. Exzellent.

Und du sagst, Fletchers Beziehung zu seiner Tochter beschränkt sich darauf, dass er sie zur Tür hereinkommen und wieder hinausgehen sieht? Wenn er ihr begegnet, wirft er ihr lediglich missbilligende Blicke zu, weil ihm ihr Kleidungsstil nicht gefällt. Sie essen nicht gemeinsam und – was am allerbesten ist – er kennt ihre Freunde nicht. Bisher hat er sich nie danach erkundigt, mit wem sie ihre Zeit verbringt, wann sie nach Hause kommt und mit wem sie stundenlang im Internet chattet. (Nicht einmal sie selbst weiß, wer ihr Gesprächspartner *in Wirklichkeit* ist, doch ich habe es überprüft, und unsere Agenten werden sich bemühen, so bald wie möglich ein Treffen zu arrangieren.)

Und dann ist da noch Daniel, unser junger Schützling. Ich habe Gothyx' Berichte über ihn gelesen. Fantastisch. Tagsüber streift dieser o-beinige, asthmatische Dreckskerl mit seinem Kader gepiercter Misfits durch die Gänge der Schule. Aber sobald es dunkel wird, zieht sich unser kleiner Daniel in sein Zimmer zurück, setzt sich vor seinen Computer und nährt seine Seele mit brutalen pornografischen Bildern. Er zappelt bereits an der Angel. Ich weiß, was du jetzt denkst – wie können Eltern sich einbilden, ihr Sohn würde solche Bilder, die nur einen Mausklick entfernt sind, *nicht* anschauen, nachdem sie dafür gesorgt haben, dass er in seinem Zimmer tun und lassen kann, was er will?

Das ist unsere Gelegenheit, Qualob! Die jetzige Generation von Eltern ist nicht nur völlig verdorben, sondern auch noch unglaublich dumm.

Seine Gedanken, die bereits von Zorn, Groll, Brutalität und Abscheu vor sich selbst durchtränkt sind, werden zusätzlich noch von den quälenden, schaurigen Geräuschen bearbeitet, die unablässig aus seinem Kopfhörer dringen.

Unterdessen fällt seinen Eltern – vor allem seiner Mutter, aber auch deinem eigenen Schleimbeutel Fletcher – lediglich auf, dass Daniel sich manchmal merkwürdig benimmt, zornig wird, mit leerem Blick vor sich hin starrt oder unterdrückte Aggressivität zeigt. »Kann es sein, dass ihm irgendetwas fehlt?«, fragen sie sich verwundert. Nun, Qualob, wenn man bedenkt, mit welchen Dingen dieses Balg Abend für Abend seine Seele nährt – was sollte ihm dann noch fehlen?

»Vermutlich ist es einfach die Pubertät«, sagen sich Daniels Eltern schließlich. »Er braucht seinen Freiraum.« Und sie geben ihm *Freiraum* – ein wunderschönes modernes Schlagwort, mit dem Eltern vor sich selbst rechtfertigen, dass sie ihre Kinder vernachlässigen. Glücklicherweise verschaffen sie ihm genau den Freiraum, den Gothyx für seine Arbeit benötigt.

Sie sind ahnungslos, Qualob, völlig ahnungslos, denn sie denken, es sei nur eine »harmlose Phase«, in der ihr Sohn sich für makabere Dinge interessiert und mit dem Gedanken an den Tod liebäugelt. Wer kann wissen, welcher zerstörerische Strom schließlich aus einem Herzen, das wir erobert haben, fließen wird? Selbstmord? Mord? Eine weitere Schießerei an einer Schule? Bei diesen Aussichten läuft mir schon das Wasser im Munde zusammen.

Vor dreißig Jahren hätten wir uns nicht einmal in unseren kühnsten Träumen ausgemalt, mit was für Bildern und Propaganda wir diese jungen Schleimbeutel heute ungehindert bombardieren können: Wie man eine Bombe bastelt, sich ein Maschinengewehr beschafft oder einer Frau auflauert und sie verführt. Anleitungen, wie man einen Überfall plant und durchführt, sind ebenso leicht erhältlich wie ein Kochrezept. Wir haben eine Gesellschaft aufgebaut, in der Millionen von Erdenwürmer-Kindern kein schöneres Spiel kennen als – ich übertreibe nicht, Qualob! – möglichst viele Leute umzubringen! Mit diesen Mord-Simulatoren bilden wir künftige Mörder aus. Fletcher und seine Frau würden ihre Kinder niemals einem Babysitter anvertrauen, der kriminelle Tendenzen aufweist, und trotzdem setzen sie sie regelmäßig unseren zerstörerischen Filmen, Spielen und Websites aus. Ist das nicht herrlich?

»Wie können Kinder sich nur gegenseitig umbringen?«, rufen die Erwachsenen so ratlos, als ob sie vor einem unlösbaren Geheimnis stünden. Bei dieser Frage muss ich jedes Mal laut lachen. Millionen von Erwachsenen töten jedes Jahr ihre kleinsten Kinder, weil es so bequem ist und die Gesellschaft ihnen dieses Recht zugesteht. Nun, da frage ich mich doch, woher Kinder die Idee haben, dass es in Ordnung sei, Kinder zu töten …

Wenn ich meine Wünsche der Reihe nach auflisten dürfte, Qualob, würde ich abwesende, dumme, mit sich selbst beschäftigte, passive Eltern an die oberste Stelle setzen. Was Fletchers Erziehungsmethode betrifft, so gebe ich dir nur einen einzigen Rat: Lass alles genau so, wie es ist. Achte darauf, dass er weiterhin unbeteiligt bleibt und nicht das Geringste mitbekommt, was in seiner Familie geschieht.

Mach dir die Tatsache zu Nutze, dass er aus spontanen Impulsen heraus handelt und keinerlei langfristige Ziele verfolgt. Wenn du dir überlegst, wie du ihn besiegen kannst, musst du nicht nur *einen*, sondern gleich zehn Schritte weiter denken.

Das Ungeziefer spielt Dame, aber wir spielen Schach.

Ich verbleibe, hocherfreut, dass wir die Familien dieser Würmer so gut im Griff haben,

Graf Moderthal

5. KAPITEL

Zwei Welten

Jordan war gerade mit Rasenmähen fertig, als die untergehende Sonne die Wolken in Flammen setzte. Über den ganzen Himmel waren leuchtende purpurfarbene Tupfen verteilt, wie auf dem Gemälde eines großen Künstlers. Jordan stockte der Atem, während er dieses Bild betrachtete.

Tief beeindruckt setzte er sich ins Gras. Die überwältigende Pracht des Abendhimmels schnitt ihm wie ein Messer durchs Herz und weckte in ihm das Verlangen nach etwas Großem – einer Person und einem Ort, die sich außerhalb seiner Reichweite befanden. Einen Augenblick fühlte er sich der Wirklichkeit entrückt, und es kam ihm so vor, als sei er für eine andere Welt geschaffen.

Ein Auto rollte vorbei, mit heruntergekurbelten Fenstern und dröhnender Stereoanlage. Aus dem Beifahrer-Fenster flog eine McDonald's-Tüte. Ein paar vereinzelte Pommes kullerten auf die Straße und auf den Rasen.

Jordan sprang auf, rannte einige Meter hinter dem Auto her und drohte dem Übeltäter mit der Faust. »Hey, du Scheißkerl! Komm sofort wieder zurück. Idiot!«

FÜNFTER BRIEF

Auf der Jagd

An meinen naiven Untergebenen Qualob.

Allmählich habe ich diese Heimatlosigkeit und diese provisorischen Unterkünfte satt. Der Feind hatte kein Recht, uns zur Räumung unseres Quartiers zu zwingen, und es gab keinen Grund, Charis ausgerechnet diesen Erdenwürmern zu übergeben. Sollte deine Motivation, Fletcher zu besiegen, jemals schwächer werden, musst du dir diese Tatsache in Erinnerung rufen. Wenn *du* Charis schon nicht betreten darfst, musst du wenigstens dafür sorgen, dass der Schleimbeutel dieses Privileg ebenfalls nie genießen wird.

Deine Behauptung, Fletcher habe »seine Zeit verschwendet, indem er einen Sonnenuntergang betrachtet hat«, zeigt lediglich, wie unwissend du bist. Der Feind ist ein Romantiker und für seine Arglist berüchtigt. Durch die Farben der herbstlichen Blätter, den Klang eines Wasserfalls, die Gischt auf den Wellen oder den Anblick eines Sternenhimmels versucht er nämlich, diese jämmerlichen Geschöpfe für sich zu gewinnen. Unsere Propaganda-Abteilung hat glücklicherweise dafür gesorgt, dass sie Ihn in solchen Phänomenen nicht länger erkennen, sondern nur eine vage Bewunderung für die Ordnung der Natur oder die Dynamik des Lebens (oder irgendeinen ähnlichen Unsinn) empfinden.

Überlege dir doch einmal, was die Menschen als Gegensätze ansehen: Licht und Dunkel, Gut und Böse, Gott und Satan. Merkst du, dass Letzteres sich einem geradezu aufdrängt? Das ist der Dualismus, den unser Meister anstrebt: »Ich will gleich sein dem Allerhöchsten.«[3] Alle sollen glauben, er wäre dem Feind ebenbürtig. Wenn sie ihn als das Gegenteil des Feindes betrachten, stellen sie beide auf dieselbe Stufe. Unser Meister gilt dann als eine echte Alternative, und es entstehen Zweifel, wer den Krieg schließlich gewinnen wird. Natürlich behauptet der Feind, der wahre Gegenpart unseres Meisters wäre sein Diener Michael. Da der Tyrann aus sich selbst heraus existiere und nie geschaffen wurde, könne sich niemand auch nur annähernd mit ihm messen. Begreifst du, wie nützlich uns das Konzept des Dualismus sein kann? Möge die Kraft mit dir sein.

Der Feind kann das Herz dieses Ungeziefers sogar durch einen Sonnenuntergang anrühren und ihnen zuflüstern, dass das ganze Universum auf ein großes Geheimnis hindeutet, das sie entschlüsseln könnten, wenn sie nur wollten. Ich sage dir doch, er ist ein Verführer.

Hör gefälligst auf, meine Intelligenz zu beleidigen, indem du das vorbeifahrende Auto und die McDonald's-Tüte als dein persönliches Verdienst betrachtest. Die Schleimbeutel machen dauernd irgendwelchen Unfug und deshalb ergeben sich zahllose Ablenkungen genau im richtigen Moment, auch ohne dass wir irgendetwas dazu beitragen. Deine wichtigste Aufgabe ist es, Fletcher von den Werbemanövern des Feindes abzulenken. Erwarte dafür keine Medaille – schließlich tust du nur deine Pflicht.

Ich habe zwanzig Jahre lang in einem Mann gelebt, der ein passionierter Jäger war. Er war ein erbärmliches Geschöpf, das mittlerweile sicher in der Hölle gelandet ist. Doch solange ich ihn bewohnt habe, habe ich viel gelernt. Unsere Instinkte und Wünsche gewinnen an Schärfe, wenn wir einen menschlichen Körper besetzen. Während mein Schleimbeutel Rotwild, Elche und Bären gejagt hat, habe ich mich darin geübt, Menschen zu erlegen. Meine Beute hatte einen besonderen Instinkt, *ihre* Beute aufzuspüren. Selbstverständlich ist ihr bis zuletzt entgangen, dass sie selbst gejagt wurde.

Ein menschlicher Jäger kann die Gedanken seiner Beute genauso wenig lesen, wie du in Fletchers Seele hineinschauen kannst. Doch indem du das Verhalten deiner Beute aufmerksam beobachtest, lernst du, ihren nächsten Schritt vorauszusehen. Wir reimen uns zusammen, was diese Erdenwürmer denken, während wir ihren Worten lauschen und ihre Taten analysieren. Und wenn wir erst einmal ihre Schwachpunkte entdeckt haben, projizieren wir unsere Gedanken in sie hinein und manipulieren die äußeren Umstände, um sie für den Abschuss vorzubereiten.

Der Jäger fragt: »Ahnt meine Beute, dass ich in der Nähe bin? Und wenn ja, ist sie sich der Gefahr bewusst, die ich darstelle?« Er vermeidet rasche Bewegungen und bleibt so lange am selben Platz, bis seine Beute ihm keine Beachtung mehr schenkt, weil er mit dem Hintergrund verschmolzen ist. Wenn der Jäger sich zu früh bewegt, scheucht er seine Beute auf, und wenn er zu lange wartet, verpasst er die beste Gelegenheit.

Wenn der richtige Zeitpunkt gekommen ist, streicht er mit dem Finger über den Abzug, zielt und feuert. Jederzeit darauf gefasst, dass seine Beute noch Reißaus nehmen könnte, geht er auf das verwundete Tier zu. Und dann schneidet er ihm die Kehle durch. An diesem Punkt unterscheidet sich mein Stil von dem meines Schleimbeutels. Ich liebe es, ihre Kehlen langsam durchzuschneiden, während sie immer noch um sich schlagen. Es ist ein Genuss, sie leiden zu sehen. Das ist unser Lieblingsspiel: ihnen lang anhaltende Schmerzen und Qualen zuzufügen und uns an dem hilflosen Ausdruck in ihren Augen zu weiden. Das Bewusstsein, dass wir *Ihm* Schmerz bereiten, indem wir seine Geschöpfe foltern, macht dieses Vergnügen noch größer.

Letzte Nacht bin ich in Geschäften, Privathäusern und Firmen auf die Jagd gegangen. Es war fantastisch. Auf den Straßen schlug mir die liebliche Atmosphäre des drohenden Verhängnisses entgegen.

Ich folgte einer Frau, deren Namen ich erst kennen lernte, als ich ihre Kreditkarte sah. Barbara. Dieser Name hat doch einen wunderbaren Rhythmus, findest du nicht? *Bar … bar … a.* Ein Mann glotzte sie stumpfsinnig an, worauf ich mich vorübergehend zu seinem ständigen Bewohner, einem Versucher namens Skullsort, gesellte. Verständlicherweise war er sehr beeindruckt von der Kraft, die meine Gegenwart ausstrahlte. Ich drängte mich in der Menschenmenge dicht an mein Opfer heran, ja, ich war ihr so nahe, dass ich ihr Parfüm riechen und die Feuchtigkeit auf ihrer Wange spüren konnte.

Dieses männliche Werkzeug, Jason, ist äußerst vielversprechend. Ich habe einen Plan für Skullsort ausgearbeitet, mit dessen Hilfe er ihn für meinen nächsten Besuch vorbereiten wird. Wir sind noch nicht fertig mit ihm … und mit Barbara genauso wenig.

Im Grunde dreht sich alles um Macht, Qualob, und um die Frage, wer seine Besitzansprüche durchsetzen kann. Worte wie *Liebe, Tugend* und *Ehrlichkeit* sind nur Fassade, eine dünne Tünche, hinter der sich die eigentliche Substanz verbirgt – reine, pulsierende Macht. Wir sehnen uns mit einem unstillbarem Durst nach absoluter Kontrolle, uneingeschränkter Herrschaft und vollständiger Eroberung. Die Starken fressen die Schwachen.

Allerdings möge die Hölle verhüten, dass du dir einbildest, es wäre leicht, in den Herzen dieses Ungeziefers eine Festung zu errichten. Ich habe Jahrtausende unter ihnen verbracht, und von den 147 Geschöpfen, für die ich zuständig war, konnte ich immerhin neun bewohnen – ein bemerkenswerter Prozentsatz. Am Anfang meiner Karriere war ich so sehr darauf erpicht, befördert zu werden, dass ich mehrmals versuchte, eine feindliche Übernahme zu bewerkstelligen. Da ich jedes Mal scheiterte, erkannte ich schließlich, dass ich nur dort eine Festung errichten konnte, wo ich schon an Boden gewonnen hatte. Also konzentrierte ich mich fortan darauf, mir zunächst einmal eine möglichst gute Ausgangsposition zu sichern. Und das war der Schlüssel zu meinem Erfolg.

Schmiede keine hochfliegenden Pläne, wie du Fletcher besetzen wirst, ehe du durch jede Tür gegangen bist, die er dir geöffnet hat. Spüre seine Schwächen auf, wie ein Jagdhund seine Beute aufspürt. Das sind unsere Brückenköpfe, von denen aus wir weitere Angriffe starten können. In Fletchers Fall handelt es sich um Zorn, Wollust, Stolz und Materialismus. An diesen Punkten musst du ansetzen.

Ich muss mich beeilen, weil ich endlich die Gelegenheit habe, das Büro mit dem Schlachtfeld zu vertauschen. Heute Abend ist eine Séance geplant. Der Name der Suchenden ist Dorothy Bristol. Seit dem Tod ihres Mannes ist sie völlig verzweifelt und hat sich immer tiefer in Geistheilung, Astrologie, Pendeln und Heilen durch Edelsteine, Avatare und Spirit Guides, Chanting und Erfahrungen mit veränderten Bewusstseinszuständen verstrickt. Ich habe mich an ihren Spirit Guide, den erfahrenen Sarkühl, gewandt, der es kaum erwarten kann, mit meiner Hilfe einen erstklassigen Schwindel zu arrangieren.

Dorothy möchte mit ihrem toten Gatten Michael Kontakt aufnehmen, und das lässt sich selbstverständlich einrichten, Qualob. Ich habe Nachforschungen angestellt, mir Michael Bristols Akte verschafft und mich darin geübt, seine Stimme zu imitieren. Er hat seine Frau »Dottie Darling« genannt. Ist das nicht süß? Sie wird zu Tränen gerührt sein, wenn ich sie mit diesem Kosenamen anspreche.

»Auf der anderen Seite ist es einfach herrlich, mein Schatz. Das Einzige, was mir noch fehlt, bist du. Komm doch zu mir. Den Weg kennst du ja. Komm so bald wie möglich. Es gibt so viel, was ich dir zeigen möchte, Dottie Darling.«

Ja, Dottie Darling, komm zu mir. Komm noch heute Abend.

Dein umherstreifendes Raubtier

Graf Moderthal

6. KAPITEL

Auge in Auge

Jordan hielt auf dem Weg zum Büro, um Blumen für Patty zu besorgen. Immerhin hatte sie seinetwegen Überstunden gemacht, als sie ihm geholfen hatte, die Präsentation vorzubereiten. Ein Dutzend Rosen mit Farnwedeln und Schleierkraut. Er freute sich schon darauf, ihr Gesicht zu sehen.

Erwartungsvoll fuhr er auf den Parkplatz, der laut einem weißen Schild für den *stellvertretenden Vertriebsleiter* reserviert war. Vor einem Monat hatte der Vorstand beschlossen, ihm diesen Titel zu verleihen und sein Gehalt um eine nette Summe zu erhöhen.

Nachdem Jordan schon dreimal den Knopf gedrückt hatte, wartete er ungeduldig auf den Aufzug.

Erst eine Minute später hielt der Aufzug im dritten Stock, und es dauerte eine kleine Ewigkeit, bis die Türen aufgingen. Jordan betrat sein Büro und blickte zu Pattys Arbeitsplatz hinüber, doch sie war nirgends zu sehen.

»Fletcher, komm her!«, brüllte Bancroft so laut, dass sich alle Köpfe im Büro nach Jordan umdrehten.

Jordan marschierte in Bancrofts Eckbüro und knallte die Tür hinter sich zu.

»Was soll denn das?«, fuhr Bancroft ihn an. »Schrei mich gefälligst nicht so an, als ob ich dein Botenjunge wäre!«

»Ich bin dein Chef, der Generaldirektor dieser Firma. Ist dir klar, was das bedeutet?«

»Und ich bin dein erfolgreichster Mitarbeiter und der stellvertretende Vertriebsleiter. Ist dir klar, was das bedeutet?«

Mittlerweile hatte sich Jordan – acht Zentimeter größer, zwanzig Kilo schwerer und fünfzehn Jahre jünger – eine Handbreit vor Bancroft aufgebaut. Der ältere Mann wich zurück, was Jordan sofort zur Kenntnis nahm.

»Wer hat dich zum stellvertretenden Vertriebsleiter ernannt?«, fragte Bancroft mit gedämpfter Stimme. »Der Vorstand und ich waren es, entgegen meiner fachmännischen Einschätzung. Die anderen kapieren nicht, dass du eine Primadonna bist, die keine Ahnung von Teamwork hat. Sie schauen nur auf den Umsatz.«

»Das ist ja auch schließlich alles, was zählt. Oder etwa nicht?«

Bancroft starrte Fletcher an, worauf jeder versuchte, den anderen mit seinem Blick niederzuzwingen. Bancroft blinzelte zuerst. Er seufzte.

»Sieh mal, Jordan … ich habe deinen Bericht über dieses Brisbane-Geschäft geprüft.« Er schwenkte eine Akte. »Der Rabatt, den du ihnen gewährt hast, ist viel zu hoch – das widerspricht unserer Firmenpolitik. Du hättest vorher mein Okay einholen müssen.«

»Brisbane wäre beinahe ausgestiegen und zu Atkins übergelaufen. Mit diesem Rabatt können wir immer noch einige Hunderttausend an ihnen verdienen. Wäre es dir lieber gewesen, wenn uns dieses Geschäft durch die Lappen gegangen wäre?«

»Darum geht es nicht. Du hättest zuerst mit mir reden müssen.«

»Ich bin der stellvertretende Vertriebsleiter. Das bedeutet, dass *ich* mich um den Vertrieb kümmere. Diese Sache fiel in meinen Zuständigkeitsbereich.«

»Wenn du noch so ein Geschäft abschließt, ohne es vorher mit mir abzuklären, wird es dein letztes Geschäft sein.«

»Wie du willst. Ich habe zwei Angebote von anderen Firmen. Falls du keinen Wert auf diesen Umsatz legst – sie sind bestimmt daran interessiert.«

»Du hast einen Vertrag unterschrieben, der dir verbietet, nach einer Kündigung bei der Konkurrenz anzufangen. Wir würden dich vor Gericht bringen.«

»Falls du mich feuerst, gilt diese Klausel sowieso nicht. Vielleicht warte ich ja gar nicht, bis du mich feuerst. Mein Rechtsanwalt hat mir bestätigt, dass diese Klausel vor Gericht nicht haltbar ist.« Mit diesen Worten marschierte Jordan aus dem Büro und knallte die Tür erneut hinter sich zu.

Ein Dutzend Angestellter beobachtete mit weit aufgerissenen Augen, wie er in sein Büro stapfte und zum dritten Mal eine Tür hinter sich zuschlug. Die Fensterscheibe klirrte und aus der Gießkanne schwappte

Wasser. Wütend ballte Jordan die Hände zu Fäusten und betrachtete seine Venen. Seine Finger schmerzten, und er hatte wieder Sodbrennen. Wenn er eine Handgranate gehabt hätte, hätte er den Sicherungsstift gezogen und sie geworfen. Ja, Jordan Fletcher hatte das Gefühl, er würde jetzt am liebsten jemanden umbringen.

Sechster Brief

Wie du die Vorstellung, die dieses Ungeziefer von Beelzebub und uns hat, beeinflussen kannst

An Qualob, der mit diesen Geschöpfen seine liebe Not hat.

Ich bin entzückt, dass Fletcher bei einer Auseinandersetzung mit seinem Chef explodiert ist. Unsere Kakerlaken sind am amüsantesten, wenn sie sich wie Hundewelpen benehmen, die man beim Einkaufen im Auto auf dem Parkplatz gelassen hat.

Du denkst, du könntest dafür sorgen, dass sein Stolz und sein Zorn unzählige weitere Sünden zur Folge haben? Immerhin hast du damit geprahlt, du könntest ihn sogar dazu bringen, dass er kündigt.

Wie kommst du darauf, dass dies der beste Schachzug wäre?

Würde ihn dieser Schritt nicht von seiner Sekretärin trennen, auf die du ihn mit so viel Mühe fixiert hast? Außerdem hast du mir berichtet, dass er in seiner jetzigen Firma nur mit einem einzigen Christen zu tun hat, und zwar mit einem unausstehlichen Heuchler – der Sorte Christen, bei denen uns viel daran liegt, dass sie ein Kreuz oder ein WWJD-Armband tragen oder auf ihrem Auto einen christlichen Aufkleber anbringen.

Warum um alles in der Welt strebst du danach, dass Fletcher seinen Arbeitsplatz wechselt? Schließlich kannst du nicht wissen, was – und vor allem *wer* – ihn an einer neuen Stelle erwartet. Der Feind hat seine Agenten überall.

Ich muss dich übrigens darauf hinweisen, dass du nicht zu deutlich in Erscheinung treten darfst. Vermeide es, laut zu werden und Gewalt anzuwenden, wenn du dein Ziel auch durch leise Andeutungen und sanfte Verführung erreichen kannst. Betrachten wir nur einmal diesen Wutanfall. Mir ist klar, dass er dir große Genugtuung bereitet hat, doch was ist, wenn diesem Wurm auch nur für einen kurzen Augenblick bewusst wird, dass in seinem Leben noch andere Kräfte am Werk sind als sein eigener Wille? Soll er tatsächlich merken, dass du seinem Zorn immer neue Nahrung gibst? Sehnst du dich etwa nach Anerkennung? Das solltest du dir schleunigst abgewöhnen!

Natürlich genießen wir es außerordentlich, dass wir in den so genannten »primitiven« Kulturen mit Schleimbeuteln zu tun haben, die unsere Macht kennen und vor Angst wie versteinert sind. Unter den »aufgeklärten« Menschen müssen wir zwar auf dieses Vergnügen verzichten, aber wir können dafür die ausgezeichneten Möglichkeiten nutzen, die uns die verbreitete Meinung, es gäbe keine Dämonen, bietet.

Glücklicherweise beschränkt sich der Mythos, dass wir gar nicht existieren, noch nicht einmal auf die säkulare Kultur. Pastor Braun, für den Feistback zuständig ist – er ist der Pastor der Gemeinde, die Fletchers Schwester besucht –, lehrt, dass wir nur »literarische Symbole für die Unmenschlichkeit der Menschen« seien. Ich hätte es selbst nicht besser ausdrücken können.

Unter uns literarischen Symbolen gesagt: Ich versichere dir, dass es sich unter diesem Deckmantel, den die Menschen uns so rücksichtsvoll übergehängt haben, ungehindert arbeiten lässt. Leider sind nicht alle Schleimbeutel – nicht einmal die gebildeten – so dumm, zu glauben, es gäbe uns in Wirklichkeit gar nicht. Halte Fletcher genau die verzerrte Darstellung vor Augen, die er am ehesten akzeptieren wird. Überzeuge ihn davon, dass wir die Geister der Verstorbenen seien, die nach ihrem Tod keine Ruhe fänden. Noch besser ist es, wenn du uns gar nicht als selbstständige Wesen mit eigenem Willen, Verstand und Gefühlen darstellst, sondern ihn glauben machst, wir seien nur unfassbare Abstrakta oder widrige Umstände – wie zum Beispiel der »Dämon der Wollust« oder »der Dämon der Arthritis«.

Die Vorstellung, die die Kakerlaken Dante und Milton von uns hegten, sagt mir persönlich besonders zu: Sie glaubten, wir würden über die Hölle regieren und den Menschen voller Schadenfreude Schmerzen zufügen. Die Tatsache, dass der Feind diesen Ort geschaffen hat, um uns dort zu bestrafen, anstatt ihn unserer Herrschaft zu unterstellen, können wir ruhig unter den Tisch fallen lassen. Das Ungeziefer kommt gleich nach seinem Tod in die Hölle. Wir sehen es zwar auf seinem Weg dorthin, aber glücklicherweise sind *wir* noch nicht dort gelandet.

Lass diese Ignoranten ruhig glauben, wir seien in der Hölle gut aufgehoben. Mach sie blind für die Tatsache, dass wir auf der Erde umherstreifen und unsere Arbeit tun – und dort quälen wir bekanntlich nicht die Toten, sondern täuschen die Lebenden.

Ich bin entzückt, dass Fletcher eine Schwäche für Cartoons hat, die die Hölle auf humorvolle Weise darstellen. Exzellent – lass die Schleimbeutel so lange über die Hölle lachen, bis sie sie auf der anderen Seite des Todes betreten. In dem Moment, in dem die Türen der Ewigkeit hinter ihnen zufallen, werden sie diesen Ort überhaupt nicht mehr komisch finden.

Unterschlage auf keinen Fall jene Karikatur des Teufels, die ihn mit langem Schwanz, Pferdefuß und großen Hörnern zeigt. Wenn die Menschen diesen Spaßvogel in roten Strumpfhosen sehen, können sie unmöglich an ihn glauben. Und deshalb glauben sie auch nicht an *uns*.

Moderthals fünftes Gebot lautet: Wir können die Schleimbeutel nur dann erobern, wenn sie uns nicht erkennen und nicht verstehen, wie wir arbeiten.

Mag sein, dass die Erdenwürmer des Mittelalters für den Geschmack des Tyrannen viel zu viel an uns gedacht haben – der moderne Mensch denkt jedenfalls viel zu wenig über uns nach. Deine Aufgabe ist also ganz einfach: Sorge dafür, dass sie uns nur dort sehen, wo wir *nicht* sind, und verhindere, dass sie uns erkennen, wenn wir tatsächlich erscheinen.

Du kannst ruhig zulassen, dass diese minderbemittelten Schleimbeutel ihre Kinder an Halloween in süße kleine Teufelskostüme stecken. Die Eltern sollen lächeln und sie in die rosigen kleinen Wangen kneifen, ohne jemals auf den Gedanken zu kommen, dass wir mit ihren Gören tatsächlich etwas im Sinn haben. Wir beabsichtigen durchaus – und wir verfügen dazu auch über eine erprobte Strategie –, diese Kinder zu »kleinen Teufeln« zu machen. Am Ende werden die Eltern diese Wesen nicht länger süß finden. Bevor Fletcher und seine Frau aufwachen, wird Daniel uns schon so sehr gehören, dass sie ihn nie wieder zurückbekommen.

Und was noch wichtiger ist: Der Feind wird ihn ebenso wenig bekommen!

Es amüsiert mich, dass diese Geschöpfe Lord Satan und uns so abstoßend hässlich darstellen. Das ist hervorragend. Wenn sie denken, dass wir so aussehen, werden sie uns niemals kommen sehen. Sie werden glauben, liebenswürdige Menschen könnten unmöglich unsere Botschafter sein, und sie werden es für völlig ausgeschlossen halten, dass wir irgendetwas mit Literatur, Kunst, Theater oder Musik zu tun haben. Lass sie nicht begreifen, dass Schönheit ein Werkzeug ist, mit dem wir sie verführen. Wer würde schon auf etwas hereinfallen, das äußerlich hässlich ist? Fass es nicht als Beleidigung auf, dass wir als widerwärtige Wesen durch ihre Phantasie geistern, sondern betrachte es als Chance.

Rede Fletcher ein, es gäbe harmlose übernatürliche Kräfte, die ihm helfen könnten, seine Ziele zu erreichen. Er liest sein Horoskop? Prima. Und er spielt auch gelegentlich *Dungeons and Dragons*? Brillant. Vielleicht kannst du den Schwachkopf eines Tages dazu bringen, dass er zu einem Hellseher geht oder an Channeling oder einer Séance teilnimmt. Oder er schließt sich einigen Leuten an, die glauben, sie seien von Außerirdischen entführt worden. Noch besser wäre eine Gruppe, die Kontakt zu »freundlich gesinnten Aliens« aufnehmen will und sich einer höheren Intelligenz aus dem Weltall öffnet. Wer weiß, vielleicht stellt sich dein Patient am Ende sogar als Channeler für deine Stimme zur Verfügung! (Romtha ist kaum mehr zu ertragen, seit er durch diese Frau zu einem großen Publikum spricht.)

Sollen diese Eingeweideparasiten doch ruhig glauben, wir wären gütige Geister, die ihre Sehnsucht nach dem Übernatürlichen stillen. Wenn Fletcher anfängt an übernatürliche Phänomene zu glauben, musst du ihn davon überzeugen, dass es zu seinem eigenen Vorteil ist, sich an uns anzulehnen, mit uns zu experimentieren und uns zu benutzen. *Uns* zu benutzen? In Wirklichkeit benutzen *wir ihn*. Diese Schleimbeutel bilden sich noch etwas darauf ein, dass sie gemeinsame Sache mit dem Teufel machen. Aber wer mit Beelzebub essen will, sollte einen langen Löffel mitbringen.

Denk daran, Qualob, dass wir von jeder Theorie über uns, die von der Wahrheit abweicht, profitieren. Stelle sorgfältige Nachforschungen an, bis du herausgefunden hast, was dein Patient über uns denkt, und schmücke dieses Bild dann so aus, wie es für uns am günstigsten ist. Achte darauf, dass seine Einstellung zu uns in Skepsis, Unwissenheit, Aberglauben, populärwissenschaftlichem Geschwätz oder irgendeiner Kombination dieser Dinge wurzelt. Er darf sich an allem und jedem orientieren, nur nicht an dem verbotenen Buch.

Wir mögen zwar aus der Mode gekommen sein, aber wir sind immer noch im Geschäft!

Dein nicht existierendes, rot bestrumpftes literarisches Symbol

Graf Moderthal

7. Kapitel

Die Abmachung

Jordan versuchte, die Erinnerung an die Wut zu verdrängen, die ihn vor drei Tagen hinter diesem Schreibtisch erfüllt hatte. Zwar fühlte er sich immer noch im Recht, aber ihm war trotzdem unbehaglich zu Mute. Er war heftiger explodiert, als er es vorher je für möglich gehalten hätte. Und dabei hatte er nicht einmal etwas getrunken. Der Zorn, der ihn überwältigt hatte, war so schrecklich gewesen, dass man beinahe meinen könnte, er sei von irgendwo anders hergekommen. Oder von *einem* anderen? Nein, das was verrückt.

Mühsam zwang er sich, seine Gedanken auf die vor ihm liegende Aufgabe zu richten. Er überflog sein Spesenkonto. Nachdem er mehrere Quittungen für private Dinge hervorgeholt hatte, trug er die jeweiligen Beträge unter geschäftliche Ausgaben ein. Dann füllte er ein Rückerstattungs-Formular aus. Auch die Rechnung für Pattys Rosen erschien auf dieser Liste. Schließlich war die Arbeit, die Patty ihm abgenommen hatte, für die Firma geschehen – warum sollte die Firma dann nicht für diese kleine Anerkennung aufkommen? Patty brauchte selbstverständlich nicht zu wissen, wer den Blumenstrauß gestiftet hatte.

In seinen Unterlagen wies Jordan die Blumen als kleines Dankeschön aus, das er nach der Vertragsunterzeichnung an Brisbanes Büro geschickt hatte. Die Wahrheit würde niemals ans Licht kommen und so etwas konnte man schließlich keinen Betrug nennen.

Ich habe der Firma im Laufe der Jahre eine Menge Zeit und Mühe geopfert und nun schuldet sie mir etwas. Außerdem habe ich mit meiner Kreditkarte bezahlt, und wenn Diane entdeckt, dass ich Blumen gekauft habe, brauche ich eine gute Ausrede.

Mit einem strahlenden Lächeln betrat Patty sein Büro. Sie sah großartig aus. »Habe ich schon erwähnt, dass du heute meine Lieblingskrawatte trägst? Bob Flannegan ist auf Leitung zwei.«

Jordan verdrehte die Augen. Patty lachte und zog im Hinausgehen die Tür hinter sich zu.

Grinsend nahm er den Hörer ab. »Hallo, Bob!«

»Schlechte Nachrichten, Jordan. Brisbanes Rechtsanwalt hat angerufen. Sie legen den Vertrag, dem du zugestimmt hast, so aus, als würde er ihnen eine Mindestanzahl von Stunden garantieren.«

»Was?«

»Nun, anscheinend hat Atkins ihnen zwölfhundert Stunden zugesichert. Und sie behaupten, du hättest gesagt, du würdest in jeder Hinsicht mit Atkins mithalten.«

»Aber von dieser Stundenzahl war nie die Rede.« Jordan spürte ein Kribbeln hinter den Ohren.

»Jedenfalls wollen sie die Garantie dafür nun schriftlich haben, als Teil des Vertrags. Ich habe ihnen gesagt, ich wüsste nicht, ob wir das machen können.«

Jordan zögerte und versuchte Ordnung in seine Gedanken zu bringen. Plötzlich kam ihm die Antwort, und zwar klar und deutlich. »Schon gut, Bob, gib es ihnen schwarz auf weiß.«

»Was? Bist du sicher? Du solltest lieber erst mit Mr Bancroft reden.«

»Ich bin der stellvertretende Vertriebsleiter. Das ist meine Entscheidung.«

»Okay, aber …«

»Tu es einfach, Bob.«

Jordan hängte ein. Er starrte auf seine Hände und schob den Papierkram beiseite.

Die wollen mich wohl zum Narren halten, was?

Siebter Brief

Moralischer Relativismus und dein Schleimbeutel

An meinen unmoralischen Untergebenen Qualob.

Du brauchst Fletcher nicht zu spektakulären neuen Sünden zu verleiten, die sich gut in deinem Bericht ausnehmen. Jeder Tag, den dein Patient in seinem gegenwärtigen Zustand verharrt, bringt ihn langsam, aber sicher, der Hölle näher. Er muss in seinem Büro nicht erst Amok laufen, um in die Hölle zu kommen, denn er befindet sich schon längst auf dem Weg dorthin! Pfusche nicht zu viel an ihm herum. Die Zeit arbeitet für dich – Fletchers Lebensuhr tickt. Wenn sie abgelaufen ist, zählt nur noch, dass er den Feind nie persönlich kennen gelernt hat.

Deinem Bericht entnehme ich, dass Fletcher mit seinen neuen Freunden aus der Basketball-Mannschaft etwas trinken gegangen ist und sich an ihren Spötteleien über die Werte des Feindes beteiligt hat. Das ist gut. Die Samenkörner, die du in deinen Schleimbeutel säst, werden zweifellos Früchte tragen, und irgendwann werden die letzten Hemmungen, die er auf diesem Gebiet noch besitzt, verschwunden sein.

Einer der anderen Männer, die er beim Basketball kennen gelernt hat, hat ihn nach seiner Familie gefragt? Das ist harmloser Smalltalk. Du erwähnst, dass dieser Mann ihm einen Roman geliehen hat, ohne mir jedoch den genauen Titel zu nennen. Sei gefälligst präziser, Qualob. Vermutlich kann es uns nur recht sein, dass Fletcher dieses Buch liest. Falls es sich nämlich um eine der üblichen Geschichten handelt, geht sie davon aus, dass es keinen Gott gibt. Anstatt gegen den Feind zu argumentieren, wird Er einfach ignoriert. Es ist selten weise, den Atheismus zu fördern – am besten ist es, überhaupt jede Anspielung auf einen Schöpfer oder das kommende Gericht zu unterlassen. Wenn es keine absoluten Wahrheiten gibt, gibt es auch keine Sünde, keine letzten Konsequenzen, kein Leben nach dem Tod, keine Verantwortlichkeit des Einzelnen und keine echte Hoffnung.

Wen kümmert es schon, ob die Schleimbeutel glauben, dass es einen Gott gibt, solange sie die Dinge verneinen, durch die er uns gefährlich werden kann?

Falls der Roman zu der ernsteren modernen Literatur zählt, ist er vermutlich deprimierend, zynisch und ohne einen Schimmer von Hoffnung. Geschichten, die eine *falsche* Hoffnung anbieten, sind mir allerdings noch lieber.

Trotzdem musst du auf der Hut sein, weil Romane die Phantasie beflügeln und zum Nachdenken anregen können. Deshalb sind Fernsehsendungen oder ein harmloses Sachbuch einem Roman fast immer vorzuziehen. Wenn die Schleimbeutel lesen, besteht die Gefahr, dass sie zwischendurch innehalten und ihr eigenes Leben kritisch unter die Lupe nehmen. Filme und Fernsehsendungen werden dagegen meist kritiklos akzeptiert. Sie beeinflussen das Unterbewusstsein dieser Geschöpfe und unterminieren dort jegliche Werte, ohne dass die Betroffenen groß nachdenken oder sich selbst hinterfragen müssen. Die modernen Medien arbeiten so zuverlässig, dass du kaum noch einzugreifen brauchst. Ich sende dir als Anlage eine Liste, auf der unser Literaturkomitee die hundert empfehlenswertesten Bücher aufgeführt hat. Sorge dafür, dass dein Patient einige davon in die Hände bekommt.

Ich lese mit Interesse, dass dein Schleimbeutel »moralisch großzügig« gehandelt hat. Von einer Schummelei bei der Spesenabrechnung bis zum Betrug an einem Kunden ist es nur ein kleiner Schritt. Dieser Abhang ist äußerst rutschig – eine »Großzügigkeit« führt zur nächsten.

Deine Bemerkungen zeigen, dass dir der natürliche Prozess der moralischen Erosion ein Buch mit sieben Siegeln ist. Um deine Beute besser missbrauchen zu können, musst du erkennen, welche unschätzbaren Vorteile uns das gegenwärtige Klima des Relativismus bietet.

Noch vor einigen Generationen gab es moralische Werte, die von allen Schleimbeuteln anerkannt wurden. Diese allgemein gültigen Regeln kamen den Forderungen des Feindes gefährlich nahe, mit Ausnahme von einigen wenigen – willkommenen – Abweichungen.

Zwar haben nicht alle Schleimbeutel diese Regeln *befolgt*, aber fast jeder hat sie *akzeptiert*. Wenn diese Würmer sich darüber einig sind, dass ein Meter gleich hundert Zentimeter ist, können sie Messungen durchführen. Unsere Aufgabe bestand nun darin, diesen Zollstock zu zerbrechen, und da wir auf diesem Gebiet sehr erfolgreich waren, heißt es heute: »Für mich ist ein Meter nur sechzig Zentimeter lang, für dich mögen es dreißig sein und für dich vielleicht siebzig.«

Es gibt keine allgemein gültigen moralischen Werte mehr.

In dem verbotenen Buch steht, dass dort, wo keine Autorität herrscht, jeder nur noch tut, was er für richtig hält. Das ist moralischer Relativismus. Er ist die Krönung all unserer Leistungen und du solltest dich voller Genuss in ihm aalen. Mit Hilfe dieser Lebensanschauung lässt sich jede Sünde rechtfertigen und jede Tugend verdammen.

Wenn es keinen Gott gibt, gibt es auch keine absoluten Werte. Die

Menschen werden zu Göttern, weil *sie* über Recht und Unrecht entscheiden. Diese Würmer bestimmen selbst, was moralisch oder unmoralisch ist, und so schustern sie sich – nach Lust und Laune – irgendeine willkürliche Ethik zusammen.

Du hast erwähnt, dass Fletcher seine Firma bestohlen, einen Kunden betrogen und seine Frau belogen hat. Dieses Ungeziefer empfindet Lüge so lange als falsch, bis es in eine Situation gerät, in der es unbedingt lügen will. In solchen Situationen gilt plötzlich die Ausnahme von der Regel, und nun wird eine Lüge als das einzig Richtige und Anständige empfunden. Betrügen und Stehlen sind *normalerweise* falsch – durch diese Einstellung beweist man sich selbst, dass man ein moralischer Mensch ist. Sobald diese Regel jedoch im eigenen Leben angewandt werden müsste, beruft man sich auf einen Sonderfall. So redet Fletcher sich beispielsweise ein, dass er sich so sehr für seine Firma und ihre Kunden eingesetzt habe, dass sie ihm nun eine Gegenleistung schulde. Seine Frau sei undankbar, obwohl er so viel für sie getan hat, und darum habe er nun wirklich das Recht, ihr untreu zu werden.

Spürst du diese köstliche Ironie, Qualob? Selbst wenn dieses Ungeziefer unmoralisch handelt, setzt es sich aufs hohe Ross der Moral!

In früheren Zeiten konnten wir diese Würmer zwar auch dazu verleiten, Unrecht zu tun, aber die Kehrseite der Medaille war, dass sie sich dabei miserabel fühlten. (Ich muss dir ja nicht sagen, wie gerne der Feind Kummer in Reue verwandelt.) Inzwischen können wir die Menschen jedoch zu allen möglichen Sünden verleiten, ohne dass uns daraus irgendwelche Nachteile erwachsen – ja, statt sich wegen ihres Unrechts zu schämen, sind sie sogar noch stolz darauf. Und falls sich tatsächlich irgendjemand erdreisten sollte, sie auf ihre Fehler hinzuweisen, sind sie »rechtschaffen empört«!

Der Trick ist nicht, sie zur Sünde zu verleiten, denn das ist schließlich nichts Neues. Unsere größten Erfolge feiern wir dort, wo wir jemanden davon überzeugen können, dass seine bösen Taten gut sind!

Das Komische an dieser Sache ist, dass moralische Relativisten wie Fletcher anderen Leuten Regeln aufzwingen wollen, an die sie sich selbst nicht halten. Wenn *er* seinen Arbeitgeber bestiehlt, liegt es daran, dass sein Arbeitgeber ihn ausbeutet, schlecht bezahlt und überfordert. Aber wehe, *ihn* würde jemand bestehlen – seine Empörung ließe sich wohl kaum beschreiben!

Die Schleimbeutel sagen: »Es gibt keine absoluten Werte«, doch wenn jemand ihr Auto aufbricht und ihren CD-Player klaut, ist das natürlich etwas völlig anderes. Falls Fletcher eines Tages Ehebruch begeht, wird er behaupten, seine Frau sei schuld, weil sie seine Bedürfnisse nicht erfüllt habe. Sollte *sie* ihm dagegen untreu werden, so wäre dies ein unverzeihlicher Verrat.

Am meisten begeistert mich, wie wir den moralischen Relativismus der verbotenen Schwadron schmackhaft machen konnten. Frag Faulschlich – er wird dir bestätigen, dass in der Kirche der Relativismus herrscht. Eine seiner Patientinnen brach erst kürzlich aus ihrer Ehe aus, weil »der Heilige Geist ihr Frieden darüber gegeben hatte«. Und ihre so genannten christlichen Freunde haben sie in keiner Weise kritisiert! Schließlich waren sie ja dazu angehalten worden, »niemanden zu verurteilen«.

Natürlich hat es immer schon Christen gegeben, die sich nicht nach dem verbotenen Buch gerichtet haben. Aber noch nie gab es so viele, die trotz ihres Ungehorsams weiterhin zur Kirche gingen und sich als reife Christen bezeichneten. Diese Würmer rechtfertigen ihre Sünde mit frommen Sprüchen wie: »Wir haben über dieser Entscheidung gebetet und mit einem Seelsorger geredet, und nun haben wir den Eindruck, dass wir das Richtige tun.« Lass ihnen nie zum Bewusstsein kommen, dass ihre Eindrücke und Gefühle in dieser Hinsicht völlig belanglos sind. Wenn es um Seine verflixten Gesetze geht, schert sich der Feind nicht im Geringsten um das, was irgendjemand fühlt. Die Schleimbeutel können Seine Gebote ebenso wenig außer Kraft setzen, wie sie das Gesetz der Schwerkraft aufheben können.

Achte darauf, dass sie das verbotene Buch nicht als ein Geländer betrachten, mit dem der Feind sie vor einem Sturz bewahren will, sondern dass sie in ihm einen Stock sehen, mit dem sie geschlagen und bestraft werden sollen.

Der Relativismus leistet uns innerhalb der Kirche sogar noch größere Dienste als außerhalb. Viele verbotene Schwadronen sind mittlerweile nur noch eine getaufte Version der Welt, an der einige kosmetische Veränderungen vorgenommen wurden.

Wir haben allen Grund, optimistisch zu sein, Qualob, denn von so einer Kirche wird sich die Welt niemals für den Zimmermann gewinnen lassen. Sorge dafür, dass Fletcher weder mit dem Zimmermann noch mit irgendeinem Christen, der Ihn wirklich repräsentiert, in Berührung kommt.

Letzte Nacht konnte ich endlich wieder einmal einen Menschen bewohnen. Der kalte, harte Schlüssel fühlte sich einfach wunderbar an, und die Tür quietschte verheißungsvoll, als ich sie aufschloss. Welche Ekstase, das Krachen eines Schädels zu hören, auf den ich mit meiner Faust einhämmerte. Ja, mit *meiner* Faust, denn dieses lebende Madenfutter war mein Eigentum.

Heute Abend werde ich mich wieder mit Dottie Darling treffen. Drück mir die Daumen!

Ich verbleibe in der Hoffnung, dass jegliche Unterschiede bald vollständig verwischt sein mögen,

Graf Moderthal

8. KAPITEL

Jordans Welt

»Wo ist meine Kaffeetasse?«

»Wahrscheinlich genau da, wo du sie hingestellt hast – oder im Geschirrspüler.«

Mehrere Gläser klirrten gegeneinander, während Jordan den Schrank nach einer anderen Tasse durchstöberte.

»Wenn du sie selber abwaschen würdest«, bemerkte Diane, »wäre sie jeden Morgen an ihrem Platz.«

Ich schufte den ganzen Tag, damit sie ein schönes Haus hat, und nun soll ich auch noch Geschirr abwaschen?

Gereizt vertiefte Jordan sich in den Sportteil der Zeitung und informierte sich darüber, wer künftig für die *Seahawks* spielen würde. Seine Frau setzte sich ans andere Ende des Küchentischs zu Jillian.

»Morgen Abend führt ihr euer Stück auf, nicht wahr?«, erkundigte sie sich.

»Ja«, erwiderte das Mädchen mürrisch.

Jordans Gesicht wurde lang. Er hatte Karten für die *Blazers*, und er hatte sich schon darauf gefreut, mit Ron und einigen Kumpels das Spiel anzusehen.

Eine Highschool-Aufführung anstelle eines Blazers-Spiels? Großartig. Woher nimmt sich eigentlich jeder das Recht, über meine Zeit zu verfügen?

»Hast du gehört, Jordan? Jillians Stück hat morgen Abend Premiere.«

»Ja, ich habe es gehört. Wie läuft es denn so bei den Proben?«

Jillian zuckte die Achseln. »Ganz gut.«

Geistesabwesend schaute Jordan auf die Uhr und erhob sich im selben Moment wie seine Tochter. »Komm nicht zu spät zur Schule«, sagte er noch, bevor sie die Küche in entgegengesetzten Richtungen verließen.

Als Jordan auf die Straße bog, sah er, dass der Wind eine zusammengefaltete Schachtel vom Recycling-Stapel seiner Nachbarn auf seinen Rasen geweht hatte. Sofort trat er auf die Bremse, fuhr wieder zurück und stieg aus. Während er das Stück Pappe aufhob und zurückbrachte, blickte er zu den Fenstern des Nachbarhauses auf und hoffte, dass Sid Young oder seine Frau ihn bemerken würden.

Könnt ihr vielleicht mal dafür sorgen, dass euer Müll nicht auf meinem Rasen landet?

Auf der Fahrt zum Büro spürte Jordan, wie sich sein Nacken verkrampfte und seine Hände zu schmerzen begannen. Er war erst fünfundvierzig, und trotzdem bekam er schon Arthritis. Als er das Radio einschaltete, dröhnte ihm die Rockmusik eines Senders entgegen, den er noch nie gehört hatte.

Jillian – ich brauche ihr nur ein einziges Mal meinen Wagen zu leihen, und schon hat sie alle Einstellungen verändert.

Nachdem Jordan sich durch den Verkehr geschlängelt, mehrmals die Hupe betätigt und mindestens ein halbes Dutzend Mal die Stirn gerunzelt hatte, erreichte er schließlich den Parkplatz seiner Firma. Er fuhr um die Ecke und …

»Was zum …?«

Wütend starrte er auf den Wagen, der auf *seinem* Parkplatz stand. Dann legte er den Rückwärtsgang ein und stellte sich auf den Parkplatz, der für den Verwalter reserviert war. Jim Henry befand sich in der Hackordnung weit unter ihm.

Im Sturmschritt marschierte Jordan nun zu Frank hinüber, dem Parkplatzwächter ohne Nachnamen.

»Wem gehört dieser Wagen?«

»Welcher Wagen?«

»Der, der auf meinem Parkplatz steht.«

Frank zuckte die Achseln.

»Finden Sie es bitte heraus. Das ist *mein* Parkplatz.«

Während Franks Augen über das halbe Dutzend freier Parkplätze glitten, schien ihm eine Antwort auf der Zunge zu liegen, die er jedoch unausgesprochen hinunterschluckte, als er Jordans Blick begegnete. »Selbstverständlich. Ich werde es überprüfen.«

»Sie können dem Fahrer dieses Wagens ausrichten, dass es einen guten Grund gibt, warum dieser Parkplatz für mich reserviert ist. Fragen Sie ihn, ob er damit irgendein Problem hat.«

Wenig später betrat Jordan sein Büro und stürmte an Patty vorbei, die gerade am Telefon war. Er setzte sich an seinen Schreibtisch und zog ein Gesicht, bevor er einen Berg von Unterlagen durchblätterte. Zuerst musste er zwei Leute anrufen und dann schleunigst beginnen, sich durch seine Mails zu wühlen.

»Wer war an meinem Computer?«, rief er Patty zu, die sofort an seiner Tür erschien.

»Patrick hat gesagt, er müsse eine Änderung am Edwards-Konto vornehmen, die über das Netzwerk nicht möglich sei.«

»Aber du hast ihm doch nicht mein Passwort gegeben?«

»Natürlich nicht. Es war noch drin, weil du dich gestern gar nicht abgemeldet hast.«

Jordan starrte auf den Bildschirm und verzichtete auf eine Antwort.

Gegen elf Uhr fühlte er sich wie eine Bombe, die jeden Augenblick explodieren konnte. Ohne ein Wort zu Patty oder irgendjemand sonst zu sagen, verließ er das Büro. Draußen sah er, dass sein Parkplatz nicht länger belegt war, und er fragte sich, wer dieser Trottel wohl gewesen sein mochte, der offenbar keine Schilder lesen konnte.

Er versuchte, sich den Anschein zu geben, als habe er ein bestimmtes Ziel, obwohl ihm mit peinlicher Deutlichkeit bewusst war, dass er keine Ahnung hatte, wohin er sich wenden sollte. Während er sechs Blocks weit bis zur Stadtmitte ging, hielt er seinen Blick auf die Ritzen im Bürgersteig gerichtet, als ob er dort eine Antwort finden könnte. Plötzlich hörte er vor sich eine Stimme:

»Glaubt an den Herrn Jesus Christus.«

Jordan hatte das Gefühl, man habe ihm einen Eimer eiskaltes Wasser ins Gesicht geschüttet. Nach einem kurzen Augenkontakt mit dem Straßenprediger las er das Schild, das der Mann aufgestellt hatte: »Bereut eure Sünden, damit ihr vor der Hölle gerettet werdet.«

»Kennen Sie Jesus?«, fragte der Mann.

»Das geht Sie gar nichts an. Warum kümmern Sie sich nicht um Ihre eigenen Angelegenheiten?«

»Es ist meine Angelegenheit, anderen Menschen von Jesus zu erzählen.«

»Ach, wirklich? Ich mag es aber nicht, wenn man mir zu nahe tritt und meine Zeit verschwendet. Warum lassen Sie mich also nicht in Ruhe und machen sich ein schönes Leben?«

Der Mann wich ein Stück zurück. »Ich habe tatsächlich ein schönes

Leben, und es würde mich interessieren, ob Sie dasselbe von sich sagen können. Sind Sie mit Ihrem Leben zufrieden? Oder sehnen Sie sich nach mehr?«

Jordan verspürte das Bedürfnis, diesen Armleuchter zu verprügeln.

»Jesus ist gekommen, um den leeren Platz in unserem Herzen zu füllen.«

Für einen flüchtigen Moment hatte Jordan das merkwürdige Gefühl, dass seine Mutter den Worten dieses Mannes zugestimmt hätte.

»Ach, bleiben Sie mir doch mit Ihrer Heuchelei vom Leib«, sagte er abwehrend.

»Wie können Sie behaupten, dass ich ein Heuchler bin? Sie kennen mich doch überhaupt nicht!«

»Und ich will Sie auch gar nicht kennen lernen.« Jordan trat einige Schritte zurück und zeigte auf das große Schild. »*Mein* Gott würde niemals zulassen, dass jemand in die Hölle kommt.«

Während er eilig davonging, summte er einen alten Rocktitel vor sich hin: »I Can't Get No Satisfaction.« Seit er zurückdenken konnte, hatte er diesen Trick angewandt, wenn er irgendetwas nicht hören wollte. Und in diesem Augenblick wollte er seine Ohren um jeden Preis vor den Worten dieses Straßenpredigers verschließen, die ihn so hartnäckig verfolgten wie ein Bluthund, der eine frische Fährte aufgenommen hat.

Achter Brief

Das Wort »mein«

An meinen Untergebenen Qualob.

Fletcher benimmt sich, als wäre er das Zentrum der Gravitation und besäße genügend Masse, um alles Übrige in seiner Umlaufbahn zu halten – als würde alles nur durch ihn und um seinetwillen existieren. Auch seine Sprache quillt über vor Anspielungen auf seine eigene Person.

Das Possessivpronomen »mein«, das Fletcher so gerne benutzt, zeigt deutlich, dass er sich selbst als Eigentümer von allem Möglichen betrachtet und dass er entsprechende Rechte und Privilegien genießt.

Schon in seinem Kinderzimmer kam Fletcher mit dem Wort »mein« in Berührung. Die Spielzeugsoldaten gehörten *ihm*, und deshalb durfte er sie nach Lust und Laune auseinander nehmen. Sobald er ein wenig älter war, wurde die Katze »meine Katze«, und wenn er mit seiner Spielzeugpistole auf sie schießen wollte, konnte ihn niemand daran hindern. Seine Zwillingsschwester Jill und seine andere Schwester, Erin, waren *seine* Schwestern, die er mit Fug und Recht schikanieren durfte. »Meine Kleider«, »mein Fahrrad« und »meine Mutter« – alle waren sie ausschließlich dazu da, seine Bedürfnisse zu stillen.

In der Pubertät schritt er dann zu »meinem Auto« und »meiner Freundin« fort, die er dazu benutzte, um sein Ego zu befriedigen. Als Erwachsener redete er von »meiner Arbeit«, »meinen Kindern« und – die wenigen Male, die er dorthin ging – »meiner Kirche«. Alles gehörte ihm, und deshalb durfte er es beherrschen und benutzen. Natürlich verbirgt sich hinter dem Wort »mein« nicht immer die Vorstellung, man könne über die jeweilige Sache oder Person bestimmen, doch in den meisten Fällen ist es so.

Indem wir die Kakerlaken dazu anspornen, das Wort »mein« auf diese Weise zu gebrauchen, können wir falsche Hoffnungen wecken und Konflikte schüren. Begreifst du, was ich meine, Qualob? Der Feind behauptet, dass Ihm alles gehört. In Seinen Augen sind diese Würmer lediglich Pächter, die Sein Land bewirtschaften. Wenn sie also auf irgendetwas Anspruch erheben, legen sie sich mit Ihm an.

Fletcher redet von »meinem Garten«, »meinem Parkplatz« und »meinem Boot«. Von der Tatsache, dass er unter *seinem* Dach eine Anzahl von Gegenständen angehäuft hat, leitet er ohne weiteres einen Besitzanspruch ab. In seinem Unterbewusstsein will er sich damit auf eine Stufe mit Gott stellen. Du hast erwähnt, dass Fletcher mit der Bezeichnung »meine Frau« normalerweise lediglich »meine Trophäe, mit der ich nach Belieben angeben kann« meint. Zu diesem Zweck muss seine Frau immer perfekt aussehen, wenn er mit ihr ausgeht, was er – wie ich entzückt zur Kenntnis nehme – immer seltener tut. Bald wird er sich berechtig fühlen, die schon etwas unansehnlich gewordene Trophäe zum alten Eisen zu werfen und sich an ihrer Stelle eine neue zu beschaffen. Es sieht ganz so aus, als würde deine Strategie, Fletcher dazu zu bringen, seine Frau zu Gunsten eines jüngeren Modells zu verlassen, in Kürze von Erfolg gekrönt werden.

Sorge dafür, dass Fletcher jeden Abend zu dem Schluss gelangt, seine Familie, seine Mitarbeiter und seine Nachbarn stünden tief in seiner Schuld und es wäre nur recht und billig, wenn sie jede Kränkung, die sie ihm zugefügt haben, und jede Unannehmlichkeit, die ihm entstanden ist, wieder ausgleichen müssten. Natürlich denken diese Leute nicht im Traum daran, und deswegen wird er denken, seine Feindseligkeit sei gerechtfertigt.

Du hast davon gesprochen, dass Fletcher beim Autofahren wieder einmal die Beherrschung verloren hat: »Das ist *mein* Auto, *mein* Zeitplan und *meine* Spur. Weg da, jetzt komme *ich*!« Wie schön!

Achte darauf, dass er an der Illusion festhält, sein Körper wäre sein Eigentum. Lass ihn glauben: »Mein Körper gehört mir, und deshalb kann mir niemand vorschreiben, wie ich mit ihm umzugehen habe.« (Erinnerst du dich noch an den Slogan: »Mein Bauch gehört mir«? Beim Brainstorming der Marketing-Abteilung, in dem er entwickelt wurde, habe ich einen wichtigen Beitrag geleistet!) Fletcher soll sogar die Zeit als seinen persönlichen Besitz betrachten, als ob es irgendein unumstößliches Gesetz gäbe, das ihn dazu berechtigen würde, jeden Tag genau so zu verbringen, wie er es sich vorstellt, ohne sich von anderen stören zu lassen.

Wenn du es richtig anstellst, wird Fletcher sich für einen geduldigen Menschen halten, der anderen Leuten eine Menge Zeit opfert. Dieses Ungeziefer verleiht sich nämlich mit Vorliebe selber einen Heiligenschein, obwohl es bis zum Hals in Egoismus versinkt. Unsere Abteilung, die sich auf populärwissenschaftliche Psychologie spezialisiert hat, hat sich selbst übertroffen: Mittlerweile betrachten die Menschen ihre Eigenliebe nicht länger als eine Krankheit, sondern als das Heilmittel schlechthin!

Lehre deinen Patienten, »seine« Zeit eifersüchtig gegen jeden zu verteidigen, der ihm einen Bruchteil davon »rauben« will. Diese Einstellung führt unweigerlich zu Frustration, die sich wiederum in Zorn verwandeln wird. Wenn Fletcher es anderen übel nimmt, dass sie einen Teil seiner Zeit beanspruchen, so könnte er sich ebenso gut darüber ärgern, dass er jeden Tag atmen und essen muss. Lass ihm niemals bewusst werden, dass er »seine« Zeit weder geschaffen noch verdient hat. Er kann sie nicht für sich behalten, aufbewahren oder mitnehmen, wenn er diese Erde verlassen muss. Warum denkt er also, dass er allein über diese Zeit verfügen könne? – Weil er ein Narr ist.

Der Zimmermann will, dass diese Würmer sagen: »*Dein* Wille geschehe.« Wir dagegen fordern sie auf, sich selbst zu behaupten, indem sie sagen: »*Mein* Wille geschehe.« Wenn sie sich wünschen, dass der Feind sich aus ihrem Leben fern hält und sie in Ruhe lässt, beten sie darum, in die Hölle zu kommen, denn die Hölle ist der einzige Ort im ganzen Universum, an dem der Feind nicht gegenwärtig sein wird. Keine Sorge, diese Würmer werden bekommen, worum sie gebetet haben, nur wird es ein wenig anders aussehen, als sie gedacht haben!

Jedes Mal, wenn du erreichen kannst, dass Fletcher sich selbst noch wichtiger nimmt, wird der Feind in seinen Augen an Bedeutung verlieren.

Ich habe mit Entsetzen gehört, dass ein Straßenprediger versucht hat, mit Fletcher über die verbotene Botschaft zu reden. Hast du nicht begriffen, worauf dieser Wurm hinauswollte? Achte darauf, dass Fletcher nie wieder mit Leuten wie ihm in Berührung kommt! Selbst wenn sie ihm auf die Nerven gehen, kann der Feind einzelne Sätze von ihnen benutzen, um ihm irgendwelche Flausen in den Kopf zu setzen.

Dein Fletcher scheint auf eine sehr oberflächliche Weise an den Feind zu glauben – etwa nach dem Motto: »Ich glaube an Gott, solange mir dieser Glaube einen gewissen Trost vermittelt.« Das erklärt seine Reaktion auf das Schild des Straßenpredigers: »*Mein* Gott würde niemals zulassen, dass jemand in die Hölle kommt.«

Als ich das hörte, konnte ich ein Kichern nicht unterdrücken. Monatelang verschwendet diese Kakerlake keinen Gedanken an Gott, und dann redet sie plötzlich von »meinem« Gott. In Fletchers Augen besteht zwischen »meinem Gott« und »meinem dienstbaren Geist« keinerlei Unterschied. Sein Gott ist ein überirdischer Page, der nur dazu da ist, ihm irgendwelche Vorteile zu verschaffen, wofür er – wenn er Glück hat – am Ende ein Trinkgeld erhalten wird.

Deine Beute hat völlig Recht, wenn sie behauptet, dass »ihr« Gott niemals zulassen würde, dass jemand in die Hölle kommt. Dieser Gott kann überhaupt nichts zulassen, weil er gar nicht existiert. Er ist nichts weiter als eine Ausgeburt von Fletchers Phantasie, die in dem Moment in Flammen aufgehen wird, in dem Fletcher zum letzten Mal seinen Wohnort wechselt.

Wenn wir den Tyrannen doch nur ebenso leicht loswerden könnten!

Immer bemüht, mir die Dinge zu ergattern, die von Rechts wegen mir gehören, verbleibe ich, dein

Graf Moderthal

9. KAPITEL

Das Spiel und das Buch

Du hast heute wirklich super gespielt, Jordan. Dieser letzte Wurf war einsame Spitze.«

»Vielen Dank, Ryan. Du warst aber auch gut.«

»Wie wäre es mit einem Bier?«, fragte einer der Männer, die bei den Schließfächern standen.

»Ich muss nach Hause«, erwiderte ein anderer, »sonst kriege ich Ärger mit meiner Frau.«

»Ja, und ich muss morgen in aller Frühe aufstehen. Wir sehen uns nächste Woche.«

»Wie ist es mit dir, Jordan?«, erkundigte sich Ryan. »Das *Starbucks* hat immer noch geöffnet. Kann ich dich zu einem Mokka einladen?«

»Klar. Bei einem Mokka sage ich nie Nein.«

Kurz darauf saßen die beiden Männer im *Starbucks* und unterhielten sich lachend über das Spiel und die Lokalpolitik.

»Hattest du eigentlich schon Gelegenheit, das Buch zu lesen, das ich dir gegeben habe?«, fragte Ryan schließlich.

»Ach, du meinst den Roman? Ja, ich habe ein paar Kapitel gelesen. Er liegt neben meinem Sessel, aber in den letzten Wochen hatte ich so viel zu tun, dass ich kaum zum Lesen gekommen bin.«

»Und wie gefällt er dir?«

»Nicht schlecht. Ich mag Thriller.«

»Lies ruhig weiter, wenn du Zeit hast. Die Geschichte wird immer besser.«

Neunter Brief

Dichtung und Wahrheit

An meinen schrecklichen Untergebenen Qualob.

Vor zwei Tagen hat Dottie Darling eine Überdosis genommen. Zwar finde ich Gift nicht besonders aufregend – ich will Blut sehen und mich daran weiden, wie diese Würmer sich in ihren letzten Zügen winden –, aber es hat immerhin seinen Zweck erfüllt. Bei der Begrüßung habe ich mich als ihr geliebter Michael ausgegeben. Einen Moment lang hat sie mir geglaubt, doch dann habe ich meine Maske abgenommen. Sie hat laut geschrieen, und ich habe ihr im Vorübergehen in ihr hässliches Gesicht gelacht. Nun ist sie tatsächlich am selben Ort wie ihr Geliebter gelandet, doch in der ewigen Einzelhaft der Hölle werden sich die beiden niemals begegnen.

Ich war stolz darauf, meine Beute erlegt zu haben, und ich spürte, wie mich neue Kraft durchströmte. Aber dann … hörte ich den Gesang. Diese schreckliche Musik aus Charis lässt mich nicht los, sie verfolgt mich wie ein erbarmungsloses Raubtier. Ihre Klänge dringen vom dritten Himmel hinunter in den zweiten, und deshalb kann ich ihr nicht entfliehen, wohin ich auch gehe. »Du bist würdig«, singen sie andauernd. Warum nur? Was haben sie davon? Was bringt es ihnen? Warum lächeln, feiern, tanzen, jubeln und lachen sie, als ob sie sich wirklich freuen würden? Spielen sie dem Feind Theater vor, damit er sie nicht wie lästige Käfer zertritt?

»Jaltor hat es auf mich abgesehen!«, hast du mir in deinem letzten Brief vorgejammert. Damit erzählst du mir nichts Neues. *Natürlich* hat er es auf dich abgesehen – wir befinden uns in einem Krieg, nicht bei einem Ausflug mit Picknick. Auch der Geist des Feindes will dich außer Gefecht setzen, und sogar die christlichen Würmer – die wenigen, die begriffen haben, dass um sie herum eine Schlacht tobt – wollen uns zur Strecke bringen. Es hat keinen Zweck, mir etwas vorzuwinseln. Ich bin nicht dein Kindermädchen, sondern dein Kommandant.

Du sagst, du würdest Fletcher gerne mit Haut und Haar besitzen? Da du noch niemals den Preis für ein ständiges Wohnrecht bezahlt oder die damit verbundenen Annehmlichkeiten genossen hast, kann ich von dir wohl nichts anderes erwarten. Laut deiner Akte hast du noch nie längere Zeit in einem Menschen gelebt. Ich dagegen habe nicht nur Minuten oder Stunden, sondern viele Jahre in einem Dutzend Menschen verbracht (in einem Fall waren es sogar siebenunddreißig Jahre). Außerdem war ich der Anführer von sieben Geistern, die alle zusammen eine Person bewohnten.

Ein Mann, in dem ich fünfzehn Jahre gelebt habe, war ein Kirchgänger, der seine Sklavinnen vergewaltigte und seine Diener verprügelte. In der Zeit, als man diese Leute noch als Kinderschänder bezeichnete, bewohnte ich einen Pädophilen. Ich spezialisierte mich auf Ausreißer und Verlassene. Aber ich will diese Arbeit nicht besser darstellen, als sie tatsächlich ist – diese bedeutungslosen, von Krankheiten befallenen Vorposten zu verteidigen war oft eine zermürbende Pflicht, die mir lediglich einige flüchtige Momente der Befriedigung verschaffte. Trotzdem habe ich aus diesen Erfahrungen viel über meine Beute und meine Mission gelernt.

Meine erste Innewohnung fand ich äußerst ordinär. Es war einfach grauenhaft, das Rauschen dieser widerwärtigen Flüssigkeiten zu hören und die Enge der menschlichen Haut zu spüren. Dazu kam noch der Schweiß, der Gestank und das Defäkieren ... Das Gefühl, in diesen winzigen Behältern gefangen und den Eindrücken ihrer scharfen Sinne schutzlos ausgeliefert zu sein, löste bei mir Platzangst aus. Allein die Gerüche der Substanzen, von den unangenehm feuchten bis zu den trockenen, muffigen, raubten mir schier den Verstand. Ebenso wenig konnte ich die verschiedenen Geräusche einordnen, die mich von allen Seiten überfluteten. Und dann war da noch der Schmerz, die Einsamkeit, die Leere und die Sinnlosigkeit eines Daseins, das in einem Meer des Elends unterzugehen drohte.

Mit der Zeit gelang es mir jedoch, meine Sehnsüchte in den körperlichen Bedürfnissen und Verhaltensweisen meines Wirts auszudrücken. Zuerst eroberte ich den Geschmacksinn und danach folgten alle übrigen Sinne. An diesem Punkt wurde mir plötzlich klar, dass der Feind Seinen Ebenbildern noch ein weiteres Geschenk gemacht hat, das uns vorenthalten wurde. Obwohl diese Würmer ebenfalls Geistwesen sind, ist ihr Geist auf merkwürdige Weise mit einem Körper verwoben. Und dieser Körper verschafft ihnen Genüsse, die ich mir nicht einmal in meinen kühnsten Träumen ausgemalt hätte: Sie sind im Stande, sich an einem vorzüglichen Essen und an auserlesenen Getränken zu freuen, sich an dem Geruch frisch gebackener Schokoladenkekse zu ergötzen und in einer eiskalten Nacht die Wärme eines Feuers zu genießen. Ich habe gespürt, wie die Sonne ihr Gesicht bescheint, der Regen ihren Kopf benetzt und der Schnee auf ihre ausgestreckten Händen fällt.

Kein Wunder, dass der Feind dem A-Wort so viel Bedeutung beimisst: Bei der *Auferstehung* werden Körper und Geist wieder vereinigt – ein Geist, der durch den Körper nicht eingeschränkt, sondern erweitert wird. Diese Wesen können die Wirklichkeit in einer Tiefe ergründen, zu der wir niemals vordringen werden. Natürlich sind sie durch ihre sinnlichen Wahrnehmungen zeitweise Schmerzen ausgesetzt, aber dafür können sie sich auf eine Art und Weise freuen, von der wir nur träumen können. Diese hervorquellenden Augen, kribbelnden Rücken, pulsierenden inneren Organe – sie sind lebendig, wirklich lebendig, während unsere Kerkerhaft im geistigen Raum mir mittlerweile wie ein verkrüppeltes Dasein erscheint. Je deutlicher die einzigartigen Vorteile der leiblichen Existenz zu Tage traten, desto größer wurde mein Zorn.

Warum hat Er Seine großzügigen Geschenke an dieses Ungeziefer verschwendet, anstatt *uns* damit zu überschütten? Woher nahm Er sich dieses Recht? Ist Er jemals einer von uns geworden? Natürlich nicht. Er wurde einer von *ihnen*. Erwartet Er etwa, dass wir diese Kränkungen ohne weiteres hinnehmen?

Nun zu den dringlicheren Angelegenheiten. Ich habe eine Nachricht von einem meiner Kollegen erhalten. Offenbar hat ein Agent namens Zankstoß seinem Kommandanten berichtet, dass einer der Basketballspieler, für die er zuständig ist, *Christ* ist! Wie konntest du es nur versäumen, mir diese wichtige Tatsache mitzuteilen?

Dieser Zankstoß behauptet, dass sein Patient deinem Patienten ein Buch gegeben habe mit der Bitte, es zu lesen und ihm anschließend zu sagen, was er davon hält. Und nun kommt das Ungeheuerliche: Laut unseren Informationen handelt es sich bei diesem Buch um einen Roman, der die verbotene Botschaft verkündet!

Zankstoß hat erklärt, du hättest nichts dagegen, dass Fletcher dieses Buch liest, weil ich dir versichert habe, es sei völlig ungefährlich. Hättest du mir bloß gesagt, du Idiot, in welche Kategorie dieses Buch fällt, dann hätte ich es vollkommen anders beurteilt!

Es gibt Romane und Erzählungen, die geschichtliche Ereignisse aus der Perspektive des Feindes darstellen. Sie vermitteln Informationen, die uns schaden können, betonen die Souveränität des Feindes und erzählen von Seiner ... *Gnade*. Belletristik eignet sich hervorragend dazu, Lügen zu verbreiten, aber bedauerlicherweise ist sie ein ebenso gutes Medium für die Wahrheit.

Viele Sachbücher sind mit Lügen gespickt und manche Romane triefen geradezu vor Wahrheit. Aus diesem Grund ist es hoffnungslos naiv, zu denken: »Das ist ja nur ein Roman.« Zankstoß hat berichtet, du hättest gesagt, Geschichten könnten keinerlei Schaden anrichten. Ist dir noch nie in den Sinn gekommen, dass die verbotene Botschaft ebenfalls eine Geschichte ist? Weißt du nicht, dass der Zimmermann Geschichten erzählt hat, in die er hochexplosive Wahrheiten verpackte?

Es wäre mir lieber, dieses Ungeziefer würde zehn Sachbücher über Gnade lesen, als dass es die Geschichte versteht, die der Feind über den verlorenen Sohn erzählt hat!

Ist dir nicht klar, dass die gefährlichsten Bücher, die von Anhängern des Zimmermanns geschrieben wurden, zu dieser Literaturgattung gehören? Das beste Beispiel ist *Pilgerreise zur seligen Ewigkeit*[4] – dieses Buch hat beinahe so viele Katastrophen verursacht wie das verbotene Buch selbst. Und wenn du an die zahlreichen Sachbücher denkst, in denen gegen die Sklaverei protestiert wurde, fällt dir da nicht sofort der Roman ein, den der Feind benutzt hat, um Millionen von Herzen zu beeinflussen und die Sklaverei schlussendlich abzuschaffen? Es war *Onkel Toms Hütte*[5], verfasst von dieser verflixten kleinen Frau. (Sicher, wir konnten damals einen Bürgerkrieg anzetteln, aber das ist jetzt nur noch ein schwacher Trost.)

Und was ist mit der Geschichte, die dieser erbärmliche Pastor von der Kanzel herab erzählte und unter dem Titel *In seinen Fußstapfen*[6] veröffentlichte? Plötzlich hat sich jeder gefragt: »Was würde Jesus an meiner Stelle tun?« Die Geschichte wird heute noch gelesen und diese Frage wird immer noch gestellt.

Romane und Erzählungen sind nicht das Gegenteil der Wahrheit, sie dienen ihr vielmehr immer wieder als Sprachrohr. Versuche also nicht, mir weiszumachen, Qualob, dass der Roman, den deine Beute bekommen hat, lediglich eine erfundene Geschichte sei! Fletcher hat sich innerlich so stark gegen die Angriffe des Feindes verbarrikadiert, dass er sich wahrscheinlich kaum mit einem Sachbuch der Gegenseite beschäftigen würde. Indem er jedoch diesen Roman liest, hat er dem Trojanischen Pferd Einlass in seine Gedanken gewährt. Nun können sich die Anschauungen des Feindes unbemerkt an ihn heranschleichen, ihn in einem günstigen Augenblick überrumpeln und sein Herz erobern.

Begreifst du nicht, dass Fletchers Einstellungen und Werte jederzeit beschlagnahmt werden können? Dieses Buch könnte im Plan der Gegenseite eine zentrale Rolle spielen – ja, es könnte sogar der letzte Einfluss sein, dem Fletcher vor seinem Tod ausgesetzt ist. Wie viele Würmer haben in dem flüchtigen Moment, in dem sie sterben mussten, zum Feind um Hilfe gerufen? Denk nur an diesen stinkenden Räuber am Kreuz. In einem einzigen Augenblick geht das Ergebnis jahrelanger Arbeit in Rauch auf, nur weil ein erbärmlicher Versucher wie du im Dienst eingenickt ist!

Du musst unbedingt verhindern, dass dein Patient dieses Buch liest. Halte ihn von jeder Art von Literatur fern, die die Einstellung des Feindes zu Gut und Böse, Kampf und Leid, Sünde und Erlösung zeigt. Fletcher soll Geschichten lesen, die ihm entweder eine oberflächliche Antwort anbieten oder ihn in Depressionen stürzen. Führe ihn an Romane heran, deren Figuren von der Bildfläche verschwinden, sobald sie eine falsche Entscheidung getroffen haben. (Trivialliteratur hindert erfolgreich am Nachdenken.)

Konzentriere dich stets auf das Wesentliche. Deine Beute hat in jeder Situation nur drei Möglichkeiten: Sie kann bleiben, wo sie ist, sie kann sich in unsere Richtung bewegen oder sie kann sich dem Feind nähern. Die beiden ersten Alternativen sind durchaus in unserem Sinne, während Letzteres um jeden Preis vermieden werden muss.

Sorge dafür, dass Fletcher sich heute Abend vor den Fernseher setzt, Zeitung liest, ein Kreuzworträtsel löst, Musik hört, einige Leute anruft, am Computer arbeitet oder sein Auto repariert. Selbstverständlich kannst du ihm auch eines von *unseren* Büchern anbieten oder ihm einen

Roman schmackhaft machen, der ihn weder auf positive noch auf negative Weise beeinflusst. Aber du darfst auf keinen Fall zulassen, dass er dieses »harmlose« Buch in die Hand nimmt, das ihm diese Nervensäge namens Ryan geliehen hat.

Durch Bücher, die die Botschaft des verbotenen Buches veranschaulichen, hat der Feind schon zahllose Menschenleben verändert. In deinem eigenen Interesse solltest du dafür sorgen, dass wir Fletcher nie zu dieser Gruppe rechnen müssen.

Ich verbleibe in dem Bemühen, jede Gattung Seiner Propaganda zu zensieren,

Graf Moderthal

10. KAPITEL

Ein kleiner Schritt

Im Fernsehen lief eine Sitcom. Jordan saß in seinem Sessel und Diane hatte sich etwa drei Meter von ihm entfernt auf dem Sofa ausgestreckt.

Gereizt stellte Jordan fest, dass diese banale Sendung eigentlich nur etwas für Leute war, die so eine Ablenkung nötig hatten, weil sie mit ihrem eigenen Leben nicht zufrieden waren.

Er überlegte, ob er nach oben gehen solle. Vielleicht könnte er … Da fiel sein Blick auf die hinreißende Schauspielerin, die von einem unsichtbaren Publikum mit anerkennenden Pfiffen begrüßt wurde.

Als eine besonders alberne Werbung jedoch zum dritten Mal an diesem Abend gezeigt wurde, erhob Jordan sich so abrupt, als ob ihm jemand einen Schlag versetzt hätte. Verblüfft sah Diane zu ihm hinüber.

»Was ist?«, fragte Jordan.

»Nichts, ich habe nur …«

Er ging an ihr vorbei zu der Tür, die zur Treppe führte.

»Wo willst du hin?«, erkundigte sich Diane.

Jordan zuckte die Achseln. »Ich weiß es noch nicht. Vielleicht werde ich früher ins Bett gehen und noch ein bisschen lesen. Mal sehen.«

Diane nickte und Jordan bemerkte, dass ihre Augen feucht schimmerten. Warum weinte sie bloß? Das war doch eine Sitcom und kein Bericht über eine Messerstecherei auf einem Schulhof.

Frauen … Begreift irgendjemand, was in ihnen vorgeht?

Langsam ging Jordan nach oben und hörte seinen Anrufbeantworter ab. Er blätterte durch die Mails, die er bereits geöffnet hatte, schaute in den Kühlschrank und hantierte schließlich an einer flackernden Lampe herum. Eigentlich hatte er vorgehabt, eine Weile zu lesen, doch jedes Mal, wenn er sich endgültig hinsetzen wollte, fiel ihm irgendetwas ein, das er unbedingt erledigen musste.

Eine Stunde später legte er den Schraubenzieher beiseite, mit dem er die Schrauben in den Küchenstühlen nachgezogen hatte. Nachdem er seine abendlichen Medikamente genommen hatte, ging er ins Schlafzimmer, ließ sich aufs Bett fallen und schlug den Roman auf, den Ryan ihm geliehen hatte. Um sich wieder ins Gedächtnis zu rufen, was er vor zehn Tagen gelesen hatte, überflog er noch einmal die ersten beiden Kapitel. Dann fing er mit dem dritten Kapitel an.

Zehnter Brief

Jeder ist seines Glückes Schmied

An meinen kindischen Untergebenen Qualob.

Ich war *zutiefst* beeindruckt, als ich gelesen habe, dass es dir an einem der vergangenen Abende, an dem Fletcher allein im Zimmer war, gelungen ist, ihm eine »Höllenangst« einzujagen. Was für ein durchschlagender Erfolg. Sicher hat ganz Charis vor Furcht gezittert.

Ich habe ein Memo an Zankstoß' Vorgesetzten geschickt, in dem ich ihm empfohlen habe, um jeden Preis zu verhindern, dass Ryan für Fletcher betet. Wir haben nämlich Grund zu der Annahme, dass die feindlichen Truppen, die sich um deinen Patienten bemühen, erst mobilisiert wurden, nachdem diese Kakerlake Ryan einige verbotene Gespräche mit dem Feind geführt hat.

Du hast mit keinem Wort erwähnt, ob du Fletcher davon abhalten konntest, dieses gefährliche Buch zu lesen. Hast du auf der Akademie etwa in der Woche geschwänzt, in der ihr lernen solltet, wie man einen ordentlichen Bericht abfasst? Anstatt mich mit nützlichen Informationen zu versorgen, beklagst du dich darüber, dass du keine Ahnung hättest, wie sich meine Ausführungen über das Wort »mein« in der Praxis anwenden lassen.

Diesmal werde ich dir eine Geschichte, die ich selbst erlebt habe, erzählen. Vielleicht kapierst du ja tatsächlich, auf welchen Punkt ich hinauswill.

Vor einigen Jahren gab mir das Hauptquartier Urlaub, damit ich mich wieder einmal ins Schlachtgetümmel stürzen konnte. Einer meiner Patienten war ein Wurm namens Robert. Er war ein leitender Angestellter, der in seinem Büro den Spruch aufgehängt hatte: »Jeder ist seines Glückes Schmied.« Eines Tages zog er ernsthaft in Erwägung, die Einladung des Zimmermanns anzunehmen.

Ich war höchst beunruhigt, denn ich hatte Schmierflick im Nacken, der mir eindringlich vor Augen hielt, welche Konsequenzen mich erwarteten, falls ich mein Opfer entkommen ließ. Mein Patient war einem Christen begegnet, der ihm von dem Zimmermann erzählt hatte. Als dieser Christ versprach, Robert wieder anzurufen, damit sie sich noch weiter über dieses Thema unterhalten konnten, wusste ich, dass es um Kopf und Kragen ging.

Trotzdem ließ ich mich nicht dazu hinreißen, den Behauptungen des Zimmermanns zu widersprechen, da ich fest entschlossen war, mich nicht von der Wahrheit an die Wand spielen zu lassen. Ablenkung war in diesem Fall die einzig richtige Strategie. Allerdings – und daran musst du dir ein Beispiel nehmen, Qualob – vermied ich den Fehler, den so viele unerfahrene Versucher begehen: Um einen möglichst spektakulären Sieg zu erringen, sorgen sie dafür, dass ihr Opfer eine tödliche Krankheit bekommt oder einen seiner Angehörigen verliert. Solche Schüsse gehen meistens nach hinten los. *Ich* hatte indessen die geniale Idee, schlicht und einfach einen Nagel auf die Straße zu platzieren, der meinem Patienten mitten im Berufsverkehr einen Platten bescherte. (Zwar beherrschst du die Kunst der Telekinese noch nicht annähernd so gut wie ich, doch mit etwas Übung wirst du vielleicht ebenfalls lernen, Gegenstände präzise zu manipulieren.)

Der Wagenheber war so wacklig und verrostet, dass Robert den früheren Besitzer seines Autos verfluchte. Weil die Betriebsanleitung nicht im Handschuhfach lag, verfluchte er seine Frau, die das Auto geputzt und dabei zweifellos die Bedienungsanleitung verlegt hatte. Als sich auch noch herausstellte, dass der Ersatzreifen platt war, verfluchte Robert sogar den Tyrannen, der für alles verantwortlich gemacht wird, was man keinem anderen in die Schuhe schieben kann.

Begreifst du, was passiert ist, Qualob? Dieser Schwachkopf betrachtete diesen Platten nicht als ein gewöhnliches Missgeschick, sondern er fasste ihn als eine persönliche Beleidigung auf. Er bildete sich tatsächlich ein, der frühere Besitzer seines Wagens, seine Frau und sogar der Tyrann hätten sich gegen ihn verschworen – von den vielen Autofahrern, die wütend auf ihre Hupe drückten, gar nicht zu reden.

Selbstverständlich kam es diesem Wurm gar nicht in den Sinn, dass es *seine* Pflicht gewesen wäre, den Wagenheber und das Ersatzrad zu überprüfen, und er hielt es für völlig ausgeschlossen, dass er die Bedienungsanleitung selber verlegt haben könnte (was jedoch der Fall war).

Während er auf dem Asphalt kniete und seine teure Hose zerriss, rief er schließlich verzweifelt aus (als ob das ganze Universum atemlos darauf wartete, dass er Gerechtigkeit forderte): »Meine Zeit ist zu kostbar, um sie für solche Lappalien zu verschwenden!«

Wessen Zeit? »*Meine* Zeit.« Unter meiner fachmännischen Anleitung besann Robert sich keinen Augenblick darauf, dass die Bedürfnisse seiner Mitmenschen ebenso wichtig waren wie seine eigenen. Er kam nicht auf die Idee, dass die Menschen um ihn herum möglicherweise einen schlimmeren Tag hinter sich hatten als er selbst, und er begriff nicht, dass er *ihre* Zeit beanspruchte.

Um Robert am Schlafittchen zu packen, hatte ich nichts weiter tun müssen, als einen einzigen Nagel an die richtige Stelle zu legen. (Mit Nägeln kennen wir uns aus, nicht wahr?) Am Ende dieses Tages war Robert so sehr auf sich selbst und die ihm widerfahrenen Ungerechtigkeiten fixiert, dass er keinen Gedanken mehr an den Zimmermann verschwendete.

Als seine Frau ihn abends nach dem genauen Termin ihres Urlaubs fragte und sein Sohn wissen wollte, ob er einen neuen Baseball-Handschuh bekommen könne, ging Robert in die Luft und beklagte sich über die Gefühllosigkeit seiner Familie: »Nach allem, was *ich* heute durchgemacht habe, könntet ihr schließlich ein wenig Rücksicht auf *mich* nehmen und *mich* wenigstens einen Augenblick verschnaufen lassen!«

Verärgert setzte er sich in *seinen* Sessel, um in *seiner* Zeitung zu blättern. Dass bei einem Erdbeben in Indien Tausende von Menschen umgekommen waren, interessierte ihn nicht besonders. Stattdessen schlug er den Sportteil auf, um die neuesten Nachrichten von *seiner* Mannschaft zu lesen. Er verdrehte die Augen, als er entdeckte, dass einer von *seinen*

Spielern verletzt war und an den nächsten zehn Spielen nicht teilnehmen konnte.

Schließlich rief der Christ an. Als er Robert fragte, ob sie sich treffen und über den Zimmermann reden könnten, erteilte Robert ihm eine harsche Abfuhr.

Und das war's, Qualob. Der Christ dachte, er hätte Robert irgendwie gekränkt und ging auf Distanz. Robert zog nie wieder ernsthaft in Erwägung, sich dem Zimmermann zu nähern, sondern lebte genauso weiter wie vorher. Seine Gedanken kreisten ständig um *ich, mir, meiner, mich*, und er meinte tatsächlich, das Universum sei verpflichtet, ihm jeden Stein aus dem Weg zu räumen.

An dem denkwürdigen Tag, an dem er starb, musste er seinen ganzen Besitz zurücklassen. Als sein Geist sich anschickte, seinen Körper zu verlassen, winkte ich ihn zu mir her und versicherte ihm mit meiner engelhaftesten Stimme, dass alles in Ordnung sei. »Willkommen!«, rief ich mit ausgebreiteten Armen – und dann erst zeigte ich ihm mein wahres Gesicht.

Es gehört zu meinen schönsten Erinnerungen, wie er um sich schlug und laut schrie: »Das muss ein Irrtum sein! So etwas habe ich nicht verdient! Immerhin habe ich eine Menge Gutes getan!«

Eine Sekunde, nachdem er diese Erde verlassen hatte, wusste er genau, wie er hätte leben sollen. Aber da war es zu spät!

Solange diese Würmer lebendig sind, haben sie immer noch *eine* Möglichkeit, sich vor der Hölle zu retten. Sind sie jedoch gestorben, gibt es nichts mehr, was sie tun könnten, um diesem Ort zu entfliehen. Ich habe meine Beute den Klauen des Feindes entrissen, indem ich mir so ein banales Werkzeug wie einen Nagel zu Nutze gemacht habe. Verstehst du nun, was ich dir mit dieser Geschichte zeigen möchte, Qualob? Ist dir jetzt klar, wie du meine Anregungen in die Praxis umsetzen musst?

Versuche nicht, eine große Katastrophe herbeizuführen, wenn eine kleine Unannehmlichkeit sich ebenso gut dazu eignet, Fletcher vom Himmel abzulenken und in die Hölle zu locken. Mein Patient war kein Mörder oder Sexualverbrecher, ich habe ihn lediglich zu einem erfolgreichen Geschäftsmann gemacht, der nie Zeit für den Zimmermann hatte. Auf diese Weise ist er ganz allmählich den sanften Abhang zur

Hölle hinunterspaziert, wo er von stechendem Napalmgeruch empfangen wurde.

Wie wir eine bestimmte Sache beurteilen, sollte ausschließlich davon abhängen, in welchem Maße diese Sache einen Menschen von *Ihm* fern hält. Oder gibt es noch etwas anderes, das am Ende zählen wird?

Mit besten Grüßen,

Graf Moderthal

11. KAPITEL

Ein Gespräch bei einer Tasse Kaffee

Komisch«, sagte Jordan, während er Ryan über seine Mokkatasse hinweg anblickte, »im Grunde habe ich viel mit der Hauptfigur dieses Romans gemeinsam. Obwohl ich beruflich ziemlich erfolgreich bin und die meisten Ziele erreicht habe, die ich mir einmal gesteckt habe, scheint das alles nicht genug zu sein. Verstehst du, was ich meine?«

»Allerdings«, erwiderte Ryan. »Mir ging es genauso.«

»Es ist so ähnlich, als ob ich innerlich leer wäre. Als ob ich nach irgendetwas suchen würde. Klingt ein bisschen verrückt, oder?«

»Nein, das klingt überhaupt nicht verrückt. In der Bibel steht, dass Gott die Ewigkeit in unsere Herzen gelegt hat. Unsere Seele dürstet nach ihm. Jemand hat einmal gesagt, dass sich in jedem Menschen ein »gottförmiges Vakuum« befindet, das deshalb nur Gott ausfüllen kann. Ich glaube, dass du auf der Suche nach Gott bist, Jordan. Bei mir war es jedenfalls so.«

»Dass du in der Vergangenheit sprichst, bedeutet wohl, dass dich heute nichts mehr erschüttern kann, weil du inzwischen alles im Griff hast, oder?«

»Absolut nicht!« Ryan lachte. »Tut mir Leid, wenn es sich so angehört hat. Ich habe auch meine Probleme, das kannst du mir glauben, und ich spüre immer noch diese tiefe Sehnsucht. Aber ich weiß inzwischen, nach welcher Person und nach welchem Ort ich mich sehne. Ich habe Jesus Christus, meinem Herrn und Retter, in meinem Leben Raum gegeben, und er hat versprochen, dass er einen Ort für mich vorbereiten wird. Und an diesem herrlichen Ort werde ich die Ewigkeit verbringen – zusammen mit meiner Familie, meinen Freunden und allen anderen, die Ihn kennen.«

Verblüfft starrte Jordan Ryan an. »Das klingt so, als ob du wirklich glauben würdest, was du da sagst.«

»Natürlich glaube ich das. Ich bin fest davon überzeugt.«

»Aber du hast mir erzählt, dass es in deinem Elternhaus nicht üblich war, zur Kirche zu gehen. Meine Eltern waren ziemlich fromm – zumindest hat uns meine Mutter dazu angehalten, den Gottesdienst zu besuchen. Wie kommt es also, dass du einen Glauben hast, den ich nicht habe?«

»Nun, ich kann natürlich nur für mich selbst sprechen, und bei mir war es so, dass ich immer wieder in einer Sackgasse gelandet bin. In meiner ersten Ehe habe ich großen Mist gebaut. Ich war ein selbstsüchtiger, materialistischer und unmoralischer … Idiot.«

»Das Gefühl kenne ich«, erklärte Jordan.

Im Stillen fragte er sich, warum er Ryan gegenüber so offen war. Schließlich kannten sie sich erst seit etwa sechs Wochen. Warum hatte er ihm gerade beigepflichtet, obwohl er sich nicht daran erinnern konnte, sich selber jemals so eingeschätzt zu haben?

»Eigentlich bin ich kein schlechter Mensch«, sagte er laut. »Das ist nämlich eines der Dinge, die mich immer am Christentum gestört haben: Diese lästigen Schuldgefühle. Und dann sind da noch all diese Heuchler. Ich hasse diese Selbstgerechtigkeit.«

»Ich auch«, stimmte Ryan zu.

»Wirklich?«

»Ja. Ein Grund, weshalb mir der christliche Glaube so gefällt, ist der, dass es dabei nicht um Selbstgerechtigkeit geht, sondern um das Gegenteil. Wer Christ wird, erkennt, dass er nicht auf seine eigene Gerechtigkeit pochen kann, sondern auf Gottes Gnade angewiesen ist. Wir brauchen seine Hilfe, weil wir es ohne ihn nicht schaffen. Obwohl wir es verdient hätten, in die Hölle zu kommen, zeigt Jesus uns den Weg zum Himmel. Nur wenn wir auf Jesus Christus vertrauen, können wir gerecht werden. Ein selbstgerechter Mensch würde dagegen glauben, er sei gut genug, um aus eigener Kraft in den Himmel zu kommen, meinst du nicht auch?«

»Du klingst wie einer von diesen Straßenpredigern, die stundenlang darauf herumhacken, dass man seine Sünden bereuen soll, weil man sonst in die Hölle kommt.«

»Nun, ich habe nicht die Absicht, stundenlang auf diesem Thema herumzuhacken«, sagte Ryan lächelnd. »Bisher habe ich es lediglich angerissen, oder? Aber Sünde und Hölle sind Tatsachen, denen man ins

Auge sehen muss. Und es ist wirklich notwendig, dass man sein Leben ändert, findest du nicht?«

»Äh ... nein, eigentlich nicht. Ich glaube, dass die Religion etwas ist, das sich einige Leute ausgedacht haben, weil sie eine Antwort auf die Dinge finden wollten, die sich nicht erklären lassen.«

»Auf die meisten Religionen könnte das sogar zutreffen, nehme ich an. Der christliche Glaube unterscheidet sich jedoch von allen anderen Religionen, denn er dreht sich ausschließlich um die Person Jesus Christus. Mit ihm steht und fällt der ganze Glaube. Es geht nicht um die Kirche oder darum, ob irgendwelche Heuchler sich als Christen bezeichnen. Du hast vollkommen Recht, wenn du sagst, dass es viele fromme Heuchler gibt. Aber es gibt auch eine Menge Falschgeld, und das heißt nicht automatisch, dass es kein richtiges Geld geben kann. Der Punkt ist: Im christlichen Glauben zählen nicht die Dinge, die manche Christen behaupten, sondern ausschließlich die Person Jesus Christus. Was denkst *du* eigentlich, wer Jesus ist?«

»Du meinst, wer er *war*?«

»Nein, ich meine tatsächlich, wer er *ist*, aber das können wir im Augenblick beiseite lassen. Wer *war* er deiner Ansicht nach?«

Jordan war selbst überrascht, dass er so lange überlegen musste. »Nun, ich denke, er war eine bedeutende historische Persönlichkeit. Sogar eine der größten. Er war ein Religionsstifter, so wie ... ich weiß nicht, vielleicht wie Mose, Buddha oder Mohammed?«

»Okay, sprich nur weiter. Was denkst du sonst noch über ihn?«

»Dass er ein großer Lehrer war und ein gutes Vorbild. Er starb für seine Überzeugung – ähnlich wie Sokrates, glaube ich. Aber er hat kein Gift getrunken, sondern hing an einem Kreuz. Er war ... eine Art Märtyrer.«

»Ja, so ähnlich denken viele Leute über Jesus.« Ryan nahm einen Schluck Kaffee und lehnte sich zurück.

Ich muss hier raus. Ich sollte Patty anrufen. Oder dieses Kabel in der Garage verlegen. Wenn ich mir das ausgeliehene Video heute Abend anschaue, kann ich es noch vor Mitternacht zurückbringen. Jordan wollte schon aufstehen, doch irgendetwas zwang ihn dazu, sich wieder in seinem Stuhl zurückzulehnen. »Also ...?«

»Also was?«, fragte Ryan.

»Jetzt würde ich schon gerne wissen, wie *du* über Jesus denkst.«

Ryan lachte. »Ich bin froh, dass dich das interessiert. Aber meine Meinung zählt im Grunde überhaupt nicht. Wichtig ist nur, was Jesus über sich selbst gesagt hat – und er hat behauptet, er sei der Sohn Gottes. Er sagte, er und sein himmlischer Vater seien eins, und deshalb verwendete er sogar den Namen Gottes, ›Ich bin‹, wenn er von sich selber redete. Jesus war Gott in Menschengestalt.«

»Ein Mensch, der gleichzeitig Gott ist? Das ist ziemlich ... radikal, oder nicht?«

»Äußerst radikal, würde ich sagen. Und jetzt kommt der kritische Punkt, Jordan: Da Jesus behauptet hat, er sei Gott, gibt es nur zwei Möglichkeiten – entweder hatte er Recht oder er hatte Unrecht. Ich glaube, dass er Recht hatte, und du scheinst das Gegenteil zu denken, oder?«

»Nun, ich habe ja schon gesagt, dass ich großen Respekt vor ihm habe. Er war ein bedeutender Lehrer, aber ... Gott? Das ist doch völlig abwegig.«

»Sagen große Lehrer die Wahrheit oder lügen sie?«

»Sie sagen die Wahrheit.«

»Dann würde also kein großer Lehrer behaupten, er sei Gott, wenn das gar nicht stimmen würde, oder? Er würde keine Lügen erzählen, um die Leute in die Irre zu führen, meinst du nicht auch?«

»Äh ... nein, vermutlich nicht. So habe ich das noch nie gesehen.«

»Falls seine Behauptungen falsch waren, würde das bedeuten, dass er ein Lügner war oder jemand, der sich selbst etwas vorgemacht hat. Oder er könnte ein Verrückter gewesen sein. Das sind die einzigen Möglichkeiten, die mir einfallen. Denkst du, dass Jesus ein Lügner war?«

»Nein.«

»Denkst du, dass er verrückt war oder sich selber etwas vorgemacht hat?«

»Nein.« Jordan spürte einen stechenden Schmerz in der Wade und streckte sein Bein vorsichtig unter dem Tisch aus.

»Ich glaube es genauso wenig. Ich glaube, dass Jesus ganz genau wusste, wer er war und was er sagte. Er hat die Wahrheit gesagt, und das bedeutet, dass er nicht nur ein guter Mensch war, sondern Gott in Menschengestalt.«

Ryan nahm einen Schluck Kaffee, während Jordan auf seinem Stuhl hin- und herrutschte. Alle möglichen Einwände schwirrten ihm durch den Kopf.

»Aber ich kann mir nicht vorstellen, dass die Christen die Einzigen sind, die in den Himmel kommen werden – falls es tatsächlich einen Himmel gibt. Es gibt so viele gute Menschen, die keine Christen sind – Buddhisten, Hindus, Moslems oder Agnostiker zum Beispiel. Ich finde es einfach schrecklich, dass die Christen so einen Hass gegenüber anderen Menschen hegen. Man braucht nur an die Kreuzzüge und die Hexenverbrennungen zu denken.«

»Ich bin Christ und ich hege keinen Hass gegenüber anderen Menschen. Dasselbe gilt für die meisten Christen, die ich getroffen habe. Natürlich hat es immer wieder Leute gegeben, die sich als Christen bezeichnet haben, obwohl das gar nicht stimmte. Aber du solltest Jesus nicht für die Dinge verantwortlich machen, die diese Leute getan haben. Wir reden hier nicht über die Christen, sondern über Jesus. Weißt du, was er von sich selber gesagt hat? Er hat sich als der einzige Weg zu Gott bezeichnet, denn er hat gesagt: ›Ich bin der Weg, die Wahrheit und das Leben. Niemand kommt zum Vater außer durch mich.‹«[7]

»Das kannst du doch nicht allen Ernstes glauben.«

»Doch, das kann ich, und ich tue es auch. Ich glaube, dass Jesus die Wahrheit gesagt hat. Er war weder ein Lügner noch ein Verrückter. Wenn er also behauptet hat, dass er der einzige Weg ist, durch den man zu Gott und später in den Himmel kommen kann, dann vertraue ich ihm. Wenn ich ihn in so einer wichtigen Angelegenheit nicht ernst nehmen würde, würde ich die anderen Dinge, die er gelehrt hat, genauso wenig akzeptieren.«

»Das ist übrigens auch ein Punkt, der mich immer an den Christen irritiert hat (nimm es mir bitte nicht übel): Sie sind so unglaublich engstirnig. Ihrer Meinung nach sind sie die Einzigen, die Recht haben, und alle anderen sind im Unrecht.«

»Ich nehme dir das nicht übel, Jordan, aber du erklärst mir dauernd, was dich an den Christen stört. Wir reden doch gar nicht über die Christen, sondern über Jesus. Wer war er? Was hat er über sich selbst gesagt? Wenn die Dinge, die er über sich selbst gesagt hat, von irgendeiner christlichen Gruppe erfunden worden wären, wären deine Einwände durchaus berechtigt. Aber so war es nicht. Es war Jesus selbst, der behauptet hat, er sei Gott. Er hat selbst erklärt, dass er der einzige Weg zu Gott ist. Falls du das nicht akzeptieren kannst, widersprichst du ihm, nicht mir. Aber wenn er tatsächlich am Kreuz gestorben und wieder auferstanden ist, wie es in der Bibel steht, wäre es besser, wenn wir ihn ernst nehmen würden, meinst du nicht auch?«

»Ich bleibe dabei, dass er zwar ein großer Lehrer war, aber trotzdem nur ein gewöhnlicher Mensch«, sagte Jordan mutig und ein wenig störrisch.

»Lass dir die Sache lieber noch einmal gründlich durch den Kopf gehen, Jordan. Ich meine, natürlich kannst du sagen, er sei *nicht* Gott in Menschengestalt gewesen. Du kannst sagen, er sei *nicht* unser Retter und er habe sich geirrt, als er behauptet hat, dass er der einzige Weg zu Gott ist. Das alles steht dir selbstverständlich frei, aber wenn du diesen Standpunkt vertrittst, kannst du nicht plötzlich eine Hundertachtzig-Grad-Wendung machen und erklären, dass er dennoch ein großer Lehrer und ein gutes Vorbild gewesen sei. Verstehst du, was ich meine? Wenn Jesus Dinge verkündet hat, die nicht stimmen, dann war er ein schlechter Lehrer und ein schlechtes Vorbild. In diesem Fall *muss* er ein Lügner, ein Hochstapler oder ein Verrückter gewesen sein. Aber Geistesgestörte sind keine großen Lehrer, Lügner sind keine bedeutenden Persönlichkeiten und Hochstapler sind keine guten Vorbilder.«

Jordan bemerkte, dass seine Hand, die auf der Tischplatte lag, nervös zu zucken begann. Verlegen zog er sie zurück. Daraufhin fiel seine Papptasse zu Boden und die letzten Tropfen Kaffee flossen heraus. Fluchend sprang er auf.

»Hey, das macht doch nichts«, sagte Ryan und griff nach ein paar Servietten, um die braune Pfütze aufzuwischen.

»Hör mal, es ist schon ziemlich spät. Ich muss los.«

»Okay, warte nur noch einen Moment. Ich habe etwas in meinem Wagen, das ich dir geben möchte. Es ist ein kleines Buch, das sich mit genau den Dingen beschäftigt, über die wir gerade gesprochen haben. Ich glaube, es wird dich interessieren. Wenn du es gelesen hast, könnten wir uns wieder treffen und uns weiter über dieses Thema unterhalten.«

Elfter Brief

Bestärke deinen Schleimbeutel in seiner falschen Meinung über den Zimmermann

An meinen Untergebenen Qualob, der sich in einer äußerst prekären Lage befindet.

Hat der Feind dich eigentlich schon bei deiner Erschaffung mit so viel Dummheit geschlagen oder hat sich diese Eigenschaft erst im Laufe der Zeit herauskristallisiert?

Du sagst, deine Kakerlake liest jetzt ein weiteres Buch – diesmal ein Sachbuch – über den Zimmermann? Im ersten Moment hatte ich gehofft, es handle sich um eine unserer eigenen Veröffentlichungen, die das Jesus-Seminar oder eine unserer übrigen Filialen verfasst hat, doch dann ist mir der Titel ins Auge gefallen. Dieses Buch hat bereits in Dutzenden von Ländern, in deren Sprachen es übersetzt wurde, verheerenden Schaden angerichtet.

Du brüstest dich damit, dass es dir gelungen sei, Fletcher abzulenken, indem du dafür gesorgt hast, dass sein Bein schmerzt und seine Kaffeetasse zu Boden fällt. Meinen herzlichen Glückwunsch, Qualob. Hast du dafür etwa eine Medaille erwartet?

Wo hast du gesteckt, bevor sich die Lage überhaupt so dramatisch zuspitzen konnte? Deine Aufgabe wäre es gewesen, diese Begegnung von vornherein zu verhindern, anstatt nun eine Art Schadensbegrenzung zu betreiben!

Die Identität des Zimmermanns ist der Dreh- und Angelpunkt unseres Kampfes. Er ist die Wasserscheide, die Grenze zwischen Erebus und Charis.

Du sagst, dein Patient habe kaum einen Gedanken an den Zimmermann verschwendet, bis er mit Ryan geredet und diesen Roman gelesen hat. Solange er Ihn lediglich für eine historische Persönlichkeit oder einen bedeutenden Religionsstifter hält, droht uns keine Gefahr. Schüre die Flamme dieser Illusion, und achte darauf, dass die Krieger des Feindes sie nicht ersticken können.

Lass nicht zu, dass diesem lebendigen Madenfutter zu Bewusstsein kommt, wer der Zimmermann in Wirklichkeit ist. Fletcher soll alles Mögliche in Ihm sehen, ohne jemals zu begreifen, dass sich hinter dem Baby, das in einem Stall in Bethlehem geboren wurde, der Schöpfer des Universums verbirgt. Aus irgendeinem unerfindlichen Grund, über den hier im Hauptquartier immer noch heftig spekuliert wird, ist der Feind tatsächlich einer von diesen Erdenwürmern geworden. Dieser Gedanke klingt jedoch glücklicherweise so absurd, dass er von den meisten schnell wieder verworfen wird. Mir würde es nicht anders gehen, wenn ich mir den Luxus erlauben könnte, unsere Zerrbilder der Wahrheit zu glauben, anstatt mich an die nackten Fakten halten zu müssen.

Du berichtest, dass dieses widerwärtige Insekt Ryan deinen Patienten gebeten hat, sich mit einem verbotenen Buch zu beschäftigen, damit sie sich noch weiter über dieses Thema unterhalten können? Und als ob das noch nicht genug wäre, hat Fletcher schon wieder die Bibel seiner Mutter aus dem Regal geholt und einige Stellen darin nachgeschlagen?

Alles deutet darauf hin, dass sich hier eine Katastrophe anbahnt, aber es besteht immer noch Hoffnung. Viele andere Erdenwürmer, die uns beinahe durch die Lappen gegangen wären, konnten wir noch im letzten Moment daran hindern, zum Feind überzulaufen. Gib nicht auf, Qualob. Die Natur dieser Würmer leistet *uns* Schützenhilfe und nicht dem Feind. Ich habe deinen Kameraden mitgeteilt, dass du in Schwierigkeiten steckst. Wenn ihr euch zusammentut und Fletcher mit vereinten Kräften ablenkt, wird er diese unwiederbringliche Gelegenheit verpassen. Organisiert eine ununterbrochene Parade der Geschäftigkeit. Fletcher soll so viel um die Ohren haben, dass ihm keine Zeit mehr bleibt, um sich mit dem Zimmermann zu beschäftigen. Sobald er Ihn aus den Augen verloren hat, wird er Ihn weiterhin ignorieren und seinen Zerstreuungen nachgehen. Und an seinem Todestag haben wir die Schlacht gewonnen.

Lass deinen Patienten ruhig behaupten: »Ich habe mich eingehend mit dem Christentum befasst und bin zu der Erkenntnis gelangt, dass es nicht das Richtige für mich ist.« Während er sich vormachen wird, im christlichen Glauben blieben zu viele Fragen unbeantwortet, ist er in Wirklichkeit doch nur zu feige, um sich auf dieses Wagnis einzulassen.

Falls Fletcher nicht bald begreift, wer der Zimmermann ist, wird es ihm wahrscheinlich nie dämmern. Und solange er nicht weiß, mit wem er es zu tun hat, kann er das Geschenk nicht annehmen, das ihm der Zimmermann anbietet. Diese Würmer sind außer Stande, Seine Gaben zu empfangen, weil sie Ihn in einem falschen Licht sehen. Aus diesem Grund brauchst du Fletcher nur in Bezug auf den Zimmermann blind zu machen, und schon hast du vereitelt, dass er in den Himmel kommt.

Stell dir einfach vor, du wärst Fletchers Reisebüro: Er hat einen Platz in der Hölle gebucht, und du musst dafür sorgen, dass er seinen Bestimmungsort erreicht. Achte darauf, dass er kein anderes Reiseziel in Erwägung zieht. Oder überzeuge ihn davon, dass er mit seinem gegenwärtigen Flugticket ebenfalls ans Ziel seiner Wünsche – nämlich Charis – gelangen wird, obwohl unsere Linie selbstverständlich genau die entgegengesetzte Richtung ansteuert. Rede Fletcher ein, es sei völlig unnötig oder unmöglich, seinen Flug umzubuchen, oder mache ihm weis, das Flugzeug nach Charis sei bereits voll belegt. (Und bestärke ihn in dem Gedanken, Charis sei sowieso kein besonders attraktives Reiseziel.)

Normalerweise ist es empfehlenswert, *nichts Negatives über den Zimmermann zu sagen*. Ja, ich weiß, dass es sehr vergnüglich ist, Ihn als einen unmoralischen, verrückten Prediger darzustellen, wie wir es in einigen unserer Filmen getan haben. Aber was nützt uns das schlussendlich? Entweder sind die Schleimbeutel empört oder ihnen wird so unbehaglich zu Mute, dass sie anfangen, ernsthaft darüber nachzudenken, wer der Zimmermann wohl in Wirklichkeit sein könnte.

Wenn du den Zimmermann offen angreifst, besteht die Gefahr, dass Fletcher sich an den Glauben seiner Mutter erinnert und ihren Standpunkt verteidigt. Dabei ist es doch gar nicht nötig, Fletcher in einen Atheisten zu verwandeln – du musst ihn lediglich daran hindern, sich mit dem Zimmermann zu befassen.

Versuche nicht, gegen den christlichen Glauben zu argumentieren, wenn du ihn mit irgendetwas anderem vermischen kannst. Auf diese Weise verliert die Botschaft ihre Kraft. Rede Fletcher ein, der Zimmermann sei ein erleuchteter Meister gewesen, der wie viele andere berühmte Lehrer in den Osten pilgerte und dort zu Füßen einiger Gurus saß, bevor

Er Seine Jünger um sich scharte. Nenne Ihn einen hervorragenden Mentor und lobe Ihn so herablassend und gönnerhaft wie möglich.

Der Zimmermann war nur ein großer Mann, ein gutes Vorbild und ein berühmter Lehrer? Ausgezeichnet. Die Hölle ist voll von »großen Männern«, »guten Vorbildern« und den Massen, die ihnen gefolgt sind.

Fletcher darf auf keinen Fall begreifen, was diese Made Ryan meint, wenn sie behauptet, sein gegenwärtiger Glaube stecke voller Widersprüche. Achte darauf, dass du niemals etwas Abfälliges über Jesus von Nazareth sagst, sondern Ihn als einen von vielen ruhmreichen Märtyrern darstellst. Zitiere einige Seiner Aussprüche, aber beschränke dich dabei auf einige wenige, sorgfältig ausgewählte Stellen. Wenn es dir gelingt, die Tatsache zu verschleiern, dass Er der einzige Weg nach Charis ist, nimmst du Ihm jegliche Bedeutung und Autorität.

Moderthals Regel Nummer neununddreißig lautet also: Rücke die falschen Religionen in ein möglichst vorteilhaftes Licht, und verunglimpfe die richtige Religion, wo du nur kannst. Zu diesem Zweck haben wir den Leiter einer der schwärzesten Religionen dieses Planeten auf die Bestsellerlisten gesetzt und in Kinofilmen auftreten lassen. Überall, wo er hinkommt, um Vorträge zu halten, bewundern die Leute sein lächelndes Gesicht und seine positive Einstellung. Sorge dafür, dass Fletcher eines seiner Bücher in die Hände bekommt. Mach deinem Patienten eine Do-it-yourself-Religion schmackhaft, in der er nach seinen eigenen Regeln leben kann.

Da die Schleimbeutel Dinge verachten, die scheinbar in sich einen Widerspruch enthalten, solltest du sie davon überzeugen, dass der Zimmermann entweder Gott oder Mensch gewesen sein könne, aber unmöglich beides gleichzeitig. Es ist immer hilfreich, das Bild, das die Menschen von Ihm haben, zu verzerren. Sollte Fletcher sich nicht damit zufrieden geben, in dem Zimmermann einen Lügner oder Verrückten zu sehen, kannst du behaupten, Er sei »die Krone von Gottes Schöpfung.« Diese Bezeichnung scheint ein großes Kompliment zu sein, während sie in Wirklichkeit dem Zimmermann ins Gesicht schlägt und Ihn zu einem Lügner abstempelt.

Fletcher darf von dem Zimmermann jede erdenkliche Vorstellung haben, solange er Ihn *nicht* als den einzigen Weg und die einzige Wahrheit betrachtet. Selbst wenn er darauf besteht, Ihm besondere Anerkennung zu zollen, ist noch nicht alles verloren. In diesem Fall kannst du deinen Patienten mit einer pseudo-christlichen Sekte in Verbindung bringen, die so tut, als würde sie den Zimmermann anbeten, obwohl sie lehrt, Er sei lediglich ein geschaffenes Wesen. Dass diese Menschen sich Christen nennen, kommt uns sehr zustatten.

Ich habe bereits ein Memo an die örtlichen Truppen geschickt, die für die Mitglieder verschiedener Sekten zuständig sind. Anbei findest du mehrere Namen und Adressen. Glücklicherweise wohnt eines dieser Mitglieder ganz in der Nähe deines Patienten, und sein Versucher, Geifergall, ist schon dabei, diese Person zu bearbeiten. Sorge dafür, dass Fletcher ihr möglichst bald über den Weg läuft.

Schleife deine Kakerlake nach Erebus, Qualob, oder du wirst schwer dafür büßen müssen, dass sie dir nach Charis entwischt ist. Überschwemme sie mit Literatur und Gesprächen, die sie von der Wahrheit des Feindes ablenken, anstatt sie ihr nahe zu bringen. Fletcher darf sein Vertrauen nicht auf die Wahrheit des Feindes setzen, sondern soll sich auf seinen eigenen kümmerlichen Verstand verlassen.

Was den Zimmermann betrifft, so musst du deinen Schleimbeutel um jeden Preis in seiner falschen Meinung bestärken. Irrt er sich nämlich an diesem Punkt, so wird es am Ende nicht mehr darauf ankommen, an wie vielen anderen Punkten er Recht gehabt hat.

Ich verbleibe in dem Wissen, dass es nichts Wichtigeres gibt, als den Schleimbeuteln in Bezug auf Seine Person Sand in die Augen zu streuen,

Graf Moderthal

12. KAPITEL

Die Fälschung

Während Jordan die Hecke in seinem Garten stutzte, gingen ihm alle möglichen Gedanken durch den Kopf. Der Bericht, der gestern Abend im Fernsehen gekommen war, beschäftigte ihn besonders. Darin hatten Menschen, die an der Schwelle des Todes gestanden hatten, erzählt, wie sie einen langen Tunnel entlanggegangen waren und einen Engel des Lichts erblickt hatten, der seine Arme ausgebreitet und sie willkommen geheißen hatte. Einerseits fand Jordan diese Vorstellung ziemlich gruselig, doch andererseits faszinierte sie ihn.

Diane hatte erst kürzlich ein Buch über Engel gelesen, und nach dieser Sendung hatte Jordan es sich ebenfalls herausgesucht und eine Weile darin geblättert. Er war selbst überrascht, wie stark er sich davon angezogen fühlte. Vielleicht war es falsch, sich vor dem Tod zu fürchten. Womöglich gab es einen Gott, der ihn so in den Himmel holen würde, wie er war, ohne vorher von ihm zu verlangen, dass er seinen Lebensstil und seine Überzeugungen änderte.

Jordans Nachbar, Sid Young, trat aus seiner Garage und nickte Jordan zu, bevor er begann, die Kante seines Rasens zu mähen. Nach etwa zehn Minuten hatte Jordan sich bis zu ihm hinüber gearbeitet.

»Hey, Sid, du gehst doch in die Kirche, nicht wahr?«

»Ja, natürlich. Ich gehöre zu den Heiligen der letzten Tage.«

»Was bedeutet das?«

»Nun, wir werden auch Mormonen genannt.«

»Mormonen? Das sind doch … Christen, oder?«

»Ja. Es ist die Kirche Jesu Christi der Heiligen der letzten Tage. Wir glauben an Jesus. Wir sind seine wahren Nachfolger.«

»Glaubst du auch, dass es einen Himmel und eine Hölle gibt?«

»Wir glauben, dass alle guten Menschen in den Himmel kommen werden. Allerdings werden nur diejenigen, die sich unserer Kirche anschließen, in den höchsten Himmel gelangen. Wie du vielleicht weißt, legen wir großen Wert auf die Familie und wir kümmern uns um unsere Angehörigen. Wir finden, dass das unsere Pflicht ist und nicht die Aufgabe des Staates.«

»Ja, davon habe ich schon gehört. Und man merkt, dass eure Kinder gut erzogen sind.«

»Freut mich, dass dir das aufgefallen ist.«

Die beiden Männer unterhielten sich etwa fünfzehn Minuten, und schließlich sagte Sid: »Ich würde dir gerne etwas zu lesen geben – einige Informationen über uns und das Buch Mormon.«

»Ist das so etwas Ähnliches wie die Bibel?«

»Ja, nur dass es eine neuere Offenbarung ist. Der Engel Moroni ist dem Propheten Joseph Smith erschienen und hat ihm gezeigt, dass die christlichen Kirchen uneins geworden sind und aufgehört haben, die Wahrheit zu verkünden. Deshalb musste die wahre Kirche neu gegründet werden, und so ist unsere Gemeinschaft entstanden. Ich werde dir die Broschüren holen.«

»Also, ich lese im Moment schon etwas über dieses Thema, aber ...«

»Bestimmt hast du schon die Erfahrung gemacht, dass manche Christen eine sehr negative Lebenseinstellung haben – sie reden ständig davon, dass die Leute schreckliche Sünder wären und in die Hölle kommen würden. Wir sehen das Ganze viel positiver und wir haben eine Menge zu bieten. Warte doch einen Moment, ich bin gleich zurück.«

Wenige Minuten später tauchte Sid wieder auf und reichte Jordan ein blaues Buch und einige Broschüren mit ansprechenden Titelbildern.

»Bitte schön. Falls du nichts dagegen hast, Jordan, würde ich deinen Namen gerne an unsere Ältesten weitergeben, damit sie mal bei dir vorbeischauen und näher auf deine Fragen eingehen können.«

»Äh, danke, das ist nicht nötig. Ich ...«

»Hey, das tun wir doch gerne. Wir freuen uns, wenn wir anderen Menschen helfen können.«

Zwölfter Brief

Wie du mit geheimen Unterlagen umgehen musst

An meinen opportunistischen Untergebenen Qualob.

Ich habe diese flennenden Würmer so satt! Zur Hölle mit ihnen!

Dass Fletcher sich eine Sendung über Todeserfahrungen und übernatürliche Erlebnisse angeschaut hat, kann sich sowohl zu unseren Gunsten als auch zu unseren Ungunsten auswirken. Der Mythos, dass alle Menschen nach dem Tod am selben Ort landen werden, findet selbstverständlich meine uneingeschränkte Zustimmung. Überzeuge die Menschen davon, dass es überflüssig ist, für ihre letzte Reise eine Fahrkarte zu lösen oder einen Platz zu reservieren, und mach ihnen weis, zwischen Raucher- und Nichtraucher-Abteilen bestünde nicht der geringste Unterschied.

Sobald einer deiner Patienten anfängt, sich mit geistlichen Dingen zu beschäftigen – so wie es bei Fletcher geschehen ist –, musst du seine Aufmerksamkeit auf irgendeine falsche Form der Frömmigkeit lenken. Wir haben durchaus nichts dagegen, dass Fletcher religiös wird, solange er den Feind nicht persönlich kennen lernt.

Fernsehsendungen mit attraktiven und liebenswürdigen Hexen halte ich für einen besonders hübschen Einfall. Wenn du deinen Patienten dazu verführen kannst, sich auf Wicca, Pantheismus, Mystizismus oder die Anbetung von Engeln einzulassen, musst du dies unbedingt tun. Ist es nicht seltsam, dass diese Kakerlaken meinen, der Glaube an Engel sei etwas Neues und Modernes? Jahrtausendelang galt jeder, der nicht an Engel glaubte, als Ignorant. Dann wurde das lange Zeitalter, in dem an Übernatürliches zu glauben ganz selbstverständlich war, von der kurzen Epoche abgelöst, in der die Menschen meinten, das Universum sei aus sich selbst heraus entstanden und erhalte sich aus eigener Kraft. Diese Situation haben wir weidlich ausgenutzt, aber es war von vornherein klar, dass sie nicht ewig dauern würde. Schließlich ist sogar die Idiotie dieser Würmer begrenzt! Ihr eigenes Herz bezeugt ihnen, dass es eine größere Wirklichkeit gibt.

Um deinem Patienten eine optimale Fälschung unterjubeln zu können, musst du wissen, wonach er sich sehnt. Tief in ihrem Innern nehmen die Menschen das Echo eines ewigen Klanges wahr, und deshalb sind sie fortwährend auf der Suche nach der Quelle, die diesen Ton erzeugt. Da sie sich nach einer ganz bestimmten Person sehnen, lassen sie sich auf alle möglichen Beziehungen ein – immer in der Hoffnung, Ihn zu finden. Sie haben Heimweh nach ihrer wahren Heimat, und darum halten sie es auf der Erde nie lange am selben Ort aus. Rede Fletcher ein, er könne an einem anderen Ort als Charis Erfüllung finden, und eine andere Person als der Feind könne ihn glücklich machen.

Falls Fletcher sich nicht dazu bewegen lässt, dem christlichen Glauben skeptisch gegenüberzustehen, solltest du wenigstens seine Leichtgläubigkeit ausnutzen. Sorge dafür, dass er der Wahrheit des Feindes möglichst viel Misstrauen entgegenbringt und alle Fälschungen kritiklos akzeptiert.

Verhindere um jeden Preis, dass Fletcher an die Art von Engeln glaubt, die das Volk Israel mit Plagen bestraft, Armeen besiegt und Herodes getötet hat. Anstatt Engel für mächtige Wesen zu halten, die im Begriff sind, Schalen des Zorns auszugießen, soll er in ihnen lediglich harmlose Marionetten sehen – pausbäckige Putten, dienstbare Geister oder freundliche Bodyguards, deren Schutz an keinerlei Bedingungen geknüpft ist.

Die Schleimbeutel spüren, dass es etwas Größeres gibt, das sie mit ihrem Verstand nicht erfassen können. Gaukle ihnen vor, es gäbe freundlich gesinnte Aliens oder handzahme Engel, denn so kannst du ihre Sehnsucht nach dem Übernatürlichen befriedigen, ohne von ihnen zu verlangen, dass sie ihre Knie vor dem Feind beugen oder sich auf Seine Bedingungen einlassen. Fletchers Interesse an Engeln lässt sich leicht in eine falsche Richtung lenken, obwohl ihm klar ist, dass diese Wesen irgendetwas mit dem Feind zu tun haben müssen. Wenn die Schleimbeutel Kontakt zu Engeln haben wollen, ohne sich vor dem Zimmermann niederzuwerfen, wird ihnen dieser Wunsch bald erfüllt werden – nur werden diese Engel ganz anders aussehen, als sie erwartet haben! Sie werden uns erst erkennen, wenn es zu spät ist … nachdem sie auf *dieser* Seite gelandet sind.

Ich muss dir und Geifergall ein Lob erteilen, weil es euch gelungen ist, einen ersten Kontakt zwischen Fletcher und seinem Nachbarn herzustellen. Falls Fletcher den Zimmermann nicht aus seinen Gedanken verbannen kann, musst du unbedingt dafür sorgen, dass er sich irgendeiner verzerrten Darstellung von Ihm zuwendet.

Wenn dein Patient sich fragt: »Warum herrscht auf dieser Welt so viel Chaos?«, soll er jeder erdenklichen Theorie nachhängen, ohne jemals auf den Gedanken zu kommen, er müsse bei sich selbst anfangen. Rede ihm ein, die Welt wäre ein herrlicher Ort, wenn alle anderen so wären wie er. Unter keinen Umständen darf ihm bewusst werden, dass alles Böse dieser Welt – zumindest ansatzweise – in seinem eigenen Herzen vorhanden ist. Und nur weil alle anderen genauso sind wie er, konnte es zu diesem Chaos kommen.

Fletchers Akte zeigt, dass es zahllose Menschen gibt, die sich hervorragend als Sündenbock für ihn eignen: Sein Vater, der nie für ihn da war, seine Mutter, die stets seine Schwester bevorzugt hat, die Kirche, die so unpersönlich war, die Freunde, die ihn verraten haben, sein Arbeitgeber, der ihn ausgebeutet hat, der Polizeibeamte, der ihn zu Unrecht beschuldigt hat, die zahlreichen Schiedsrichter, die unfaire Entscheidungen getroffen haben, und das Komitee, das vor siebenundzwanzig Jahren beschlossen hat, ein bestimmtes Stipendium nicht an ihn, sondern an einen anderen Studenten zu vergeben, obwohl sein Aufsatz eindeutig besser war. Du brauchst Fletcher nur ein wenig auf die Sprünge zu helfen, und er wird sich an lauter Kränkungen erinnern – an tatsächlich geschehene oder an eingebildete.

Der Feind will, dass Fletcher sich auf seine eigenen Sünden besinnt, für die er Ihm Rechenschaft schuldet. Wir dagegen wollen ihn dazu bringen, dass er sich auf die Dinge konzentriert, die andere *ihm* angetan haben. Sein Chef, seine Tante (eine sauertöpfische, scharfzüngige »Christin«), sein Vater und sein Bruder stehen ganz oben auf der Liste der Personen, die ihn beleidigt haben. Achte darauf, dass Fletchers Gedanken unablässig um diese vermeintlichen Kränkungen kreisen. Auf diese Weise wird ihm nicht bewusst werden, was der Feind behauptet: Nämlich dass alles, was andere Fletcher angetan haben, gegenüber dem verblasst, was Fletcher Ihm angetan hat.

Fletcher soll so lange die Schuld auf andere abwälzen, bis man ihn beerdigt. An dem Tag ist dein Auftrag erledigt.

Wir unterstützen alle positiven, optimistischen Religionen, die den Schleimbeuteln ein gutes Gefühl in Bezug auf sich selbst vermitteln. Wenn sie keine Sünder sind, war das Sühneopfer des Zimmermanns schließlich vollkommen überflüssig. Außerdem ... Moment mal, was höre ich da? Gerade erhalte ich eine Nachricht ...

Qualob! *Hast du den Verstand verloren?*

Soeben hat man mir mitgeteilt, dass du einen meiner Briefe einem Agenten gezeigt hast, den ich überhaupt nicht kenne. Dieser Baletwist untersteht laut meinen Unterlagen einem Bürokraten namens Frosthart, der für seine Pedanterie berüchtigt ist.

Ich habe dir doch ausdrücklich gesagt, was du mit meinen Briefen machen sollst, nachdem du sie gelesen hast. Nun wiederhole ich es zum letzten Mal: *Verbrenne* sie!

Ist das so schwer zu begreifen? Oder hast du so viel Zeit damit zugebracht, dich mit diesen menschlichen Schwachköpfen zu befassen, dass du ihre Denkweise bereits übernommen hast? Vielleicht bist du schon so lange auf diesem Kakerlaken-Stützpunkt stationiert, dass dir ein kurzer Aufenthalt in unserem Gedanken-Umspannwerk, unter Geißelgiers fachmännischer Führung, gut tun würde. Soll ich dir dort einen Platz reservieren?

Erinnerst du dich noch an den Nazi-General Rommel? In der Zeit, in der ich für Göring zuständig war, bin ich ihm in Afrika begegnet. Rommel war ein brillanter militärischer Stratege, dem nur ein einziger grober Schnitzer unterlief: Er schrieb ein Buch über Kampfstrategien. Ein amerikanischer General namens Patton las dieses Buch und konnte von da an voraussehen, wo Rommels Truppen als Nächstes auftauchen würden. Dieses Buch war der Schlüssel zu Rommels Niederlage. Verstehst du, worauf ich hinauswill, Qualob? Schlaue Soldaten riskieren nicht, dass ihre Schlachtpläne dem Feind in die Hände fallen. Deshalb darfst du meine Briefe *niemandem* zeigen, der mir nicht direkt untersteht.

Bestimmt erinnerst du dich noch daran, dass vor sechzig Jahren einunddreißig Briefe eines hochrangigen Versuchers in den Besitz einer menschlichen Kakerlake gelangt sind. Und dieser ekelhafte Schädling, der Sein Ebenbild ist, hat diese Briefe auch noch veröffentlicht. Plötzlich hatten Millionen von Menschen Zugang zu streng geheimen Informationen. (Um diese Schmach noch zu vergrößern, hat der Autor mit den Tantiemen die Arbeit des Feindes an Bedürftigen unterstützt.) Beelzebub geriet damals außer sich vor Wut. Nachdem er den schuldigen Dämon schwer bestraft hatte, befahl er, dass dessen Name nie wieder in Erebus ausgesprochen werden dürfe.

ST wurde ohne viel Federlesens aus dem Hauptquartier verbannt, und der unfähige Versucher, an den diese Briefe gerichtet waren, WW, wurde ebenfalls gekielholt und ausgepeitscht. Da WW die Katze aus dem Sack gelassen hat, trägt er meines Erachtens jedoch die Hauptschuld an diesem ganzen Fiasko.

Ob ein feindlicher Krieger diese Briefe abgefangen und ihren Inhalt diesem menschlichen Wurm, CSL, ins Ohr geflüstert hat, konnte bis zum heutigen Tag nicht zweifelsfrei festgestellt werden. Auf jeden Fall hat diese Geschichte einen Skandal verursacht, der das Hauptquartier bis in die Grundfesten erschüttert und sogar in den entlegensten Winkeln von Erebus großen Staub aufgewirbelt hat.

Vor diesem Ereignis waren wir dem Feind gegenüber im Vorteil: Da wir das verbotene Buch kannten, wussten wir, was Er im Schilde führte. Doch dann hat dieses lebende Madenfutter auf einmal *unsere* Post gelesen, die ihm einen Einblick in *unsere* Strategien gewährte. Nachdem einer meiner Patienten dieses Buch gelesen hatte, fing er plötzlich an, meinen heftigsten Angriffen zu widerstehen. Und im Laufe der vergangenen Jahrzehnte mussten zahllose Versucher von ähnlichen Erfahrungen berichten.

ST wurde degradiert und bekam einen besonders unangenehmen Posten, der auch bestimmte Aufgaben in Washington D.C. mit einschloss. Dass er in letzter Zeit dort sehr erfolgreich gewesen ist, mag ja für ihn sprechen, aber seine Majestät hat ein gutes Gedächtnis. So viel ich weiß, bekam WW nie wieder einen festen Patienten zugeteilt, sondern fristet in den öffentlichen Toiletten von Los Angeles, wo er jugendliche Kriminelle zu sinnlosen Sachbeschädigungen animieren soll, ein klägliches Dasein.

Lass dir diese Geschichte eine Lehre sein, Qualob! Verbrenne alle meine Briefe, und zwar *jetzt gleich!*

Dein Vorgesetzter, der stets nur dein Bestes im Sinn hat,

Graf Moderthal

13. KAPITEL

Die Botschaft

Als es am Samstagnachmittag an der Haustür klopfte, blickte Jordan misstrauisch auf. Er öffnete und sah zwei Männer vor sich, die Anzüge und Krawatten trugen.

»Jordan? Ich bin Todd Duncan und das ist Jeff Sell. Wir gehören zur Kirche Jesu Christi der Heiligen der letzten Tage. Ihr Nachbar, Sid, hat uns erzählt, dass Sie sich für unsere Kirche interessieren. Können wir hereinkommen und mit Ihnen reden?«

»Nun, ich habe gerade wenig Zeit.«

»Es wird nur ein paar Minuten dauern. Wir würden Ihnen gerne in groben Zügen erklären, worauf unser Glaube basiert. Und natürlich haben wir auch Informationsmaterial dabei, das wir Ihnen dalassen können.«

Jordan bat die beiden Männer herein. Anhand eines Buches, in dem der Engel Moroni abgebildet war, wie er gerade dem Propheten Joseph Smith erschien, erzählten die beiden eine interessante Geschichte und erläuterten, warum ihre Kirche den einzig wahren christlichen Glauben verkörperte. Nach ungefähr vierzig Minuten sagte Jordan, dass er nun wirklich aufbrechen müsse.

Jeff schüttelte ihm die Hand, und Todd erklärte: »Es hat uns sehr gefreut, Sie kennen zu lernen, Jordan. Wir wünschen Ihnen und Ihrer Familie alles Gute. Es wäre schön, wenn wir uns irgendwann noch weiter über dieses Thema unterhalten könnten.«

»Äh, ich werde mir diese Broschüren mal ansehen, und dann werde ich vielleicht wieder auf Sie zukommen.«

»Wie wäre es, wenn wir Sie in ungefähr einer Woche anrufen würden?«

Dreizehnter Brief

Der Gipfel der Beleidigung

An meinen verkannten Untergebenen Qualob.

Fletchers Beziehung zu seiner Sekretärin lässt sich hervorragend für unsere Zwecke ausnutzen. Es geht doch nichts über eine neue Eroberung, und keine Frucht schmeckt so süß wie die verbotene.

Selbstverständlich erfüllt es mich mit Sorge, dass Fletcher die Bibel seiner Mutter noch einmal an derselben Stelle aufgeschlagen und die von ihr unterstrichenen Verse gelesen hat. Er darf nicht begreifen, dass *wir* hinter den sichtbaren Strukturen und Institutionen der Gesellschaft am Werk sind, um die Menschen zu knechten und zu fesseln. Überzeuge die Schleimbeutel davon, dass ihre wahren Feinde in einer anderen politischen Partei, im benachbarten Land oder Bezirk, im Haus nebenan oder an ihrem eigenen Esstisch zu finden sind. Je mehr sie sich gegenseitig bekriegen, desto geringer ist die Gefahr, dass sie *uns* entdecken. Und solange sie nur nach außen hin Krieg führen, werden sie sich nicht die Mühe machen, eine geistliche Waffenrüstung anzulegen.

Verflucht sei der Tag, an dem Er dieses Ungeziefer erschaffen hat! Hat Er Sich wirklich eingebildet, dass wir diesen ekelhaften Kanistern voller Urin, Speichel und Halbverdautem dienen würden?

Gab es vorher etwa keine Wesen, die über eine hohe Intelligenz und ein scharfes Urteilsvermögen verfügten? Natürlich! *Wir* waren die Mächte und Gewalten, die gemäß einer stillschweigenden Vereinbarung die Krone der Schöpfung bleiben sollten.

Warum hat Er nur diese minderwertige Spezies ins Leben gerufen? Was Ihn dazu bewogen hat, haben wir erst begriffen, nachdem uns der Meister die Augen geöffnet hat, obwohl es doch von vornherein sonnenklar war. Der Tyrann wollte uns dadurch zu verstehen geben: »Ihr Morgensterne seid nicht gut genug für mich, und deshalb erschaffe ich neue Lebewesen, denen ich meine ganze Aufmerksamkeit zuwenden werde. Findet euch gefälligst damit ab, dass ihr diesen Geschöpfen von nun an dienen müsst.«

Dient der Überlegene etwa dem Unterlegenen? Sollen reine Geister tatsächlich vor Fleisch und Blut, Knochen und Haar, Schweiß und Speichel katzbuckeln? Diese Wesen, die Sein Ebenbild sein sollen, hat der Tyrann doch nur geschaffen, um uns zu verhöhnen!

Hat Er wirklich erwartet, dass wir uns in kriechende Speichellecker verwandeln würden? »Ja, Sir, ganz wie Sie wünschen, Sir. Es ist uns eine Ehre, diesen jämmerlichen Geschöpfen dienen zu dürfen.« Einfach lächerlich!

Zu meiner Schande muss ich gestehen, dass ich früher tatsächlich geglaubt habe, ich könne in Charis glücklich sein. Voller Inbrunst sprach ich die uralten Worte der Anbetung und mein Herz quoll über vor Dankbarkeit, weil ich dem Tyrannen dienen durfte … Dass diese hochtrabenden Empfindungen lediglich eine Illusion waren, erkannte ich erst, nachdem Luzifer uns den Star gestochen hatte.

Hat der Tyrann *uns* etwa nach Seinem Ebenbild geschaffen? Nein. Hat Er *uns* einen Gefährten zur Seite gestellt, wie Er die Frau für den Mann erschaffen hat? Nein. Hat Er *uns* die Fähigkeit gegeben, uns fortzupflanzen? Nein. Jedes Mal, wenn wir die Kinder dieser Würmer sehen, werden wir daran erinnert, welche Macht Er ihnen verliehen und uns vorenthalten hat. Ich brauche nur in ihre Gesichter zu schauen und schon quält mich der Gedanke: »Diese Gallenbeutel haben bekommen, wonach wir uns sehnen!« Ein Grund mehr, sie zu hassen.

Sogar in dem verbotenen Buch wird auf diese Ungerechtigkeit hingewiesen: »Er nimmt sich nicht der Engel an, sondern der Kinder Abrahams nimmt er sich an.«[8] Da haben wir es schwarz auf weiß: *Wir* sind Ihm völlig gleichgültig, aber um *sie* kümmert Er sich!

Frauen, Kinder, Juden – ich hasse sie alle. Stellt sie an den Pranger, verbrennt sie auf dem Scheiterhaufen, spießt sie auf, peitscht sie aus, verprügelt sie, lasst sie verhungern, skalpiert sie, zieht ihnen die Haut ab, schlitzt sie auf und kocht sie bei lebendigem Leib!

Der Feind erhebt Anspruch auf diese Würmer, weil Er sie geschaffen und erlöst hat. *Wir* behaupten jedoch, dass sie *uns* gehören, weil wir sie erobert haben. Wer diesen Streit wohl am Ende gewinnen wird? Abwarten, Qualob, abwarten!

Ich verbleibe in dem Bestreben, mich an Ihm zu rächen,

Graf Moderthal

14. KAPITEL

Alles dasselbe?

Am Montagmorgen trafen sich Jordan und Ryan im *Denny's* zu einem gemeinsamen kurzen Frühstück vor der Arbeit.

»Na, wie geht's, Jordan?«

»Ganz gut. Ich habe ein paar Broschüren gelesen, die mir mein Nachbar gegeben hat. Er ist auch Christ.«

»Wirklich? Das ist ja fantastisch!«

»Ja. Er hat mir ein Buch gegeben und noch ein paar Informationen, und später sind zwei Männer aus seiner Kirche vorbeigekommen, um mit mir zu reden.«

»Zu welcher Gemeinde gehört er denn?«

»Zu den Mormonen.«

»Oh.«

»Warum machst du plötzlich so ein komisches Gesicht? Das sind doch ebenfalls Christen, oder?«

»Nun, sie bezeichnen sich zwar als Christen, aber eigentlich …«

»Was?«

»Ehrlich gesagt, Jordan, fällt es mir nicht leicht, das auszusprechen, weil ich eine Menge Mormonen kenne, die wunderbare Menschen sind. Sogar meine eigene Schwester ist Mormonin, und ich mag sie sehr. Glaub mir bitte, dass ich diese Leute nicht diskriminieren will, wenn ich dir sage, dass sie eine völlig verkehrte Perspektive haben. Ihrer Ansicht nach ist Jesus Christus lediglich ein geschaffenes Wesen, sozusagen ›Satans geistiger Bruder‹. Sie behaupten, er sei nicht Gott in Menschengestalt, sondern stünde auf einer Stufe mit den höchsten Engeln. Dass Jesus Christus am Kreuz für unsere Sünden gestorben ist, lehnen sie ebenfalls ab. In ihren Kirchen wirst du vergeblich nach einem Kreuz suchen.«

»Jetzt übertreibst du aber bestimmt, Ryan. Immerhin nennen sich diese Leute ›die Kirche *Jesu Christi!*‹«

»Ich zweifle nicht daran, dass sie es wirklich ernst meinen, aber du musst doch zugeben, Jordan, dass ein Name noch lange nichts beweist. Denk nur einmal an Meerschweinchen: Das sind weder Schweine, noch kommen sie aus dem Meer, und trotzdem heißen sie so. Okay, ich muss zugeben, das ist ein schlechtes Beispiel. Aber ich möchte dir klarmachen, dass es nicht darauf ankommt, wie man heißt, sondern nur darauf, was man glaubt und wer man wirklich ist.«

»Aber diese Leute sagen, ihrem Gründer sei ein Engel erschienen ...«

»Ja, ich kenne die Geschichte von Moroni und Joseph Smith. Die Bibel sagt jedoch, dass Satan auch als Engel des Lichts auftritt, um Menschen in die Irre zu führen. Er ist ja tatsächlich ein Engel, und weil er ursprünglich ein guter Engel gewesen ist, fällt es ihm nicht schwer, sich als Lichtgestalt auszugeben. Aber in der Bibel steht ausdrücklich, dass ein falsches Evangelium auch dann falsch ist, wenn es von einem himmlischen Engel gepredigt wird. Und jede Botschaft, die verkündet, dass Jesus nicht Gott in Menschengestalt gewesen sei und dass wir nicht auf sein stellvertretendes Opfer am Kreuz zu vertrauen brauchen, ist falsch. Solche Gruppen lehren, dass man sich einen Platz im Himmel verdienen kann, indem man möglichst viele gute Werke tut. Aber die Bibel erklärt eindeutig, dass das nicht stimmt.«

»Manches von dem, was sie gesagt haben, hört sich ganz vernünftig an.«

»An einigen Punkten haben sie natürlich Recht, aber wenn es um Jesus geht, liegen sie völlig daneben. Und ich habe dir ja schon das letzte Mal, als wir miteinander geredet haben, erklärt, dass sich der christliche Glaube einzig und allein um die Person Jesus Christus dreht. Hast du eigentlich dieses kleine Buch schon durchgelesen?«

»Nein, noch nicht. Nachdem ich mit den ersten Kapiteln fertig war, hat mir mein Nachbar diese Broschüren gegeben. Und weil ich angenommen habe, es sei egal, ob ich mich mit den Büchern der Mormonen oder mit deiner Lektüre beschäftige, habe ich mich eben in diese Hefte vertieft.«

»Es tut mir Leid, dass ich das sagen muss, aber zwischen dem christlichen Glauben und der Lehre der Mormonen besteht ein gewaltiger Unterschied. Da fällt mir wieder ein, dass in unserer Gemeinde nächste Woche ein Männertreffen stattfindet, das dir bestimmt gefallen würde.

Hast du Lust mitzukommen? Allerdings muss ich vorher noch eins klarstellen, Jordan: Ich habe nicht vor, dich dazu zu bringen, dass du dich unserer Kirche anschließt, sondern ich möchte, dass du Jesus Christus als deinen Herrn und Retter kennen lernst. Wenn du wissen willst, wer Jesus ist, musst du in der Bibel lesen. In dieser Frage brauchst du dich weder auf mich noch auf meine Gemeinde noch auf die Mormonen zu verlassen, sondern du solltest Gottes Wort als die höchste Instanz betrachten. Was hältst du davon, wenn du dich noch einmal mit diesem Buch beschäftigst, in dem zusammengefasst wird, was die Bibel über Jesus sagt? Danach könnten wir uns noch einmal zusammensetzen und gemeinsam einige Bibelstellen nachschlagen, damit du dich selbst davon überzeugen kannst, was in der Bibel steht. Bist du damit einverstanden?«

»Klar. Warum nicht?«

»Ach, und noch etwas: Hier ist noch ein kleines Buch, in dem mit wenigen Bibelstellen erklärt wird, wie man Christ wird. Lies es dir doch ein paar Mal durch, denk darüber nach, und dann können wir uns nach dem Basketball-Training noch einmal darüber unterhalten, okay?«

Vierzehnter Brief

Wie man die verbotene Botschaft verdreht

An meinen zweitklassigen Untergebenen Qualob.

Soso, dieser »harmlose« Christ hat sich also wieder mit Fletcher getroffen und mit ihm über die Bücher geredet, die wir ihm untergejubelt haben. Und dann hat er ihm noch eine Broschüre mit feindlicher Propaganda gegeben, in der der so genannte »Heilsplan« erläutert wird?

Wenn ich könnte, würde ich Ryan höchstpersönlich zermalmen, doch diese Maßnahme erfordert eine Genehmigung des Feindes, die nur in Ausnahmefällen erteilt wird. Immerhin haben meine Agenten dafür gesorgt, dass Ryan gegen eine gewisse Schwermut zu kämpfen hat, und sie haben einen Unfall arrangiert, bei dem er vom Dach gestürzt ist. Zwar wurde er kaum verletzt, aber wir geben trotzdem nicht auf.

Deinem Brief war der Inhalt der bewussten Broschüre beigefügt, damit ich mir selber ein Bild machen kann. Es ist zumindest ein kleiner Trost, dass dieses Büchlein eine stark gekürzte Version des feindlichen Plans darstellt, in der auf die ganze Dramatik verzichtet wird. Vielleicht wird Fletcher sich einbilden, er brauche den Aussagen dieser Broschüre nur im Großen und Ganzen zuzustimmen, um alle Vorteile einer beitragsfreien Feuerversicherung genießen zu können.

Am Anfang dieses Textes wird behauptet, der Feind könne diesen Erdenwürmern genau das bieten, wonach sie sich im tiefsten Grunde ihres Herzens sehnen. Der zweite Punkt eignet sich jedoch hervorragend dazu, deinem Patienten auf die Zehen zu treten. Hier heißt es nämlich: »Unsere Sünden trennen uns von Gott.«

Erinnere Fletcher an seine engstirnige Tante, die überall Sünde gewittert hat. Führe ihm vor Augen, wie sie ihm immer mit dem Zeigefinger gedroht hat, sobald er als Kind beim Tischgebet kichern musste. Bagatellisiere sowohl die Tragweite seiner eigenen Sünde als auch das Angebot des Tyrannen, indem du Fletcher die tiefen Runzeln im Gesicht dieser alten Frau ins Gedächtnis rufst. Zwar scheint es unglaublich, dass ein Mann sich wegen einer griesgrämigen Tante für die Hölle entscheidet, aber viele Erdenwürmer haben wahrhaftig schon aus geringfügigeren Anlässen auf den Himmel verzichtet.

In dem verbotenen Buch steht: »Alle Menschen haben gesündigt und das Leben in der Herrlichkeit Gottes verloren.«[9] Rede Fletcher ein, diese Aussage sei eine Beleidigung seiner Würde, was ja auch tatsächlich stimmt. Vermutlich wird er nicht genau wissen, was die Begriffe *Sühneopfer, Heiligung* und *Gericht* bedeuten. Umso besser wird er dagegen mit den Worten *Kodependenz, ekklesiogene Neurose* und *Missbrauch* vertraut sein. Es ist uns gelungen, das biblische Modell von persönlicher Verantwortung, Sünde und Erlösung durch das psychologische Modell von Missbrauch, Dysfunktion und Therapie zu ersetzen. Bring Fletcher dazu, die Botschaft dieses Büchleins entweder komplett abzulehnen oder sie durch diese Brille zu betrachten.

Der dritte Punkt in dieser Broschüre ist der Furcht erregendste: Der Zimmermann ist für die Sünden der ganzen Welt gestorben und hat durch Seinen Tod die Kluft überbrückt, die zwischen den Menschen und Gott bestanden hat. »Denn Gott hat die Welt so sehr geliebt, dass er seinen einzigen Sohn hingab, damit jeder, der an ihn glaubt, nicht verloren geht, sondern das ewige Leben hat.«[10]

Nutze den Umstand, dass diese Worte deinem Patienten schon seit frühester Kindheit vertraut sind. Sorge dafür, dass er sie mit anderen Kindheitserinnerungen in Verbindung bringt, die sich im Laufe der Zeit als Mythos erwiesen haben – wie der Weihnachtsmann und der Osterhase. (Mein Herz setzt einen Schlag lang aus, wenn ich daran denke, was an Ostern tatsächlich geschehen ist.)

Falls Fletcher dennoch zu der Einsicht gelangen sollte, dass es einen Himmel gibt und dass er eine Einladung des Tyrannen braucht, um diesen Ort betreten zu können, musst du sofort kontern. Mach ihm weis, er könne sich nur durch gute Werke und religiöse Übungen einen Platz im Himmel verdienen. Die Unterhaltung, die er erst kürzlich mit seinem Nachbarn und diesen Ältesten geführt hat, wird ihn in dieser Ansicht bestärken.

Auf keinen Fall darf Fletcher erkennen, was es bedeutet »aus Gnade und nicht durch Werke« errettet zu werden.

Am Schluss dieses Heftes werden die Erdenwürmer dazu aufgefordert, das Geschenk der Erlösung im Glauben anzunehmen – du kennst ja dieses Gefasel, dass man »von ganzem Herzen« glauben soll.

Sorge dafür, dass dein Patient das Wort »glauben« falsch interpretiert. Er soll denken, Glaube sei eine rein intellektuelle Übung, die nichts mit Umkehr oder Buße zu tun hat. Selbstverständlich wird in Charis nur eine radikale Umkehr gefeiert – eine Meinungsänderung allein ist kein Anlass zu einem Freudenfest.

Richte es so ein, dass Fletchers Handy klingelt, eine Mücke zum Fenster hereinschwirrt, sein Sohn und seine Tochter in Streit geraten oder dieses Heft unter einer Zeitschrift verschwindet – muss ich denn an alles selber denken? Zieh sämtliche Register. Verhindere um jeden Preis, dass Fletcher sich Gedanken darüber macht, ob er das Angebot des Feindes annehmen soll.

Zwei Dinge stimmen mich zuversichtlich: In diesem Heft wird der Himmel nur äußerst vage beschrieben und von der Hölle ist überhaupt nicht die Rede. Man hat das Wort Hölle aus solchen Texten entfernt, weil es angeblich zu negativ klingt. Natürlich könnte man genauso gut das

Wort New York City aus allen Landkarten streichen, wenn man nicht dorthin will. Uns kommt das jedoch sehr gelegen.

Selbstverständlich gibt sich der Feind nicht damit zufrieden, dass diese Würmer irgendwelche Worte wiederholen, sondern er erwartet von ihnen, dass sie ihre Sünden aufrichtig bekennen. In dem verbotenen Buch steht nirgends, dass man lediglich ein Gebet nachsprechen müsse. Trotzdem darfst du dich nicht zu früh freuen, Qualob – wir mussten schon viel zu oft mit ansehen, wie jemand durch so eine mickrige Broschüre zum Feind übergelaufen ist.

Fahr sämtliche Geschütze auf, um Fletcher von Ryan fern zu halten und ihn daran zu hindern, über das Geschenk des Zimmermanns nachzudenken. Du musst deinen Patienten entweder töten oder – falls dir das nicht erlaubt wird – ablenken. Auf jeden Fall musst du sofort handeln.

Falls Fletcher sagt, er brauche noch ein wenig Zeit, um diese Sache gründlich zu überdenken, wird er sich bald mit allen möglichen anderen Dingen beschäftigen, nur nicht mit dieser Sache. Wenn du ihn dazu bewegen kannst, diese Entscheidung auf die lange Bank zu schieben, haben wir das Spiel schon fast gewonnen. Zwar mag er tatsächlich den *Vorsatz* haben, sich eingehender mit dem Angebot des Feindes zu befassen, aber du weißt ja ebenso gut wie ich, welcher Weg mit guten Vorsätzen gepflastert ist!

Fletcher muss seine Sünden bekennen und auf den Zimmermann vertrauen, um in das Lager des Feindes zu gelangen, doch er braucht keinen Finger zu rühren, um auf unserer Seite einzuchecken. Hier befindet er sich ja schon längst! *Keine* Entscheidung ist uns genauso lieb wie eine falsche Entscheidung.

Wer es versäumt, rechtzeitig umzukehren, landet automatisch bei uns.

Dein Vorgesetzter, der diesen Wurm aus tiefstem Herzen hasst und nur Böses mit ihm im Sinn hat,

Graf Moderthal

15. KAPITEL

Wo führt das hin?

Jordan las das nächste Kapitel, in dem es darum ging, was Jesus über sich selbst gesagt hatte. Es war schon ein starkes Stück, dass Jesus tatsächlich behauptet hatte, er sei Gott. Aber er war doch bestimmt bei klarem Verstand gewesen, oder nicht? Jordan war innerlich hin- und hergerissen. Einerseits hoffte er, dass diese Worte stimmten, und andererseits wünschte er sich verzweifelt, dass sie nicht wahr seien. Keine andere historische Persönlichkeit hatte ihn je so aus dem Gleichgewicht gebracht wie dieser Jesus Christus.

Stirnrunzelnd legte er das Buch zur Seite und blätterte in dem Heft, das Ryan ihm gegeben hatte. Manche Abschnitte klangen vertraut – seine Mutter hatte ihm früher viele Geschichten aus der Bibel vorgelesen und ihm erzählt, dass Jesus am Kreuz für ihn gestorben sei. Dieser Glaube war ihr sehr wichtig gewesen. Zwar hatte Jordan ihn nie wirklich abgelehnt, aber er hatte ihn auch nie bewusst akzeptiert.

Hatte Ryan tatsächlich gemeint, dass er, Jordan, in die Hölle kommen würde, wenn er heute sterben müsste? Jordan spürte, wie er innerlich aufbegehrte. Abgesehen davon, war diese ganze Sache viel zu einfach. Dinge, die man kleinen Kindern erzählte, konnten doch unmöglich wahr sein! Allerdings musste er zugeben, dass er nirgends echtes Glück oder eine Antwort auf seine Fragen gefunden hatte. Aber worauf würde er sich da einlassen, wenn er tatsächlich Christ werden sollte? Musste er dann immer zur Kirche gehen? Diesen makellos frisierten, schreienden Predigern zuhören und ihnen Geld geben? Seine geschäftlichen Praktiken ändern und … mit Patty Schluss machen?

Jordan schob das Heft zwischen die Seiten des Buches und warf das Buch zurück auf seinen Nachttisch. Es fiel auf den Boden, aber er hob es nicht auf, sondern löschte das Licht. Aus lauter Furcht, dieses Buch könne von ihm Besitz ergreifen und ihn in eine Richtung lenken, die er nicht einschlagen wollte, wagte er nicht einmal mehr, es zu berühren.

Fünfzehnter Brief

Schwachstellen

An meinen verwirrten Untergebenen Qualob.

Ganz gleich, wie heftig dein Patient von Jaltor und dem Geist des Feindes bearbeitet wird, er gehört immer noch dir. Lass dich nicht unterkriegen. Es ist leichter, eine Festung zu verteidigen, als sie zurückzuerobern. Wie wir mittlerweile wissen, lassen sich Fletchers Schwachstellen auf fünf Laster reduzieren: Stolz, Habgier, Wollust, Zorn und Unaufrichtigkeit. Zu den Gewohnheiten, die wir am besten für unsere Zwecke ausnutzen können, zählt das Trinken, sein Kaufzwang und seine Vorliebe für Erotikfilme.

Jede dieser Gewohnheiten kann ihn nach unten ziehen, und du kannst ihn zermürben, indem du ihn unablässig von mehreren Seiten angreifst. Jaltor und seine Gesellen werden dich nicht zurückhalten und der Geist des Feindes wird – aus Gründen, die mir unerklärlich sind – deinen Patienten nicht daran hindern, selbstzerstörerische Entscheidungen zu treffen.

Zwar bombardierst du deine Patienten gewöhnlich von außen, aber Fletchers Schwachstellen bieten dir die Gelegenheit, in seinem Innern Fuß zu fassen. Wir können einen Menschen nur dann ruinieren, wenn er gemeinsame Sache mit uns macht. Glücklicherweise scheinen viele jedoch förmlich darauf erpicht zu sein, sich selbst zu zerstören.

Um Fletcher in seinem Stolz zu bestärken, musst du ihm schmeicheln. Überzeuge ihn davon, dass er über den Regeln steht, die für andere gelten. Weil er etwas Besonderes ist, hat er das Recht, Dinge zu tun, die ihn bei anderen stören. Irgendwann wird er ganz von selbst auf die Nase fallen, dafür sorgt schon das Gesetz der Schwerkraft. Stolz ist die offizielle Religion der Hölle. Zwar beanstandet der Feind diese Einstellung bei uns, aber im Gegensatz zu den Schleimbeuteln haben wir wenigstens einen guten Grund, uns auf unsere Würde etwas einzubilden (es sei denn, man betrachtet die Fähigkeit, zu würgen und zu erbrechen, als einen Vorzug).

Das Konsumieren von Alkohol lässt sich ohne große Mühe fördern – du brauchst lediglich dafür zu sorgen, dass im Kühlschrank genug Bier ist. Und die Wollust? Fletcher hat doch Kabelfernsehen? Also musst du nur darauf achten, dass in seiner Fernbedienung Batterien stecken.

Wie steht es mit der Unaufrichtigkeit? Es gibt immer einen Grund zu lügen, und wenn man sich diese Reaktion erst einmal angewöhnt hat, lügt man ganz automatisch. Jede Lüge führt zur nächsten. Je mehr Fletcher andere anlügt, desto ausgefahrener wird das Gleis, in dem er sich bewegt, und desto natürlicher wird ihm dieses Verhalten erscheinen.

In deinem nächsten Brief musst du mir alle Chancen aufzählen, die mit den einzelnen Schwachstellen und schlechten Gewohnheiten deines Patienten verbunden sind. Anschließend berichtest du mir ausführlich, wie du diese Chancen nutzen willst. Pass auf, dass dir nicht die geringste Kleinigkeit entgeht – der Teufel steckt im Detail!

Dein wachsamer, kampferprobter Vorgesetzter

Graf Moderthal

16. Kapitel

Der verschwommene blaue Fleck

Ungeduldig trommelte Jordan mit den Fingern aufs Lenkrad und warf dem Fahrer des Minivans, der vor ihm fuhr, einen wütenden Blick zu.

»Komm schon! Ich hab schon Traktoren gesehen, die mehr Tempo drauf hatten!«

Plötzlich entdeckte er eine Lücke, wechselte auf die rechte Spur und scherte vor dieser Trantüte wieder links ein. Aus dem Augenwinkel nahm er einen undeutlichen roten Fleck wahr, der auf seine Spur wechselte.

Jordan hörte, wie Metall auf Metall krachte, und er musste hilflos zusehen, wie sich sein Wagen um die eigene Achse drehte. Als der Minivan von hinten in ihn hineinfuhr, sah er noch einen weiteren verschwommenen Fleck, diesmal einen blauen. Das war das Letzte, woran er sich erinnern konnte.

Sechzehnter Brief

Wie man einen richtigen Schwindel aufzieht

An meinen Theater spielenden Untergebenen Qualob.

Du sollst ein Täuschungsmanöver durchführen und keinen Luftangriff. Anstatt einen Nachtfalter mit einer Lötlampe zu jagen, musst du lediglich eine attraktive Flamme anzünden, die ihn ins Verderben lockt. Sei dir darüber im Klaren, wann du dich zurückziehen musst, um bei einer günstigeren Gelegenheit erneut zuzuschlagen. Sei behutsam. Beruhige und tröste dein armes kleines Lamm. Tarne das rohe Fleisch deiner Bosheit mit dem anschmiegsamen Pelz der Höflichkeit. Während du deinen Patienten mit einer Hand streichelst, schlitzt du ihm mit der anderen die Kehle auf.

Fletcher arbeitet im Verkauf – in einer Branche, die man mit unserer vergleichen könnte. Streck dem Kind einen Lutscher hin, um es in dein Auto zu locken. Gaukle Fletcher vor, er könne alles haben, was er will. Dass alles seinen Preis hat, braucht er ja nicht unbedingt zu wissen. Ändere die Preisschilder. Mach ihm ein besseres Angebot als der Feind, indem du ihm dasselbe Produkt zu günstigeren Konditionen anbietest. Verleite ihn dazu, auf Kredit zu sündigen. Wenn die Rechnungen fällig sind, wird er bankrott sein.

Der Feind beschränkt sich grundsätzlich darauf, die Wahrheit zu sagen. Er beherrscht nur eine einzige Sprache, während wir zweisprachig und ihm dadurch überlegen sind! Wir gehen mit der Wahrheit äußerst spärlich um und machen lieber von sorgfältig ausgewählten Lügen Gebrauch.

Vergiss nie, dass Fletcher nicht sündigt, weil er sich dazu verpflichtet fühlt, sondern weil er sich davon ein klein wenig Glück erhofft. Das ist nämlich genau die Ware, die du ihm verkaufst, obwohl du sie schlussendlich doch nicht auslieferst, sondern ihn mit Kummer abspeist. Wir reden hier von Zuckerbrot und Peitsche. Sobald Fletcher entdeckt, was er sich da eingehandelt hat (zu diesem Zeitpunkt müssen er und alle anderen um ihn herum bereits den Kaufpreis abstottern), machst du ihm das nächste Glücksversprechen. Da er sich unbedingt aus dem Schlamassel befreien will, in das er nur geraten ist, weil er dir das letzte Mal geglaubt hat, wird er auch nach diesem Strohhalm greifen.

Gib ihm ein Paket und behaupte, es enthalte wahres Glück. Während er noch damit beschäftigt ist, das Paket zu öffnen, präsentierst du ihm bereits die nächste, hübsch verpackte Schachtel, in der sich angeblich genau dasselbe befindet. Natürlich wird Fletcher auch dieses Paket auspacken und dann das nächste, und das übernächste. Reich ihm immer neue Schachteln, bis er stirbt. Dann hast du gewonnen.

Unter dem Deckmantel heißer Zärtlichkeit musst du kaltblütig und heimtückisch deine wahren Ziele verfolgen. Halte Fletchers Hand und versprich ihm unendliches Glück, während du ihn in die ewige Dunkelheit führst.

Ich verbleibe in dem Bestreben, die Kosten herunterzuspielen,

Graf Moderthal

17. KAPITEL

Die Verabredung

Jordans Augen brannten von dem grellen Licht. Er fühlte sich, als habe er einen langen Tunnel durchquert und sei endlich am Ziel angelangt. Wo war er?

Über ihm tauchte ein freundliches Gesicht auf, das er nicht kannte. Wer konnte das sein? Und warum fürchtete er sich so sehr?

»Er ist aufgewacht«, sagte eine fremde Stimme.

»Geht es dir gut, Jordan?«

Jordan starrte in Dianes geschwollene, rote Augen und überlegte, was wohl mit ihr geschehen war.

»Ja, ich denke schon. Was ist hier eigentlich los? Moment mal ... irgend so ein Schwachkopf ist in mich reingefahren.«

»Du hattest einen Unfall, stimmt. Die Ärzte sagen, dass du ziemlich glimpflich davongekommen bist. Wie fühlst du dich?«

»Ich ... bin müde.«

»Dann lassen wir Sie jetzt schlafen, Mr Fletcher«, sagte irgendjemand.

Als Jordan das nächste Mal die Augen aufschlug, stellte er Diane die Frage, die ihm vorher nicht über die Lippen gekommen war.

»Wie viele Autos waren in den Unfall verwickelt?«

»Drei, wenn man deinen Wagen mitrechnet.«

»Und was ist mit den anderen Fahrern?«

»Die Frau, in die du reingefahren bist – ich meine, die in dich reingefahren ist, hat es ziemlich böse erwischt. Sie hat ein paar gebrochene Rippen und eine Gehirnerschütterung, aber es hieß, sie sei außer Gefahr. Deinen Wagen habe ich mir noch nicht angesehen, sondern nur gehört, dass er völlig schrottreif ist. Entweder hast du unglaubliches Glück gehabt oder du hattest einen Schutzengel.«

»Das glaubst du doch selber nicht«, erwiderte Jordan, doch dann hielt er inne und ließ sich Dianes Worte noch einmal durch den Kopf gehen.

Diane verließ den Raum, damit er sich ausruhen konnte. Ein paar Stunden später wachte Jordan wieder auf. Nachdem er zwischen verschiedenen TV-Kanälen hin- und hergezappt hatte, stocherte er in seinem Abendessen herum. Plötzlich wurde an die Tür geklopft und ein lächelndes Gesicht schaute herein.

»Hey, Ryan, komm doch rein.«

»Ich komme gerade vom Training. Da du nicht mit mir Kaffee trinken kannst, habe ich gedacht, ich bringe den Kaffee eben hierher.« Mit diesen Worten reichte Ryan ihm einen Pappbecher mit dem Aufdruck *Starbucks.*

»Mensch! Du hast einen Mokkabecher bis hierher balanciert?«

»Ja. Weißt du nicht mehr, dass wir uns heute Abend über dieses Heft unterhalten wollten? Ich habe mir gedacht, dein Unfall ist noch lange kein Grund, unsere Verabredung sausen zu lassen.«

Ryan warf eine Broschüre in Jordans Richtung. Sie landete auf der Decke über seiner Brust.

»Hast du Angst, dass ich sterben könnte, bevor wir über dieses Thema geredet haben?«

»Na ja, das hätte doch leicht ins Auge gehen können, oder nicht? Bei mir war es übrigens genauso, als ich vor ein paar Tagen vom Dach gestürzt bin. Ich weiß gar nicht mehr, wie es passiert ist, aber dass ich in dem Blumenbeet gelandet bin, statt auf den Pflastern in der Einfahrt, hat mir wahrscheinlich das Leben gerettet. Mir tut zwar alles weh, aber es ist nichts gebrochen. Jedenfalls war das ziemlich knapp, und wenn ich dich so ansehe … Falls du dich also fit genug fühlst, um ein wenig zu reden, sollten wir die Gelegenheit beim Schopf packen. Man weiß nie, ob es nicht die letzte ist. Abgesehen davon muss ich die Tatsache ausnützen, dass du mir jetzt nicht davonlaufen kannst, selbst wenn du wolltest!«

Siebzehnter Brief

Dein unvorstellbares Fiasko

An meinen haarsträubend dämlichen Untergebenen Qualob.

In dem Brief, den du mir nach Fletchers Unfall geschickt hast, prahlst du, du hättest Fletcher »beinahe umgebracht.« Es gibt aber kein »beinahe tot« – entweder sind diese Schleimbeutel noch am Leben oder sie sind tot. Und so viel ich weiß, ist dein Patient noch quicklebendig.

Du hast behauptet: »Fletcher wird seine Verabredung mit Ryan nicht einhalten können.«

Ist dir nie in den Sinn gekommen, dass Ryan von Fletchers Unfall erfahren und ihn im Krankenhaus besuchen könnte? Hast du nicht bedacht, dass diese Situation dazu führen könnte, dass die beiden sich noch besser verstehen als vorher? Oder dass Ryan nun die nächste Gelegenheit nützen könnte, um mit Fletcher über die verbotene Botschaft zu reden? Vermutlich hast du ebenso wenig in Betracht gezogen, dass Fletcher durch diesen Unfall daran erinnert werden könnte, dass er sterblich ist. Faulschlich hat mich genauestens informiert.

Ich habe dir bereits einen Platz in unserem Korrekturzentrum reserviert, das erst kürzlich renoviert wurde. Damit du dir ein Bild von deiner neuen Unterkunft machen kannst, lege ich eine ausführliche Broschüre bei. Du wirst feststellen, dass diese aufwändig illustrierte Lektüre ungemein fesselnd ist.

Faulschlich hat mir berichtet, dass Ryan Fletcher eine Frage gestellt hat, bevor sie sich erneut mit diesem Heft befasst haben. Und zwar wollte Ryan wissen: »Nehmen wir einmal an, dieser Minivan wäre seitlich auf dein Auto geprallt und du wärst heute gestorben und müsstest dich vor Gott verantworten – was würdest du sagen, wenn Gott dich fragen würde, aus welchem Grund er dich zu sich in den Himmel holen sollte?«

Fletcher gab die Antwort, die wir am meisten schätzen: »Nun, ich denke, ich würde sagen, dass ich ein anständiges Leben geführt habe und dass ich mindestens ebenso viel Gutes wie Böses getan habe.«

Als Ryan ihm jedoch nach einem einstündigen Gespräch noch einmal dieselbe Frage stellte, hat Fletcher völlig anders reagiert. Er sagte nämlich: »Nun, wenn ich das alles bedenke, müsste ich wohl sagen, dass ich es nicht verdient habe, in den Himmel zu kommen. Aber weil Jesus für mich gestorben ist und mir seine Erlösung anbietet, vergibt Gott mir alle meine Sünden und ich darf trotzdem in alle Ewigkeit bei ihm sein.«

Mich überlief ein Schauder, als ich las, was als Nächstes geschah: Fletcher hat auf der Stelle, in seinem Krankenhausbett, mit dem Zimmermann geredet, seine Sünden bekannt und das Geschenk des Zimmermanns angenommen.

Während du gaffend daneben gestanden hast, Qualob, ist diese Kakerlake ein stinkender Christ geworden!

Ganz Charis hat applaudiert und einen Freudentanz vollführt. Sogar Ryan und Fletcher haben ein schwaches Echo dieser himmlischen Musik vernommen, die dir in den Ohren gedröhnt hat. Ich hoffe, dass sie dich in alle Ewigkeit heimsuchen wird!

Man hat mich bereits dafür zur Rechenschaft gezogen, dass einem meiner Schüler so ein furchtbarer Schnitzer unterlaufen konnte. Selbstverständlich habe ich meinem Vorgesetzten versichert, dass ich dir lauter unschätzbare Ratschläge erteilt habe, die du leider nicht befolgt hast. Wundere dich nicht, wenn die Abteilung für innere Angelegenheiten ihre Ermittlungen aufnimmt und sich eingehend mit deiner Nachlässigkeit beschäftigt.

Ich drohe Charis mit den Fäusten und verfluche diese einladenden Hände! Möge der Zirkel der Finsternis den Tyrannen zermalmen, dieses Ungeziefer vernichten und dich und deinesgleichen von Skiathorus' Boden vertilgen.

Molech nargul dazg! Wir werden uns gegen den Tyrannen erheben, den Zimmermann vernichten und Sein Blut erneut vergießen! Noch einmal werden wir in die Höhe hinaufsteigen, Charis' Tore stürmen, in die goldene Stadt einmarschieren und alle Cherubim zum Schweigen bringen. Mit unserem feurigen Atem werden wir den Himmel in Brand stecken und unsere mächtigen Hände werden keinen Stein auf dem anderen lassen. Wir werden es tun, ja, wir *müssen* es tun!

Ich rufe die zensierten Worte, damit sie bis in die letzten Winkel von Charis dringen: *Baal jezeb ashnar mordol nuhl – keez gimbus molech nargul dazg!*

Mögen diese uralten Worte der Finsternis die zeitlose Magie unserer Rebellion heraufbeschwören. Bosheit soll die Erde bedecken, Chaos soll herrschen und Anarchie soll sich ausbreiten. Vereint euch, ihr Gewalten der Finsternis, um den Tyrannen vom Thron zu stürzen und Seine Ebenbilder auszulöschen!

Ich bin dieser Maskerade längst überdrüssig, und ich sehne mich danach, den mächtigen Arm des Bösen auszustrecken, ohne ihn zu tarnen. Warum sollen wir ständig Theater spielen? Sogar das Herstellen von Licht greift meine Augen an.

Es widert mich an, dass der Tyrann, der Zimmermann, der Geist des Feindes, Seine Speichellecker und sogar einige dieser Kakerlaken ständig unsere Pläne durchkreuzen. Wir müssen uns mit sporadisch auftretenden Folterungen, Seuchen und Terrorakten begnügen, während der Tyrann unauffällig eine Kakerlake nach der anderen für sich beansprucht. Er marschiert unerschrocken vorwärts und entreißt uns gerade solche Geschöpfe, die von Rechts wegen für alle Zeiten im Abgrund schmachten müssten. Ohne Seine Erlaubnis können wir ihnen kein Haar krümmen. Es ist entwürdigend. Kein Einziges dieser jämmerlichen Geschöpfe sollte jemals einen Fuß in Charis setzen dürfen. Kein Einziges!

Ich verfluche dich, Qualob! Ich verfluche den Tag, an dem du mir unterstellt wurdest! Ich verfluche das Licht!

So. Nach einer kurzen Unterbrechung, in der ich Obsmut verprügelt habe, um mich auf dich einzustimmen, bin ich nun wieder voll da.

Obsmut wird schreiben, was ich ihm diktiere, weil ich umhergehen muss, um wieder einen klaren Kopf zu bekommen. So katastrophal die Situation auch sein mag, es ist trotzdem noch nicht alles verloren. Zwar können wir nichts daran ändern, dass dieser ekelhafte Wurm die berauschende Luft von Charis eingeatmet hat, aber wir können uns damit trösten, dass er noch nicht dort lebt. Er wohnt auf Skiathorus, wo *wir* regieren! Und er ist immer noch ein schwacher, leichtgläubiger Nachkomme Adams. Mach dir nicht die Mühe, Fletcher in einen Idioten zu verwandeln – sorge lediglich dafür, dass er so bleibt, wie er ist.

Selbstverständlich kannst du ihn immer noch nach unten ziehen – wenn nicht in die Hölle, dann doch wenigstens in die Nutzlosigkeit. Allerdings erschwert der Umstand, dass der Feind diesen erbärmlichen Wurm nun als Seinen »Sohn« bezeichnet, diesen Kampf ganz erheblich.

Als ob es noch nicht reichen würde, dass deinem Patienten ein feindlicher Krieger zur Seite steht, wohnt nun auch noch der Geist des Feindes in ihm. Sorge dafür, dass Fletcher die furchtbare Macht des Gesprächs unterschätzt. Richte es so ein, dass alles Neue nur eine bescheidene Veränderung des Alten darstellt, damit er, abgesehen von einigen kosmetischen Korrekturen, immer noch derselbe ist wie vorher.

Viele Prozesse, die mit einer Bekehrung verbunden sind, laufen automatisch ab, und wir sind außer Stande, sie zu stoppen. Aber es gibt immer noch zahllose Entscheidungen, die der Feind diesen Würmern überlässt. Die Freiheit, die er ihnen schenkt, ist unsere Gelegenheit.

Du musst Fletcher unbedingt daran hindern, die ihm zur Verfügung stehende Kraft zu nützen. Halte ihn davon ab, sich für die Dinge zu entscheiden, die der Feind befiehlt. Dämpfe seine neue Freude an dem Tyrannen, indem du ihn dazu verleitest, in seine alten Verhaltensmuster zurückzufallen.

Zwar hast du in diesem kosmischen Schachspiel deine Königin eingebüßt, aber du bist noch lange nicht schachmatt. Mobilisiere sämtliche Bauern, Türme und Springer, damit du das Spiel doch noch gewinnst. Obwohl du diesen Wurm nicht länger antasten kannst, kannst du immer noch dafür sorgen, dass er unfruchtbar und untauglich wird. Du hast es in der Hand, ihn in derartige Skandale und Sünden zu verstricken, dass der Feind sich wünschen wird, Er habe diesen Wurm niemals zu einer Bekehrung bewogen!

Strategie, Qualob. Letzten Endes zählen nur Strategie und harte Arbeit.

Fletcher hat jetzt erste Priorität. Sobald die Leute erfahren, dass er Christ geworden ist, werden sie ihn scharf beobachten. Manche werden ihn anfeuern und viele werden hoffen, dass er scheitert. Sorge dafür, dass Letzteres zutrifft!

Möge ganz Charis unseren Schwur hören und vor Furcht erbeben: Wir werden keinen Fingerbreit von unseren Ansprüchen auf Jordan Fletcher abrücken. Niemals!

Dein entschlossener Vorgesetzter

Graf Moderthal

18. Kapitel

Die Schwadron

Jordan ging hinter Ryan und dessen Frau Jodi den Mittelgang entlang. In der dritten Reihe waren noch Plätze frei. Abgesehen von einigen Hochzeiten und Beerdigungen konnte Jordan sich nicht mehr erinnern, wann er zum letzten Mal in einer Kirche gewesen war. Diane hätte sicherlich keine Lust gehabt, ihn zu begleiten, und darum hatte er sie gar nicht erst aufgefordert. Zudem wollte er ihr nicht erklären müssen, weshalb er plötzlich in die Kirche gehen wollte. Diane fuhr am Sonntagmorgen immer ins Pflegeheim und besuchte ihre Mutter. Bevor sie zurückkam, würde er längst wieder zu Hause sein und vor dem Fernseher sitzen.

Jetzt erhob sich vorne ein Mann und machte einige Ankündigungen. Er sagte etwas, das alle Leute außer Jordan zum Lachen brachte. War das ein Witz für Insider? Jordan konnte nicht verstehen, was daran so komisch sein sollte.

Als Ryan ihn zum Gottesdienst eingeladen hatte, hatte er Jordans Zögern gespürt. Daraufhin hatte er gesagt: »Jeder Christ braucht Hilfe, damit er im Glauben wachsen kann. Die Kirche ist kein Schaufenster für Heilige, sondern ein Krankenhaus für Sünder.«

Das war ja schön und gut, aber vorerst hatte Jordan genug von Krankenhäusern. Immerhin war er erst seit Donnerstag wieder zu Hause, also seit drei Tagen. Er hatte es ernst gemeint, als er Jesus gebeten hatte, der Herr seines Lebens zu werden. An Jesus zu denken gab ihm ein gutes Gefühl, doch der Kirche stand er weiterhin ziemlich skeptisch gegenüber. Aber Ryan hatte ihn schließlich dazu überredet, zum Gottesdienst zu kommen.

Jordan sah, dass ein Teller herumgereicht wurde, und passte auf, was die anderen machten. Rasch öffnete er seine Brieftasche, suchte nach einigen kleinen Scheinen und legte sie auf den Teller.

Als er auf der anderen Seite des Ganges Les Marstow entdeckte, lehnte er sich zurück, um nicht in dessen Blickfeld zu geraten.

Marstow geht zur Kirche? Das kann doch nicht wahr sein!

Nun erhob sich die ganze Gemeinde und sang ein Lied, das Jordan noch nie gehört hatte. Er verzichtete darauf, seine Lippen zu bewegen, und überlegte im Stillen, ob er wohl rechtzeitig merken würde, wann man sich wieder setzen musste. Wie schrecklich, wenn er als Einziger noch hier herumstehen würde, nachdem alle anderen schon längst wieder Platz genommen hatten! Er wünschte, er hätte eine Packung von seinem Magenmittel eingesteckt.

Der Pastor bat die Gemeinde, eine Stelle in einem Buch aufzuschlagen, dessen Name Jordan gänzlich unbekannt war. Gehörte es etwa zu den Büchern der Bibel? Da alle Leute um ihn herum eifrig blätterten, musste es wohl so sein. Ryan streckte Jordan seine Bibel hin und deutete auf einige unterstrichene Worte. Interessiert betrachtete Jordan die Notizen, die am Rand dieser Seite standen. Sie erinnerten ihn an die Bibel seiner Mutter. Vielleicht hätte er sie mitbringen sollen?

Während der Pastor sprach, blickte Jordan sich nervös um. Es kam ihm so vor, als ob alle ihn anstarren würden. Ryan und Jodi waren anscheinend völlig in ihrem Element. Ob ihnen klar war, wie unbehaglich er sich fühlte?

Irgendetwas brachte ihn auf den Gedanken, dass er hier trotz allem am richtigen Platz war und sich – so abwegig es auch scheinen mochte – mit der Zeit schon einleben würde. Eine andere Stimme flüsterte ihm jedoch zu, dass es besser gewesen wäre, wenn er zu Hause geblieben und sich ein Basketballspiel angeschaut hätte. Hier hatte er nichts verloren.

Jetzt warf Ryan ihm einen Blick zu und lächelte ihn an. Jordan zwang sich, sein Lächeln zu erwidern, und fragte sich gleichzeitig, ob Ryan merken würde, dass ihm überhaupt nicht nach Lächeln zu Mute war. Unbehaglich rutschte er auf seinem Sitz hin und her. Es dauerte weitere zehn Minuten, bis er anfing, richtig zuzuhören. Sein Magen schmerzte immer noch.

Achtzehnter Brief

Aschenputtel mit Gedächtnisschwund

An meinen Untergebenen Qualob, der auf Bewährung entlassen wurde.

Habe ich dir nicht eingeschärft, Fletcher von dem verbotenen Buch und der verbotenen Schwadron fern zu halten? Oder weißt du am Ende gar nicht, was *verboten* bedeutet?

Im Krieg besiegt man Soldaten, indem man sie von ihren Versorgungslinien abschneidet. Wer nichts zu essen hat, wird immer schwächer und kann sich schließlich nicht mehr wehren. Das verbotene Buch ist verbotene Nahrung, und darum musst du es deinem Patienten vorenthalten.

Ein einzelner Soldat lässt sich leicht überwältigen. Sorge also dafür, dass Fletcher sich nicht in seine Schwadron einreiht und du hast ihn schon fast in der Tasche. Indem du ihn entweder von dem verbotenen Buch oder von der verbotenen Schwadron fern hältst, kannst du ihn daran hindern, dem Feind zu dienen. Sollte es dir gelingen, ihn von beiden Dingen fern zu halten, steht er im Grunde schon wieder auf unserer Seite. Wen kümmert es, ob diese Kakerlaken eine Uniform tragen, solange sie unseren Zwecken dienlich sind?

Wenn du gute Arbeit leistest, kann Fletcher sich zu einem Christen entwickeln, der das von uns so geschätzte Klischee »Alle Christen sind Heuchler« bestätigt. Wie es um den Ruf des Zimmermanns bestellt ist, hängt jetzt auch von ihm ab. Das bedeutet, dass du Fletcher dazu benutzen kannst, diesem Ruf zu schaden. Die Menschen um ihn herum werden seine Bekehrung hoffentlich bald als eine vorübergehende Phase abtun, anstatt in ihr eine radikale Umkehr zu sehen.

Tu, was du kannst, damit Fletcher sich in der Kirche fehl am Platz fühlt. Sobald du ein brennendes Stück Kohle aus dem Feuer holst, wird es abkühlen und verglimmen.

Dieser Mistkerl Ryan hat ihm tatsächlich vorgeschlagen, er solle sich taufen lassen? Mach deinem Patienten weis, die Taufe sei nichts weiter als eine leere Tradition und eine unnötige Peinlichkeit. Wenn du ihn dazu bringen kannst, gegen dieses erste Gebot für neu bekehrte Christen zu verstoßen, wirst du ihn auch dazu verleiten können, zahlreiche andere Befehle des Feindes zu missachten. Wer es versäumt, dieses Ritual zu vollziehen, verpasst viel Freude und verzichtet auf einen Meilenstein, der für seinen weiteren Weg sehr wichtig wäre. Glücklicherweise konnten wir die Taufe als eine praktisch überflüssige Zeremonie darstellen, die man »irgendwann einmal« vornehmen kann. Und »irgendwann einmal« heißt gewöhnlich nie.

Je unbehaglicher sich Fletcher in der Kirche fühlt, desto besser. Achte darauf, dass er weiterhin am Rande steht. Dass der Rest seiner Familie ihn nicht zur Kirche begleitet hat, ist geradezu ideal. Ich habe die zuständigen Versucher bereits angewiesen, dafür zu sorgen, dass sich daran auch in Zukunft nichts ändert.

Zwar bedaure ich, dass Ryan deinem Patienten ein verbotenes Buch gegeben hat, aber das ist noch lange kein Grund, in Panik zu geraten. Falls man alle Bibeln, die es in Amerika gibt, zur selben Zeit abstauben würde, würde die Sonne eine Woche lang verfinstert. Die Bibel ist kein Talisman, der einen schützt, ohne dass man darin liest. Solange eine Bibel nicht aufgeschlagen wird, kann sie keinen Schaden anrichten.

Dass du dafür gesorgt hast, dass Fletcher während des Gottesdienstes wieder an Arthritis gelitten hat, war ein genialer Schachzug. Und dass du ihn auf Marstow aufmerksam gemacht hast, den er zuletzt in einem Striplokal gesehen hat, war das Tüpfelchen auf dem I. Manchmal erstaunst du mich wirklich, Qualob. Trotz allem, was vorgefallen ist, hoffe ich, dass wir eines Tages über dem Kadaver von Fletchers ruiniertem Leben anstoßen werden.

Der Feind hat deinem Patienten eine neue Identität gegeben und bezeichnet ihn als Seine Hände und Füße auf dieser Erde. Und als ob das noch nicht genug wäre, umwirbt Er diesen ekligen Wurm mit allen Mitteln und bittet ihn, Seine schleimige Braut zu werden, die später als Seine Königin mit Ihm regieren soll. Dieses Ungeziefer soll *regieren*?

Diese Mischehe zwischen Gott und Mensch, diese Liaison zwischen Himmel und Erde, diese abscheuliche Paarung von Himmlischem und Irdischem ist schlichtweg obszön. Was kann Er sich bloß dabei gedacht haben, Qualob? Welche geheimen Absichten stecken hinter diesem

Plan? Wenn wir Ihn nur durchschauen könnten, wären wir im Stande, Seine Vorhaben ein für alle Mal zu sabotieren!

Da der Feind diese Kakerlake zu einem Aschenputtel macht, müssen wir dafür sorgen, dass Aschenputtel an Gedächtnisschwund leidet. Wenn Fletcher begreift, dass er ein neuer Mensch geworden ist, wird er sich bemühen, entsprechend zu handeln. Solange er jedoch der Ansicht ist, dass er – abgesehen von einigen neuen Überzeugungen – immer noch der Alte ist, kannst du ihn dazu bringen, dass er sich wie der alte Fletcher benimmt. Unterzieh diese widerwärtige Braut einer Gehirnwäsche. Sorge dafür, dass ihr Hochzeitskleid schmutzig wird, während sie sich wie ein Schwein (was sie ja auch tatsächlich ist) im Schlamm wälzt.

Dass der Geist des Feindes in ihm wohnt, ist deinem Patienten noch nicht klar geworden, obwohl diese Tatsache für uns offensichtlich ist. Erebus möge verhüten, dass er anfängt, sich selbst als das Heiligtum des Feindes zu betrachten, als das Allerheiligste, in dem der Schöpfer höchstpersönlich wohnt! Wer weiß, was diese Erkenntnis in ihm bewirken würde! Zu glauben, dass der Feind existiert, ist *eine* Sache, doch es ist etwas völlig anderes, davon überzeugt zu sein, dass Er in einem wohnt, und zwar mit derselben Kraft, die den Zimmermann von den Toten auferweckt hat.

Der Feind hat Fletcher eine neue geistliche Familie geschenkt? Sorge dafür, dass die Beziehungen innerhalb dieser Familie gestört sind. Heize die Gerüchteküche der verbotenen Schwadron kräftig an. Aber versuche nicht, diese Würmer zu Kraftausdrücken zu bewegen. Ein Matrose, der saftige Flüche zum Besten gibt, macht mir nicht annähernd so viel Vergnügen wie eine Diakonin, die über die Tochter des Organisten herzieht. Der Feind befiehlt diesen Würmern, ihren Blick auf Jesus zu richten. *Wir* verleiten sie dazu, auf andere Leute zu schauen. Da wir verpflichtet sind, dieses Ungeziefer anzuklagen, ist uns jede Unterstützung willkommen.

Fletcher gehöre jetzt zu einer neuen Familie, behauptet der Feind. Säe eifrig Zwietracht, damit dein Patient seine Illusionen über die Christen verliert und sich enttäuscht von der Kirche abwendet. Lass seine Glut erkalten, indem du ihn von den anderen absonderst. Das ganze Land ist übersät mit erstorbener Glut, also wird er sich in guter Gesellschaft befinden!

Ich habe bereits einen Antrag gestellt, dass Zankstoß von einer Spezialeinheit unterstützt wird, mit deren Hilfe er Ryan massiv angreifen kann. Wenn wir diesen Mistkerl besiegen, können wir Fletcher und viele andere Würmer, an denen er herumgepfuscht hat, entmutigen. Außerdem ist diese Rache sowieso längst fällig.

Unsere böse Dreieinigkeit umfasst die Welt, das Fleisch und den Teufel. Die Welt, das »globale« Fleisch, verkörpert Werte, Traditionen, Philosophien und Einstellungen, die den Geboten des Feindes widersprechen. Die Erdenwürmer nehmen unsere Propaganda durch die kulturelle Luft in sich auf, die sie von der Wiege bis zum Grab einatmen – in ihren Häusern, in den Schulen, auf den Spielplätzen, bei der Arbeit, überall. Die Auflehnung gegen den Feind ist die grundlegende Struktur, die ihr ganzes Leben prägt, ohne dass sie sich dessen bewusst sind. Frag sie, ob sie gegen Gott rebellieren, und sie werden es abstreiten. Das ist vorzüglich, denn niemand bereut eine Sünde, die er nicht zugibt.

Nütze Fletchers Schwächen und Vorurteile, seinen Hass, seinen Zorn, seine Ängste und seine Schmerzen aus. Du brauchst ihn nur zum Friedhof zu führen, den Boden aufzulockern und ihm einen Spaten zu reichen, und er wird sich sein eigenes Grab schaufeln. »Der Teufel hat mich dazu gebracht«, mag er sich später verteidigen. Weshalb er eine Sünde begeht, ist völlig belanglos – Hauptsache, er sündigt. Rede Fletcher ein, das Christsein bestünde aus einer einmaligen Entscheidung, die automatisch erneuert wird, anstatt aus einem fortwährenden, zähen Kampf, der unzählige weitere Entscheidungen erfordert. Mach ihm weis, er hätte einen Hundert-Meter-Lauf vor sich und keinen Marathon. Dann wird er aufgeben, bevor er das Ziel erreicht hat.

Es gibt weitaus mehr falsche Wege als richtige. In *welche* falsche Richtung du ihn lenkst, ist völlig gleichgültig – uns ist jede recht.

Der Advokat des Teufels

Graf Moderthal

19. Kapitel

In den Startlöchern

Langsam und ein wenig befangen kniete Jordan sich vor das Wohnzimmersofa.

»Also gut, Herr. Ryan hat gemeint, ich soll das ausprobieren. Ich habe so etwas noch nie gemacht, aber das weißt du vermutlich. Meine Knie zu beugen würde mich daran erinnern, dass du allmächtig bist, hat Ryan erklärt. Außerdem hat er vorgeschlagen, dass ich dir meine Sünden bekenne, und zwar alle, die ich seit dem letzten Mal begangen habe. Es fällt mir ziemlich schwer, meine eigenen Schwächen zu erkennen, deshalb brauche ich deine Hilfe. Diane weiß auf diesem Gebiet viel besser Bescheid als ich – sie erwähnt immer wieder etwas, das ich verbockt habe. Vielleicht sollte ich mal mit ihr reden? Oh wei, das wird nicht leicht sein …«

Jordan schlug seine Bibel auf und blätterte bis zum dritten Kapitel des Johannes-Evangeliums. Die ersten beiden Kapitel hatten ihm gut gefallen, obwohl manche Dinge ziemlich schwer zu verstehen waren. Es war alles so neu. So merkwürdig und trotzdem … wunderbar.

Neunzehnter Brief

Es ist noch nicht alles verloren

An meinen Untergebenen Qualob, der von allen Seiten belagert wird.

Hör auf zu jammern. Fletcher lebt immer noch auf dem dunklen Planeten, und der Feind hat eingeräumt, dass die sterblichen Leiber dieser Würmer auch nach dem Regierungswechsel noch von der Sünde beherrscht werden können. Es ist noch nicht alles verloren, denn auf unserem Wunschzettel rangiert eine neutralisierte Seele gleich hinter einer verdammten.

Dass Fletcher vom Feind besetzt wurde, hat natürlich alle deine Hoffnungen zunichte gemacht, deinen Patienten jemals dauerhaft bewohnen zu können. Ich weiß, wovon ich rede – schließlich bin ich selbst schon mit Gewalt aus zwei Menschen vertrieben worden, die Ihn eingelassen haben.

Versuche nicht, dem Geist des Feindes Sein Wohnrecht streitig zu machen oder dich bei Ihm als Untermieter einzuschleichen, sonst wird es dir schlecht ergehen. Aber du kannst von außen auf Fletcher einwirken. Obwohl du nicht besonders weit in feindliches Gebiet vordringen kannst, hast du immer noch die Möglichkeit, die Schwachstellen deines Patienten auszunutzen.

Verhüte unbedingt, dass Fletcher seine Sünden bekennt und bereut. Die Kakerlaken, die ihre Sünden regelmäßig zugeben, bieten uns kaum noch Angriffsfläche.

Fletcher darf nicht erkennen, wie deutlich das verbotene Buch auf die tobende Schlacht hinweist. Der Zimmermann hat erklärt, er sei gekommen, um der Welt das Schwert zu bringen[11] und »Gefangenen zu verkünden, dass sie freigelassen werden«.[12] Er rühmt sich, er habe die Herrscher und Mächte dieser Welt entwaffnet und sie öffentlich bloßgestellt.[13] Die Christen werden als Soldaten bezeichnet, die ihre Waffenrüstung anlegen und ihre Kriegswaffen schwingen sollen. Sie werden aufgefordert, den guten Kampf des Glaubens zu kämpfen.[14] Das verbotene Buch beschreibt den Feind als einen furchtbaren Krieger, der auf einem weißen Pferd reitet und ein in Blut getauchtes Gewand trägt.[15] In dieser Aufmachung erklärt Er uns den Krieg und spricht von blutiger Rache.

Was den geistlichen Kampf betrifft, sind viele Erdenwürmer Pazifisten. Leider gilt das nicht für den Feind.

Ich verbleibe in dem Bestreben, alles von der negativen Seite zu betrachten,

Graf Moderthal

20. Kapitel

Was ist mit Papa los?

Diane Fletcher spähte in die Küche, um zu sehen, ob ihr Mann sich schon wieder so merkwürdig benahm. Tatsächlich, Jordan trank Kaffee und aß eine Brezel, doch anstelle der Tageszeitung hatte er eine aufgeschlagene Bibel vor sich.

Wenn der Kaffee, die Brezel und die Stelle, an der Jordans Hemd wie üblich aus seinem Hosenbund heraushing, nicht gewesen wären, hätte Diane meinen können, sie sähe eine Szene aus dem Film *Die Körperfresser kommen*. Wo ist mein Mann, und was habt ihr mit ihm gemacht?

»Hallo Schatz«, sagte Jordan, als Jillian in die Küche schlenderte. Er ging zu ihr und strich über ihr zerzaustes Haar.

»Lass das«, wehrte sie ab, doch Jordan sah das Lächeln auf ihrem Gesicht. So etwas hatte er nicht mehr getan, seit sie ein kleines Mädchen gewesen war.

»Welche Fächer hast du heute, Dan?«

Daniel zuckte die Achseln, während sein Vater ihn abwartend anblickte.

»Äh, Informatik, Sport und Englisch, nehme ich an.«

»Nun, vielleicht kannst du mir heute Abend erzählen, was du gelernt hast.«

Jetzt ging Jordan ins Wohnzimmer hinüber, wo Diane Werbespots anschaute und so tat, als habe sie nicht jedes einzelne Wort mit angehört. Er beugte sich herab und küsste sie auf die Wange.

»Mach's gut, Liebling. Ich denke, dass ich gegen sechs Uhr wieder da bin.«

»Okay. Ich sorge dafür, dass das Abendessen fertig ist.«

Nachdem Jordan das Haus verlassen und die Tür hinter sich zugezogen hatte, fragte Jillian verwundert: »Was ist denn auf einmal mit Papa los?«

»Ich … ich weiß es nicht.«

Zwanzigster Brief

Wie man aus einer schlimmen Lage das Beste macht

An meinen verwirrten Untergebenen Qualob.

Einer meiner Briefe, der in großer Eile geschrieben wurde, hat womöglich den Anschein erweckt, als wolle ich eine abfällige Bemerkung über Frosthart, einen hochrangigen und zuverlässigen Diener Beelzebubs, machen. Das war selbstverständlich nicht beabsichtigt. Da du meine Anweisung befolgst und jeden Brief sorgfältig verbrennst, wird es ohnehin niemand erfahren, aber ich wollte diesen Punkt trotzdem klarstellen.

In deinen Briefen beklagst du dich fortwährend darüber, wie schwer deine Arbeit geworden ist, seit dein Patient den Geist des Feindes in sich hat und an den Versammlungen der verbotenen Schwadron teilnimmt. Von mir brauchst du jedoch kein Mitleid zu erwarten. Wer hat sich diesen Wurm denn durch die Finger schlüpfen lassen? Ich war es bestimmt nicht. Bevor ich die Verantwortung für dein Versagen übernehme, Qualob, muss die Hölle zufrieren.

Wir können nicht verhindern, dass Bekehrungen stattfinden. Trotzdem darfst du nicht vergessen, dass dein Patient durch seine Bekehrung kein bisschen klüger geworden ist. Wenn sein Gehirn aus Dynamit wäre, könnte er damit nicht einmal eine Hundehütte in die Luft jagen.

Nach einer Bekehrung folgt meistens eine Phase, die sich mit den Flitterwochen vergleichen lässt. Diese Würmer sind so sehr von dem Tyrannen begeistert, dass sie immer wieder an Ihn denken. Aber dieser Enthusiasmus flaut gewöhnlich schnell wieder ab. Bald wird der Glaube deines Patienten nicht mehr neu und frisch, sondern ganz alltäglich sein, und er wird die erstaunliche Gegenwart des Feindes als etwas Selbstverständliches betrachten.

Obwohl Fletcher sich anfänglich in der Kirche sehr unwohl gefühlt hat, berichtest du, dass er sich inzwischen auf jeden Gottesdienst freut. Das muss sich unbedingt ändern. Mach ihm bewusst, dass in der Kirche lauter Leute sind, um die er auf jeder Party einen großen Bogen machen würde. Ja, manche von ihnen würden gar nicht erst zu einer Party *gehen!* Ich erinnere dich an frisch verheiratete Paare, die das Eheleben durch eine rosarote Brille betrachten, bis sie tatsächlich Tag für Tag zusammenleben müssen.

Rede Fletcher ein, dass alles, was er gerade fühlt, die Realität sei. Er darf nicht begreifen, wie die Wirklichkeit aus der Perspektive des Feindes aussieht – dass er zu einer lebendigen Hoffnung wieder geboren wurde[16], ein neuer Mensch geworden ist[17] und vom Reich der Finsternis in das Reich des Lichts versetzt wurde.[18]

Wenn wir allmächtig wären, würden wir die Menschen einfach zwingen, Böses zu tun und sich selbst unglücklich zu machen. Wir würden mit den Fingern schnipsen, und schon wäre es passiert. Doch aus irgendeinem Grund – dass ich ihn nicht herausfinden kann, macht mich immer wieder ganz nervös – hat der Feind sich für eine andere Methode entschieden.

Der Mann, der letzte Woche zu viel getrunken hat, kann auch nach seiner Bekehrung wieder rückfällig werden. Und dein jähzorniger Patient wird bestimmt bald einen Grund finden, wieder in die Luft zu gehen. Zwei Schritte vor und einen zurück. Sorge dafür, dass Fletcher sich auf den Schritt konzentriert, den er zurückgegangen ist, damit er glaubt, es habe sich überhaupt nichts verändert. Vielleicht hat es doch keinen Zweck, fromm zu sein?

Fletcher wird nicht aufhören zu sündigen. Die einzige Gefahr ist, dass er immer seltener sündigt. Der Geist des Feindes wird versuchen, seine alten Verhaltensmuster zu brechen und durch neue zu ersetzen. Meine größte Sorge ist allerdings, dass dein Patient sich angewöhnen könnte, seine Sünden regelmäßig zu bekennen. Mit Menschen, die einmal im Jahr beichten gehen und an Silvester lauter gute Vorsätze fassen, kommen wir ganz gut zurecht. Ja, zwischen diesen Generalbeichten können wir sogar am besten arbeiten. Je größer die Abstände, die zwischen den einzelnen Sündenbekenntnissen liegen, desto mehr können wir erreichen.

Achte darauf, dass Fletcher glaubt, sein Leben als Christ sei keinerlei Schwankungen unterworfen. Dass sein Weg sowohl über Berge als auch durch Täler führen wird und dass sich seine alten Einstellungen und

Gewohnheiten nicht so rasch ablegen lassen, musst du ihm unbedingt verschweigen. Er darf nicht begreifen, dass er jetzt noch heftiger versucht wird als früher, weil wir unsere Bemühungen verdoppelt haben.

Hole ihn von seinem erhabenen Gipfel herunter, damit wir sehen können, wie er sich in den finsteren Tälern zurechtfindet. Mit ein bisschen Glück wird er zu dem Schluss gelangen, dass der Feind ihn verlassen hat.

Bediene dich dieser aufgeblasenen Beutel, die man Körper nennt – sie bestehen zu neunzig Prozent aus Wasser und zu zehn Prozent aus Schrott. Das Fleisch dieses Ungeziefers ist eine widerwärtige Schleimsuppe, eine pulsierende Masse, die durch die Schwerkraft gedehnt und vom Alter gezeichnet wird. Dazu riecht sie wie ein Ziegenkäse vom vorigen Jahr. Dass der Geist des Feindes sich in diese winzigen Hohlräume sperren lässt, ist mir unbegreiflich. Alles ist so unglaublich klein und begrenzt, wenn man es durch diese erbärmlichen Gucklöcher, die sie Augen nennen, betrachten muss.

Bemühe dich, Fletcher mit Christen zusammenzubringen, die politischen Aktivismus wichtiger nehmen als den Zimmermann. Dein Patient braucht sich nicht für etwas Böses einzusetzen, weil sogar jede gute Sache, die den Zimmermann *nicht* ins Zentrum der Aufmerksamkeit rückt, unseren Zwecken dienlich ist.

Falls du Fletcher nicht sofort nach unten ziehen kannst, musst du dafür sorgen, dass er sich möglichst viel auf seine neu erworbenen Tugenden einbildet. Verleite ihn dazu, sich über andere erhaben zu fühlen, weil er zu den wenigen Personen gehört, die das Angebot des Feindes angenommen haben.

Wenn alle Stricke reißen, musst du an Fletchers Stolz appellieren! Rede ihm ein, es sei sein eigenes Verdienst, dass er die mickrigen Geschenke des Zimmermanns immer besser versteht und gebraucht. Natürlich könnte er sich genauso gut einbilden, er sei für die Farbe seiner Haare verantwortlich. Mach ihn selbstgefällig, anspruchsvoll und unerträglich.

Wie ich sehe, war Fletchers Frau zunächst entsetzt über seine Bekehrung, aber nachdem sie gemerkt hat, wie rücksichtsvoll und sensibel ihr Mann geworden ist, interessiert sie sich immer mehr für seine neue Überzeugung. Ihr Versucher und du müsst gemeinsam dafür sorgen, dass sie sich aus irgendeinem Grund von diesem Glauben distanziert. Ob Fletcher sich als Ehemann zu einem Waschlappen oder zu einem Tyrannen entwickelt, ist uns gleichgültig – beide Extreme leisten uns gute Dienste.

Du hast erwähnt, dass es Jillian und Daniel wenig kümmert, was ihr Vater glaubt, obwohl sie über seine neue Herzlichkeit erstaunt sind. Sie werden sich zweifellos dagegen sträuben, mit zur Kirche zu gehen, falls er sie dazu auffordern sollte. Sorge dafür, dass er entweder zu viel Druck auf sie ausübt oder ihnen überhaupt keine Orientierung gibt. Rede ihm ein, Teenager könnten es nicht ertragen, wenn man ihnen liebevoll die Wahrheit sagt. Er darf nicht begreifen, dass sie sich nach der Wahrheit sehnen und Erwachsene verachten, die ihnen keine vernünftigen Entscheidungen zutrauen.

Fletchers Bekehrung darf auf keinen Fall diesen berüchtigten Domino-Effekt haben, mit dessen Hilfe sich der Feind ganze Familien sichert, sobald Er einen davon gekapert hat. Seit der Geist des Feindes in Fletcher wohnt, sind Diane, Jillian und Daniel Seinen Angriffen schutzlos ausgeliefert, weil Er in ihrem Haus über einen Brückenkopf verfügt. Lass sie nicht merken, dass Er gegenwärtig ist. Falls sie es doch spüren, sollen sie sich darüber ärgern, dass Er Fletcher mit Beschlag belegt hat.

Ich habe dir schon früher befohlen, den Himmel in Verruf zu bringen, aber nun ist es noch viel wichtiger, Fletcher davon abzuhalten, dass er sich unter Charis einen realen und erlebbaren Ort vorstellt. Mach ihm weis, der Himmel sei ein Albtraum, in dem Engel auf rosa Wölkchen herumsitzen, an ihren Harfen zupfen und die 5689. Strophe irgendeiner todlangweiligen Hymne anstimmen. Gaukle ihm vor, es gäbe dort eine ganze Ewigkeit lang nichts zu tun.

Lass nicht zu, dass er Charis als einen Ort betrachtet, an dem man neue Dinge lernt und erforscht, seinen Aufgaben nachgeht, Reisen unternimmt, mit anderen zusammen ist, Feste feiert und produktive Arbeit leistet. Die Geringschätzung des Himmels ist unser As im Ärmel. Wir müssen dafür sorgen, dass diese Würmer sich selbst nicht so sehen, wie der Feind sie sieht – als Fremde, Ausländer und Pilger, die unterwegs in ihre wahre Heimat sind.

Du hast davon gesprochen, dass Ryan deinen Patienten zu einer Männer-Kleingruppe eingeladen hat. Welche Strategie du auch verfolgen magst, verhindere unbedingt, dass Fletcher sich dieser Gruppe anschließt. Isoliere ihn und rede ihm ein, er sei der Einzige, der mit Versuchungen zu kämpfen hat.

Wenn du schon nicht vereiteln kannst, dass dein Patient im Himmel landet, ist die nächstbeste Alternative, ihm das Leben zur Hölle zu machen.

Ich verbleibe in dem Bestreben, diese Würmer nach besten Kräften zu ruinieren,

Graf Moderthal

21. KAPITEL

Der erste Kontakt

Hältst du das wirklich für eine gute Idee, Brit?«

»Hey, wir überfallen doch keine Bank. Das ist nur ein Spiel.«

»Aber ist es nicht gruselig? Und warum müssen wir uns ganz schwarz anziehen?«

»Das gehört eben dazu, Jill. Wie kommst du übrigens darauf, dass es gruselig sein soll, wenn du es noch nie gemacht hast? Es ist doch ganz nett, zur Abwechslung mal eine Gänsehaut zu kriegen! Ich war schon dreimal dabei, und es hat jedes Mal einen Riesenspaß gemacht. Nächste Woche werden wir es sogar auf einem Friedhof machen! Dass Ians Eltern heute nicht zu Hause sind, ist super, da kann uns niemand erwischen.«

»Aber … bist du sicher, dass Ian weiß, was er tut?«

»Na, hör mal, dazu braucht man doch kein Gehirnchirurg zu sein. Jetzt mach nicht so ein Gesicht.« Mit diesen Worten lenkte Brittany ihren roten VW-Käfer in Ians Einfahrt.

Ian begrüßte die beiden Mädchen an der Tür. Er trug schwarze Hosen, schwarze Schuhe und ein schwarzes Sweatshirt, dessen Kapuze er sich über den Kopf gezogen hatte. »Kommt rein. Es ist schon alles vorbereitet.«

Neugierig ging Jillian in Ians Zimmer. Der Raum wurde von nur drei Kerzen beleuchtet, die auf eine merkwürdige Weise arrangiert waren. Leise Lautenmusik spielte im Hintergrund. Jillian blickte in die Mitte des Zimmers, in der ein braunes Brett aufgebaut war. Auf dem Brett waren schwarze Buchstaben in zwei gebogenen Reihen angeordnet, und unter diesen Buchstaben befand sich eine gerade Zahlenreihe. In der linken oberen Ecke war eine schwarze Sonne mit einem ausdruckslosen Gesicht zu sehen, die rechte obere Ecke zeigte einen Sichelmond mit einem Stern. Neben der Sonne stand das Wort *Ja*, auf der gegenüberliegenden Seite, neben dem Mond, stand das Wort *Nein*. Jillian hatte von Daniel gehört, dass er schon mit einem Ouija-Brett gespielt hatte, doch sie selbst hatte noch nie eins gesehen.

»Setzt euch«, sagte Ian und wies den beiden Mädchen ihre Plätze zu. »Okay, jetzt drehen wir das Brett so, dass jeder von uns einen Teil davon auf seinem Schoß hat. Lehn dich ruhig gegen die Wand, wenn es so bequemer für dich ist, Jillian. Gut so. Jetzt werden wir die Geister bitten, zu uns zu reden.«

»Äh ... was für Geister?«

»Na, die Geister, die sich dafür entscheiden werden, zu uns zu kommen«, erklärte Ian. »Konzentriert euch. Öffnet euch. Ihr müsst euch entspannen, sonst könnt ihr den Geistern nicht als Medium dienen.«

»Als Medium? Wie ...?«

»So, jetzt legt ihr eure Finger ganz leicht auf diese Planchette. Okay. Ich stelle die erste Frage.« Ian hielt inne und schloss die Augen, bevor er langsam und träumerisch sagte: »Werden wir am Freitagabend das Spiel gegen Gresham gewinnen?«

Der kleine Zeiger, auf dem ihre Finger ruhten, bewegte sich langsam auf das Wort *Ja* zu.

»Prima«, flüsterte Brittany.

»Ihr habt es geschoben!«, meinte Jillian.

»Nein, ehrlich nicht«, verteidigte sich Brittany grinsend. »So, Jilly, jetzt musst du eine Frage stellen.«

»Nein, danke, kein Bedarf.«

»Komm schon. Frag doch etwas über Jeremy. Das interessiert dich schließlich brennend.«

»Okay, okay.« Jillian zögerte, bevor sie mit zitternder Stimme fragte: »Mag Jeremy ... Suzanne?« Beide Mädchen fingen an zu kichern, während der Zeiger langsam in die rechte obere Ecke des Brettes rutschte.

»Nein! Siehst du, ich habe es dir doch gesagt, Jill. Er mag *dich*. Jetzt frag schon!«

Jillian lächelte. »Okay, ist Jeremy in mich verliebt?« Zunächst geschah überhaupt nichts, doch dann bewegte sich die Planchette rasch auf das *Ja* zu.

Nach ausgiebigem Gelächter stellte jeder von ihnen noch drei oder vier weitere Fragen. Manchmal bekamen sie die Antwort, die sie erwartet hatten, und manchmal wurden sie überrascht.

Ian beugte den Kopf. »Jetzt konzentriert euch noch mal, ihr beiden. Ich werde den Geist nach seinem Namen fragen.«

»Was wirst du tun?«

»Ruhe. Konzentriert euch. Lieber Geist, bitte, sag uns deinen Namen.«

Jillians Hand zitterte, und sie sah, dass die Planchette sich bewegte. Sie hob ihre Finger und tat nur so, als ob sie den Zeiger berühren würde. Trotzdem bewegte er sich. Im Licht der Kerzen konnte sie erkennen, dass Brittany bleich wurde. Jetzt rückte dieses Ding auf einen der Buchstaben zu.

M.

Der Zeiger bewegte sich weiter.

O.

Der nächste Buchstabe.

D. Danach kamen die Buchstaben *E, R, T, H, A* und *L*. Dann blieb der Zeiger stehen.

»Was bedeutet das?«, wollte Brittany von Ian wissen, der offenbar einen Kloß in der Kehle hatte.

»Ich nehme an, der Geist heißt … Moderthal.«

Einundzwanzigster Brief

Streifzüge

An meinen schwächelnden Untergebenen Qualob.

Es gibt viel zu tun. Ich muss heute noch verschiedene Termine wahrnehmen und möglichst vielen Menschen Schaden zufügen. Schreib dir also hinter die Ohren, was ich dir jetzt sage.

Sorge dafür, dass Fletcher sich entweder auf die Vergangenheit oder auf die Zukunft konzentriert. Er darf sich gerne darüber freuen, dass er *gestern* gehorsam gewesen ist, oder sich ausmalen, welche Dienste er dem Feind *morgen* leisten wird, solange er es versäumt, Ihm *heute* zu gehorchen. Lenke ihn von dem ab, was der Zimmermann in diesem Augenblick von ihm erwartet. Wir haben nichts dagegen, dass dein

Patient von wehmütigen Erinnerungen an die Vergangenheit überflutet wird, und es stört uns genauso wenig, wenn er alle möglichen Pläne für die Zukunft schmiedet – eine Weltreise, ein neuer Job, ein Anbau an das neue Haus. Der Feind will, dass Fletcher Ihm *heute* dient, und darum befürworten wir alles, was deinen Patienten davon abhält, diesen Befehl zu befolgen.

Wenn er unbedingt Christ sein muss, dann richte es wenigstens so ein, dass er zu der »gemäßigten« Sorte gehört – zu denjenigen, die ängstlich darauf bedacht sind, dass sie nicht zu radikal werden, in irgendein Extrem verfallen oder übers Ziel hinausschießen. Sorge dafür, dass er den christlichen Glauben nicht wichtiger nimmt als seine Arbeit, seine Hobbys oder den Sport. Solange sein Glaube nur ein Bereich unter vielen ist, wird er uns wenig schaden und dem Feind nicht viel nützen.

In deinem Bericht steht, dass Fletcher mit manchen Leuten über seinen neuen Glauben geredet hat. In einigen Unterhaltungen hat er dieses Thema jedoch bewusst vermieden, und er hat sich bemüht, seinen ungläubigen Freunden zu beweisen, dass er immer noch »derselbe alte Jordan« ist. Fantastisch! Beim Gespräch mit seinen Kollegen in einer Pause hat er wie früher über ihre ordinären Witze gelacht? Hervorragend. Und er ist mit einem alten Collegefreund in eine Bar gegangen, wo er einen über den Durst getrunken hat? Dieser Vorfall muss sich unbedingt wiederholen, und zwar so schnell wie möglich.

Rede neu bekehrten Christen ein, sie dürften nichts mehr mit dieser sündigen Welt zu tun haben, sondern müssten sich in ihr eigenes kulturelles Ghetto zurückziehen. Auf diese Weise hinderst du sie daran, ihre Umwelt zu beeinflussen. Die zweite Möglichkeit ist, sie so vollständig in die Welt zu integrieren, dass sie ihr nichts mehr zu bieten haben. In Fletchers Fall ist Letzteres wohl die beste Strategie.

Selbstverständlich ist dein Patient aus der Sicht des Feindes nicht mehr »derselbe alte Jordan«. Unsere Gegenspieler in Michaels Armee können es nicht lassen, die Geschichte von dieser Nervensäge Augustinus aufzuwärmen. Als dieser Wurm die Straßen von Mailand entlangging, winkte ihm eine Prostituierte, zu der er einmal eine Beziehung gehabt hatte, und sagte: »Augustinus, ich bin es!« Er blieb stehen, drehte sich um und erwiderte: »Ja, aber ich bin nicht mehr, der ich war!«

Verhindere um jeden Preis, dass Fletcher sich seiner neuen Identität bewusst wird, sonst erlebst du die Hölle auf Erden. Was die verbotene Schwadron angeht, so musst du dafür sorgen, dass sie der neuen Ordnung des Feindes keine Beachtung schenkt. Ermutige die Christen, alles nachzuahmen, was die Welt gerade tut – selbstverständlich mit einem hübschen christlichen Touch. Ist es nicht niedlich, wenn Schweine Lippenstift tragen?

Rede Fletcher ein, er könne seiner Sekretärin weiterhin nachstellen und den Feind ebenso leicht zum Narren halten wie seine Mitmenschen. Lass ihn nicht erkennen, dass es keine privaten Momente gibt. Verheimliche ihm, dass der Feind ihn unablässig beobachtet und hinter ihm herspioniert. Sogar jetzt spüre ich die glühende Hitze, die das Auge des Tyrannen ausstrahlt. Warum lässt Er uns nicht in Ruhe?

Gestern Abend war ich wieder auf der Jagd, Qualob. Eigentlich hatte ich mir vorgenommen, dein Gebiet zu durchstreifen und dir einen kurzen Besuch abzustatten. Aber dann traf ich in einem dunklen Raum vier Versucher, die drei Teenagern mit einem Ouija-Brett auflauerten. Zwei dieser jungen Würmer hatte ich noch nie gesehen, aber du kannst dir bestimmt vorstellen, wie überrascht ich war, als ich Makelfleck mit Fletchers Tochter entdeckte. Wahrscheinlich hat er dir bereits von meinem Besuch berichtet. Ich muss sagen, ich war wirklich in Höchstform.

Es waren nur zwei feindliche Krieger anwesend, und diese beiden konnten uns nicht das Wasser reichen – ich hätte sie mit der linken Hand erledigen können. Unsere Versucher hatten den Köder zwar geschickt ausgelegt, doch mit dem Brett selbst konnten sie nicht viel anfangen. Also habe ich ihnen demonstriert, wie man Macht ausübt. Du hättest sehen sollen, was für eine Gänsehaut diese Würmer bekamen und wie dumm sie plötzlich aus der Wäsche geschaut haben. Ian und Brittany zappeln bereits an der Angel, und Jillian wird auch bald anbeißen. Sie wollte gehen, aber ihre Freunde haben sie zum Bleiben überredet – und nun haben wir eine Brücke, über die wir in ihr Inneres gelangen können.

Wir nützen es aus, dass diese Geschöpfe sich nach einem Sinn sehnen, der über ihre erbärmliche materielle Existenz hinausgeht. Wir verführen sie, indem wir ihnen ein wenig Metaphysik zu kosten geben, und sobald diese Kakerlaken auf den Geschmack gekommen sind, versorgen sie uns ständig mit Frischfleisch.

Wenn ich wiederkomme, müssen sie sich allerdings auf eine große Überraschung gefasst machen. Wer sich für uns öffnet, bittet uns herein und fordert uns auf, unsere Macht zu zeigen ... und schließlich auch unseren Zorn. Diese Idioten haben gedacht, sie könnten mich wie einen Flaschengeist benutzen, um sich einen Nervenkitzel zu verschaffen. Aber stattdessen werde ich *sie* benutzen.

In meinen jüngsten Streifzügen über den dunklen Planeten konnte ich an meine ruhmreiche Vergangenheit anknüpfen. Es ist so belebend, zu wissen, dass ich Nero, Mengele, Mao und Pol Pot bin. Ich bin Jack the Ripper, Charles Manson, Ted Bundy und Jeffrey Dahmer. Vorbildliche Staatsbürger, die sich bei Einbruch der Nacht in Mörder verwandeln – unbedeutende Geschöpfe, die meinen, sie könnten großen Ruhm erlangen, wenn sie nach unserer Pfeife tanzen. Ihr größter Wunsch ist es, unsterblich zu sein und ins Buch der Geschichte einzugehen. Für einen erfahrenen Mörder ist die ganze Welt eine Bühne. *Wir* sind die Schauspieler, und diejenigen, die wir vergewaltigen, missbrauchen und töten – einschließlich derer, die wir bewohnen –, sind nichts weiter als Requisiten.

Wir töten Männer, vergewaltigen Frauen und missbrauchen Kinder. Wir pirschen uns an sie heran, fallen über sie her und verschlingen sie. Wir mästen uns an ihren Ängsten. Und diese Würmer geben uns auf tausenderlei Weise das nötige Werkzeug in die Hand, ohne sich dessen auch nur annähernd bewusst zu sein. Es ist einfach berauschend!

Wir sind die Aufständischen von Charis. Wir sind die Vergewaltiger von Eden. Wir sind die Herren des Universums. Wir werden siegen!

Heute Abend werde ich wieder losziehen – diesmal habe ich Barbara im Visier. Bar ... bar ... a. Skullsort hat Justin, den ich höchstpersönlich für sie ausgesucht habe, bereits entsprechend vorbereitet. Der Mann, der anfänglich gleichgültig über sie hinweggesehen hat, beobachtet sie inzwischen ganz genau. Er besitzt Hände, mit denen er tun kann, wonach es mich gelüstet. Da ich ohne ihn nicht dazu im Stande bin, muss ich erneut in ihn eindringen. Ich werde spüren, wie das Blut in unseren Schädel steigt, wie unsere Augen hervortreten und seine widerwärtige Haut vor Erwartung prickelt. Nachdem ich meinen Justin dazu benutzt habe, die Hölle auf Erden zu schaffen, werde ich ihn in die echte Hölle verbannen.

Schau Fletcher über die Schulter, wenn er morgen früh Zeitung liest. Meinen Namen wirst du zwar nirgends finden, doch über die Früchte meiner Arbeit wird ausführlich berichtet werden.

Dein Vorgesetzter, der es nicht erwarten kann, Angst und Schrecken zu verbreiten,

Graf Moderthal

22. KAPITEL

Der innere Kampf

Da Jordan seinen Lexus zu Schrott gefahren hatte, hatte er sich einen neuen Wagen kaufen müssen. Auf dem Weg zur Arbeit legte er die Anbetungs-CD ein, die Ryan ihm gegeben hatte. Die Musik war schwungvoll und mitreißend, und Jordan sang laut mit. Es war ein gutes Gefühl, sich selbst singen zu hören, anstatt lediglich die Lippen zu bewegen.

Der Wagen vor ihm wurde immer langsamer, bis er schließlich im Schneckentempo dahinkroch. Jordan spürte, wie ihn ein vertrautes Gefühl befiel, doch er riss sich zusammen und unterdrückte eine heftige Reaktion.

Kein Problem. Ich habe es nicht eilig. Beim Autofahren kann ich dir näher kommen, Herr. Hilf mir, dir zu vertrauen.

Entspannt lehnte Jordan sich zurück und fing wieder an zu singen. Plötzlich durchzuckte ihn ein Gedanke – der Bauunternehmer hatte ihn immer noch nicht zurückgerufen, um über die Fensterläden des Ferienhauses zu reden. Jordan schaltete den CD-Player aus, griff nach seinem Handy und wählte eine Nummer. Besetzt.

Während er die letzten Kilometer zurücklegte, beschäftigte ihn alles Mögliche. Er fuhr zu dicht auf einen Wagen auf, an dessen Steuer ein älterer Herr saß, der immer schon einen Kilometer vor dem Abbiegen zu blinken anfing. Endlich erreichte Jordan den Parkplatz seiner Firma. Er hatte schon die Hand auf der Türklinke, als ihm wieder einfiel, was Ryan ihm vorgeschlagen hatte.

Bitte, Herr, hilf mir, die Dinge aus deiner Perspektive zu sehen. Gebrauche mich heute, wie du es für richtig hältst. Führe mich. Schenk mir deinen Frieden und hilf mir, diesen Frieden an andere weiterzugeben. Ich brauche dich.

Zuversichtlich ging er auf die Eingangstür zu und winkte dem Parkplatzwächter, der etwa zehn Meter von ihm entfernt stand.

»Hallo, Frank. Wie geht es Ihnen?«

»Guten Morgen, Mr. Fletcher«, erwiderte Frank, indem er eilig näher kam. »Ist … alles in Ordnung?«

»Natürlich. Alles bestens. Ein herrlicher Tag, nicht wahr?«

»Äh, ja, wirklich prachtvoll.«

»Was ich noch sagen wollte: Ich weiß es zu schätzen, dass Sie hier alles im Auge behalten, Frank.«

»Tatsächlich? Nun … vielen Dank, Mr. Fletcher.«

»Nennen Sie mich doch Jordan, okay? Bis später. Einen schönen Tag noch!«

Frank schüttelte lächelnd den Kopf und kehrte zum Parkplatz zurück.

Während Jordan auf den Aufzug wartete, summte er eine Melodie vor sich hin. Im dritten Stock steuerte er auf sein Eckbüro zu.

»Hallo, Chef.« Pattys Lächeln schien das ganze Zimmer zu erhellen.

»Sag mal, weißt du eigentlich Franks Nachnamen?«

»Frank?«

»Ja, der Parkplatzwächter.«

»Mr Donuts? Keine Ahnung. Ich glaube, es ist irgendetwas Italienisches.«

»Könntest du das bitte für mich herausfinden?«

»Natürlich.« Patty machte sich eine Notiz, und dann sagte sie: »Es ist schon eine Woche her, seit wir das letzte Mal zusammen Mittag gegessen haben.«

»Oh, stimmt.«

»Also … ich weiß zufällig, dass du heute Mittag nichts vorhast. Wie wäre es, wenn wir diese Gelegenheit nutzen würden?«

»Ähm … okay.«

»Das klingt nicht gerade begeistert. Stimmt irgendetwas nicht?«

»Nein, es ist alles in Ordnung. Ich bin in meinem Büro. Stell bitte nur die wichtigen Anrufe durch.«

»Chuck Morrow hat aus Brisbane angerufen. Er hat nach einer Liste gefragt, auf der vermerkt ist, wie viele Stunden wir bisher an ihrem Projekt gearbeitet haben. Ich wusste gar nicht, dass wir die einzelnen Arbeitsstunden auflisten.«

»Das tun wir auch nicht.«

»Warum wollen sie dann eine genaue Aufstellung?«

»Ich … nehme an, sie wollen einfach wissen, wie viele Stunden wir ihnen bisher gewidmet haben.«

Jordan verschwand in seinem Büro und ließ sich hinter seinem Schreibtisch nieder. Er sah im Computer nach und stellte fest, dass er für das Projekt Brisbane fünfzehn Stunden aufgewendet hatte. Zehn weitere Stunden hatte er an einen Mitarbeiter delegiert.

Sie kommen trotzdem nicht zu kurz, denn ich denke andauernd an sie – zu Hause, im Auto und unter der Dusche. Wenn ich Rechtsanwalt wäre, könnte ich ihnen diese Stunden ohne weiteres in Rechnung stellen. Es macht doch nichts, wenn ich noch ein paar Stunden dazuschreibe, oder?

Sorgfältig füllte er das Formular aus, indem er die Stundenzahl von fünfundzwanzig auf vierzig erhöhte. Dann blickte er auf die Linie, auf der er unterschreiben musste. Er zögerte und spürte, wie ihm das Blut ins Gesicht stieg. Diesmal war es kein Zorn, sondern irgendetwas anderes.

Seine rechte Hand schmerzte plötzlich. Der Anfall von Arthritis war so heftig, als würde in seinem Innern ein Bürgerkrieg toben. Er unterschrieb das Formular und legte es in seinen Ausgangskorb. Dann griff er zum Telefon, um einige Leute zurückzurufen.

Zweiundzwanzigster Brief

Die Schlacht um Geld und Besitz

An meinen Jünger Qualob.

Wenn du es unbedingt wissen willst, werde ich dir eben erklären, weshalb du nichts über meine Heldentaten lesen konntest. Mein Streifzug verlief nicht wie geplant, weil sich herausgestellt hat, dass diese Barbara unter dem Schutz des Feindes steht. Der Geist wohnt in ihr und ein feindlicher Krieger hat sie verteidigt. Natürlich stimmt es, dass der Feind uns ab und zu gestattet, Seine Geschöpfe anzutasten, doch in den meisten Fällen zieht Er sie in solchen Situationen noch näher an Sich heran, sodass wir im Grunde ein Eigentor schießen.

Wir sind dieser Barbara im Dunkeln gefolgt, und jedes Mal, wenn wir glaubten, jetzt sei eine günstige Gelegenheit gekommen, ist irgendein Schleimbeutel aus dem Nichts aufgetaucht. Einer von ihnen war ein feindlicher Krieger, der sich als Straßenhändler verkleidet hatte. Er trat hinter seinem Stand hervor und fixierte Justin so lange, bis dieser erschrocken zurückwich. Die Frau hat nichts davon mitbekommen. Es war so demütigend, dass ich sie nicht anrühren konnte. Man hat mir die Erlaubnis verweigert und damit war die Sache erledigt. Ich hoffe, du bist taktvoll genug, diesen Vorfall nie wieder zu erwähnen.

Musik ist ein heikles Thema, mit dem sich unsere Expertenkommission immer wieder befasst hat. Wir wissen nicht, warum Musik so einen starken Einfluss auf dieses Ungeziefer ausübt. Natürlich haben wir dieses Phänomen ausgenutzt, um unsere Werte zu verherrlichen. Aber während wir die Menschen durch unsere Musik zu uns locken, zieht der Feind sie durch Seine Musik zu sich.

Der Gedanke, wie viel Freude mir einst die Musik von Charis bereitet hat, ist mir inzwischen sehr peinlich. Der Feind muss mich einer Gehirnwäsche unterzogen haben, sonst hätte ich doch niemals an diesen abstoßenden Melodien und diesen nervtötenden Harmonien Gefallen finden können. Heute dreht sich mir schon der Magen um, wenn ich diese Klänge nur von weitem höre.

Es beunruhigt mich, dass Fletcher die Menschen um sich herum – zum Beispiel diesen Parkplatzwächter – auf einmal mit ganz anderen Augen betrachtet. Uns kann es nur recht sein, wenn er seine Mitmenschen lediglich als Objekte wahrnimmt, die – ähnlich wie ein Geldautomat – keinen anderen Zweck haben, als seine Bedürfnisse zu erfüllen. Der Feind behauptet, dass sich der Charakter eines Menschen daran erweist, wie er Menschen in untergeordneten Positionen, also z.B. Kellnerinnen und Reinigungskräfte, behandelt. Falls Fletcher tatsächlich begreifen sollte, dass dieser Frank eine Person ist, könnte er demütig werden oder anfangen, für ihn zu beten. Er könnte ab und zu mit ihm reden und – aber das möge Luzifer verhüten – ihm etwas über den Zimmermann erzählen.

Du sagst, Fletcher hat wieder begonnen, mit seiner Sekretärin essen zu gehen? Das ist eine willkommene Nachricht. Ich prophezeie dir, dass diese Beziehung sein Verderben sein wird.

Ein anderer wichtiger Punkt, an dem du einhaken kannst, ist Fletchers Unehrlichkeit, wenn es um Geschäfte geht. Jaltor und der Geist des Feindes hätten gerne, dass er nicht länger lügt und betrügt, sondern radikal mit seinen alten Gewohnheiten bricht. Achte also darauf, dass du deinem Patienten lauter Gründe lieferst, mit denen er seine Unehrlichkeit entschuldigen kann. Je öfter er gegen sein Gewissen handelt, desto leichter wird es ihm fallen.

Geld und Besitz eignen sich hervorragend dazu, Fletcher daran zu hindern, ein radikaler Christ zu werden. Der Zimmermann hat gesagt: »Das wahre Leben wird nicht daran gemessen, wie viel wir besitzen.«[19] Streiche ein kleines Wort, und schon hast du die perfekte Strategie.

Man kann diese Sache auch von der physikalischen Seite betrachten. Je mehr Dinge diese Würmer anhäufen, desto größer wird ihre Gesamtmasse. Und je größer die Masse, desto größer wird die Anziehungskraft all dieser Dinge, bis diese Würmer irgendwann um ihre eigenen Besitztümer kreisen. Zuletzt werden sie von ihnen aufgesogen wie von einem Schwarzen Loch, und man kann sie nicht mehr von ihrem Eigentum unterscheiden.

Aus der Sicht des Zimmermanns gehören geistliche Prinzipien und moralisches Handeln zusammen. Wir bemühen uns, diese beiden Dinge voneinander zu trennen, damit die Würmer sich einbilden können, sie seien reife Christen, obwohl sie unmoralische Dinge tun. Finanzielle und sexuelle Unmoral sind uns äußerst nützlich, und ich nehme mit Freuden zur Kenntnis, dass du Fletcher auf beiden Gebieten attackierst.

Soll Fletcher sich doch so benehmen, als gäbe es kein ewiges Morgen, und in seinem kurzen Insektenleben lauter Vorräte ansammeln, die er doch nicht behalten kann. Wenn diesem Ungeziefer schlagartig bewusst würde, dass es sein ganzes Leben damit zubringt, irgendwelche Dinge zu horten, so würde es dasselbe Mitleid und Entsetzen empfinden, das einen normalen Menschen befällt, der mit ansehen muss, wie die Insassen einer Irrenanstalt mit ihren Köpfen gegen die Wand schlagen. Sorge dafür, dass Fletcher niemals solche lichten Momente hat!

Es ist beruhigend, dass Fletcher sich immer noch über die Fensterläden an seinem Ferienhaus ärgert. Er darf gerne denken, es sei falsch, eine materialistische Einstellung zu haben, solange ihm nicht klar wird, dass diese Einstellung schlichtweg idiotisch ist. Was er jetzt besitzt, gehört ihm nicht für immer, und während er es besitzt, tut er nichts anderes, als sich darum zu sorgen. Diese Materialisten ähneln Drogensüchtigen – sie irren unglücklich durchs Leben und meinen, ihre einzige Hoffnung bestünde darin, sich immer mehr von den Dingen zu verschaffen, die ihnen in der Vergangenheit auch keine Befriedigung schenken konnten.

Es ist höchst aufschlussreich, wie ein Mensch mit seinem Geld umgeht und wie stark er sich vom Geld beeinflussen lässt. Du brauchst nur in das verbotene Buch zu schauen, Qualob. Ja, *du* sollst darin lesen, aber lass nicht zu, dass Fletcher es tut! Der Feind erklärt immer wieder, dass zwischen der geistlichen Verfassung eines Menschen und seiner Einstellung zu Geld und Besitz ein direkter Zusammenhang besteht. Begreifst du, welche Chance wir dadurch erhalten? Je mehr diese Würmer besitzen, umso mehr Sorgen müssen sie sich machen. Je größer die Anschaffung, desto stärker werden sie abgelenkt. Merke dir gut, was der Feind gesagt hat: »Menschen, die reich werden wollen, geraten nur in Versuchung und verstricken sich in so viele dumme und schädliche Wünsche, dass sie letztlich ins Verderben und in ihren eigenen Untergang stürzen. Denn die Liebe zum Geld ist die Wurzel aller möglichen Übel.«[20]

Sorge dafür, dass Fletcher Schulden hat, denn Schulden bedeuten Knechtschaft. »Du willst mich haben? Dann kauf mich doch!« Die Schulden der Christen leisten uns vorzügliche Dienste. Warum sollten diese Kakerlaken auch darauf vertrauen, dass der Feind sie versorgt, wenn sie einfach einen Kredit aufnehmen können? Auf diese Weise kürzen sie den Weg ab, den Er für sie vorgesehen hat – Arbeit, Sparen, Pläne, Selbstdisziplin und geduldiges Warten, bis Er sie versorgt. Indem sie Schulden machen – oder Lottoscheine kaufen – lehnen sie es ab, sich auf Seine Fürsorge zu verlassen und sich mit dem zu begnügen, was Er ihnen schenkt. Egal, welchen dogmatischen Standpunkt sie vertreten, ihr Verhalten zeigt deutlich, dass sie im Grunde gar nicht an Seine Allmacht und Güte glauben. Stell dir nur einmal vor, was wir durch Schulden alles bewirken können – Sorgen, Schlaflosigkeit, versäumte Gelegenheiten, schwere Konflikte, zerbrochene Ehen und Familien.

Fletcher darf sich nicht die Frage stellen, wie sich seine Entscheidung, Schulden zu machen, auf die Zukunft auswirken wird – ob er sich dadurch selbst der Möglichkeit beraubt, dem Feind zu dienen. Lass ihn nicht auf den Gedanken kommen, dass er heute festlegt, ob er morgen im Stande sein wird, dem Feind zu folgen, wohin dieser ihn auch führen mag.

Du musst unbedingt darauf achten, dass Fletcher weiterhin in irdische Dinge investiert, anstatt sein Interesse auf himmlische Dinge zu richten. Er muss seine Schätze dort ansammeln, wo sie verderben werden, und nicht an dem Ort, an dem sie in alle Ewigkeit bestehen bleiben. Denk daran, dass der Zimmermann gesagt hat, dass das Herz der Menschen dort sein wird, wo ihr Reichtum ist.[21] Aus diesem Grund darf Fletcher niemals Gefallen daran finden, großzügig in das Reich des Feindes zu investieren. Sobald er nämlich anfängt, seine Schätze auf die himmlische Ebene zu verlagern, kannst du nicht mehr verhindern, dass sein Herz ebenfalls dorthin strebt. Nachdem er einmal damit begonnen hat, Aktien des Feindes zu kaufen, wird er sich immer mehr für die Entwicklung des himmlischen Unternehmens interessieren. Sorge dafür, dass er sich so sehr über geldgierige Fernsehevangelisten ärgert, dass er nicht begreift, wie sehr der Feind Sich wünscht, er möge seinen Reichtum für himmlische Zwecke zur Verfügung stellen.

Eines Tages wird Fletcher vor dem Feind stehen – und zwar ohne seine maßgeschneiderten Anzüge, seine Kreditkarten, seinen Laptop, sein Handy, seine geschäftlichen Termine und seine Aktien. Er wird nichts vorweisen können, denn der Feind wird sich nur dafür interessieren, wie sein Herz aussieht und ob er Ihm gedient hat. Sorge dafür, dass Fletchers Herz an diesem Tag leer ist und dass seine Werke von den Flammen verzehrt werden.

Der Feind hat es nicht nur auf die Menschen abgesehen, sondern auch auf ihr Geld. Er will alles. Überrede Fletcher, dem Feind so viel wie möglich vorzuenthalten. Wenn du die Schlacht gewinnst, die um Fletchers Geld tobt, wirst du auch den Krieg gewinnen, bei dem sein Herz auf dem Spiel steht.

Ich verbleibe in tiefer Hochachtung vor dem Mammon,

Graf Moderthal

23. KAPITEL

Die Einladung

Jodi Lawrence hat angerufen«, sagte Diane zu Jordan.

»Wirklich?«

»Sie hat uns eingeladen, an einem Gemeindeessen teilzunehmen. Außer ihr und Ryan werden noch ein paar andere Ehepaare aus ihrer Kirche kommen.«

»Was hast du gesagt?«

»Ich habe gesagt, ich müsse zuerst mit dir reden. Eigentlich habe ich keine große Lust, irgendwohin zu gehen, wo ich niemanden kenne – noch dazu in die Kirche –, aber das wollte ich Jodi nicht sagen. Sie ist sehr nett und wirkt ganz vernünftig. Das hat mich, ehrlich gesagt, überrascht, als sie dich im Krankenhaus besucht haben.« Diane hielt inne und Jordan spürte ihren Blick auf sich ruhen. »Jodi hat erwähnt, dass du an den vergangenen Sonntagen mit ihnen zum Gottesdienst gegangen bist.«

»Äh, ja. Ich glaub, ich hab dir gar nichts davon gesagt, oder?«

»Nein, kein Wort.«

»Nun, du fährst ja jeden Sonntagmorgen los, um deine Mutter zu besuchen, und da dachte ich, ich könnte in dieser Zeit auch irgendetwas Vernünftiges tun.«

»Du kannst tun, was du willst, Jordan, aber warum machst du so ein Geheimnis daraus? Ich habe angenommen, du wärst am Sonntagvormittag immer zu Hause und würdest dir ein Basketballspiel im Fernsehen anschauen.«

»Ich dachte, es spielt keine große Rolle.«

»Das Einzige, was eine Rolle spielt, ist die Frage, warum du mir so etwas verschweigst. Das gibt mir wirklich zu denken.«

Jordan seufzte. »Du hast Recht, ich hätte es dir sagen sollen. Es tut mir Leid. Weißt du, ich bin ziemlich gehemmt, wenn es um dieses Thema geht. Ich habe dir zwar von meinem neuen Glauben erzählt, aber ich trage mein Herz eben nicht auf der Zunge. Und es war mir ein bisschen peinlich, dass ich einen Gottesdienst besuchen möchte. Du weißt ja, früher habe ich gedacht, alle Christen seien …«

»Sonderbar, fanatisch, unausstehlich und engstirnig?«

»Genau«, erwiderte Jordan lachend. »Und du hast wahrscheinlich genauso gedacht, sonst wären dir diese Worte nicht so schnell in den Sinn gekommen, oder?«

»Verrate mir doch, warum du in die Kirche gegangen bist.«

»Weil Ryan mich eingeladen hat. Aber das ist nicht der einzige Grund. Ich glaube, dass ich geistliche Nahrung brauche. Mein Glaube braucht ein festes Fundament.«

»*Dein* Glaube oder Ryans Glaube? Oder die Überzeugungen dieser Kirche?«

»Mein Glaube. Hör mal, Diane, ich weiß, dass es nicht leicht ist, mit mir auszukommen.«

Sie sah ihn an, ohne etwas zu erwidern. Dann sagte sie: »Wartest du darauf, dass ich dir widerspreche?«

»Nein, ich möchte dich nur nicht zu irgendetwas drängen, zu dem du noch nicht bereit bist. Ich kann es dir nicht richtig erklären, aber meine Beziehung zu Gott bedeutet mir sehr viel. Deshalb fände ich es gut, wenn wir uns mit einigen Leuten aus der Kirche treffen könnten. Allerdings nur, wenn dir ebenfalls etwas daran liegt.«

»Nun, das wäre vielleicht übertrieben, aber von mir aus können wir hingehen. Versprich mir nur, dass du vorsichtig bist, okay? Ich finde Jodi und Ryan sehr sympathisch, aber ich möchte nicht irgendeiner Sekte in die Hände fallen. Ich will nicht, dass diese Leute denken, sie könnten unsere Gedanken kontrollieren und unser Geld kassieren, okay?«

»Okay. Und es tut mir wirklich Leid, dass ich dir meine Gottesdienstbesuche verschwiegen habe.«

»Na ja, es gibt schlimmere Dinge, die ein Mann hinter dem Rücken seiner Frau tun könnte.«

Dreiundzwanzigster Brief

Wie man das Schamgefühl abtötet

An meinen schamlosen Untergebenen Qualob.

Ich trauere der guten alten Zeit nach, in der wir Schwarze aufgehängt und Juden vergast haben. Sicher, wir begehen noch hier und da Völkermord, foltern Christen in vergessenen Gefängniszellen, zerstückeln kleine Babys und vernichten ganze Familien, aber das ist nur ein schwacher Trost.

Letzte Woche haben wir uns in unserer Abteilung erneut mit einem höchst beunruhigenden Thema befasst. Wir haben uns gefragt, warum der Feind behauptet, Er liebe dieses Ungeziefer, und warum Er sogar bereit ist, Sich für diese Würmer zu opfern. Hinter dieser Strategie muss irgendeine geheime Absicht stecken, aber welche Absicht könnte das sein? Obwohl Lord Beelzebub eine hohe Belohnung ausgesetzt hat, ist es bisher keinem unserer Forscher und Agenten gelungen, auf diese Frage eine befriedigende Antwort zu finden.

Soll ich dir sagen, was ich vermute? Ich glaube, dass diese angebliche Zuneigung eine klebrige Soße ist, mit der Er diese Würmer bestreicht, damit sie in gegrilltem Zustand besser schmecken. Er spricht von einem Hochzeitsmahl, bei dem diese Kakerlaken Seine makellose Braut sein sollen – der Gedanke könnte einen direkt zum Lachen reizen, wenn er nicht so Ekel erregend wäre. Vielleicht wird es ja tatsächlich ein Festessen geben … aber eines, bei dem dieses Ungeziefer als Hauptgang serviert wird!

Und doch, wenn Er dieses Ziel verfolgen würde, warum hätte Er dann so weit gehen sollen, den Zimmermann auf dieser Erde sterben zu lassen? Dieses Geschwätz von Liebe, Glück und ewiger Gemeinschaft muss ein Bluff sein, eine List. Aber was verbirgt sich dann hinter diesen schönen Worten? Der Zimmermann sagte: »Ich gehe voraus, um euch einen Platz vorzubereiten … damit ihr immer bei mir seid, dort, wo ich bin.«[22] Was hat Er damit gemeint? Hat Er vor, Charis in eine gigantische Ameisenfarm zu verwandeln? In diesem Fall haben wir uns vielleicht gerade noch rechtzeitig verdrückt!

Wenn Er mit diesen Kakerlaken redet, hat es den Anschein, als würde Er sie als eine Geliebte betrachten, die Er in Seiner Nähe haben will. Doch das widerspricht allen Regeln der Natur! Ein Mächtiger hat nur so lange Freude an einem Schwachen, bis er ihm alles entrissen hat, was der Schwache besitzt, um ihn dann achtlos beiseite zu stoßen, wie man eine leere Getränkedose wegwirft. Was kann man mit so einer Dose auch anderes tun, als sie zu zerquetschen?

Was hat Er bloß mit diesen Würmern im Sinn? Und warum legt Er Seine Karten nicht auf den Tisch? In meinem Kopf hämmert es. Wie sollen wir Seine Pläne vereiteln, wenn wir nicht wissen, was Er im Schilde führt?

Ach, ich merke plötzlich, dass ich vergessen habe, mit wem ich rede. Diese Überlegungen sind dir zweifellos zu hoch, Qualob.

Wenn du Fletcher daran hindern kannst, einer Versuchung mit einem entschiedenen Nein zu begegnen, hast du gewonnen. Jede andere Antwort kommt nämlich einem aufgeschobenen Ja gleich.

Der Feind setzt das Gewissen dieser Würmer als Waffe gegen uns ein. Deshalb bemühen wir uns schon seit längerer Zeit, das Schamgefühl abzutöten. In Asien und in den meisten Ländern der dritten Welt konnten wir nicht viel ausrichten, doch in Europa und Amerika hatte unsere Kampagne einen durchschlagenden Erfolg.

Nach Ansicht des Feindes sollte jeder, der ein Unrecht begeht, den Fehler bei sich selbst suchen und nicht bei der Regel, gegen die er verstoßen hat. Sobald jemand etwas falsch macht, sollte er sich unbehaglich fühlen. *Wir* sorgen dafür, dass diese Würmer trotz allem mit sich selbst zufrieden sind und sich stattdessen über die Regeln ärgern, die sie nicht eingehalten haben.

Indem wir das Schamgefühl ausgeschaltet haben, konnten wir erreichen, dass Unmoral etwas völlig Normales geworden ist, und zwar nicht nur in der Welt, sondern auch in der verbotenen Schwadron.

Fletchers Gewissen hat ihn bereits dazu veranlasst, seine Beziehung zu seiner Sekretärin und seinen Geschmack in Punkto Fernsehfilme neu zu überdenken. Als ich gehört habe, dass er und seine Frau an einer

Veranstaltung der verbotenen Schwadron teilgenommen haben, war ich sehr enttäuscht. Allerdings war dieser Abend nicht völlig umsonst, weil einer seiner neuen Freunde ihm einige Filme empfohlen hat, von denen er sich schon gefragt hatte, ob er sie vielleicht lieber nicht mehr anschauen sollte. Ich war entzückt, dass einer dieser Kakerlaken sagte: »Das ist ein hervorragender Film – nur eine einzige Bettszene und fast keine Kraftausdrücke.«

Titanic gehört zu meinen Lieblingsfilmen. Wie viele junge Christen haben dieses Video in ihren Häusern angeschaut? Stell dir nur einmal Folgendes vor, Qualob: Ein Junge aus einer Jugendgruppe sagt zu seinen Kameraden: »Hört mal, am Ende der Straße wohnt ein hübsches Mädchen. Lasst uns zu ihrem Haus gehen und in ihr Fenster gucken. Wir werden beobachten, wie sie sich auszieht, sich auf einer Couch zurücklehnt und oben ohne posiert. Danach wird sie mit ihrem Freund ins Auto steigen, und die beiden werden miteinander schlafen. Kommt, wir sichern uns einen guten Platz und sehen ihnen so lange dabei zu, bis die Fensterscheiben beschlagen.«

Dieses Manöver wäre natürlich viel zu plump, weil jeder merken würde, dass so ein Verhalten nicht richtig ist. Nimmst du jedoch einen Fernseher statt eines Fensters, werden diese Würmer sofort auf deinen Vorschlag eingehen. Mehr ist nicht nötig! Male dir nur einmal aus, Qualob, was wir erreicht haben: Jeden Tag beobachten zahllose Christen, einschließlich vieler Schwadronschefs, wie andere Frauen und Männer sich entkleiden, Unzucht treiben und Ehebruch begehen – obwohl der Feind diese Dinge verabscheut.

Wir haben einen Haufen von Voyeuren aus ihnen gemacht! Die Kirchen sind voller Spanner! Der Feind befiehlt ihnen, die Sünde zu hassen, doch sie finden es unterhaltsam, anderen beim Sündigen zuzusehen. Du musst ihnen einflößen, es sei pervers, jemanden durch ein Fenster zu beobachten, aber gegen Voyeurismus mithilfe eines Fernsehgeräts sei absolut nichts einzuwenden. Was dem Feind Kummer macht, bringt diese Würmer zum Lachen, und was Er verabscheut, betrachten sie als einen angenehmen Zeitvertreib. Selbstverständlich beklagen sich viele von ihnen über die schlechten Fernsehprogramme, doch das hält sie glücklicherweise nicht davon ab, ihre Sendungen anzuschauen.

Der Feind schärft diesen Geschöpfen ein, ihr Herz zu behüten[23], während wir sie dazu auffordern, sich allen Dingen zu öffnen. Wir vergiften den Fluss schon an der Quelle, und wir verseuchen ihr Leben, indem wir ihre Gedanken verschmutzen. »Aber in diesem Film kommt nur eine einzige schlechte Szene vor«, höre ich immer wieder. Ja, aber würden sie einen Keks essen, der auch nur ein einziges Stückchen Kot enthält? Glücklicherweise kümmern sie sich viel intensiver um ihren Körper als um ihre Gedanken.

Es ist schon erstaunlich, Qualob: Eltern, die nicht einmal im Traum daran denken würden, ihre Kinder mit einem Erwachsenen allein zu lassen, der vulgäre Redensarten führt, setzen sie weitaus schlimmeren Einflüssen aus, indem sie ihnen gestatten, durch alle TV-Kanäle zu zappen. Wir haben dafür gesorgt, dass diese Generation ohne Schamgefühl aufwächst. Da der Feind diese Würmer mit einem Gewissen ausgestattet hat, können wir ihr Schamgefühl zwar nicht vollständig unterdrücken, aber wir können es so steuern, dass es sich hauptsächlich damit beschäftigt, ob es richtig ist, Pelze zu tragen und Fleisch zu essen, und auf welche Weise man den Abfall recyclen sollte.

Indem wir das Schamgefühl eingeschläfert haben – welch ein Bilderbuchbeispiel für angewandte Euthanasie! – haben wir eine ganze Gesellschaft unterhöhlt.

Du fragst mich tatsächlich, wann du zulassen solltest, dass Fletchers Familie sich der verbotenen Schwadron anschließt? An dem Tag, an dem die Hölle zufriert. Falls du es dennoch nicht verhindern kannst, solltest du dafür sorgen, dass die Kirche lediglich ein weiterer sozialer Club ist, bei dem sich alles um die eigene Person dreht. Die Kirche soll Fletchers Familie in ihren Einstellungen und Verhaltensweisen bestärken, statt sie herauszufordern, radikal umzudenken. Wir fürchten uns nicht so sehr davor, dass sie ihre Sonntagvormittage in der Kirche verbringen könnten – was uns Angst einjagt, ist der Gedanke, dass sie ihre Sünden bekennen und bereuen, vor dem Feind auf die Knie fallen und sich Ihm vollständig unterordnen könnten.

Wir müssen die Offensive des Feindes bekämpfen, indem wir unsere Kampagne gegen die christliche Moral unerbittlich weiterführen. Gaukle den Christen vor, die hohen Moralvorstellungen seien das Problem und nicht die Lösung, und mach ihnen weis, der Lebensstil, den wir propagieren, sei der einzig mögliche. *Vive la déviance.*

Dein schamloser Vorgesetzter

Graf Moderthal

24. KAPITEL

Die Buchhandlung

Jordan las den kleinen Zettel, auf den Patty »Ich habe große Achtung vor dir« und »Du bedeutest mir mehr als alles andere« geschrieben hatte. Über ihrer Unterschrift stand: »Ich träume von der Zukunft.«

Ihr Parfum hing immer noch im Raum und Jordan atmete es genussvoll ein. Dann zog er eine Schreibtischschublade auf und legte Pattys Brief zu den anderen, die er ganz hinten in einer unbeschrifteten Hängemappe aufbewahrte.

Er dachte an Diane, Jillian und Daniel, bevor seine Gedanken zu Pattys Ehemann Bill und den Schwierigkeiten in Pattys Ehe wanderten.

Vielleicht hast du uns zusammengeführt, damit wir uns gegenseitig ermutigen, Herr. Ich hatte es jedenfalls bitternötig.

Nachdem Jordan im Computer nachgeschaut hatte, notierte er einige Zahlen auf der Brisbane-Stundenliste. Wie schon zuvor rundete er großzügig auf, sodass er auf ähnliche Beträge wie bei den vorigen Malen kam. Dann unterschrieb er und versuchte, die nagenden Zweifel beiseite zu schieben.

Als eine Stimme aus der Gegensprechanlage drang, zuckte er zusammen und deckte unwillkürlich das Formular zu, das er gerade unterzeichnet hatte. Verlegen blickte er sich um.

»Wie bitte, Patty?«

»Ich habe gesagt, dein Freund Ryan ist auf Leitung zwei.«

Jordan drückte auf den Knopf.

»Hallo Ryan, wie geht's?«

»Ich wollte dich nur daran erinnern, dass wir uns um vier in der Buchhandlung treffen wollten. Klappt es, dass du früher Schluss machen kannst?«

»Oh ja«, erwiderte Jordan. Er schaute auf die Uhr – fünf vor halb vier. »Alles klar, das schaffe ich. Das ist doch der Laden an der Hauptstraße, stimmt's? Bis dann.«

Eine halbe Stunde später ging Jordan durch die Eingangstür der christlichen Buchhandlung. Das Geschäft war hell, warm und sehr ansprechend. Zwar hatte Jordan schon viel Zeit in Buchhandlungen verbracht, aber einen Laden, der auf christliche Literatur spezialisiert war, betrat er zum ersten Mal. Obwohl er häufig an diesem Geschäft vorbeifuhr, war er noch nie auf die Idee gekommen, sich darin umzuschauen. Ziellos ging er zwischen hohen Bücherregalen hindurch und fragte sich, warum er eigentlich so nervös war. Das war doch nur eine Buchhandlung, oder etwa nicht?

Plötzlich stach ihm ein Titel ins Auge. Es war der Roman, den er erst kürzlich gelesen hatte, und merkwürdigerweise beruhigte es ihn, etwas Vertrautes zu sehen. Interessiert blätterte er in einigen anderen Romanen vom selben Autor. Er bewunderte ein paar Kunstdrucke, las die Titel einiger Videofilme und schlenderte schließlich zur Musikabteilung hinüber. Als er eine Hand auf seiner Schulter spürte, drehte er sich um.

»Hallo, Jordan.«

»Ryan! Hallo!«

»Hast du schon etwas Interessantes gefunden?«

»Ja, ein paar Dinge sehen echt gut aus, aber ich kenne mich nicht so richtig aus.«

»Dem lässt sich abhelfen. Dieser Laden ist mein zweites Zuhause – ich fühle mich hier wie ein Kind in einem Süßigkeitengeschäft! Da ich eine Schwäche für gute Musik und gute Bücher habe, dachte ich, ich führe dich mal ein wenig herum und zeige dir ein paar Titel, die dich interessieren könnten. Man kann sich hier stundenlang die Zeit vertreiben, deshalb komme ich mindestens einmal pro Woche hierher. Na, und wenn es hier einen guten Mokka gäbe, käme ich wahrscheinlich zweimal pro Woche!«

Sie sahen sich um, und Ryan zog ein paar Bücher aus den Regalen, damit Jordan sie sich näher anschauen konnte.

»Wirklich klasse, dass es hier zu jedem Thema irgendetwas gibt. Ich habe noch so viele Fragen.«

»Freut mich, dass du das sagst. Es gibt nämlich nur zwei Arten von Christen – diejenigen, die Fragen haben und sie verdrängen, und diejenigen, die ihre Fragen offen aussprechen und nach einer Antwort suchen. Rate mal, was gesünder ist. Man wächst nur, indem man Fragen stellt und die Bibel liest. Zwar können diese Bücher kein Ersatz für die Bibel sein, aber sie können uns auf die Bibel verweisen und uns helfen, sie besser zu verstehen.«

Die beiden Männer blieben ungefähr eine Stunde in dem Geschäft und machten sich gegenseitig auf verschiedene Titel aufmerksam. Zuletzt gingen sie mit einem Arm voller Bücher und CDs zur Kasse.

»Hast du dir eigentlich noch einmal überlegt, ob du dich taufen lassen willst?«, fragte Ryan, als sie auf dem Weg zu ihren Autos waren.

»Ja, schon, nur ... Sag mal, ist das wirklich nötig?«

»Jesus hat gesagt, wir sollen uns taufen lassen. Dass die Taufe keine Voraussetzung für unsere Errettung ist, heißt nicht, dass wir es uns leisten könnten, Gott ungehorsam zu sein. Ich meine, wahrscheinlich kann man auch Christ sein, ohne zu beten, in der Bibel zu lesen und in die Kirche zu gehen, aber diese Dinge sind unheimlich wichtig. Dasselbe gilt für die Taufe. Was hält dich eigentlich davon ab, Jordan?«

»Ich finde es schrecklich, vor all diesen Leuten patschnass zu werden. Es ist mir irgendwie ... peinlich.«

»Das kann ich gut verstehen. Vor sechs Monaten hat man mich gebeten, im Gottesdienst nach vorne zu gehen und den anderen zu erzählen, wie ich zu Jesus gefunden habe. Ich war furchtbar nervös. Dann hat jemand zu mir gesagt, ich soll nicht an die vielen Leute denken, sondern mir vorstellen, dass in diesem Raum nur eine einzige Person sitzen würde – Jesus. Er ist der Einzige, dessen Meinung wirklich zählt. Du lässt dich nicht taufen, weil es dir Spaß macht, sondern du tust es für ihn.«

»Meinst du wirklich, dass Gott alles sieht, was wir tun? Jede Kleinigkeit? Natürlich weiß ich, dass er alles sieht, aber kümmert er sich auch um alles? Will er über unser ganzes Leben bestimmen?«

»Na ja, wir können doch nichts vor ihm verbergen, und darum macht es wenig Sinn, es erst mal zu versuchen. Wenn wir das Richtige tun, ist es völlig gleichgültig, was andere Leute dazu sagen. Und wenn wir etwas Unrechtes tun, nützt es uns nichts, wenn niemand anders davon weiß – Gott weiß es. Er sieht uns, wie wir sind, und er kennt alle unsere Gedanken. Jemand hat einmal gesagt: Gott ist unser einziges Publikum. Vor ihm können wir nichts verheimlichen. Er ist unser Richter, und letztendlich kommt es nur darauf an, wie er uns beurteilt.«

Jordan nickte.

Gott ist unser einziges Publikum. Vor ihm können wir nichts verheimlichen.

»Ist alles in Ordnung mit dir, Jordan? Du siehst plötzlich so bleich aus.«

»Ja? Nein, doch ... mir geht's prima. Mach's gut.« Jordan stieg schnell ins Auto und startete den Motor.

Vierundzwanzigster Brief

Das männliche Ungeziefer und die Liebe

An meinen geliebten Untergebenen Qualob.

Ryan hat Fletcher also in einem christlichen Buchladen herumgeführt? Das ist entmutigend. Zwar sind dem Feind viele Menschen durch die Lappen gegangen, die unsere Bücher gelesen haben, aber dafür haben wir zahllose andere eingebüßt, die sich mit Seiner Literatur beschäftigt haben. Diese Schleimbeutel denken, unsere Hauptaufgabe bestünde darin, ihnen irgendwelche negativen Gedanken einzuflößen. Sie übersehen völlig, dass wir langfristig viel mehr erreichen, wenn wir sie daran hindern, Gedanken nachzuhängen, die uns gefährlich werden könnten.

Sorge dafür, dass Fletcher nie wieder diese Buchhandlung betritt. Falls dir das nicht gelingt, musst du ihn wenigstens von den wichtigen Büchern fern halten, insbesondere von denen, die sich mit den Eigenschaften des Feindes befassen. Anbei findest du eine Liste der Autoren, deren Bücher er auf keinen Fall in die Finger bekommen darf. Merke dir so verachtenswerte Namen wie Edwards, Spurgeon, Tozer, Packer, Piper, Lewis, Schaeffer oder Colson. Meine Liste ist nicht lang, und viele Autoren sind in den meisten Buchläden kaum noch vertreten.

Ablenkung ist deine beste Strategie. Warum sollte Fletcher etwas über die Allmacht und Gnade des Feindes lesen, wenn er sich auch über Persönlichkeitstypen, Fitness, Wellness und christliche Prominente informieren kann? Was die Bibelkode-Bücher betrifft, so ist es mir ziemlich gleichgültig, ob diese Würmer irgendwelche geheimen Botschaften entschlüsseln wollen, indem sie jeden vierzigsten Buchstaben herauspicken. Die Aussagen des verbotenen Buches, die jedes Kind verstehen kann, jagen mir weitaus größere Angst ein.

Unabhängig davon, ob du deinen Patienten dazu verleiten kannst, unsere Bücher zu lesen, musst du ihn mit unserer Sorte Ungeziefer bekannt machen. Rede ihm ein, es sei nicht nötig, an einer bestimmten Lehre festzuhalten. Überzeuge ihn davon, dass er den zentralen Aussagen des christlichen Glaubens, für deren Verteidigung viele Christen ihr Leben gelassen haben, keine Beachtung zu schenken braucht. Mach ihn zu einem modernen Christen. Glücklicherweise orientiert sich die Lehre vieler Schwadronen immer weniger an der Bibel und enthält dafür umso mehr Modewörter, Erkenntnisse aus der Psychologie und nette kleine Veranschaulichungen, die der augenblicklichen säkularen Tendenz entsprechen. Falls dein Patient trotz allem die christliche Lehre unbedingt ernst nehmen will, musst du dafür sorgen, dass er gesetzlich wird und auf nebensächlichen theologischen Fragen herumhackt. Schüre seinen Stolz.

Achte darauf, dass er zehnmal häufiger auf sich selbst schaut als auf den Feind. Wenn wir dieses Ungleichgewicht beibehalten können, haben wir erreicht, dass jeder Blick, den er auf den Feind wirft, von dem Gedankenkarussell, das sich um seine eigene Person und andere Würmer dreht, getrübt wird. So wird alles, was er vom Feind wahrnimmt, zu einem Spiegelbild seiner selbst. Er erschafft sich einen falschen Gott nach seinem eigenen Ebenbild, und was er für Anbetung hält, ist in Wirklichkeit Götzendienst.

Was Patty betrifft, so musst du deine Bemühungen, die beiden zusammenzubringen, unbedingt verdoppeln. Fletcher mag ja Christ sein, aber er hat immer noch Hormon produzierende Drüsen. Die Bilder, die ihn seit dem Tag verfolgen, an dem er zum ersten Mal gewisse Zeitschriften unter seinem Bett versteckt hat, haben das gewünschte Ergebnis erzielt. Je länger ein Mann Phantasie-Frauen begehrt, desto unfähiger wird er, echte Frauen zu lieben.

Sogar das weibliche Ungeziefer ist diesem Komplott zum Opfer gefallen: Die Frauen fürchten sich entsetzlich davor, eines Tages nicht mehr begehrt zu werden, und deshalb wollen sie um jeden Preis verhindern, dass sie älter werden. Um sich selbst in ein Produkt zu verwandeln, das den Anforderungen der Verbraucher entspricht, scheuen sie weder Schmerzen noch Kosten und schrecken nicht einmal vor Operationen zurück.

Obwohl Fletcher seit vielen Jahren von Frauen träumt, die es in Wirklichkeit gar nicht gibt, ist ihm noch nie in den Sinn gekommen, dass diese Haltung daran schuld sein könnte, dass er noch nie eine befriedigende Beziehung zu einer Frau aus Fleisch und Blut gehabt hat, einschließlich seiner Ehefrau. Er begreift nicht, dass es bei der Sexualität – warum der Feind diese Würmer so programmiert hat, kann ich leider nicht sagen – nicht nur um das geht, was er tut, sondern hauptsächlich um das, was er ist. Denk daran, dass der Tyrann in der Ehe die körperliche Zuneigung *fördert*. Das bedeutet, dass dein Patient zwar leidenschaftliche Gefühle gegenüber Patty hegen darf, für seine Ehefrau jedoch absolut nichts empfinden sollte. Falls er Diane dennoch begehrt, musst du seine Gefühle so verzerren, dass sie – genau wie Patty – nur ein Objekt ist, das zu seiner Befriedigung dient.

Seit Jahrzehnten bombardieren wir Fletchers Gedanken mit den Bildern sinnlicher junger Frauen, die ihm aufreizende Blicke zuwerfen und ihm mit verführerischer Stimme gestehen, dass sie ihn begehren. In Wirklichkeit begehrt ihn keine Einzige von diesen Geschöpfen, und wenn man es genau nimmt, gibt es sie überhaupt nicht. Es sind geschminkte, frisierte und operativ veränderte Kunstprodukte. Unter tausend Frauen wirst du nur ein einziges Exemplar dieser Gattung finden, das innerhalb kürzester Zeit wie eine abgeschnittene Blume verwelkt. Sollte Fletcher jemals die Gelegenheit haben, mit so einer Frau zusammen zu sein, würde er schnell entdecken, dass sie egoistisch, anspruchsvoll, unsicher und untreu ist (genau wie er selbst). Solange er diese Wesen allerdings nur von weitem sieht – in Filmen und Illustrierten oder auf der anderen Seite des Raumes und auf dem Flur –, kann er sich ausmalen, wie wunderbar es wäre, so eine Frau zu besitzen.

Sie wäre seine Trophäe, und er würde sich bemühen, sie zur Schau zu stellen und sie in jeder Hinsicht zu beherrschen. Da er jedoch viel zu dumm ist, um unseren Schwindel zu durchschauen, wird er seine Ehefrau weiterhin mit einem eingebildeten Ideal vergleichen. Bei diesem Wettstreit wird Diane immer den Kürzeren ziehen, so wie sie neben dieser Patty, von der Fletcher nur die Schokoladenseite kennt, grundsätzlich schlecht abschneidet. Laut unseren Akten sind sich Patty und Diane sogar ziemlich ähnlich, nur dass Patty weniger Tugenden besitzt. Fletcher sieht bei seiner Sekretärin lediglich die positiven Seiten, während er seine Ehefrau in einem äußerst ungünstigen Licht betrachtet. Sobald die Lust verebbt ist, bleibt nur die kalte, ernüchternde Wirklichkeit übrig. Aber dann ist es zu spät.

Fletcher hat seine Kinder dazu erzogen, nicht an absolute Werte zu glauben, und er weiß nicht einmal, mit was für Menschen sie Tag für Tag zusammen sind. Jillian und Daniel brauchen nicht im Haushalt zu helfen und man hat ihnen kaum Selbstdisziplin beigebracht. Dafür verfügen sie allerdings über eine Menge Geld und genug freie Zeit, und es fehlt ihnen nicht an Gelegenheiten, mit einem Vertreter des anderen Geschlechts in einem Auto oder in einem Schlafzimmer allein zu sein. Diese ganze Generation rennt in ihr Verderben und die Eltern haben ihren Kindern auch noch den Weg geebnet. Kann ein Dämon sich noch mehr wünschen?

Fletchers Sekretärin behauptet, sie liebe ihn. *Liebe* ist das Lieblingswort des Feindes, doch wir haben diesen Begriff seiner ursprünglichen Bedeutung beraubt. Diese Würmer lieben ein neues Auto, eine Tafel Schokolade, eine Fußballmannschaft und eine Person, in deren Gegenwart sie sich wohl fühlen.

Unser Ziel ist es, eine Sehnsucht zu steigern, die immer weniger gestillt werden kann. Aber nimm dich in Acht, Qualob – das Vergnügen ist eine Erfindung des Feindes. Obwohl viele Menschen auf der Jagd nach dem Vergnügen zu uns übergelaufen sind, ist dieses Gebiet ein Minenfeld, über das wir uns besonders vorsichtig bewegen müssen. Sogar, wenn wir schon gewonnen haben, kann sich der Sieg immer noch in eine Niederlage verwandeln. Unsere gefälschten Vergnügungen hinterlassen in diesen Würmern oft so eine tiefe Leere, dass sie anschließend umso eifriger danach streben, echte Freude zu finden.

Sicher, wir haben eine hervorragende Fälschung von Liebe produziert. Aber sei auf der Hut – sobald dieses Ungeziefer von unserer Art von Liebe enttäuscht wird, könnte es auf den Gedanken kommen, dass man ihm eine Fälschung untergejubelt hat, und sich auf die Suche nach dem Original machen.

Mit lieben Grüßen,

Graf Moderthal

25. KAPITEL

Eine schlechte Nachricht

»Was ist los, Ryan?«

Jordan ließ sich an einem Tisch im *Denny's* nieder und starrte auf die blutunterlaufenen Augen und die tiefen Furchen im Gesicht seines Freundes. Ryans Lächeln wurde sofort wieder von einer bleichen Maske verdeckt.

»Wir haben eine schlechte Nachricht erhalten.«

»Was ist passiert?«

»Jodi musste zur Mammografie, und es hat sich herausgestellt ...«, Ryans Stimme brach, »dass sie ... Krebs hat.«

»Oh nein ...«

»Es sei heilbar, sagen die Ärzte. Die Chancen stehen ziemlich gut. Und wir wissen ja, dass Gott unser Leben in seiner Hand hält, deshalb brauchen wir uns nicht nur an diese Prognose zu klammern. Aber es ist trotzdem hart, vor allem für Jodi selbst.«

Jordan war wie gelähmt, und ihm fiel absolut nichts ein, was er hätte sagen können. Schließlich stellte er einige Fragen und hörte Ryan zu.

Ungefähr vierzig Minuten später sagte Ryan: »Du bist ein echter Freund, Jordan. Danke, dass du für mich dagewesen bist. Du hast mich wirklich ermutigt.«

Ich habe ihn ermutigt? Jordan überlegte, ob ihm dieses Kompliment je schon gemacht worden war. *Aber ich habe doch nichts anderes getan, als ihm zuzuhören.*

»Wahrscheinlich ist das kein besonders günstiger Zeitpunkt, um dir diese Frage zu stellen, Ryan, aber warum lässt Gott zu, dass uns solche Dinge zustoßen, wenn er uns liebt?«

»Tja, das ist eine gute Frage, die sich nicht so leicht beantworten lässt. Wir begreifen oft nicht, weshalb Gott manche Dinge geschehen lässt, weil wir meistens nicht erkennen können, was er mit ihnen bezweckt. Ich bin sicher, dass Jodis Krankheit irgendeinen Sinn hat, auch wenn sich nicht sofort herausstellt, wozu Gott diese Krankheit benutzen will. Jedenfalls hat sie bereits bewirkt, dass unsere Ehe besser geworden ist. Jodi und ich haben schon seit längerer Zeit Probleme – Jordan, du siehst mich an, als ob ich dir gerade anvertrauen würde, dass ich ein Serienmörder bin.«

»Du und Jodi – ihr habt Eheprobleme?«

»Natürlich. Hat die nicht jeder?«

»Ich dachte, ihr beiden würdet so eine großartige christliche Ehe führen.«

»Wir führen tatsächlich eine gute Ehe, aber das Gute daran ist, dass wir nicht so tun, als hätten wir keine Probleme. Wir reden seit Jahren über unsere Schwierigkeiten, wir arbeiten an ihnen und lassen uns von einem Seelsorger beraten.« Ryan warf Jordan einen verschmitzten Blick zu und lachte. »Ja, wir sind tatsächlich zu einer Eheberatung gegangen. Ich kann diesen Schritt nur empfehlen, vorausgesetzt, dass man einen Seelsorger konsultiert, der sich an der Bibel orientiert. Jedenfalls, um auf die Frage zurückzukommen, warum Gott uns leiden lässt – manchmal begreifen wir überhaupt nicht, weshalb uns solche Dinge zugemutet werden, und manchmal erkennen wir einen kleinen Teil von Gottes Plan. Aber auch, wenn wir einen gewissen Sinn in unserem Leid sehen, ist es schwer, mit solchen Schicksalsschlägen fertig zu werden. Allerdings hat Gott uns nie versprochen, es sei leicht, ihm zu folgen.«

»Das habe ich in letzter Zeit auch gemerkt«, sagte Jordan, während er sich erhob und ein Trinkgeld auf den Tisch legte. »In den ersten Wochen nach meiner Bekehrung lief alles ziemlich glatt. Aber jetzt wird mein Leben allmählich immer komplizierter.«

»Wie meinst du das?«

Jordan trat von einem Fuß auf den anderen. Ein Teil von ihm wäre am liebsten zum Parkplatz geflüchtet.

»Setz dich, Bruder. Sag mir, was du auf dem Herzen hast.«

Zögernd ließ Jordan sich wieder auf seinem Stuhl nieder und redete zehn Minuten um den heißen Brei herum. Einerseits spürte er ein starkes Verlangen, Ryan die beiden Dinge anzuvertrauen, die ihn belasteten, und andererseits schien ihn irgendetwas zu zwingen, sie für sich zu behalten. Schließlich platzte er heraus: »In meiner Firma gibt es eine Frau namens Patty. Sie ist meine Sekretärin.«

Nachdem er diesen Namen ausgesprochen hatte, gab es kein Zurück mehr. Jordan schüttete Ryan sein Herz aus und Ryan hörte ihm aufmerksam zu.

FÜNFUNDZWANZIGSTER BRIEF

Wie du verhindern kannst, dass deinem Patienten ein Licht aufgeht

An meinen unterwürfigen Untergebenen Qualob.

Fletcher hat also zum ersten Mal erlebt, wie es ist, wenn man vom Feind dazu gebraucht wird, einem anderen Menschen zu dienen? Ich nehme an, dass er jetzt sogar für Ryan betet. Du berichtest, der Geist des Feindes habe Fletcher gedrängt, Ryan von seiner Sekretärin und seiner Schummelei bei den Brisbane-Stundenlisten zu erzählen, doch dann bricht dein Brief plötzlich ab. Ich gehe davon aus, dass du Fletcher davon abhalten konntest, über diese beiden Themen zu reden. Wenn nicht, hättest du mich sicherlich informiert.

Dein Bericht enthält einige Elemente, die mich zuversichtlich stimmen. Offenbar wird der Druck, dem Fletcher in seiner Firma ausgesetzt wird, immer größer, und er leidet unter chronischen Magenschmerzen. Lass nicht zu, dass er diese Schmerzen mit seiner Unehrlichkeit in Verbindung bringt. Der Feind hat nämlich die lästige Angewohnheit, diese Würmer unglücklich zu machen, sobald sie gegen Seine Gebote verstoßen. Selbstverständlich genießen wir es, diese erbärmlichen Kreaturen leiden zu sehen, aber wir dürfen uns nicht zu früh freuen, weil der Feind diesen Kummer dazu benutzen kann, sie zur Umkehr zu bewegen.

Da Fletcher noch nicht lange Christ ist, ist er leicht zu beeindrucken. Dieser Umstand gewährt dem Feind einen großen Spielraum, doch für uns gilt glücklicherweise genau dasselbe. Dein Patient hat noch kein kritisches Urteilsvermögen entwickelt. Ich nehme mit Entzücken zur Kenntnis, dass er religiöse Sendungen angeschaut hat, in denen das so genannte

»Wohlstandsevangelium« verkündet wird. Diese Lehre macht ihn nicht nur oberflächlich, sondern sie stellt schon jetzt die Weichen dafür, dass er meinen wird, der Feind habe ihn enttäuscht, sobald irgendetwas Negatives geschieht (was sich selbstverständlich nicht vermeiden lässt).

Wie schön, dass dein Patient mit einer frommen Clique in Berührung gekommen ist, deren Freude nicht echt ist. Diese Leute haben sich darauf spezialisiert, unter einem geistlichen Deckmantel möglichst heiter und lebhaft zu wirken. Ich bin entzückt, dass Fletcher ebenfalls versucht hat, ein frommes Lächeln aufzusetzen. Sollen diese Würmer doch »Preis den Herrn« rufen, solange sie ihn nicht wirklich preisen.

Nimm dich jedoch in Acht, damit Fletcher nicht entdeckt, welche Realität sich hinter dieser Fälschung verbirgt, sonst könnte er begreifen, dass man sogar in der Not echte Freude spüren kann. Wir müssen um jeden Preis verhindern, dass diese Würmer auf so dumme Gedanken kommen, wie um Mitternacht in einem Gefängnis Loblieder anzustimmen. Christen sollen von anderen Menschen nur bemerkt werden, wenn sie sich idiotisch verhalten; sobald ihr Handeln von echter Freude, Tugend, Demut oder Liebe bestimmt wird, dürfen sie keinesfalls Beachtung finden. Zum Glück gab es zu allen Zeiten genügend Christen, bei denen wir uns darauf verlassen konnten, dass sie sich wie Idioten benehmen.

Rede Fletcher ein, sein anfänglicher Sieg über die Sünde sei etwas Einmaliges, nicht Wiederkehrendes gewesen, und es könne unmöglich stimmen, dass die Anhänger des Feindes diese Welt besiegen.[24] Ohne sich dessen bewusst zu sein, soll dein Patient glauben, das verbotene Buch übertreibe, wenn es behauptet, er könne immer und überall ein siegreiches Leben führen.

Sorge dafür, dass Fletcher sich mit geistlicher Mittelmäßigkeit und vereinzelten, unwesentlichen Erfolgen zufrieden gibt. Das verbotene Buch spricht von Sieg, aber er erlebt dauernd Niederlagen. Anstatt die Freude zu spüren, die ihm verheißen wird, fühlt er sich todunglücklich, und anstatt inneren Frieden zu finden, wird er von Sorgen geplagt. Obwohl in dem verbotenen Buch vom Wasser des Lebens erzählt wird, verschmachtet seine Seele vor Durst.

Lass ihn nicht erkennen, dass der Zimmermann ein Baumeister ist, der zuerst den Boden ebnet und das alte Gerümpel wegräumt, bevor Er den Grundstein zu einem neuen Gebäude legt. Fletcher soll Ihn für einen

Handwerker halten, der ein bereits bestehendes Gebäude renoviert und an den Mauern, die Fletcher selbst errichtet hat, nur einige geringfügige Veränderungen vornimmt. Sorge dafür, dass Fletcher meint, das verbotene Buch drücke manches sehr überspitzt aus, wenn es so gefährliche Aussagen macht wie zum Beispiel diese: »Wer mit Christus lebt, wird ein neuer Mensch. Er ist nicht mehr derselbe, denn sein altes Leben ist vorbei. Ein neues Leben hat begonnen!«[25]

Fletcher darf nicht begreifen, dass ihm die Gerechtigkeit des Feindes schon heute zur Verfügung steht. Lass ihn glauben, ein Sünder könne unmöglich jetzt schon so leben, wie der Feind es von ihm erwartet. Achte darauf, dass dein Patient niemals auf diese ungeheuerliche Behauptung stößt, in der es heißt, er könne uns widerstehen und wir müssten vor ihm fliehen.[26]

Dieses Ungeziefer gleicht Gefangenen, die in einem dunklen Kerker sitzen. Der Zimmermann holt sie aus diesem Gefängnis; Er bezahlt den Preis für ihre Freilassung, indem Er Sich selbst an einem Galgen aufhängen lässt. Danach kehrt Er zurück und schließt die Tür zu ihrer Zelle auf. So weit, so schlecht.

Doch nun kommt das Erfreuliche: Er lässt diesen Würmern die freie Wahl, ob sie herauskommen oder in ihrem Kerker bleiben wollen. Viele entscheiden sich für die vertraute Umgebung ihres Gefängnisses, weil sie die Verantwortung – und die Freude – scheuen, die mit der Freiheit verbunden sind. Der Zimmermann hat die Tür aufgeschlossen und weit aufgemacht, aber Er wird diese Würmer nicht mit Gewalt ins Freie befördern. Begreifst du, wie paradox diese Situation ist? Der Feind hat die Menschen befreit, und trotzdem können sie Entscheidungen treffen, durch die sie sich selbst wieder zu Gefangenen machen.

Sogar wenn dein Patient das Gefängnis für eine Weile verlässt, steht die Tür immer noch offen. Du kannst ihn jederzeit zurücklocken. Vielleicht können wir deinen Fletcher nicht in alle Ewigkeit behalten, aber für ein leckeres Mittagessen reicht uns dieser Braten allemal noch.

Dein Vorgesetzter, der immer mehr Geschmack an der Rolle des Gefängnisdirektors findet,

Graf Moderthal

26. KAPITEL

Wie soll man sich das vorstellen?

Ich bin mit Jodi zu einem Bibelkurs für Frauen gegangen«, sagte Diane.

»Das klingt beinahe so, als wolltest du mir ein Geständnis machen«, erwiderte Jordan.

Sie lachte. »Vielleicht. Es war wirklich interessant, aber nun habe ich eine Frage an dich: Was weißt du über Dämonen?«

»Über Dämonen?«

»Ja, wir haben über dieses Thema diskutiert. Die anderen haben mich nach meiner Meinung gefragt, und ich musste zugeben, dass ich keine Ahnung habe. Bisher habe ich mich noch nie mit Dämonen beschäftigt; ich bin einfach davon ausgegangen, dass solche Wesen nur in Märchen vorkommen.«

»Das habe ich bis vor kurzem auch gedacht, aber inzwischen habe ich meine Meinung geändert.«

»Warum?«

»Weil ich Christus gefunden habe und der Bibel vertraue. Außerdem kommt es mir manchmal fast so vor, als könnte ich diese Dämonen spüren. Ich weiß, dass sich das merkwürdig anhört. Vielleicht bilde ich es mir ja auch nur ein.«

»Hattest du jemals das Gefühl, dass dich ein Dämon bearbeitet – ich meine, dass er dir schlechte Gedanken einflößt, dich von irgendetwas abhält oder dich dazu verleitet, etwas Böses zu tun?«

»Wieso willst du das wissen?« Jordan fühlte sich angegriffen.

»Das soll kein Vorwurf sein, sondern lediglich eine Frage. Wie du sicher weißt, halte ich es schon seit längerer Zeit für möglich, dass es Schutzengel gibt, und ich habe einige Bücher über dieses Thema gelesen. Aber in diesen Büchern wird nirgends erwähnt, dass es auch böse Engel geben könnte, die uns beeinflussen wollen. Die Frauen in diesem Bibelkurs haben von bösen Geistern geredet, die sich gegen uns verschwören, um uns zu verwirren, abzulenken oder zu Fall zu bringen. Dieser Gedanke war mir völlig neu, und er hat mir Angst eingejagt. Glaubst du, dass das stimmt?«

»Eigentlich schon. Ich weiß zwar nicht, ob diese Geister so weit gehen, sich gegen uns zu verschwören, aber in der Bibel steht, dass es den Teufel und die Dämonen wirklich gibt. Natürlich habe ich keine Ahnung, auf welche Weise sie uns beeinflussen. Ich meine, wenn sie uns irgendwelche Dinge ins Ohr flüstern würden, würden wir doch sofort misstrauisch werden, glaubst du nicht?«

»Ich habe keine Ahnung. All diese Dinge sind ja ganz neu für mich. Zwar klingt manches, was die Frauen da sagen, unheimlich interessant, aber es erschreckt mich auch. Einige haben davon gesprochen, dass man Dämonen beim Namen nennen, austreiben und binden muss. Ich kann mir nicht vorstellen, was sie damit meinen. Dann haben einige gesagt, es sei falsch, dieses Thema überhaupt zur Sprache zu bringen. Jemand anders hat behauptet, die Menschen würden aus eigenem Antrieb schlechte Entscheidungen treffen, und die Dämonen hätten damit überhaupt nichts zu tun. Zuletzt war ich völlig durcheinander. Wie soll ich wissen, was richtig ist, wenn sich nicht einmal diese Frauen, die schon jahrelang Christinnen sind, einig werden können?«

Jordan dachte an das Heft, das Ryan ihm gegeben hatte. Er könnte Diane fragen, ob sie bereit wäre, es mit ihm gemeinsam zu lesen. Sollte er sie fragen, ob sie an Jesus Christus glauben wollte?

Nein, sie wird denken, ich wolle sie zu irgendetwas drängen. Sie braucht mehr Zeit. Da fällt mir ein – wie spät ist es eigentlich?

»Jordan, es gibt da noch etwas, das ich dir …«

»Schon so spät? Tut mir Leid, aber ich muss zum Basketball-Training. Wir reden später weiter, okay?«

Sechsundzwanzigster Brief

Wie diese Würmer sich bemühen, uns einen Dämpfer zu verpassen

An meinen geliebten Untergebenen Qualob.

Sorge dafür, dass wir von diesem Ungeziefer ignoriert werden, solange wir in der Nähe sind, und dass man uns austreibt, wenn weit und breit nichts von uns zu sehen ist. Sollen diese Würmer doch anderen die Hände auflegen und den Dämon der Nierensteine oder der Verstopfung austreiben. Diese Beschäftigung wird sie nicht nur von unserer Hauptaufgabe ablenken – der Arbeit an ihren Gedanken und Moralvorstellungen –, sondern sie hat auch noch einen weiteren Vorteil: Weil diese Würmer sich so albern benehmen, gelangen andere zu dem Schluss, dass »dieses ganze Gerede von Dämonen« sowieso nur Blödsinn ist.

Wenn Christen, die der Bibel vertrauen, über dämonische Aktivitäten nachdenken, musst du ihnen einreden, dass es so etwas schon längst nicht mehr gibt. Lass sie denken, Dämonen seien nur am anderen Ende der Welt und in grauer Vorzeit tätig gewesen und sie selbst seien durch eine Kluft von Raum und Zeit von dem Krieg abgeschnitten, der im ganzen Universum tobt.

Ich freue mich, wenn in den Schwadronen niemals von uns die Rede ist oder wenn falsche, übertriebene Auffassungen verkündet werden. Bring diese Würmer dazu, entweder hinter jedem Busch einen Dämon zu sehen oder hinter gar keinem. Lass sie in jedem Schüttelkrampf, jeder Behinderung, jedem Beweis übernatürlicher Stärke und jedem Vorfall, bei dem irgendjemand Schaum vor dem Mund bekommt, die Gegenwart eines Dämons erkennen. Oder sorge dafür, dass sie uns nirgends wahrnehmen. Sie sollen entweder hinter allen psychischen Krankheiten einen bösen Geist vermuten oder hinter gar keiner. »Persönlichkeitsspaltung?« Das ist doch ein alter Hut, findest du nicht auch?

Richte es so ein, dass diese Würmer befürchten, wir seien überall, oder dass sie sich einbilden, wir seien nirgends.

Sie dürfen uns ruhig austreiben (oder sich vorstellen, sie hätten es getan), solange sie weiterhin Entscheidungen treffen, mit denen sie uns erneut hereinbitten. Sollen sie uns doch nach Herzenslust »binden« und »beim Namen nennen« – Hauptsache, sie handeln und denken weiterhin in einer Art und Weise, die uns Macht über sie verleiht.

Rede ihnen entweder ein, dass wir im Stande seien, sie gegen ihren Willen zu kontrollieren, oder überzeuge sie davon, dass wir keinerlei Einfluss auf sie ausüben könnten, weil sie Christen sind. Beide Lügen leisten uns gute Dienste. Wenn diese Kakerlaken nie an uns denken, haben wir sie in der Tasche, und wenn sie sich ständig mit uns beschäftigen, gehen sie uns ebenso wenig durch die Lappen. Wer uns ignoriert, ist unser Eigentum, und wer von uns besessen ist, entkommt uns nicht. Diese Würmer dürfen sich gerne auf uns konzentrieren oder dauernd auf sich selbst schauen, solange sie ihren Blick nicht auf *Ihn* richten.

Das verbotene Buch befiehlt den Christen nicht, einem »Geist der Zwietracht« zu widerstehen, sondern sich miteinander zu versöhnen und eines Sinnes zu sein. Anstatt einen »Dämon des Inzests« auszutreiben, sollen sie den Schuldigen auffordern, seine Sünde zu bereuen und sein Leben zu ändern, damit er nicht aus der Schwadron ausgeschlossen werden muss.

Mach diesem lebenden Madenfutter die Nachfolge leichter, indem du ihm einredest, man brauche dem Feind nicht dauernd zu gehorchen, sondern könne sündige Gewohnheiten einfach dadurch brechen, dass man irgendwelche Zaubersprüche nachplappert. Wozu soll man Disziplin üben, um einen neuen Lebensstil der Reinheit zu entwickeln, wenn es genügt, den »Dämon der Wollust« auszutreiben? Warum sollte Fletcher an seiner Einstellung und seinem Verhalten arbeiten, wenn er sich auch an jemanden wenden kann, der dem »Dämon des Zorns« widersteht? Verleite dieses Ungeziefer dazu, sich auf menschliche Patentrezepte zu verlassen statt auf den Feind.

Ich war in Befreiungsgottesdiensten, in denen ich diese Würmer mit einer Flut von falschen Informationen überschwemmt habe. Du kannst dir nicht vorstellen, wie viele Christen mir geglaubt haben, obwohl sie mich gerade erst einen »Lügengeist« gescholten haben! In einem Buch hat sich ein ganzes Kapitel mit den interessanten Neuigkeiten befasst, die ich höchstpersönlich verkündet habe – das meiste habe ich kurzerhand erfunden, während diese Würmer sich bemühten, mich auszutreiben! Habe ich schon einmal »Leichtgläubigkeit« erwähnt?

Überzeuge diese Kakerlaken davon, dass sie uns zum Opfer fallen und vollständig von uns beherrscht werden können, ohne dass der Geist des Feindes irgendetwas dagegen unternehmen könnte. Oder mach ihnen weis, Christen könnten nicht wesentlich von uns beeinflusst werden und müssten daher auch keine Vorsichtsmaßnahmen treffen. Sorge dafür, dass sie entweder starr vor Furcht oder vor lauter Vermessenheit sträflich leichtsinnig sind.

Diese Würmer wollen die Namen von hochrangigen Geistern wissen, die wie ich über bestimmte Gebiete regieren. Sie »laden mich vor«, um mich zu binden, zu schelten und auszutreiben. Wenn es ihnen Spaß macht, sollen sie ruhig weiterhin solche Mätzchen machen. Wahrscheinlich haben sie noch nicht bemerkt, dass ich und meine Untergebenen immer noch putzmunter sind und dass es ihnen nicht gelungen ist, mich »wegzubeten«. Besonders amüsant sind Situationen, in denen man uns befiehlt, eine Gegend zu verlassen, obwohl die Bewohner dieser Gegend uns offiziell eingeladen haben, bei ihnen zu bleiben.

Der Zimmermann hat diesen Würmern geboten: »Freut euch nicht darüber, dass böse Geister euch gehorchen, sondern freut euch, dass eure Namen im Himmel aufgeschrieben sind.«[27] Sorge also dafür, dass sie uns mehr Aufmerksamkeit schenken als dem Feind. Ich kann es nur begrüßen, wenn sie von *uns* fasziniert sind, statt von Ihm.

Es sind nicht die großartigen Kundgebungen, in denen uns radikal der Kampf angesagt wird, die mich in Angst und Schrecken versetzen, sondern die stillen Gebete, in denen jemand um mehr Heiligkeit und größere Hingabe fleht. Diese Würmer sollen sich auf uns konzentrieren, anstatt ihr eigenes Herz zu prüfen oder den Feind zu bitten, sie zu reinigen.

Lass nicht zu, dass sie den Tyrannen ernst nehmen, wenn Er behauptet, dass der Geist, der in ihnen lebt, größer sei als der Geist, der die Welt regiert.[28] Vor diesem Ungeziefer ist mir nicht bange – *Er* ist es, der mir schlaflose Nächte bereitet.

Dein Vorgesetzter, der sich von diesen lächerlichen Schauspielen nicht im Geringsten beeindrucken lässt,

Graf Moderthal

27. KAPITEL

Eine Überraschung

Es war ein ruhiger Abend und Jordan und Diane saßen allein am Esstisch.

»Wie war der Hackbraten?«, fragte Diane.

»Prima. Lieb von dir, dass du dir so viel Mühe gemacht hast.«

Dianes Augen wurden dunkler, bevor sie für einen Moment das Zimmer verließ. Als sie wieder zurückkehrte, reichte sie Jordan ein Blatt Papier. »Das solltest du dir mal ansehen«, sagte sie bedrückt.

»Daniels Prüfungsergebnisse? Was, dieser Bengel ist in jedem zweiten Fach durchgefallen? Moment mal … dieses Zeugnis ist doch schon zwei Wochen alt. Warum hast du mir nichts davon gesagt?«

»Ich habe es ja versucht, aber wir kommen so selten dazu, in Ruhe miteinander zu reden.«

»Wie meinst du das? Ich bin doch fast jeden Abend zu Hause.«

»Aber meistens läuft der Fernseher oder du vergräbst dich in irgendeinem Buch.«

»Du bist doch diejenige, die vor dem Fernseher sitzt. Wenn du mit mir reden willst, musst du nur diese Kiste ausschalten.«

»Hör mal, ich kann nichts dafür, dass Daniel so schlechte Noten hat.«

»Das habe ich auch nicht behauptet.«

»Doch, du machst mir Vorwürfe. Aber Daniels Noten sind nicht das Einzige, was mich beunruhigt. Schau mal, was ich in seinem Zimmer gefunden habe.« Sie reichte ihm einen Stapel Papier. »Dieses Zeug lag unter seinem Bett.«

Jordan hatte in seinem Leben schon einige unanständige Bilder gesehen, aber diese Abbildungen übertrafen alles, was er bisher zu Gesicht bekommen hatte.

»Ich werde den Provider anrufen und unseren Internet-Anschluss kündigen«, sagte er schockiert.

»Wenn Daniel sich nur für Sex interessieren würde, wäre es ja nicht mal so schlimm«, meinte Diane, während sie Jordan noch andere Bilder reichte. Diese düsteren Abbildungen trieften förmlich vor Blut, sie zeigten grausame Gemetzel und bestialische Morde. Der Stapel enthielt auch noch einige Artikel, die Daniel aus dem Internet ausgedruckt hatte. Über einem Text stand: »Der beste Satanskult«, und ein anderer trug die Überschrift: »Wie man seine Eltern umbringt, ohne erwischt zu werden.«

»Ist es überhaupt legal, solches Zeug im Internet zu veröffentlichen?«, fragte Jordan.

Diane zuckte die Achseln. »Was sollen wir tun?«

»Ich habe ja schon gesagt, dass ich unseren Internet-Anschluss kündigen werde. Aber das genügt nicht. Ahhh …«

»Was ist los?«

»Mein Rücken. Das ist sicher wieder meine Arthritis. Ich werde wohl langsam alt.« Als Jordan sich zurücklehnte, hatte er das Gefühl, eine dunkle Wolke würde den Raum überschatten.

»Hast du noch etwas anderes auf dem Herzen?«

»Ja. Diesmal geht es um mich.«

Jordan wartete. Einerseits wollte er hören, was Diane ihm zu sagen hatte, und andererseits hätte er am liebsten seine Ohren verstopft.

»Tja, ob du es glaubst oder nicht …«

»Was?«

»Ich bin schwanger.«

SIEBENUNDZWANZIGSTER BRIEF

Das weibliche Ungeziefer und die Liebe

An meinen Rekruten Qualob.

Diese Patty ist ein ideales Werkzeug, um Fletcher zu Grunde zu richten, und umgekehrt gilt genau dasselbe. Schlangenpreis hat mich informiert, dass Fletchers Sekretärin schon lange von ihrer Ehe enttäuscht ist und nach jemandem sucht, der ihre tiefsten Bedürfnisse stillt. Ich habe Schlangenpreis angewiesen, sie davon zu überzeugen, dass Fletcher ihr genau das geben kann, wonach sie sich sehnt.

Während du und Schlangenpreis diese Patty bearbeitet, habt ihr Gelegenheit, etwas über die »Liebe« zu lernen. Ich werde euch zeigen, wie man sowohl das weibliche als auch das männliche Ungeziefer in die Irre führt.

Pattys Akte entnehme ich, dass sie ihren Mann und ihre Kinder fortwährend mit etwas überschüttet, was sie für Liebe hält. Immer wieder erinnert sie diese armen Menschen daran, welche Opfer sie ihnen bringt. Die anderen betrachten es als selbstverständlich, dass sie sich den ganzen Tag im Büro abrackert und abends in ein Haus kommt, in dem keiner außer ihr einen Finger rührt. Falls ihr doch einmal jemand helfen will, macht er natürlich alles falsch, weil sie die Einzige ist, die sich auskennt. Um den anderen zu zeigen, wie unersetzlich sie ist, räumt sie ständig hinter ihnen her und hämmert ihnen unaufhörlich ein, dass sie das alles nur aus Liebe tut.

Sogar in einer großen Menschenmenge wirst du die Personen, die von dieser Frau geliebt werden, mühelos erkennen – ihr gequälter Gesichtsausdruck verrät sie. Im Stillen wünschen sie sich glühend, Patty würde jemand anders mit ihrer Liebe überschütten. (Wir hoffen natürlich, dass Fletcher der Glückliche sein wird.)

Unsere Patty hat genug Kitschromane gelesen und genug Seifenopern gesehen, um sich einzubilden, sie könne erst Erfüllung finden, wenn sie einem Mann begegnet ist, der ihr bewundernd zu Füßen liegt. Sie glaubt, sie brauche einen Partner, der sich für ihre Meinung interessiert und in allem das genaue Gegenteil ihres unsensiblen, schlecht erzogenen Ehemanns ist.

Da sie es satt hat, mit einem Mann zusammen zu sein, der lieber auf die Knöpfe seiner Fernbedienung drückt, als ihr zuzuhören, hat sie sich auf die Jagd nach ihrem Traumprinzen begeben. Patty sucht einen Mann von Welt, der nichts lieber tut, als ihr in die Augen zu sehen, ihr Liebesbriefe zu schreiben, sie an die aufregendsten und exklusivsten Orte zu führen und ihr das Gefühl zu vermitteln, sie sei einfach wundervoll.

Natürlich gibt es so einen Mann nicht. Und wenn es ihn tatsächlich gäbe, hätte er Besseres zu tun, als um diese Frau herumzuscharwenzeln. Sollte sie je das Glück haben, so einen Mann zu treffen, würde sie ihn sofort mit ihrer Nörgelei, ihrem Gejammer und ihrer klebrigen, erstickenden »Liebe« in die Flucht schlagen.

Fletcher ist der Mann, den sie zu ihrem neuen Idol erkoren hat. In ihrer Phantasie ist er ihr Liebhaber, ein Götze, den sie mit ihren eigenen Händen erschaffen hat. Selbstverständlich unterscheidet er sich in jeder Hinsicht von ihrem unbeholfenen, rülpsenden Ehemann. Dass ihr Ehemann viel arbeitet, seine Kinder liebt und sehr gut zu ihr ist (er behandelt sie tatsächlich viel besser, als es die meisten Männer in ihrem Bekanntenkreis tun würden – Fletcher eingeschlossen), übersieht sie völlig. Das alles zählt nämlich nicht, weil dieser Bill nicht annähernd so romantisch ist wie die Helden der Romane und Filme, die niemals schlecht riechen oder hörbar aufstoßen. Er entspricht einfach nicht dem Bild, das sie sich von ihrem Traumprinzen gemacht hat.

Siehst du, was wir vollbracht haben? Während Fletcher sich mit Pornographie befasst hat, ist Patty der emotionalen Pornographie verfallen, die in Kitschromanen und Seifenopern propagiert wird. Beide Würmer sind mit ihren Partnern aus Fleisch und Blut unzufrieden, und sie werden diese Partner eines Tages zu Grunde richten, weil sie nach »wahrer Liebe« Ausschau halten.

Es wird nicht mehr lange dauern, bis Patty in ihrem Streben nach Selbstverwirklichung über das Geländer springt, das der Feind zu ihrem Schutz angebracht hat. Viel später, wenn ihre Ehe endgültig geschieden ist, ihre Kinder ihr nicht länger vertrauen und ihre Beziehung zu Fletcher jeglichen Reiz verloren hat, wird sie frustriert ausrufen: »Gott, wie konntest du das nur zulassen?« Das ist eine Szene nach unserem Herzen, nicht wahr? Diese Kakerlaken entscheiden sich dafür, die Gebote des Feindes zu ignorieren, und dann machen sie Ihn für die Konsequenzen verantwortlich. Perfekt.

Denk immer daran, dass du eine Frau nicht auf dieselbe Weise in Versuchung führen darfst wie einen Mann. Das männliche Ungeziefer lässt sich auf »Liebe« ein, um Sex zu bekommen, während das weibliche Ungeziefer Sex in Kauf nimmt, um »Liebe« zu erhalten. Beide Zerrbilder des feindlichen Plans kommen uns gelegen, doch du darfst nie vergessen, mit wem du es gerade zu tun hast.

Wir hassen die Ehe, weil der Feind sie liebt. Er will, dass diese Beziehung von Dauer ist – »bis der Tod euch scheidet«. Doch »Verliebtsein«

ist ein kurzlebiges, wechselhaftes Gefühl. Wenn diese Würmer heiraten, bilden sie sich ein, ihre Gefühle seien stark genug, um sie durch alle Schwierigkeiten hindurchzutragen. Das ist natürlich eine Illusion, und mit der Zeit werden ihnen von selbst die Augen aufgehen. Im Buch des Feindes ist Liebe etwas, das man tut. Diese Würmer denken hingegen, Liebe sei etwas, das man fühlt. Indem wir aus dieser Diskrepanz Profit schlagen, verursachen wir unsägliches Leid.

Junge Menschen gehen vier Jahre aufs College, um sich für einen Beruf vorzubereiten, aber sie nehmen sich nicht einmal vier Minuten Zeit, um zu lernen, wie man eine gute Ehe führt. Kein Wunder, dass ihre Beziehungen wie ein Kartenhaus zusammenfallen oder ganz allmählich verkümmern. Allerdings sind es nicht nur die heftigen Auseinandersetzungen, die eine Ehe zerstören, sondern auch die zahllosen Ärgernisse des Alltags – diese schrille Stimme, dieser unerträgliche Gesichtsausdruck, in den der Partner alles Mögliche hineininterpretiert. Diane zieht ihre Augenbrauen auf eine ganz bestimmte Weise hoch, sobald Fletcher vom Golfspielen redet? Mach ihm weis, sie tue dies absichtlich, um ihn zu ärgern, zu reizen und zu beleidigen. Wir können es so hinbiegen, dass eine zuckende Augenbraue dieselbe Auswirkung hat wie eine Faust, die einem ins Gesicht schlägt. Die Ursache für solche Missverständnisse liegt häufig in der Zeit vor der Ehe – in dieser idyllischen Zeit der ersten Liebe, in der wir unscheinbare Samen gesät haben, die eines Tages aufgehen und zu gegenseitigem Hass erblühen.

Patty denkt, sie liebe Fletcher. In Wirklichkeit – vergiss nie, dass du ihr diese Wahrheit unbedingt verheimlichen musst – ist sie jedoch gar nicht in ihn verliebt, sondern in das angenehme Gefühl, das sich einstellt, sobald er sie anlächelt. Sie genießt die Macht, die sie über ihn hat, und sie berauscht sich daran, dass sie ihn zwingen kann, ihr Aufmerksamkeit zu schenken. Im Grunde ist er lediglich eine Stütze, der ihrem Ego Halt gibt.

Dasselbe gilt für Fletcher. Obwohl er starke Gefühle für Patty hegt, liebt er eigentlich nicht diese Frau, sondern sich selbst. Er ist in die angenehmen Empfindungen verliebt, die Pattys Gegenwart in ihm auslöst. Wenn diese Begeisterung abklingt, wird sein Interesse an ihr schnell erlöschen.

Schlangenpreis wird nicht zulassen, dass unsere liebe Patty auch nur einen einzigen Gedanken an den Ehemann verschwendet, den sie verraten will, oder dass ihr bewusst wird, dass sie ihre Kinder auf dem Altar ihrer Selbstverwirklichung opfern will. Du musst um jeden Preis verhindern, dass unseren beiden Turteltäubchen klar wird, wie schnell sie einander satt haben würden, falls sie länger als ein paar Wochen zusammenleben müssten. (Irgendwann werden sie es schon merken, aber dann wird es zu spät sein!)

Die »Liebe« hat sie zusammengeführt und dieselbe »Liebe« wird ihre Familien zerstören.

Fletcher meint, er schufte sich krumm und lahm, um seiner Frau ein sorgenfreies Dasein zu ermöglichen? Und natürlich nimmt er es ihr übel, dass sie sich anscheinend nicht für seine Selbstlosigkeit revanchiert. Sorge dafür, dass er glaubt, sie schulde ihm einen besonderen Gefallen, sobald er ihr in irgendeiner Weise entgegenkommt. (Ob sie ihn um dieses Zugeständnis gebeten hat und ob es ihn überhaupt etwas gekostet hat, ist vollkommen unerheblich.) Unterdessen wird Rosenreißer Diane klar machen, dass Fletcher ihr dankbar sein müsse, weil sie seinen religiösen Fanatismus toleriert. So glaubt jeder, er sei derjenige, der ständig gibt und kaum etwas zurückbekommt.

Wie ich sehe, ringt Diane sich immer wieder dazu durch, Fletcher zuliebe einen Hackbraten zu machen, obwohl er dieses Gericht noch nie gemocht hat. Vor zwanzig Jahren hat er aus Höflichkeit gelogen, und seitdem kocht sie in regelmäßigen Abständen ein Essen, das keiner von ihnen mag. Einmal in der Woche wird der obligatorische Hackbraten hinuntergewürgt, wobei jeder dem anderen im Stillen vorwirft, er nehme dieses Opfer nicht genügend zur Kenntnis!

Es war sehr klug von dir, dass du dich vor einem Jahr mit Pattys Versucher zusammengetan und dafür gesorgt hast, dass Patty bei ihrem Bewerbungsgespräch »zufällig« mit Fletcher zusammengetroffen ist. (Diese Würmer wollen immer alles dem Zufall in die Schuhe schieben.) Dass Fletcher sich bekehrt hat, erschwert deine Arbeit natürlich, aber du kannst den beiden immer noch weismachen, sie seien füreinander geschaffen, und nun hätte sie das Schicksal – oder Gott! – endlich zusammengeführt. Dass *wir* das Ganze inszeniert haben, brauchen diese Würmer ja nicht zu wissen.

Der Feind spricht in dem verbotenen Buch so viel von Liebe. Wer hätte gedacht, dass wir so eine hervorragende Fälschung herstellen können, die sich ideal für unsere Zwecke einsetzen lässt?

Mit lieben Grüßen,

Graf Moderthal

28. Kapitel

Die Untersuchung

»Ich würde Ihnen dringend raten, einer Fruchtwasseruntersuchung zuzustimmen, damit wir feststellen können, ob bei Ihrem Kind eine Chromosomenstörung vorliegt.«

»Reden Sie vom Down-Syndrom?«

»Dieses Problem tritt natürlich am häufigsten auf, aber wir müssen auch noch andere Möglichkeiten berücksichtigen, die sich durch Ihr Alter ergeben.«

»Nehmen wir einmal an, bei der Fruchtwasseruntersuchung käme heraus, dass dieses Kind am Down-Syndrom leidet. Was dann?«

»In diesem Fall würde ich Ihnen empfehlen, einen Schwangerschaftsabbruch vornehmen zu lassen.«

Jordan warf einen verstohlenen Blick zu Diane hinüber, weil er wissen wollte, ob sie ihn ansah. Sie tat es.

»Sie meinen eine Abtreibung?«, sagte sie zu dem Arzt.

»Nun ja, das ist kein schönes Wort. Aber es ist einfach die beste Lösung, und zwar sowohl für Sie als auch für … den Fötus.«

»Sie meinen das Baby«, sagte Diane.

»Hören Sie, das ist Ihre Entscheidung, nicht meine. Warum lassen Sie sich diese Sache nicht einfach durch den Kopf gehen und sagen mir anschließend Bescheid, ob Sie mit der Untersuchung einverstanden sind. Ich würde Ihnen auf jeden Fall dazu raten.«

Damit verließ der Arzt das Zimmer. Jordan und Diane suchten langsam ihre Sachen zusammen und schließlich hielt er ihr die Tür auf. Jeder vermied es, dem anderen in die Augen zu sehen.

Achtundzwanzigster Brief

Leid, das Megafon des Feindes

An meinen schadenfrohen Untergebenen Qualob.

Du schwärmst ständig davon, wie sehr dieses menschliche Ungeziefer leiden muss. Wenn du nicht als blutiger Amateur gelten willst, musst du aber dieses theatralische Getue sein lassen. Nimm dir einen meiner ehemaligen Patienten zum Vorbild: Dieser Nazi-Soldat hat gelangweilt seine Nägel gefeilt, während Frauen und Kinder an ihm vorbei zur Gaskammer marschiert sind. Beweise gefälligst, dass du zu den kultivierteren Dämonen gehörst.

Offenbar freust du dich hämisch darüber, dass Fletchers Rückenschmerzen chronisch geworden sind. Du hast ihn dazu gebracht, um seine Zwillingsschwester zu weinen, die in einem Fluss ertrunken ist. Und du weidest dich an dem Entsetzen, das ihn befallen hat, als er entdeckt hat, in was für einer dunklen Welt der junge Daniel zu Hause ist. Du brüstest dich damit, dass Fletchers Frau schwanger ist, und meinst, diese Schwangerschaft werde sich negativ auf ihre Ehe auswirken, weil beide nicht mehr ganz jung sind. Um dem Ganzen die Krone aufzusetzen, glaubst du auch noch, du hättest dafür gesorgt, dass dieses Kind unter einer Chromosomenstörung leidet.

Qualob, du hast dich berauscht an menschlichem Leid. Werde gefälligst wieder nüchtern!

Was deine Prahlereien über Krankheiten und Behinderungen betrifft, so rate ich dir zu etwas mehr Zurückhaltung. Es ist nämlich fraglich, inwieweit wir solche Heimsuchungen überhaupt herbeiführen können. Rattenkopf ist davon überzeugt, dass allein der Feind etwas entstehen lassen kann und dass wir nur das verschandeln können, was Er bereits geschaffen hat. Er ist der Meinung, dass wir uns die Zeugung eines behinderten Kindes nicht als unser Verdienst anrechnen können. Absonderlich ist, dass der Feind behauptet, diese jämmerlichen Würmer seien *Sein* Werk, diese blinden und tauben Kreaturen seien nach

Seinem Bild geschaffen, gerade so, als seien sie kein Schandfleck, sondern Grund zum Stolz.

Es stimmt, das verbotene Buch räumt ein, dass wir den Erdenwürmern bestimmte Leiden zufügen können. Doch nimm dich in Acht, womit du dich brüstest, es sei denn du hast Macht über Chromosomen – etwas, worüber noch nicht einmal unser Fürst verfügt.

Da diese Kakerlaken so viel Wert darauf legen, »das perfekte Kind« zu haben – das beruht übrigens auf Stolz und nicht auf Liebe –, sind sie am Boden zerstört, wenn dieses Kind nicht kerngesund ist. Ihr Schmerz bereitet uns ein herrlich pikantes Vergnügen. Doch verfalle nicht auf den Gedanken, du hättest bei diesen Dingen die Fäden in der Hand gehabt. Achte vor allem auf die Ziele, die der Feind damit verfolgt, wenn Er diesem Paar ein solches Kind schenkt. Fletchers christliche Geisteshaltung löst womöglich ganz andere Reaktionen aus, als du erhoffst – was vor einem Jahr noch funktioniert hätte, klappt jetzt vielleicht nicht mehr.

Denk bloß an das agnostische Ehepaar, das ich einmal zu betreuen hatte. Solange sie und ihre Kinder gesund und wohlauf waren, hatte ich sie fest im Griff. Doch dann bekam ihr jüngstes Kind im Alter von sieben Jahren eine tödliche Krankheit. Wochenlang labte ich mich an ihrem Leid. Doch dann geschah etwas: Sie beteten für ihren Sohn – sie, die nie zuvor gebetet hatten! In ihrer Ehe hatte es schon seit längerer Zeit gekriselt, die Scheidung war nur noch eine Frage der Zeit. Doch plötzlich sorgte sich der Mann um seinen Sohn. Die Frau ging wieder auf ihren Mann zu. Sie begannen miteinander zu sprechen, einander mitzuteilen, was in ihnen vorging.

Dann kam die Nachbarin, eine Christin, herüber, wachte bei dem Kind, brachte Essen, bot ihre Gebete und Unterstützung an. Schlagartig gerieten die Dinge außer Kontrolle. Zuerst bekehrte sich die Frau, dann der Mann und schließlich auch der Junge.

Mir konnte man die Schuld daran nicht in die Schuhe schieben, doch Schmierflick war anderer Meinung. (Kurz darauf geriet er selbst wegen des Fiaskos der Bekehrung Colsons gewaltig in die Klemme, und ich lachte mir ins Fäustchen: Wer zuletzt lacht, lacht am besten.)

Was ich mit diesem Beispiel sagen will: Es herrschten Schmerz und Kummer, und der Junge starb nach fünf Jahren. Doch bei alledem handelte es sich nur um vorübergehendes Leid. Wir gewannen eine Schlacht, aber der Krieg ging verloren.

Wenn du sie dazu bringen kannst, das idiotische Kind umzubringen, hast du dagegen dein Ziel erreicht. Natürlich würden sie es »dem Kind zuliebe« tun. (Morde, die den Ermordeten zuliebe begangen werden, sind uns immer die liebsten.) Dadurch würden sie eine Schuld auf sich laden, die voraussichtlich ihre Ehe zerstört, ihren Materialismus fördert und Fletchers Glauben lähmt.

Doch sei auch in einem solchen Fall auf der Hut. Denn das Böse, das die Leute tun, kann uns selbst zum Fallstrick werden. Wie viele dieser Schleimbeutel wenden sich Jahre oder Jahrzehnte später an den Feind, weil sie von ihrem schlechten Gewissen geplagt werden und mit ihrer Vergangenheit ins Reine kommen wollen? Dass Er so verbohrt an seiner fixen Idee der »Gnade« festhält und sich darum reißt, ihnen zu vergeben, treibt mich noch zur Weißglut.

Wenn das Kind lebt, könnte man annehmen, dass es all ihre Zeit in Anspruch nimmt und sie von Beschäftigungen abhält, mit denen sie sich lieber abgegeben hätten. Doch wie viele Familien wurden durch das Dasein solcher Kinder regelrecht verwandelt? Haben wir nicht schon erlebt, wie viele dieser Erdenwürmer ihre Prioritäten anders setzten und wie sehr sie durch das »bezaubernde Wesen« dieser minderwertigen Kinder bereichert, anstatt, wie wir dachten, zu Grunde gerichtet wurden? Wie viele kamen dem Feind durch die seelischen Erschütterungen, die wir bejubelten, erst näher?

Peile keine kurzfristigen Erfolge an, Qualob, sondern behalte das große Ziel im Auge. Was Fletchers Rücken betrifft, so tut es dir sicher gut, wenn du siehst, wie er seine Schnürsenkel nicht ohne Schmerzen zubinden kann, wie ihm Tränen in die Augen steigen. Aber werde nicht sentimental. Dieser Schmerz ist gefährlich, denn er erinnert ihn daran, dass etwas nicht in Ordnung ist, dass nicht alles so ist, wie es sein sollte. Er könnte seine Machtlosigkeit erkennen und sich nach einer besseren Welt sehnen. Seine Schmerzen und Tränen könnten dazu führen, dass er feinfühliger auf die Beschwerden seiner Frau eingeht und empfindsamer für das Leid einer Welt wird, von der er bisher keine Notiz genommen hat.

Der Feind und wir unterziehen diese Kakerlaken den gleichen Prüfungen. Mit dem Unterschied, dass er möchte, dass sie die Prüfung bestehen, und wir darauf aus sind, dass sie durchfallen.

Je leichter ihr Leben ist, umso weniger Tiefgang hat es. In Friedenszeiten verschwenden sie keinen Gedanken an Gut oder Böse. Wenn sie gesund sind und alles glatt läuft, denken sie weder an ihre eigene Lage, noch an die der Welt. Wohlstand ist für unsere Kriegführung das beste Wetter. Not begünstigt die Arbeit des Feindes. Neunzig Prozent des christlichen Ungeziefers bestehen die Prüfung der Not, aber bei der Prüfung des Wohlstands fallen neunzig Prozent durch.

Leiden ist das Megafon des Feindes. Damit kann er sogar die erreichen, die fast taub sind. Das verbotene Buch nennt ihn den »Gott, der uns tröstet«[29]. Wenn die Erdenwürmer Trost suchen, gibt er sich ihnen zu erkennen. Doch sie suchen nur dann nach Trost, wenn sie das Leid am eigenen Leibe spüren.

Du jubelst über die neuesten Kriege, Hungersnöte und Naturkatastrophen. Setze nicht allzu viel Hoffnung auf diese Ereignisse. In Friedenszeiten und im Wohlstand, wenn man dem Tod nicht auf Schritt und Tritt begegnet, ist unsere Arbeit viel leichter.

Vor etwa hundert Jahren hatte ich eine Kakerlake sicher im Griff, doch der Krieg hat bei diesem Mann zwei schreckliche Dinge angerichtet. Erstens wurde er an seine Sterblichkeit erinnert. Mitten im Todesgetümmel konnte er gar nicht anders, als über die Möglichkeit seines eigenen Todes nachzudenken. Der Himmel bebte von den ständigen Explosionen, die Luft war mit Rauch geschwängert. Als er vor der Schlacht in dem verbotenen Buch las, gingen ihm die Worte seines Vaters und der Glaube des Soldaten neben ihm durch den Kopf. (Eine tödliche Krankheit ist diesbezüglich vorteilhafter, deshalb befürworten wir die aktive Sterbehilfe. Wenn die Kakerlaken wissen, dass sie bald sterben, müssen wir alles tun, um sie zu töten, bevor der Feind dieses Wissen ausnutzt.)

Schließlich begann die Schlacht und es passierte das Zweite: Er erwies sich als Feigling. Ich ergötzte mich zunächst an seiner Feigheit und an den quälenden Schuldgefühlen, die sich daraufhin bei ihm einstellten. Doch dann drehte der Feind unerwartet den Spieß um. Der Schleimbeutel wurde Christ und damit war er für mich verloren.

Ich habe erlebt, wie Christen in Hungersnöten aufstanden und Essen mitsamt der verbotenen Botschaft austeilten. Bei Naturkatastrophen habe ich erlebt, wie ichsüchtige Menschen sich zusammenschlossen, um anderen zu helfen, wie Nachbarn, die sich nicht einmal dem Namen nach kannten, ihre Türen öffneten und ihr Hab und Gut mit anderen teilten.

Eine meiner Kakerlaken habe ich auf dem Weg ins Verderben geführt: Der Mann kam für zehn Jahre ins Gefängnis. Ich dachte, ich könnte mich jetzt entspannt zurücklehnen, aber nein – ihm wurde bewusst, dass er mit seinen eigenen Mitteln am Ende war und er übergab sein Leben dem Zimmermann. Hinter jenen Gittern wurde er Mitglied einer verbotenen Gemeinschaft, die eine Kakerlake nach der anderen aus der Hölle führte. Den ganzen Tag lang las er in dem verbotenen Buch und verkündete die verbotene Botschaft. Es war ein Albtraum. Schließlich konnte ich seine Entlassung kaum erwarten.

Während naive Dämonen wie du die Sektkorken knallen lassen, wenn sie von Kriegen, Schreckensnachrichten, Verbrechen und Inhaftierungen hören, nutzt der Feind unsere Leistungen für sich und deutet sie in Seinem Sinne um.

Vieles spricht für Scharrschlamms Strategie: Überschüttet das Ungeziefer mit Wohlstand, verflucht es mit einer guten Gesundheit und führt es auf dem mühelosen Weg, der mit Wohlbefinden und Überfluss gepflastert ist, in die Hölle. Später können wir das Fleisch von seinen Knochen nagen, eben weil wir uns zuvor so angestrengt haben, es zu mästen.

Leiden ist kein Selbstzweck. Es ist ein Rohstoff, der entweder vom Feind oder von uns genutzt wird. Wenn Wohlbefinden die beste Methode ist, um einen schlechten Charakter zu Stande zu bringen, dann tue alles in deiner Macht Stehende, damit Fletcher sich wohl fühlt. Leiden kann zwar den Glauben an den Feind zerstören, doch sogar darin liegt eine Gefahr, denn zerstörter Glaube war von vornherein kein echter Glaube. Ein unechter Glaube, der unversehrt bleibt, ist uns dienlicher. Wenn der Pseudoglaube zerbricht, besteht nämlich die Gefahr, dass aus seinen Trümmern echter Glaube wächst.

Halte die Augen auf, Qualob! Die Dinge sind nicht immer so, wie sie auf den ersten Blick scheinen. Erinnerst du dich daran, wie Haderschlag geprahlt hat, als er ein Mädchen durch einen Badeunfall an den Rollstuhl gefesselt hatte? Der Feind hat uns endlose Probleme mit ihr bereitet. Wäre sie nicht gelähmt und hätte sie nicht so gelitten, dann würde sie jetzt wahrscheinlich uns dienen – und ganz bestimmt wäre sie nicht so eine Nervensäge.

Erinnerst du dich an die fünf Missionare, die in Ecuador umgebracht wurden? Das war ein triumphaler Augenblick für Erebus, aber eben *nur* ein Augenblick. Jahrzehntelang traten Tausende in die Fußstapfen der Märtyrer, zogen in ferne Länder und weihten ihr Leben dem Feind. Eine der Frauen der Missionare zog zu dem Stamm, lebte dort und brachte die verbotene Botschaft genau zu dem Ungeziefer, das ihren Mann umgebracht hatte. Der Mörder wurde Christ und dann ein Führer in der verbotenen Schwadron. Es ist zum Kotzen. Was einen Augenblick lang wie ein Triumph aussah, hat uns seither nie mehr in Ruhe gelassen.

Lass dich vom Feind nicht zum Narren halten. Und lass dich vor allem nicht von Ihm für seine Zwecke *gebrauchen*.

Fletcher hat also dafür gebetet, dass er Christus ähnlicher wird? Dann sorge dafür, dass er betet, der Feind möge ihm alles das nehmen, was Er ihm gegeben hat, damit er Christus ähnlicher wird. Das Ungeziefer ist enttäuscht, wenn der Feind seine Gebete nicht erhört und genauso enttäuscht, wenn Er sie erhört.

Dein in seiner heimtückischen Taktik beschlagener,

Graf Moderthal

29. Kapitel

Alle Möglichkeiten offen lassen

Sie saßen am hintersten Tisch im Restaurant Salty. Er empfand dieselben Gefühle für Patty wie vor fünf Monaten. Warum kam ihm das jetzt schlecht vor?

»Was würdest du tun, Patty?«, fragte Jordan.

»Ich würde auf jeden Fall die Untersuchung durchführen lassen.«

»Und wenn dabei herauskommt, dass mit dem Baby etwas nicht stimmt? Down-Syndrom oder etwas Ähnliches?«

»Also ich … ich würde den Rat des Arztes befolgen. Ich würde die Schwangerschaft beenden. Ehrlich gesagt, auch wenn das Baby nicht behindert ist, wäre es besser, sie würde es nicht bekommen. Ich meine, ich bin jünger als sie und, ehrlich gesagt, auch besser in Form, aber ich würde kein Kind mehr bekommen wollen. Sie ist nicht mehr jung genug um mit all dem noch einmal von vorn anzufangen. Außerdem wärest du dadurch gebunden, verpflichtet.«

»Was meinst du damit?«

»Ich meine, du solltest dir alle Möglichkeiten offen lassen.«

»Welche Möglichkeiten?«

»Schau, Jordan, du hast mir von deinen Eheproblemen erzählt und ich habe dir von meinen erzählt. Nächste Woche habe ich einen Termin bei einem Rechtsanwalt. Ich möchte mir selbst gegenüber ehrlich sein und tun, was ich schon längst hätte tun sollen. Deine besten Jahre liegen noch vor dir. Du tust Diane oder den Kindern keinen Gefallen, wenn du an einer zerbröckelnden Ehe festhältst. Du schuldest es ihnen und dir selbst, andere Möglichkeiten in Betracht zu ziehen, einen Neuanfang zu wagen. Verstehst du, was ich meine?«

Sie streckte ihre Hand über den Tisch, griff nach der seinen und drückte sie fest. Ihr Parfüm stieg ihm in die Nase. Wie er diesen Duft mochte. Ja, er verstand genau, was sie meinte.

Neunundzwanzigster Brief

Bringe ihn zur Strecke

An meinen pflichtvergessenen Untergebenen Qualob.

Obsmut hat mir gerade deinen Brief vorgelesen. Meine vergeblichen Versuche, einen Geist mit dem Intelligenzquotienten eines Gänseblümchens anzuleiten, bereiten mir dumpf dröhnende Kopfschmerzen, die gar nicht mehr aufhören wollen.

Abgesehen von den verheißungsvollen Entwicklungen mit der Frau ist das einzige Positive, das du über Fletcher berichten kannst, dein ständiger Triumph über ihn beim Basketballspielen. Er sieht die Dinge so verzerrt, dass er sich jedes Foul merken kann, das gegen ihn begangen wurde – sogar Fouls, die es überhaupt nicht gab –, dass er sich aber an kein einziges Foul erinnert, das er beging. Ein Mann, der seine Fehler beim Sport nicht erkennt, wird seine Fehler im Leben auch nicht erkennen. Wenn er auf dem Spielfeld Recht haben muss, dann muss er auch in seiner Familie, an seinem Arbeitsplatz, in seiner Kirchengemeinde und überall sonst Recht haben. Fletcher nimmt seine eigenen Fehler nicht wahr – Fehler, die jeder, der nur eine halbe Stunde mit ihm zusammen ist, bemerkt!

Lernt er wirklich die Verse auswendig, die er am Anfang im Buch seiner Mutter gelesen hat: »Legt die komplette Waffenrüstung Gottes an, damit ihr allen hinterhältigen Angriffen des Teufels widerstehen könnt«[30]?

Es gibt nur eines, das schlimmer ist als Ungeziefer, das seine Nase in das verbotene Buch steckt: Ungeziefer, das das verbotene Buch in sich aufgenommen hat.

Der Tyrann kennt unsere Machenschaften und will, dass das Ungeziefer auch darüber Bescheid weiß. Deine Aufgabe ist einfach, Qualob: Halte Fletcher davon ab, seine Waffenrüstung anzulegen!

Schraube deine Frontalangriffe auf ein Mindestmaß herunter. Setze Arglist, Bluff, Spitzfindigkeiten, Tricks und Irreführung ein. Sonst geht ihm noch auf, dass tatsächlich ein geistlicher Kampf um ihn geführt wird!

Moderthals Regel Nummer siebzehn lautet: Ein Ebenbild Gottes, das nicht weiß, dass ein Kampf geführt wird, macht sich nicht die Mühe, eine Rüstung anzulegen.

Fletcher steht auf der Kippe. In den nächsten Wochen wird er Entscheidungen treffen, die ihn auf die eine oder die andere Seite bringen. Du musst alles einsetzen, was dir zur Verfügung steht, um ihn zur Strecke zu bringen, sei es die Frau oder Geld oder irgendetwas anderes. Nimm ihn nicht nur gefangen. Ich will ein Opfer.

Ich habe dich und das Ungeziefer satt.

Graf Moderthal

30. KAPITEL

Mama

Ohne ein Wort miteinander zu sprechen, fuhren sie zum Altenheim, um Dianes Mutter zu besuchen. Diane hatte Jordan gebeten, sie zu begleiten, und er hatte zugesagt. Dabei hatte er ein schlechtes Gewissen, weil er seine Schwiegermutter schon fast ein ganzes Jahr lang nicht mehr besucht hatte und weil er auch jetzt überhaupt keine Lust dazu verspürte.

Als sie ins Zimmer traten, erkannte Jordan die alte Dame fast nicht mehr. Doch er bemerkte, dass ihre Augen zu strahlen begannen, kaum dass sie ihn sah.

»Hallo, Jordan.«

»Hallo, Mama.«

Sie lächelte ihn überrascht an. »Ich habe fast vergessen, wie du aussiehst, Jordan. Ich weiß, dass du viel Arbeit hattest.«

»Ja, manchmal zu viel.«

»Mama, ich schüttle dir die Kissen auf, damit du bequemer sitzt, wenn du dich mit Jordan unterhältst.«

Sie plauderten fast eine Stunde lang. Je länger sie miteinander sprachen, umso wohler fühlte er sich. Jordan hatte ganz vergessen, wie viel Humor seine Schwiegermutter hatte. Während sie sich lächelnd zurücklehnte, schoss ihm ein Gedanke durch den Kopf.

Ich muss ihr erzählen, dass ich Christ geworden bin.

Er überlegte, ob er zum Auto gehen und seine Bibel holen sollte. Er empfand es als dringlich, ein ungewohntes Gefühl.

Moment, wer bin ich, dass ich hier zum ersten Mal nach einem Jahr auftauche und dann mit etwas loslege, das sie bestimmt seltsam findet? Es könnte sie aufregen oder sogar kränken. Und außerdem – was würde Diane denken?

Es gab keinen Grund, die Sache zu forcieren. Es hatte keine Eile.

Dreissigster Brief

Die Verkündigung des Evangeliums auf die lange Bank schieben

An meinen immer noch pflichtvergessenen Untergebenen Qualob.

Du machst dir Sorgen darüber, dass der Schleimbeutel Ryan Fletcher ermutigt, »seinen Glauben zu bezeugen«. Du beschuldigst Zankstoß, er habe Ryan nicht in Schranken gehalten, und versicherst mir, dass du dich ehrlich anstrengst, seine Bemühungen ins Leere laufen zu lassen.

In Charis mag Ehrlichkeit eine Rolle spielen, doch in Erebus zählen nur die Ergebnisse. Hör mit dem Jammern auf. Mach dich an die Arbeit, aber schlage nicht blindlings um dich, sondern setze eine ausgeklügelte Strategie ein, um Fletcher unterzukriegen.

Selbstverständlich musst du Fletcher von der Verkündigung des Evangeliums abhalten, denn genau damit bringt der Feind das Ungeziefer vom Weg in die Hölle auf den Weg zum Himmel. Mach dir nicht die Mühe, deinem Schleimbeutel einzureden, dass es *schlecht* ist, das Evangelium zu predigen. Soll er doch denken, dass diese Tätigkeit gut, ja bewundernswert ist. Hauptsache, er *tut* es nicht.

Die beste Strategie besteht darin, zu verhindern, dass er kapiert, was auf dem Spiel steht. Dann bekommt er nicht das Gefühl, dass irgendetwas vordringlich ist. Sogar Kirchen, die die Bibel ernst nehmen, helfen uns in dieser Beziehung. Den Aufzeichnungen, die du geschickt hast, entnehme ich, dass Fletchers Pfarrer in den vergangenen zehn Jahren nur einmal über den Himmel und kein einziges Mal über die Hölle gepredigt hat. So wird es voraussichtlich auch in Zukunft sein, und Fletcher wird den Eindruck bekommen, dass die Ewigkeit unwichtig ist. Er wird die Hölle für eine Einbildung halten und den Himmel für etwas Vages, nicht wirklich Erstrebenswertes. Beide werden ihm wie Phantasiegebilde vorkommen, die keine Beziehung zu seinem jetzigen, irdischen Leben haben.

Als Nächstes musst du deinen Patienten davon überzeugen, dass er unaufdringlich sein muss und stets darauf zu achten hat, die Ungläubigen mit seinem neuen Glauben nicht vor den Kopf zu stoßen. Sie sollen ihn ja auf keinen Fall für einen Fanatiker halten und dadurch »abgeschreckt« werden. Verhindere mit allen Mitteln, dass Fletcher auf die Idee kommt, anderen einfach so zu erzählen, was der Feind für ihn getan hat. Soll er sich doch einbilden, dass dies nach und nach geschehen muss, und nur, wenn man ihn direkt fragt, nur nach einer langen (zum Beispiel *endlosen*) Zeit des »Vorbildgebens«.

Allein durch das anständige Verhalten eines Menschen wird keiner für den Feind gewonnen. Noch nie ist jemand in den Himmel gekommen, weil ein anderer ihm ein gutes Vorbild war. Noch nie ist jemand der Hölle entronnen, weil *jener andere* Christ war.

Soll Fletcher doch anderen etwas »vorleben«, bis er krepiert. Solange er nichts über die verbotene Botschaft verlauten lässt, besteht keine Gefahr für uns. Schau dich um, Qualob, dann siehst du zahllose Schleimbeutel, die als Christen seit Jahrzehnten gute Nachbarn und vorbildliche Arbeitskollegen sind. Dennoch, sie haben den Menschen in ihrem Umfeld nie erklärt, was es bedeutet, Christ zu sein. Viele von ihnen bilden sich inzwischen ein, den anderen sei die Botschaft irgendwie von selbst klar geworden, aber das ist natürlich nicht der Fall. Etwas Besseres könnten wir uns gar nicht wünschen!

Fletcher ließ vor Ryan die Bemerkung fallen, dass er seiner Frau und seiner Schwiegermutter vom Evangelium erzählen wolle, »wenn der richtige Zeitpunkt gekommen ist«. Das hat dir einen Schrecken eingejagt, kann sich aber durchaus zu unserem Vorteil auswirken. Sorge dafür, dass er nicht kapiert, was der Feind unter der Verkündigung des Evangeliums versteht: Ein Bettler sagt dem anderen, wo es Brot gibt. Stelle die Verkündigung des Evangeliums vielmehr als etwas Hochkomplexes oder schwer zu Fassendes hin, das eines Tages, aber nie *heute* geschehen wird.

Fülle ihn mit einer vernunftwidrigen Scheu, bei zwanglosen Unterhaltungen den Zimmermann und die verbotene Botschaft zur Sprache zu bringen. Mit etwas logischem Nachdenken könnte das Ungeziefer unsere Taktik spitzkriegen. Es kann nur auf unsere unermüdlichen Anstrengungen zurückzuführen sein, dass sie davor zurückschrecken, für einen anderen Menschen etwas zu tun, das sie für den größten Freundesdienst auf der Welt halten – ihnen vom Plan des Feindes zu erzählen, sie vor der Hölle zu retten und ihnen den Himmel zu schenken. Oder hast du etwa eine andere Erklärung?

Tu alles, damit Fletcher sich nie die Frage stellt, weshalb es einem Mann aus Portland nicht völlig egal sein kann, was ein Mann aus Chicago auf dem Flug nach Philadelphia von ihm denkt. Er wird diesen Mann nie wieder sehen (außer er nimmt die Botschaft an; in diesem Fall wird er ihm zutiefst dankbar sein). Warum hat er trotzdem eine Heidenangst davor, dass dieser Mann ihn vielleicht abblitzen lässt? Warum zögern Christen, anderen Menschen das mitzuteilen, was von höchstem Interesse für sie ist? Vor allem darf deinem Schleimbeutel diese offensichtliche Ungereimtheit nicht bewusst werden, denn sonst geht ihm vielleicht auf, dass wir es sind, die mit seinem Mückenhirn Schabernack treiben und ihm diese irrationale Angst einjagen.

Achte darauf, dass ihm nicht auffällt, wie widersinnig es ist, mit jemandem in einem Flugzeug eine geschlagene Stunde lang über Geschäfte und Politik zu diskutieren und Argumente aufzuzählen, weshalb diese oder jene Fußballmannschaft die Meisterschaft gewinnen könnte, aber nicht den Mut aufzubringen, ein einziges Wort über den Zimmermann zu verlieren. Auf keinen Fall darf deinem Patienten bewusst werden, dass sie, wie sie da sitzen und reden, bald sterben werden. Vielleicht in einer Stunde, vielleicht in einem Tag, in einer Woche, in einem Jahr, spätestens aber in ein paar Jahrzehnten. Und nie darf er es erkennen, wenn der Tod dann unmittelbar bevorsteht.

Das einzige und ihrer Meinung nach wichtigste Gesprächsthema ist schließlich die eine Frage, die sie jetzt nicht anschneiden können. Unser perfektes Timing, das Warten auf den »richtigen Zeitpunkt«, heißt im Klartext: Nie, bis es zu spät ist.

Halte Fletcher in Unwissenheit über Kirchengeschichte und verbotene Schwadrone in anderen Teilen der Welt. Der Feind könnte ihn darauf aufmerksam machen, dass seine Brüder ihre Freiheit oder gar ihr Leben aufs Spiel setzen, während er nicht einmal bereit ist, ein Stirnrunzeln oder einen missbilligenden Blick in Kauf zu nehmen.

Jordan hat sich also vorgenommen, auch seinem Vater die verbotene Botschaft zu überbringen? Der alte Kauz befindet sich in einem schlechten Gesundheitszustand und Gallsupp prophezeit einen Herzanfall in einem Monat.

Gut so – ehe man sich's versieht, wird er in der Hölle sein. Mit Vätern ist am schwierigsten umzugehen. In deinem Bericht steht, unser Ungeziefer wurde von seinem Vater eingeschüchtert, hatte bei ihm nichts zu melden, und jetzt denkt der Vater, der neue Glaube seines Sohnes sei eine vorübergehende Erscheinung, Teil einer »Midlife-Krise«.

Das Beste, das wir uns für Ungläubige erhoffen können, ist ein schneller Tod. Wenn er nicht sofort sterben kann, dann bringe Fletcher dazu, mit anzusehen, wie er langsam dahinsiecht. Er soll ihn besuchen, ihn rührend umsorgen und liebevoll »seinen Wunsch respektieren«, nichts von der verbotenen Botschaft zu hören.

Kannst du dir die gewaltigen Auswirkungen unserer Meisterleistung vorstellen? Nur um nicht für aufdringlich gehalten zu werden, wenn sie darauf bestehen sollten, die Wahrheit zu sagen, lassen diese Würmer es zu, dass ein Mensch, den sie lieben, in die Hölle kommt. Der Feind fordert sie auf, im Namen der Liebe die Wahrheit zu verkündigen. Wir fordern sie dazu auf, im Namen des »Nicht-aufdringlich-Seins« mit der Wahrheit hinter dem Berg zu halten. Sorge dafür, dass ihm nie bewusst wird, dass er und sein Vater eine Sekunde nach ihrem Sterben, *das Gleiche* bedauern werden: dass er seinem Vater nicht ein letztes Mal (in manchen Fällen ist es ein *erstes* Mal) die Wahrheit gesagt hat.

Was wir hier zu Wege gebracht haben, ist einfach köstlich: Es gibt zahllose christliche Familien, Mitarbeiter in Hospizen, Krankenschwestern und Ärzte, die Sterbende versorgen und ihren Patienten unter Berufung auf ihr Berufsethos das vorenthalten, wonach sie sich sehnen. Christliche Berater kommen mit erschütterten, verzweifelten Menschen zusammen, deren Leben aus den Fugen geraten ist. Doch die Berater halten es für unethisch, die Süchte oder Eheprobleme, wegen derer diese Menschen zu ihnen gekommen sind, zum Anlass zu nehmen, um ihnen die verbotene Botschaft zu verkünden. Es gibt unzählige christliche Lehrer, die mit einsamen, verstörten und verzweifelten Kindern und Jugendlichen zu tun haben. Sie könnten mit ihnen über den Zimmermann sprechen, doch sie tun es nicht, weil sie Unannehmlichkeiten fürchten oder es nicht für dringlich halten.

Mach dir das mal klar – unsere Opfer zitieren endlos ethische und juristische Gründe, nur um dem Gebot des Feindes nicht gehorchen zu müssen!

Zurückstellen, hinauszögern, auf die lange Bank schieben, darin besteht unsere Strategie hinsichtlich der Verkündigung des Evangeliums. Wenn wir unsere Aufgabe vorschriftsmäßig erfüllen, verdursten die Leute wenige Schritte von den Wasserträgern entfernt, nur weil diese ihr Wasser anderen nicht aufdrängen wollen.

»Ich werde von der Wahrheit sprechen, wenn der richtige Zeitpunkt gekommen ist«, sagte deine Kakerlake Fletcher. Deine Aufgabe ist einfach: Sorge dafür, dass der richtige Zeitpunkt nie kommt.

Möge ein Ebenbild Gottes nach dem anderen die Hölle bevölkern.

Graf Moderthal

31. KAPITEL

Papa

Jordan? Ich bin's, Erin. Die Krankenschwester hat angerufen. Papa geht es nicht gut. Sie fürchten, dass er möglicherweise …«

Ihre Stimme versagte.

»Ich komme sofort.« Jordan brauchte nur zwanzig Minuten für die Strecke, die er normalerweise in einer halben Stunde zurücklegte.

Warum habe ich es ihm nicht gesagt, als ich die Gelegenheit hatte? Was habe ich mir eigentlich dabei gedacht? Welchen stichhaltigen Grund gab es dafür, dass ich ihm nichts von Jesus erzählt habe? Oh, Gott, gib mir noch eine Chance!

Er sprang aus dem Auto und eilte mit energischen Schritten durch die Korridore, an Bewohnern vorbei, deren Leben nach einem anderen Rhythmus ablief. Er trat ins Zimmer, sah Erin zu seiner Linken, dann blieb er wie angewurzelt mitten im Zimmer stehen.

Atemlos starrte er auf die bleiche Gestalt auf dem Bett. Sein Vater schlug die Augen auf, und plötzlich beherrschte seine starke Persönlichkeit das ganze Zimmer. »Was tust denn du hier?«, fragte er.

»Ich wollte nur mal eben vorbeischauen, Papa. Ich dachte, dass wir vielleicht eine Partie Schach spielen könnten.«

»Ich kann gerade keinen klaren Gedanken fassen. Das willst du wohl ausnutzen, um mich zu schlagen, was?«

Jordan und Erin lachten, beide etwas zu laut.

»Ich habe euch einen Schrecken eingejagt, stimmt's? Ich habe vielen einen Schrecken eingejagt, zwei Ärzten und einer ganzen Schar von Schwestern.«

»Als ich vor zwanzig Minuten ankam, war einer der Ärzte noch da«, erklärte Erin. »Er sagte den Schwestern, sie müssten ihn genau beobachten. Deshalb haben sie ihn an den Monitor angeschlossen. – Hör mal, warum setzt du dich nicht hin? Ich muss schnell im Büro anrufen. Ich komme gleich wieder.«

Sprich mit ihm. Du musst es ihm sagen. Du hast um eine zweite Chance gebetet, hier ist sie.

Jordan strich sanft über die kalte, schlaffe Hand seines Vaters.

»Du wirst jetzt nicht rührselig, verstanden? Wenn du anfängst, hier zu flennen und zu winseln, klingle ich nach der Schwester und lasse dich in hohem Bogen rauswerfen.«

»Ich werde versuchen, mich zurückzuhalten, Papa.«

»Die Yankees haben beim Frühjahrstraining großartige Leistungen gebracht.«

»Papa, ich muss dir etwas sagen.«

»Im Mai werden sie gegen die Mariners antreten.«

»Ich bin Christ geworden.«

»Das habe ich gehört.« Er rollte mit den Augen. »Was soll das überhaupt heißen? Was warst du denn vorher? Buddhist vielleicht?«

»Nein, aber ich war auch nicht Christ. Ein Christ ist ein Mensch, der seine Sünden bekannt hat und sein Vertrauen auf Jesus Christus setzt und das Geschenk des ewigen ...«

»Jordan, kennst du meinen Pfarrer?«

Jordan drehte sich zur Tür um und sah seine Schwester neben einem vornehm aussehenden Mann mittleren Alters stehen, sauber rasiert, mit dunklem Pullover und einem weißen Kollar, das ihn als Pfarrer auswies.

»Oh, nein ... Äh, hallo. Schön, Sie kennen zu lernen.«

»Erinnerst du dich an Pfarrer Braun, Papa?«

»Aber sicher, wie könnte ich Sie vergessen? Guten Tag, Herr Pfarrer.«

»Schön, Sie zu sehen, Herr Fletcher ... Sie sehen munter aus.«

»Ich bin noch nicht tot, wenn Sie das meinen.«

»Da bin ich sicher. Sie haben noch viele Jahre vor sich.«

»Jordan hat mir eben eine Predigt über Jesus gehalten.«

»Oh? Nun, wir beide haben auch schon über geistliche Dinge gesprochen, nicht wahr?«

»Der Herr Pfarrer hat mir äußerst tröstliche Worte gesagt, Jordan«, erklärte sein Vater. Jordan glaubte, Sarkasmus in seiner Stimme zu hören, war sich aber nicht ganz sicher. »Er hat mir versichert, dass Gott mich so liebt, wie ich bin, und dass ich nichts ändern muss. Und auch, dass ich mich vor nichts zu fürchten habe, dass ich im Himmel freundlich aufgenommen werde, wenn ich sterbe. Stimmt's, Herr Pfarrer?«

»So ist es. Jesus wohnt in jedem von uns. Und er verspricht, dass wir alle in den Himmel kommen, wenn wir sterben.«

»Er hat mir ein wunderbares Gedicht vorgelesen«, fuhr sein Vater fort. »Etwas über einen Baum und Blätter, die im Herbst bunt werden. Es war so … *entzückend.*« Jetzt wusste Jordan, dass sein Vater spöttelte. »Es würde dir wirklich die Sprache verschlagen, Junge. Seither mache ich mir keine Sorgen mehr. Ich weiß, dass alles in Butter ist, wenn ich sterbe. Ist das nicht wunderbar?«

Jordan zögerte, schaute seine Schwester an, dann den Pfarrer, dann wieder seinen Vater.

»Schau, Papa, so einfach ist es nicht. Ich meine, es geschieht nicht automatisch. Du musst das Geschenk annehmen. Jesus hat gesagt: ›Ich bin der Weg, die Wahrheit und das Leben. Niemand kommt …‹[31]«

»Tut mir Leid, ich muss Sie bitten, das Zimmer zu verlassen.« Eine Krankenschwester kam herein und begann an verschiedenen Dingen zu hantieren. »Ich muss einige Untersuchungen durchführen. Außerdem braucht Herr Fletcher jetzt seine Ruhe. Es wäre besser, Sie würden sich für heute verabschieden.«

»Ja«, meinte Jordans Vater. »Ich brauche etwas Ruhe. Vielleicht bis später.«

Einunddreissigster Brief

Es lebe unser Mann auf der Kanzel

An meinen Untergebenen Qualob, der mir Freude bereitet.

Feistback hat wirklich eine glückliche Hand bei seiner Betreuung von Pfarrer Braun. Allein beim Lesen seiner Akte läuft mir das Wasser im Munde zusammen. Die Teamarbeit mit ihm wird dir Spaß machen. Da er Einfluss auf Jordans Familie hat, kann das auch eine ausgezeichnete Lernerfahrung für dich werden.

Der einzige Rat, den ich geben kann, ist, diesen Mann so weitermachen zu lassen wie bisher und sicherzustellen, dass er durch nichts in eine andere Richtung gedrängt wird. Welche Verbesserungen könnte ich auch für einen Schleimbeutel vorschlagen, der die Worte Gottes benutzt, aber nicht an Gott glaubt? Es ist einfach genial. Dieser Pfarrer ist wie eine Wolke ohne Wasser, die von jedem Windhauch hin und her geweht wird.

Die verbotene Botschaft mit dem Kreuz und dem Blut hält er für »zu grob vereinfachend«. Da es sich dabei um die einzige Botschaft handelt, die mächtig genug ist, um die Zugehörigkeit des Ungeziefers zur Hölle gegen das Bürgerrecht des Himmels einzutauschen, können wir ihm nur zustimmen! Er ist das perfekte Werkzeug, um Fletchers Vater davon abzuhalten, über die Ansprüche des Zimmermanns nachzudenken.

Feistbacks Bericht entnehme ich, mit welchen Worten Braun letzte Woche den Gottesdienst begonnen hat: »Beten Sie jetzt mit mir zum himmlischen Vater oder zur himmlischen Mutter, wen immer Sie sich darunter vorstellen.«

Das gefällt mir am meisten an dieser Sorte Geistlicher. Sie reden gerade so, als sei das Universum eine Demokratie und als hätten sie die Macht, sich den Tyrannen nach Belieben zurechtzuschustern. Im selben Gottesdienst beten Menschen zu hundert verschiedenen Göttern: Zu einem chauvinistischen Gott, einem abendländischen Gott, einem indianischen Gott, einem gekreuzigten Gott oder zu einer Mutter-Göttin. Der Feind hat die Menschen nach seinem Ebenbild geschaffen, jetzt werden sie ihrerseits kreativ.

Ich bin entzückt, dass es Pfarrer Braun gelungen ist, Fletchers Vater solche Zusicherungen schmackhaft zu machen, obwohl er eigentlich besser mit älteren Damen als mit Männern umgehen kann. Manchmal durchschauen die dickschädeligen alten Knacker die abgedroschene Schönfärberei. Ich hoffe jedoch, dass Fletchers Vater wirklich hinters Licht geführt wurde. Es ist eine Genugtuung, wenn man den Kindern des Feindes die Heilsgewissheit raubt, doch es ist noch viel befriedigender, den Erdenwürmern, die gar keine Kinder des Feindes sind, Heilsgewissheit zu schenken!

Braun glaubt, dass er der Menschheit einen Dienst erweist, wenn er einem Sterbenden versichert, der Tod sei kein Grund zur Furcht. Wir erwarten diese Kakerlaken begierig in unserem Imperium, wo wir sie vor dem Tor zur Hölle begrüßen: »Pfarrer Braun hat Sie geschickt? Herzlich willkommen in der Hölle!«

Ich kann es kaum erwarten, den Mann persönlich in Empfang zu nehmen und ihm die Kehle durchzubeißen. In der Zwischenzeit begnüge ich mich mit Fletchers Vater, der bald zu uns kommen wird.

Versuche, Fletcher in Pfarrer Brauns Kirchengemeinde zu locken. Überzeuge ihn davon, dass Ryans Kirche voller Heuchler ist. Natürlich ist jeder Ort, an dem das Ungeziefer sich versammelt, voller Heuchler, doch auf diesen Gedanken sollte Fletcher erst gar nicht kommen.

Wir ahmen die verbotene Schwadron nach und stellen eine täuschend echt aussehende Attrappe zur Verfügung: Die Welt, aber in Kirchengewändern, »Christentum light«, alles, was diese Erdenwürmer sich schon immer von einer Kirche gewünscht haben, und noch weniger.

Die Leute kommen in Pfarrer Brauns Gottesdienst und glauben, das Richtige gefunden zu haben. Braun vertritt einen Atheismus für Feiglinge. Er ist uns viel nützlicher als ein Mensch, der sich klipp und klar zu seinem Unglauben bekennt. Nur selten gewinnt ein Atheist Menschen für seine Überzeugung. Seine Arroganz, sein Materialismus und seine Skepsis gegenüber allem, was außerhalb seiner Erfahrungswelt liegt, wirken nicht gerade einladend. Der Atheismus ist ein leeres Gefäß, das laut verkündet, gefüllt zu sein, während die Religion ein leeres Gefäß ist, das aussieht, als wäre es gefüllt. Der Geistliche leugnet das Übernatürliche und verbirgt seinen Unglauben unter dem Mantel des christlichen Glaubens. Er ist ein ordinierter »christlicher« Pfarrer, der alles ablehnt, was der christlichen Urgemeinde wichtig war – er ist ein Repräsentant eines Glaubens, an den er selbst nicht glaubt!

Unterschätze die falsche Lehre nicht – die ältesten Strategien bewähren sich immer noch am besten. Einige unserer klügsten Irrlehrer wirkten in den frühesten Jahrhunderten des Christentums, aber die Führer der verbotenen Schwadron setzten sich ihnen energisch entgegen. Sie benutzten sogar unsere Irrlehren, um die Wahrheit umso überzeugender zu verkünden. Da sich die verbotene Schwadron im Abendland weniger als je zuvor Gedanken um die rechte Lehre macht, haben wir gewonnen. Wer warnt denn noch vor »dämonischen Lehren«? Das ist einfach nicht zeitgemäß.

Braun ist unser Spion, der in die feindlichen Reihen eingedrungen ist und sie unterwandert, ein Verräter an der Sache des Feindes. Er speist seine Herde mit Gedichten über Bäume, Tiere, jahreszeitliche Veränderungen und die Wunder der Natur (von denen er behauptet, dass sie nicht *wirklich* so geschaffen wurden, wie es in dem verbotenen Buch steht). Er findet bei denen Anklang, die an die Mutter Natur, an die Göttin Erde, an die menschliche Gemeinschaft, an das globale Einssein, an die Erleuchtung des New Age glauben. Der Gott, den er predigt, ist ein Klumpen Wachs, den sich jeder nach eigenem Belieben zurechtformen kann.

Pfarrer Braun zitiert weniger aus dem verbotenen Buch als aus Zeitungen, Zeitschriften, Popsongs und herzergreifenden Gedichten. Er schätzt alles Neue und hat eine Abscheu vor dem immer gleichen alten Kram. Er ist sich sicher: »Die Wahrheit ist progressiv, entwickelt sich ständig weiter.«

Glücklicherweise kommt ihm nie ins Bewusstsein, dass die Wahrheit von Natur aus alt ist und dass das Neue meistens falsch ist. Jede neue Irrlehre ist eine Abweichung von der alten Wahrheit, jede neue Rechtgläubigkeit eine Rückkehr zur alten Wahrheit. Alte Fehler in neuem Gewand, das ist unser Schlangenöl. Niemand verkauft es besser als Pfarrer Braun.

Pfarrer Braun entmythologisiert uns zusammen mit allem anderen. Feistback berichtet, dass er letzte Woche in seiner Predigt verkündete: »Wir müssen einander Engel sein, wir müssen uns gegenseitig schützen, damit die Dämonen des Leids sich nicht auf unsere Mitmenschen stürzen.«

Ich musste es abschreiben und hier im Hauptquartier an das Schwarze Brett heften, damit alle Mitarbeiter etwas zum Lachen haben. Was für ein Idiot! Aber welch erstaunlich *nützlicher* Idiot!

Er lehrt, die Bibel sei ein »wahrer Mythos« und »ihrer Grundidee nach richtig«. Damit meint er, dass sie geschichtlich *falsch* ist, und genau darauf kommt es an, denn beim Christentum geht es nicht um harmlose Ideen wie Liebe und Toleranz, sondern um furchtbare geschichtliche Realitäten, wie die Schöpfung, den Sündenfall, die Sintflut, den Auszug aus Ägypten, die Menschwerdung Gottes, die Kreuzigung und die Auferstehung.

Da das verbotene Buch behauptet, geschichtliche Wahrheit und kein Mythos zu sein, lernt die Gemeinde, allem zu misstrauen, was in ihm steht. Hier kannst du eine Fälschung feinster Art bestaunen: Die Leute gehen in die »Kirche«, um eine »Wahrheit« zu hören, die ihren Glauben an das Buch und den Zimmermann untergräbt. Verstehst du, warum ich unbedingt will, dass das Ungeziefer in solche Gottesdienste geht und nicht zu Hause bleibt?

Denke über eine andere Aussage von Pfarrer Braun nach: »Adam und Eva haben nicht tatsächlich gelebt, doch das spielt keine Rolle, weil sie uns tatsächlich lehren, was Entscheidungsfreiheit heißt.«

Verstehst du, Qualob? Es gab keinen *wirklichen* Garten, keine *wirkliche* Schlange, nicht einmal einen *wirklichen* Mann oder eine *wirkliche* Frau – warum sollten die Kakerlaken also glauben, dass es einen *wirklichen* Gott gibt oder dass die Botschaft des Evangeliums *wahr* ist? Wenn man sie dazu bringt, das erste Buch Mose anzuzweifeln, dann ist es nur eine Frage der Zeit, bis sie Johannes 3,16 anzweifeln.

Ein Pluspunkt für uns: Da der Zimmermann den biblischen Berichten über den ersten Mann und die erste Frau Glauben schenkte, stellt Pfarrer Braun ihn als Dummkopf hin. Gönnerhaft lächelt er über den Mann in seiner Herde, der an dem primitiven Gedanken der Jungfrauengeburt festhält. Herablassend nickt er der alten Frau zu, die glaubt, dass der Feind das Rote Meer teilte. Sie ist eben nicht so gebildet wie er.

Vergangenen Monat erklärte Braun in einer Predigt die Speisung der Fünftausend folgendermaßen: Ein Junge teilte großzügig sein Essen mit seinen Freunden und veranlasste dadurch andere, ebenfalls ihr Essen miteinander zu teilen. »Und ist das nicht wahrhaftig ein größeres Wunder?«, fragte er mit unbewegter Miene. Das Einzige, das Pfarrer Braun wörtlich nimmt, ist sein eigener Scharfsinn.

Irgendwie funktioniert es, obwohl ich nicht begreifen kann, wieso. Warum gehen die Leute in die Kirche, wenn sie nicht an das glauben, worauf die Kirche gegründet ist? Warum bleiben sie nicht lieber zu Hause und sehen ein Fußballspiel an? Ein Gott, der die Welt nicht in sieben Tagen erschaffen kann, der nicht fünftausend Menschen mit Essen versorgen kann, der kein Manna schicken kann, der war bestimmt nicht in der Lage, Mensch zu werden, für Sünden zu sterben und den Tod zu besiegen.

»Jesus ist im Herzen der Apostel auferstanden«, meint Pfarrer Braun. Seine Osterpredigt schloss er mit folgendem Satz: »Obwohl der Leib Jesu in einem unbekannten Grab in Palästina liegt, zieht sein unsterblicher Geist weiter umher.«

Wie genial! Der Mann schwingt sich in geistliche Höhen empor und leugnet den Eckpfeiler des christlichen Glaubens!

Befasse dich eingehend mit Pfarrer Braun, Qualob. Er ist der lebende Beweis dafür, was wir alles erreichen können. Er nimmt den Worten des Feindes ihren Gehalt und benutzt die leeren Worthülsen, um allem, was er sagt oder tut, ein christliches Mäntelchen umzuhängen. Es macht seine Schäfchen gegen die Krankheit des Christentums immun, indem er ihnen hin und wieder kleine Mengen des Virus verabreicht.

Ich beschwöre dich, Qualob, halte Feistback von seinen gewalttätigen Absichten zurück! Lass nicht zu, dass er der Versuchung unterliegt, seinen Geistlichen zu ermorden – er ist an seinem derzeitigen Wirkungsort viel zu wertvoll für uns. Bewache ihn gut. Auf dem Höhepunkt der Schlacht pfeift man doch nicht den besten Kämpfer zurück! Braun ist unser Geheimagent, der tief im Feindesland stationiert ist. Ich habe Feistback gewarnt, er muss es lernen, auf spätere Genugtuung zu warten. Danach ist noch Zeit genug, sich an dem Jammer dieses Mannes zu weiden.

Ja, halte Braun am Leben und im Pfarramt, wo er Hunderte beeinflusst, die ihrerseits Tausende in die Irre führen werden.

Danke Beelzebub für unseren Mann auf der Kanzel. Solange er Freunde wie Pfarrer Braun hat, braucht der Zimmermann kaum Feinde wie uns.

Was immer du mit Feistback zusammen ausheckst – verhindert mit allen Mitteln, dass Pfarrer Braun sich offen zum Atheismus bekennt. Das wäre ein schrecklicher Verlust für unsere Sache.

Dein hervorragender Spezialist für Spionage,

Graf Moderthal

32. KAPITEL

Verschwinde!

»Was sind das für Bilder, Daniel?« Jordan hielt sie seinem Sohn vor die Nase und versuchte gleichzeitig, sie nicht anzuschauen.

»Wo hast du die her?«

»Deine Mutter hat sie unter deinem Bett gefunden.«

»Dazu hatte sie kein Recht.«

»Es geht jetzt nicht um sie, sondern um dich. Warum schaust du dir solchen Schund an?«

»Warum nicht?«

»Weil es schlecht ist, deshalb. Weil es falsch ist. Dadurch bekommst du ein falsches Bild von Frauen.«

»Oh, und du hast ein richtiges Bild von Frauen?«

»Was meinst du damit?«

»Ich meine diese Videos dort unten, die du in der Abstellkammer versteckt hast.«

»Welche Videos?«, fragte Jordan und fühlte, wie sich sein Magen verkrampfte.

»Ist schon gut. Sie gehören wohl Mama. Sie muss die Videos versteckt haben.«

»Schau, das ist nicht gut, Daniel. Eines Tages wirst du heiraten, und dieses Zeug wird dir dann nicht weiterhelfen. Du musst Frauen … respektieren.«

»So wie du?«, fragte Daniel.

»Was meinst du damit?«

»Schon gut.«

«Ich habe den Provider angerufen und unseren Internet-Anschluss gekündigt.«

»Das darfst du nicht!«

»So, das darf ich nicht? Ich habe es vor einer halben Stunde getan. Und sage mir nicht noch einmal, was ich tun darf und was nicht.«

»Verschwinde aus meinem Zimmer!«

Jordan packte Daniel und warf ihn aufs Bett. Er versohlte ihm den Hintern, ein Schlag folgte auf den anderen. Daniel schrie wie am Spieß. Jillian kam ins Zimmer gerannt.

»Lass ihn in Ruhe! Du schlägst ihn. Lass ihn sofort in Ruhe oder ich rufe die Polizei!«

Jordan sprang hoch und schaute seine Tochter an, dann seinen Sohn, dann seine vor Erregung zitternde rechte Hand. Er eilte ins Wohnzimmer, fiel auf die Knie und weinte.

Zweiunddreissigster Brief

Anbetung in der verbotenen Schwadron

An meinen eifrigen Anhänger Qualob.

Du hast über den Gottesdienst berichtet, zu dem du Fletcher begleitet hast. Ja, ich weiß, es ist ein schrecklicher Ort, mit Schwärmen von Elyons selbstgerechten Laufburschen, die Seite an Seite mit schusseligen Menschen feiern. Um so zwingender ist es, dass du Fletcher nicht alleine dorthin gehen lässt. Deine Aufgabe besteht darin, ihn abzulenken und zu verunsichern. Errege mitten im Gottesdienst Neid, sinnliche Begierde, Groll und selbstgerechte Gedanken.

Du weißt, wie sehr ich Singen verabscheue – Lärm ist mir bei weitem lieber –, doch solange gedankenlos gesungen wird, kann es keinen Schaden anrichten. Wenn die Kakerlaken bei einem bestimmten Musikstil irgendwelche vagen religiösen Gefühle empfinden, dann soll mir das recht sein. Schön, wenn das mit etwas Gefühlsduselei gewürzte, geistesabwesende Herunterleiern von Wörtern in verschiedenen Tonhöhen ihnen die Illusion schenkt, sie seien dem Feind begegnet. Das ist nicht gefährlicher für uns, als wenn sie sängen: »Preis dem Zauberdrachen.«

Wenn Anbetung für Fletcher nur die Zeitspanne zwischen den Abkündigungen und der Predigt ist, haben wir gewonnen. Wenn es sich lediglich um eine Einstimmung auf den Gottesdienst handelt, dann ist es auch in Ordnung. Nur echte Anbetung ist beängstigend gefährlich. Da wir selbst einmal den Feind angebetet haben, wissen wir noch, welche Wirkung die Anbetung auf uns hatte. Sie ist betörend, ja berauschend. Anbetung geht den Kakerlaken zu Herzen, verändert sie und richtet sie wieder auf den Feind hin aus.

Fletcher soll mit dem Bedürfnis nach gesellschaftlichen Kontakten, Plaudereien oder guter Unterhaltung in die Kirche gehen, mit allem, nur nicht mit einem Durst nach dem Feind. Wenn er durstig nach Ihm zum Gottesdienst kommt, dann geht er ganz bestimmt nicht ohne einen Schluck lebendiges Wasser wieder nach Hause.

Unsere Aufgabe besteht darin, sicherzustellen, dass die Schleimbeutel nie herausfinden, wonach sie wirklich dürsten. Dann können wir sie von einem Ersatzbrunnen zum anderen schwirren lassen, sogar während sie in der Kirche sitzen.

Solange ihre Lieder und Herzen seicht und leer sind, stellen sie keine Bedrohung für uns dar.

Nur in wenigen modernen Liedern ist von Sünde die Rede. Unsere beste Täuschungsstrategie hat zum Ziel, dass die Schleimbeutel sich selbst als anständige Menschen betrachten. Fletcher darf auf keinen Fall erkennen, dass in ihm der Keim für alles Böse der Welt liegt. Wenn die Kakerlaken sich so sehen, wie sie sind, und sei es nur für einen Augenblick, dann fallen sie womöglich auf die Knie und weinen über ihre Unwürdigkeit. Der mächtige Strom, der daraufhin aus Charis hervorbricht, könnte uns aus ihrem Leben verjagen. Ich habe es schon erlebt, und wenn ich daran denke, bekomme ich immer noch Albträume.

Von den Liedern, die du in deinem Bericht erwähnt hast, sind einige leicht beunruhigend, doch nur eines bereitet mir ernsthaft Sorgen: »Am Kreuz litt er für mich, Jesus, mein Heiland, nahm meine Schuld auf sich, das Gotteslamm. Jesus, mein Heiland, lebt, und die ganze finstre Höllenmacht erbebt! Hört´s in allen Landen: Jesus, Gottes Sohn, trug in Todesbanden selbst den Sieg davon! Auferstanden ist er, auferstanden ist er, Jesus lebt, Halleluja!«

Diese Worte jagen mir Angst ein. Jedes Lied, in dem der Feind als groß und siegreich und das Ungeziefer als sündig dargestellt wird, ist gefährlich. Das Thema der menschlichen Verderbtheit in Verbindung mit der Gnade des Feindes muss unter allen Umständen vermieden werden. Diese Kombination ist tödlich. Rede Fletcher ein, dass die Rede von Schuld und Sünde unangebracht und beleidigend ist, da sie das ach so wichtige Selbstwertgefühl untergräbt.

Nimm dieses ekelhafte Lied, das von einem Sklavenhändler geschrieben wurde, unter die Lupe. Es ist uns gelungen, dass in vielen Gesangbüchern der Ausdruck »ein *Sünder* wie ich« in »eine *Seele* wie ich« umgeändert wurde. Jedes Mal, wenn wir das Madenfutter besser darstellen, als es ist, erscheint die Gnade des Feindes weniger eindrucksvoll. Welch gewaltiger Gewinn durch den Austausch eines einzigen Wortes!

Halte das Ungeziefer vom Grund des Gottesdienstbesuches, wie er in dem Buch dargelegt ist, ab: »Lass mich deine Herrlichkeit sehen!«[32] Sie sollen stattdessen auf die alte Frau mit den violetten Haaren, den alten Mann mit der langen Nase, dem Doppelkinn und der kastanienbraunen Jacke und die schöne Frau auf der anderen Seite des Ganges sehen. Sorge dafür, dass Fletcher sich für den Geschäftsmann interessiert, der es sich auf seinem Sitz gemütlich macht, und dass er über dessen peinlichen Gesichtsausdruck lacht, wenn er nach seinem Nickerchen plötzlich aufwacht. Mach die Kirchgänger gereizt, damit sie der Mutter, deren Baby weint, verächtliche Blicke zuwerfen. Die Dummköpfe sind ja so leicht abzulenken.

Fletcher soll seine Blicke auf den Prediger und seine auffällige Krawatte, die anmutigen Bewegungen der Solosängerin in dem hinreißenden Kleid und den Chor mit den neuen Roben (oder den alten, zerknitterten) richten. Er soll die Blumen vor der Kanzel, das frisch polierte Klavier, den Ventilator an der Decke oder die abblätternde Farbe an der Wand betrachten. *Doch lass nicht zu, dass er seinen Blick auf den Feind richtet*. Fessele Fletchers Aufmerksamkeit durch alles und jedes, damit er sich bloß nicht auf Ihn konzentriert. (Hacktritt hat mit der Schwester des Ungeziefers eine ganz andere Aufgabe – er muss alles ihm zur Macht Stehende tun, damit sie aufmerksam Pfarrer Brauns Worten lauscht. Er muss die Babys in dieser Kirche beruhigen. Wir wollen doch niemanden von unserer Botschaft ablenken! In Brauns Kirche sind es die Krieger des Feindes, die dafür sorgen, dass die Stühle knarren, alte Männer schnarchen und Babys weinen, nur um die Aufmerksamkeit der Menschen von der Botschaft abzulenken.)

Sorge dafür, dass Fletcher innerlich unbeteiligt bleibt, dass er am Ende des Gottesdienstes dem Tyrannen kein bisschen näher gekommen ist, dass er nicht begieriger wurde, Ihn besser kennen zu lernen. Das Ungeziefer erteilt seinen Kindern Unterricht im Schwimmen, Klavierspielen und Rechnen. Aber glücklicherweise lehren sie ihre Kinder nicht, was Anbetung ist.

Lass nie zu, dass Fletcher sich in der Anbetung »verliert«. Er darf nie die enge Verflechtung von Körper und Geist erkennen. Er soll aufrecht und bewegungslos dastehen, wie ein Wächter vor einem Palast, der kein Gefühl zeigt. Er soll innerlich so verkrampft sein, dass er jeden Gefühlsausdruck als »Verlust der Selbstkontrolle« empfindet. Stelle mit allen Mitteln sicher, dass er die Kontrolle über sich behält. (Stell dir vor, was die Alternative wäre!)

Sorge dafür, dass die Schleimbeutel sich bei der Anbetung zurückhaltend benehmen, rede ihnen ein, es handele sich dabei um ein Merkmal ihrer Kultur – Europäer und Nordamerikaner sind nun einmal nicht so gefühlsbetont wie Afrikaner. Die Trottel sollen nie darauf kommen, dass sie bei ihren Fußballspielen hemmungslos johlen, schreien und die Hände heben, dass Afrikaner befremdet wären. Wenn sie nur einen Augenblick lang darüber nachdenken würden, könnten sie die Wahrheit entdecken – dass sie sich nämlich einfach mehr für Fußball als für den Feind begeistern.

Genauso wirksam ist das Gegenteil: Sollen sie doch um sich schlagen, kreischen, die Aufmerksamkeit auf sich lenken und dabei den Feind beiseite schieben und sich selbst in den Mittelpunkt drängen. Wir können allerdings auf keinen Fall zulassen, dass Menschen so sehr in die Anbetung vertieft sind, dass sie gar nicht merken und es sie auch nicht schert, ob ihre Hände erhoben sind oder ob ihre Füße sich bewegen. Denn wenn sie so sehr in Anbetung versenkt sind – sei es in überwältigtem Schweigen oder spontaner körperlicher Äußerung –, dann denken sie nicht mehr an sich oder ihre Kultur oder die Meinung der anderen oder die Tyrannei des Augenblicks und, das Schlimmste, dann sind sie für uns verloren. Wenn sie einmal die Freude des Selbst-los-Seins erlebt haben, sehnen sie sich danach, sich immer und immer wieder in den Feind zu versenken. Es ist einfach schauderhaft.

Sollen sie sich doch fragen: »Was hat *mir* der Gottesdienst heute gebracht?« Sie dürfen sich jedoch nie fragen: »Was hat *Ihm* der Gottesdienst heute gebracht?«

Aus welchem Grund auch immer sie zur Kirche gehen und welche Erfahrungen sie auch immer dort machen, das ist uns gleichgültig – mit einer Ausnahme: Wenn die Schleimbeutel ihren Blick auf den Feind richten, ihn persönlich kennen lernen, ihn loben, preisen und anbeten, dann ist für uns der Augenblick des Zitterns gekommen. Denn dann knallen im Himmel die Sektkorken.

Im Vertrauen darauf, dass du mich nicht enttäuschst (sonst kannst du dich auf etwas gefasst machen).

Graf Moderthal

33. KAPITEL

Das Gespräch

»Höre auf, dir dauernd Vorwürfe zu machen«, riet Diane Jordan. »Du hast dich bei den Kindern entschuldigt und sie sogar um Vergebung gebeten. Was kannst du mehr tun?«

»Ich wollte Daniel Respekt beibringen, ihn bestrafen, aber ich habe die Kontrolle verloren. Ich hätte ihn verletzen können. Ich habe sie beide verloren, Diane. Jillian hasst mich.«

»Sie hasst dich nicht. Sie ist nur aufgebracht. Und sie hat Angst.«

»Wenn ich gewusst hätte, dass es so schwer ist, Vater zu sein, hätte ich mich nie dafür entschieden.«

»Was willst du damit sagen?«

»Einfach das, was ich gesagt habe.«

»Meinst du damit, dass ich zu dieser Untersuchung gehen soll?«

»Ich weiß nicht. Ryan und Jodi kommen in einer Stunde. Vielleicht könnten wir sie um Rat fragen?«

»Aber es handelt sich doch um etwas sehr Persönliches, findest du nicht?«

»Sie können damit umgehen. Sie hatten auch schon familiäre Probleme.«

»Jodi und Ryan? Ich weiß, sie haben mit Jodis Krebs zu kämpfen, aber ihre Ehe scheint perfekt zu sein, genau wie ihre Kinder.«

»Niemand ist perfekt.«

Zwei Stunden später, als alle mit dem Essen fertig waren, saßen die beiden Paare im Wohnzimmer, unterhielten sich und lachten. Jodi und Ryan hatten einige gute Ratschläge zum Umgang mit den Kindern. Jordan schöpfte neuen Mut.

»Ich möchte euch etwas anderes fragen«, begann Diane. Jordan konnte ihr die Anspannung vom Gesicht ablesen. »Ich weiß nicht genau, wie ich es sagen soll, aber … ich bin schwanger.«

»Ist das dein Ernst? Das ist ja wunderbar!«, rief Jodi und lachte, als sei dies die beste Nachricht, die sie sich vorstellen konnte.

»Herzlichen Glückwunsch!«, meinte auch Ryan.

»Moment – ihr versteht nicht, worauf ich hinauswill. Ich bin einundvierzig Jahre alt, und wir haben kein weiteres Kind geplant. Der Arzt sagte, wir sollten eine Fruchtwasseruntersuchung machen lassen, weil das Baby an einem Down-Syndrom oder einer anderen Behinderung leiden könnte. Also ... was denkt ihr darüber?«

»Ich denke, ein Baby zu versorgen ist eine Herausforderung«, antwortete Jodi. »Und es ist sicherlich nicht leicht, ein Kind mit besonderen Bedürfnissen zu erziehen. Aber Gott hat offensichtlich beschlossen, euch dieses Baby zu geben. Er weiß, was für euch und für das Kind am besten ist. Natürlich braucht ihr etwas Hilfe – in dieser Hinsicht könnt ihr auf mich zählen. Tante Jodi wird kostenlos Babysitter spielen und da sein, um mit euch zu lachen oder zu weinen, je nachdem, was ihr braucht.«

Diane starrte sie an und versuchte, die Bedeutung von Jodis Worten zu begreifen. »Aber ... ich danke dir für dein Angebot, aber so weit sind wir noch nicht. Was wir fragen wollten, ist, ob wir diese Untersuchung machen sollen, um zu sehen, ob das Baby normal entwickelt ist.«

»Ehrlich gesagt«, meinte Jodi, »ich glaube nicht, dass die Untersuchung das eigentliche Problem ist. Wenn bei der Untersuchung herauskommt, dass euer Baby eine Behinderung hat, würdet ihr es dann leben lassen oder töten?«

Dianes Gesicht wurde rot. »Das hättest du auch weniger drastisch ausdrücken können.«

»Tut mir Leid, Diane. Ich wollte dich nicht kränken. Wirklich nicht. Wie würdest du es nennen?«

»Die Schwangerschaft beenden.«

»Gut, aber – bitte verstehe mich nicht falsch – du sprachst über ein Baby, das in dir wächst, und du fragst dich, ob das Baby normal ist und so weiter. Du *weißt*, dass ein Baby da ist, nicht wahr? Was würde mit deinem Baby geschehen, wenn du die Schwangerschaft beendest?«

Es folgte eine lange Pause.

»Es würde sterben«, flüsterte Jordan schließlich. »Es würde sterben, oder nicht?«

»Ja«, antwortete Jodi. »Deshalb habe ich sofort meine Hilfe bei seiner Betreuung angeboten. Weil ich weiß, dass du nicht wirklich willst, dass dein Baby stirbt, Diane.«

Es herrschte tiefes Schweigen.

»Was denkst du, Diane?«, fragte Jodi schließlich.

Diane seufzte. »Nun, alle anderen – meine Schwester, Jordans Schwester, meine beiden besten Freundinnen – alle haben mir geraten, die Schwangerschaft zu beenden. Jordans Schwester findet sogar, das wäre christlich gehandelt.«

»Das ist nicht dein Ernst.«

»Doch. Ihr Pfarrer ist dafür, dass Frauen sich selbst für oder gegen ein Kind entscheiden können. Aber im Grunde genommen habe ich von Anfang an den Wunsch verspürt, das Baby zu behalten. Ich dachte nur, ich bin die Einzige. Was Jordan darüber denkt, weiß ich eigentlich nicht – er weiß es vermutlich selber nicht.« Verlegen schaute sie Jordan an. »Ich habe mir gesagt, wenn ihr beide denkt, ich soll eine Abtreibung erwägen, dann würde ich es tun. Doch ihr habt mir nicht dazu geraten, also werde ich das Kind nicht abtreiben lassen. Ich will nicht mit dem Wissen leben, dass ich so etwas getan habe … noch einmal getan habe. Ich muss mit dieser Bürde ja schon seit zwanzig Jahren leben. Das will ich nicht noch einmal erleben.«

Jordan hatte den Kopf gesenkt. Schließlich griff er nach Dianes Hand. »Aus irgendeinem Grund habe ich in dieser Sache nicht klar gesehen«, flüsterte Jordan schließlich. »Doch jetzt ist es, als hätte sich ein Nebel aufgelöst. Ich weiß nicht, warum ich es nicht sehen konnte. Gott hat dieses Baby geschaffen und uns geschenkt. Es ist ausgeschlossen, dass ich es mir vom Halse schaffe. Ich bin auf deiner Seite, Di.«

Er sah, wie Tränen über ihr Gesicht liefen. Dann legte er seinen Arm um sie und vergaß, dass noch andere Menschen im Zimmer waren.

Dreiunddreissigster Brief

Anschuldigungen

An meinen Schützling Qualob.

Ich war hoch erfreut, als ich hörte, wie Fletcher seinen Schlingel verdroschen hat. Ich würde ihm am liebsten selbst den Hals umdrehen. Wir haben ihn fest im Griff, solange du ihn davon abhalten kannst, um Vergebung zu bitten, oder wenn es dir gelingt, ihm einzureden, dass er so vollständig versagt hat, dass nicht einmal mehr einen Versuch lohnt, die Dinge wieder in Ordnung zu bringen.

Was seine Kinder betrifft, so kann ich dir versichern, dass nichts das Ungeziefer wirksamer vom Vater des Zimmermanns abhält, als ein irdischer Vater, der den Christen herauskehrt, sich aber wie ein Blödmann benimmt.

Spiele wie gehabt die Doppelrolle des Anklägers und Verteidigers in einer Person. Rechtfertige Sünden, die er nicht bekannt hat, und beschuldige ihn der Sünden, die er bekannt hat. Bestürme ihn mit falschen Schuldgefühlen, verhindere aber, dass er echte Schuld erkennt.

Versorge ihn mit einer langen Liste von Ausreden, damit er jedes Mal eine passende zur Hand hat, wenn er sündigt. Oder beschuldige ihn genau der Sünden, zu denen du ihn verleitet hast. Immer, wenn er tut, was du willst, dann stauche ihn zusammen, weil er es getan hat. Foltere ihn mit Schuldgefühlen und Gewissensbissen. Klage ihn der Sünden an, die der Feind vergeben hat. Laste ihm Sünden an, die er nie begangen hat. Lass nicht zu, dass er das Sühneopfer Jesu annimmt – er soll vielmehr glauben, er müsse selbst ein Opfer bringen.

Leider kriegst du Fletcher nicht dazu, jeden Abend auf seinen Sohn einzudreschen. Dafür kannst du ihn mit Alltagstrott, kleinen Schwächen und weltlichen Zugeständnissen zermürben. Ziele auf die großen Sünden ab, wenn du kannst, aber unterschätze nicht die geballte Macht vieler kleiner Sünden.

Dein erlauchter Mentor

Graf Moderthal

34. Kapitel

Ruf um Hilfe

Dein Hackbraten hat ausgezeichnet geschmeckt, Diane«, lobte Jodi.

»Ja, wirklich lecker«, meinte Ryan.

»Wie immer«, fügte Jordan hinzu. Sie halfen, den Tisch abzuräumen und setzten sich ins Wohnzimmer.

»Letzte Woche, als ihr hier wart ...« Jordan räusperte sich. »Da wart ihr eine große Hilfe für uns. Aber ihr entdeckt natürlich auch Dinge an uns, über unsere Vergangenheit und so weiter ... Vielleicht findet ihr, dass wir nicht die Leute sind, die ihr gern als Freunde hättet.«

Jodi lachte. »Tut mir Leid, Jordan. Ich mache mich nicht über dich lustig. Aber was denkst du eigentlich, wer wir sind? Wenn du anfangen willst, Sünden zu vergleichen, dann wette ich, dass unser Stapel höher ist als eurer.«

Jordan und Diane starrten sie an.

»Das Tolle ist doch, dass Christus uns vergeben hat. Ich weiß, dass du das erlebt hast, Jordan. Im Lauf der Zeit entdecken Ryan und ich ständig noch alte Sünden – und wir begehen neue, die auch vergeben werden müssen. In der Bibel steht: ›Doch wenn wir ihm unsere Sünden bekennen, ist er treu und gerecht, dass er uns vergibt und uns von allem Bösen reinigt.‹[33] Ihr müsst nicht die Schuld der Entscheidungen, die ihr früher getroffen habt, tragen. Genau darüber haben wir letztes Mal in der Frauen-Bibelstunde gesprochen, Diane. Deshalb ist Jesus für dich ans Kreuz gegangen. Glaubst du das?«

»Ich denke ... ich verstehe das so allmählich.«

»Gott bietet dir ein Geschenk an. Alles, was du tun musst, ist, Ihn um Vergebung zu bitten, die Hand auszustrecken und Sein Geschenk anzunehmen. Hast du das schon getan?«

»Nein, ich glaube nicht.«

»Willst du es jetzt tun?«

»Wie?«

»Ich bete, und dann betest du einfach nach mir.«

»Laut?«

»Natürlich. Wir sind ja hier alle Freunde. Beten ist Reden mit Gott.« Bevor auch nur einer den Kopf senkte, betete Jodi: »Herr, Diane braucht dich, wie wir alle dich brauchen. Sie will ihre Sünden bekennen und an dich glauben und an das, was du am Kreuz für sie getan hast. Bitte hilf ihr jetzt, wenn sie mit dir spricht.«

Es folgte eine lange Pause. »Das kann ich nicht sehr gut«, flüsterte Diane.

»Das brauchst du auch nicht«, versicherte Jodi. »Sag einfach dem Herrn, was dir auf dem Herzen liegt.«

»Jesus, ich weiß nicht viel, aber ich weiß, dass ich einige böse Dinge getan habe. Und ich weiß, dass wir wirklich Hilfe brauchen, für unsere Ehe und die Kinder. Ich mache mir solche Sorgen um Daniel und Jillian. Aber jetzt geht es um mich, Gott. Deshalb bekenne ich dir meine Sünden, auch die Sünde, die wir begangen haben, als wir die Schwangerschaft … als wir unser erstes Baby getötet haben.« Sie schluchzte auf. Jodi stand auf, setzte sich neben sie, legte ihren Arm um sie und weinte mit ihr. »Bitte vergib mir, Gott. Danke, dass du am Kreuz für meine Sünden gestorben bist. Hilf mir, dich zu lieben.«

Die vier saßen im Wohnzimmer und dachten, sie seien unbeobachtet. Doch im Universum nebenan brach große Freude aus. In Charis herrschte Jubel. Wenn jemand aufmerksam hingehört hätte, hätte er den Applaus des Himmels hören können.

VIERUNDDREISSIGSTER BRIEF

Eine Botschaft vom Agent des Feindes!

An meinen Schüler Qualob.

Ich habe mich selbst übertroffen. Mit Hilfe von Tricks, die ich nicht weitergeben möchte, habe ich einen Brief vom Schutzengel deines Ungeziefers abgefangen!

Jaltor schreibt an Amrael, seinen Befehlshaber. Achte auf die überheblichen Töne, die Selbstgerechtigkeit, das sentimentale Gehabe und die falsche Bescheidenheit. Wie konnten wir jemals mit ihnen auskommen?

Übrigens sind mir mehrere erhebliche Widersprüche zwischen seiner Beschreibung und deiner Mitteilung aufgefallen. Hast du mir etwas verheimlicht? Wo ist dein Bericht über die Bekehrung der Frau, auf die Jaltor hinweist? Achte auf Jaltors abfällige Bemerkungen über dich, Qualob. Ich hoffe, diese Insider-Information gibt dir neuen Schwung und spornt dich an, den Kampf um Fletcher energischer zu betreiben. Räche dich an diesem schwertküssenden Jaltor. Verhöhne ihn mit der Tatsache, dass wir auf Grund meiner brillanten Geheimaktion genau wissen, was er im Schilde führt.

Graf Moderthal

Lieber Prinz Amrael,

Jordans wachsendes Verlangen nach Elyon, dem Allerhöchsten, bereitet mir viel Freude. Bisher hat er dreimal von seinem Glauben Zeugnis abgelegt. Regelmäßig trifft er sich mit Ryan, der ein wunderbares Vorbild für ihn ist. Den Kindern Adams fällt es schwer, Wegweisern zu folgen, aber sie lassen sich leichter führen, wenn sie in die Fußstapfen eines anderen treten können. Ryan geht Jordan voran, Jordan braucht nur Ryans Fußspuren zu folgen.

Dianes Bekehrung hat mir den Atem geraubt. Nur Elyons Geist kann die harte Schale des menschlichen Herzens durchbrechen. Als sie Sein Geschenk angenommen und Ihn um Vergebung gebeten hat, sind Elshar und ich einander in die Arme gefallen. Wir hörten den Jubel in Charis. Ich hörte deine Stimme heraus, mein Prinz. Dianes Umkehr hat uns mit frischer Kraft und einer neuen Hoffnung für diese bedürftige Familie erfüllt.

Mit Ryans Hilfe lernt Jordan, seiner Frau und seinen Kindern Diener und Haupt zu sein. Sie haben beschlossen, zweimal in der Woche als Familie Elyons Wort zu lesen und zu beten. Die Kinder sind nicht begeistert, aber sie beobachten mit offenen Augen, was sich verändert. Jordan hat die Beherrschung verloren und die Distanz zu seinen Kindern vergrößert, doch an seiner Reue haben sie erkannt, dass er ein anderer Mensch geworden ist. Als er sie um Vergebung bat, wurden ihre Herzen von Elyon angerührt. Als er vor den Augen seiner Frau und seines Sohnes jene Videos unbrauchbar machte, die Daniel gefunden hatte, und als er erneut um Vergebung bat, da habe ich gejubelt!

Trotz allem, Amrael, glaube ich, dass ich Jordan – und Elyon – gegenüber versagt habe. So viele Dinge konnte ich Jordan nicht verständlich machen.

Wenn Jordan nur Elyon so sehen könnte, wie Er wirklich ist; wenn er nur einen kurzen Blick von Ihm erhaschen könnte, dann würde all sein falsches Denken wie alte Kleidungsstücke von ihm abfallen. Ich wünsche mir so sehr, dass er die richtige Welt kennen lernt, das Universum außerhalb der dunklen Flasche, in der er gefangen ist. Er ist oft so verwirrt und selten aufnahmebereit für das, was wir ihm sagen wollen.

Wenn das sogar auf Christen zutrifft, dann schaudert mich bei dem Gedanken an die Dunkelheit, in der Menschen leben, die nicht erlöst sind. Wie können sie auch nur einen Tag überstehen, ohne vor Verzweiflung auf den Boden zu fallen und Elyon um Erbarmen anzuflehen?

Jordan läuft mit Scheuklappen herum, obwohl der Heilige Geist in ihm wohnt. Er scheint sich gar nicht bewusst zu sein, dass er auf einem Schlachtfeld lebt und schonungslosen Angriffen ausgesetzt ist. Er erkennt nicht, dass sein tägliches Leben von Kampf geprägt ist. Sogar Ryan wurde diesbezüglich irregeführt; er ist davon überzeugt, dass das Wirken der Dämonen in Nordamerika und Europa stark eingeschränkt ist, weil in diesen Ländern so viele Christen leben. Er kann nicht sehen, dass unsere Feinde das Schlachtfeld nicht geräumt haben, sondern vielmehr neue Strategien einsetzen, die nicht so augenfällig sind, aber von allen durchschaut werden können, die die Augen offen halten.

Diese Christen im so genannten christlichen Abendland haben sich nicht mit dem auseinander gesetzt, was für »primitive« Kulturen selbstverständlich ist: Der Frage, wie man im Reich der Geister mit bösen Wesen umgeht. In gewisser Hinsicht wissen »Primitive«, die keine Christen sind, mehr über die unsichtbare Welt als die Christen, die zu ihnen kommen, um ihnen das Evangelium zu verkünden. Ich wünschte mir, Jordan würde von dieser Blindheit befreit. Wie ist es möglich, dass er das wahre Universum nicht sieht? Nach all den Tausenden von Jahren, in denen ich mit den Menschen, den Ebenbildern Gottes, gearbeitet habe, verstehe ich es immer noch nicht. Doch eines weiß ich: Elyon empfindet für sie eine tiefe Liebe, die wir nicht begreifen können.

Qualob führt unaufhörlich hochtrabende Reden und bedroht mich mit einer neuen Geheimstrategie, die er von Moderthal gelernt hat. Er wedelt mir mit den Briefen seines Befehlshabers vor der Nase herum und fordert mich auf, es mit ihm aufzunehmen. Aus seiner Stimme höre ich eine erschreckende Leere und Verzweiflung heraus. Er ist nur noch ein Schatten dessen, was er einst war. Doch Jordans alte Gewohnheiten und die Propaganda der Welt erleichtern Qualobs Arbeit sehr.

Eigentlich würde ich mir viel öfter die Erlaubnis wünschen, in die sinnlich wahrnehmbare Welt einzugreifen. Im Laufe der Jahre habe ich dreimal Jordans Leben gerettet, und erst vor kurzem ist es mir gelungen, ihn bei seinem Autounfall zu schützen. Vor zwei Wochen habe ich eingegriffen, als Qualob versuchte, ein Starkstromkabel auf ihn fallen zu lassen. Jordan hat es nicht einmal gemerkt. Gestern Abend saß er alleine vor dem Fernseher und zappte von einem Sender zum anderen. Er war erschöpft und innerlich verwundbar. Qualob bearbeitete ihn heftig. Ich versuchte Jordan zu überreden, den Fernseher auszuschalten, und ihm die Worte Elyons und die Ratschläge Ryans und der Ältesten seiner Kirche ins Gedächtnis zu rufen. Doch er war wie betäubt und nicht wachsam. Ich hätte gerne seinen Finger »zufällig« auf den Ausschaltknopf hin bewegt, wie an dem Abend, an dem wir ihn zum ersten Mal zur Bibel seiner Mutter hingelenkt haben. Aber dieses Mal habe ich es nicht geschafft. Schließlich ist es mir gelungen, ins Leitungsnetz einzugreifen und den Empfang zu stören. Er hat aufgegeben und sich zu seiner Frau ins Bett gelegt. Nur mit knapper Not ist er noch einmal davongekommen. Wenn Jordan weiterhin am Rande des Abgrunds entlangtaumelt, wird er eines Tages hinunterstürzen. Er betet: »Hilf mir, nicht in Sünde zu fallen«, und dann wagt er sich an einem stürmischen Tag bis auf wenige Zentimeter an den Abgrund heran. Was denkt er sich eigentlich? Er will so nahe wie möglich an die Sünde herankommen, sie aber nicht tun. Es ist doch vorauszusehen, dass er auf diese Weise eines Tages wirklich abstürzt.

Ich habe versucht, Jordans Aufmerksamkeit auf Daniel zu lenken, doch er nimmt sich nicht die Zeit, sich mit dem Leben seines Sohnes zu befassen. Jeden Tag bekommen die gefallenen Krieger Daniel ein Stück mehr in ihre Gewalt. Ich habe Angst vor dem, was der Junge sich selbst und anderen antun könnte. Es ist entsetzlich, wie sehr er von den Mächten der Dunkelheit fasziniert ist; ich höre das abscheuliche Gelächter der Feinde des Jungen. Wenn Jordan nur sehen könnte, was geschieht, wenn er begreifen könnte, was auf dem Spiel steht, dann würde er sicherlich alles stehen und liegen lassen und dem Jungen die Aufmerksamkeit und Begleitung schenken, die er so nötig braucht.

Es ist schwer hier, Amrael, schwerer als in vergangenen Jahrhunderten. Früher mussten die Kinder Adams ihre Wohnungen verlassen, wenn sie ihren Geist mit solch Bösem vollstopfen wollten. Doch jetzt kommt das alles erbarmungslos über elektromagnetische Wellen, Kabel und Telefonleitungen direkt zu ihnen ins Haus. Es ist so schwierig, sie zu schützen, sie zu überzeugen, dass sie ihr Herz bewachen müssen. Wenn sie nur die Folgen sehen könnten, wenn sie nur begreifen würden, wie sehr es den König betrübt, der für sie gestorben ist, dann würden sie sicherlich nicht zulassen, dass diese Bilder in ihre Wohnungen und in ihre Herzen gelangen.

Wie kann ich Jordan überzeugen, dass er seine Wohnung dem König bereitstellen muss? Wie kann ich ihm klar machen, dass er im Interesse seiner Familie sein Haus von den bösen Einflüssen, die freien Eintritt bei ihm genießen, reinigen muss?

Jordan denkt immer noch, dass Diane ihn nicht versteht. Er erkennt nicht, dass auch sie einsam und ratlos ist, obwohl sie noch im Überschwang der ersten Freude lebt, weil sie das Geschenk Elyons angenommen hat. Beide erwarten vom anderen die Erfüllung ihrer tiefsten Sehnsüchte, und sie sind voneinander enttäuscht, weil ihnen das nicht gelingt. Elyons Geist versucht Jordan davon zu überzeugen, dass der König alleine seine tiefsten Sehnsüchte stillen kann und dass es nicht richtig und nicht gerecht von ihm ist, dies von Diane zu erwarten. Was seine Beziehung zu seiner Sekretärin betrifft, so fürchte ich, dass dies mein größter Misserfolg ist. Er scheint nicht zu verstehen, wie gefährlich nah er am Rand einer Katastrophe manövriert. Ich gestehe, Amrael, dass ich beim besten Willen nicht weiß, was ich noch für ihn tun könnte.

Ich versuche, Jordan zu ermuntern, sich oft mit anderen Christen zu treffen, seinen Durst in dem Buch zu stillen und seine Seele an der Schönheit Elyons zu sättigen. Manchmal gelingt es mir. Oft leider nicht.

Ich versuche ihn zu überreden, Aufgaben in seiner Gemeinde zu übernehmen. Das ist mir bisher nicht gelungen. Ich weiß, der Geist ist in Seiner stillen Weise am Werk, doch ich fühle mich allmählich vom Kampf erschöpft und ausgebrannt.

Vergib mir, Chef, ich möchte nicht klagen. Es ist ein Vorrecht für mich, Elyon zu dienen. Mit Freuden würde ich mein Schwert erheben und die Kleinen tausend Jahre lang pausenlos verteidigen, wenn ihm das Freude bereiten und wenn meine Kraft dafür ausreichen würde. Aber es ist auch barmherzig vom König, uns zwischen zwei Aufgaben etwas Urlaub in Charis zu gewähren.

Ich freue mich schon darauf, in ein paar Jahren oder vielleicht auch viel früher mit dir und meinen Kollegen durch die Straßen von Charis zu schlendern. Wie schön wäre es, mal wieder die schwefelfreie Luft des Himmels zu atmen. Das Leben im Reich der Dunkelheit, inmitten dieser Blindheit und Auflehnung, ist schon einen einzigen Tag lang schwer zu ertragen. Doch nach einigen Jahrzehnten wird es außerordentlich schwierig. Alle Orte, die nicht zum Himmel gehören, haben den kalten, metallischen Geschmack der Hölle.

Ich sehe die verbissenen Gesichtszüge der Kämpfer von Prinz Beelzebub. Qualob und seine Kameraden greifen Jordan und seine Familie an, flüstern ihnen Lügen ins Ohr. Ich erinnere mich daran, was sie einmal waren, und mich schaudert, wenn ich sehe, was aus ihnen geworden ist. Wenn ich daran denke, dass auch ich Elyon die Treue hätte brechen können, dann kann ich nicht anders, als auf die Knie zu fallen und meine Hingabe an Ihn zu erneuern.

Manchmal frage ich mich, warum unser Herr es zulässt, dass diese Winzlinge Ihn schmähen, Seinen Namen verleumden und Seine Gebote brechen. Ich frage mich, warum Er uns nicht gestattet, unsere Schwerter zu ergreifen, auf die feurigen Pferde von Charis zu springen, mit all unseren Heeren in dieses verdorbene Reich einzudringen und ein für alle Mal dieser kosmischen Beleidigung ein Ende zu setzen. Warum gebietet Er uns Einhalt? Warum hat Er bisher unseren – und Seinen – Zorn zurückgehalten?

Ich weiß, in dem Buch steht, dass der Tag kommen wird und dass Elyon geduldig ist und will, dass die Menschen Buße tun. Doch ich lebe für den Tag der Rache. Vergib mir meine Ungeduld, Amrael. Du bist viel größer als ich, du, der du im Rat mit Michael und Gabriel sitzt, du, der du diese Geheimnisse besser verstehst als ich.

Es geht das Gerücht um, dass der König eine große und mächtige Bewegung in die Wege leitet, dass Wasser unter der steinigen Oberfläche des Islam fließt, der bis jetzt wie ein Bollwerk ist. Man sagt, dass es bald hervorsprudeln wird, dass in diesem Kampf das Blatt sich bald wendet und dass viele Menschen für Ihn gewonnen werden. Setze mich ein, wo du mich am besten gebrauchen kannst, sei es hier oder dort oder an einem anderen Ort. Bitte sage meinem Herrn, dass ich jeden Augenblick in der Vorfreude auf meine Rückkehr zu Ihm – oder auf Seine Rückkehr in das Reich der Dunkelheit – lebe. Ich spreche oft mit Ihm. Ich weiß, dass Er mich hört, doch ich sehne mich danach, Ihn wieder zu sehen, Seine Hand auf meiner Schulter zu spüren. Ich brenne darauf, Seine Worte zu hören, denn sie sind Leben und Atem für mich. Es ist nicht leicht, so lange fern von Ihm zu sein.

Ich habe deinen Rat befolgt und für Jordan einen Bericht über sein Leben und meinen Einsatz für ihn geschrieben. Auf der anderen Seite, wenn ich dann endlich von Angesicht zu Angesicht mit ihm sprechen kann, werde ich ihm diesen Bericht vorlegen.

Ich denke oft an deinen Satz, dass die Kämpfe dieser dunklen Jahre einmal die Klarheit des ewigen Lichtes noch heller leuchten lassen werden. Wir freuen uns dort nicht nur über den Ort, an dem wir uns befinden, sondern auch, weil wir wissen, dass das Fest und damit die Freude nie zu Ende gehen wird. Ich bin so alt, dass Jordan im Vergleich zu mir wie ein neugeborenes Baby ist. Doch wenn man mein Wissen mit dem Wissen Elyons vergleicht, unterscheidet es sich nicht von Jordans Wissen; mein Wissen ist so, als hätte ich eben erst das Licht der Welt erblickt. Wir sind alle Geschöpfe – nur Er ist der Ewige, der nicht erschaffen wurde.

Elyon miriel o aeron galad – chara domina beth charis o aleathes celebron!

Ich singe die alte Sprache, nicht nur, um an das zu denken, was war, sondern auch an das Größere, das noch kommen wird – an Charis, wenn es ein einziges Fest sein wird.

Heute las Jordan in dem Buch einige Verse über Charis. Ich versuchte, ihm etwas von dem einzugeben, was ich aus erster Hand weiß, doch ich konnte seine Gedanken einfach nicht erreichen. Seine Vorstellung vom Himmel ist so nebulös, so fremd. Er stellt sich vor, dass er ziellos umhertreiben und sehnsüchtig auf seine Zeit auf der Erde, die »richtige Welt«, zurückblicken wird. Er denkt, Charis sei langweilig!

Ich sollte wohl nicht erwarten, dass die Menschen sich nach Unsterblichkeit sehnen, wenn sie noch nicht einmal wissen, was sie an einem verregneten Nachmittag mit sich anfangen sollen. Doch tief in ihrem Inneren sehnen sie sich danach – wenn sie nur wüssten, *wonach* ihre leeren Herzen verlangen!

Wenn Jordan sich nur die Zeit nehmen würde, die Welt um sich herum mit offenen Augen zu betrachten, dann könnte er sehen, dass die Erde voller Hinweise auf den Himmel ist, voll kleiner Dinge, die uns einen Vorgeschmack auf die wirkliche Welt geben.

Das Buch warnt uns, dass der Gegner über Gott, Sein Volk und Sein Reich üble Nachreden verbreitet. Den bösen Geistern ist es gelungen, sogar die Vorstellung der Kirche von Charis zu verdrehen. Amrael, was soll ich angesichts einer solch gigantischen Irreführung tun? Langeweile *in Charis*? Liebende langweilen sich nie, wenn sie zusammen sind, sie freuen sich einfach aneinander. Unser geliebter König macht sich ein Vergnügen daraus, immer neue und bessere Schaukästen Seiner Wunder zu erschaffen. Charis ist eine unerschöpfliche Sammlung fesselnder Abenteuer, eine endlose Folge wunderbarer Sensationen.

Wie kann ich Jordan zeigen, dass Langeweile nur da herrscht, wo Geschöpfe sich zu dem aufspielen, was sie nicht sind, und nicht anerkennen wollen, was sie sind, wenn sie die Welt ihrer Wunder berauben, wenn es keine Kostbarkeiten mehr gibt, die man in Ehren hält, und wenn es nichts mehr zu erforschen gibt? Langeweile herrscht manchmal auf der Erde, in der Hölle immer, aber im Himmel nie! Wenn Jordan auch nur einen flüchtigen Eindruck davon bekäme, wäre er wie verwandelt.

Einer seiner neuen Freunde aus der Kirchengemeinde sagte kürzlich zu ihm: »Manche Christen sind so sehr auf den Himmel ausgerichtet, dass sie für die Erde nichts mehr taugen.« Hat nicht Moderthal diesen Ausspruch erfunden? Wie kann ich Jordan verständlich machen, dass man auf der Erde nur etwas taugt, wenn man auf den Himmel ausgerichtet ist? Wie kann ich ihn davon überzeugen, im Licht der Ewigkeit zu leben, bevor er Skiathorus, das Land der zweiten Chancen, verlässt?

Warum sehnt er sich nicht jeden Augenblick seines Lebens, wenn er wach ist und wenn er schläft, nach dem Ort, den der Zimmermann ihm versprochen hat? Warum kann er nicht begreifen, dass der König jeden Tag den Himmel für ihn und ihn für den Himmel vorbereitet?

Ich sehne mich nach dem Moment, in dem Jordan erkennt, dass er nicht bis zu seinem Tod warten muss, um zu erfahren, wie er hätte leben sollen. Wenn er es doch *jetzt* lernen würde, wo noch Zeit ist, etwas zu ändern!

Amrael, deine Weisheit ist weit größer als meine, deshalb bitte ich dich, mir zu sagen, wie ich Jordan davon überzeugen kann, dass es auf der Erde keinen Schmerz gibt, den der Himmel nicht heilen kann. Wie kann ich ihm helfen, Elyons Freude, die jede irdische Erfahrung übersteigt, zu erleben? Wie kann ich ihm Mut machen, jetzt schon in Vorfreude auf die künftige grenzenlose Herrlichkeit zu leben?

Wie kann ich ihn anspornen, über das Hier und Jetzt hinauszuschauen und das Unsichtbare zu sehen?

Dem Bräutigam sei Ehre!

Jaltor

35. KAPITEL

Die Wanderung

Mit rotem Gesicht und ohne nach rechts oder links zu blicken, setzte Daniel einen Fuß vor den anderen. Jordan fragte sich, ob es eine gute Idee gewesen war, auf dieser Wanderung mit ihm zu bestehen. Als Kind war Daniel von solchen Ausflügen begeistert gewesen. Jordan dachte daran, wie selten er etwas mit Daniel unternommen hatte, und wünschte sich, er könnte das Rad zurückdrehen.

»Schau mal!«, rief Jordan und zeigte auf den Fluss, der sich im Tal unter ihnen dahinschlängelte. »Die Biber da unten flicken ihren Damm.«

Daniel würdigte sie kaum eines Blickes und marschierte zügig weiter.

Herr, ich habe meinen Sohn verloren. Hilf mir, ihn zurückzugewinnen. Hilf mir, ihn zu dir zu führen.

Plötzlich blieb Daniel wie angewurzelt stehen und heftete seinen Blick auf eine Gestalt abseits vom Weg. Ein Hirsch, ein kapitaler Sechsender, starrte sie mit großen Augen neugierig an. Er kaute ein paar Blätter, schnaubte, wandte aber seinen Blick nicht ab. Dann machte er plötzlich einen Sprung und verschwand im Dickicht, als ob irgendetwas Unsichtbares ihn davongejagt hätte.

»Cool«, bemerkte Daniel.

Jordan konnte sich nicht mehr erinnern, wann er seinen Sohn das letzte Mal lächeln gesehen hatte, nicht ein grausames, zynisches Lächeln, sondern ein spontanes Lächeln, das Freude ausdrückt.

Sie wanderten eine weitere Stunde, dann ließen sie sich nieder und packten das Picknick aus, das Diane für sie vorbereitet hatte. Jordan biss ein paar Mal in sein Sandwich mit Hackbraten.

»Weißt du, wenn ich die Hirsche und die Biber und diese Bäume und was es sonst hier alles gibt, sehe, dann denke ich daran, dass Gott das alles geschaffen hat und dass die Schöpfung uns von Seiner Schönheit und Größe erzählt.«

»Was soll dieses ganze Gerede über Gott? Das war doch sonst kein Thema.«

»Nein, aber meine Einstellung hat sich geändert. Wie steht es mit dir, Daniel? Glaubst du an Gott?«

»Nein, ich glaube nicht. Ich glaube an die Natur, an die Evolution, vielleicht an das Karma, ich weiß nicht. Darüber habe ich etwas im Internet gelesen. Der Kosmos ist alles, was je gewesen ist, und alles, was je sein wird. Das haben wir auch in der Schule gelernt. In der Bio-AG haben wir über die Auffassungen von Carl Sagans geredet.«

»Aber wenn es keinen Gott gibt, glaubst du dann, dass es einen Unterschied zwischen Menschen und Tieren gibt?«

»Wir sind ziemlich ähnlich, glaube ich, einfach ein bisschen weiter entwickelt. Doch wer sagt, dass wir besser sind als andere Lebensformen?«

»Aber du glaubst doch bestimmt, dass Menschen wertvoller sind als Tiere?«

»Warum? Wir sind im Grunde doch auch alle Tiere. Weshalb sollten wir besser sein?«

»Menschen haben Seelen.«

Daniel verzog den Mund. »Es ist wissenschaftlich erwiesen, dass es keine Seele gibt.«

»Wie wurde das bewiesen?«

»Na ja, bei Experimenten kann man sie nicht finden. Ich meine, nichts verlässt einen Körper, wenn der Mensch stirbt.«

»Du meinst, nichts was man sehen kann, oder?«

»Klar, wenn man es nicht sehen kann, existiert es nicht wirklich.«

»Hm. Ich glaube eher ...«

»Können wir weitergehen? Ich muss um halb sieben bei Adam sein.«

Fünfunddreissigster Brief

Der Besuch

An meinen vertrauten Geist Qualob.

Ich habe wieder Brittany besucht. Sie leiht sich okkulte Videos aus und sieht sie an. (Sie *glaubt*, dass sie dabei alleine ist.) Gestern Abend haben sie, ich, Makelfleck und Jillian zusammen ein solches Video angeschaut. Wir haben Brittanys Zimmer als unser Gebiet beansprucht.

Ich habe Besuchsrechte erlangt und meiner Brittany an drei aufeinanderfolgenden Nächten im Traum die Aufwartung gemacht. Jetzt fürchtet sie sich davor, einzuschlafen. Sie steht nicht unter dem Schutz des Feindes. Sie gehört mir, Qualob, und ich werde sie behalten.

Zunächst werde ich noch ein bisschen mit ihr spielen, dann flüstere ich ihr ein, dass ihre Schwierigkeiten mühelos durch Selbstmord gelöst werden können. Ich plane einen Gruppenselbstmord, zumindest einen Pakt mit Ian. Wenn Jillian weiterhin Fortschritte macht, versuche ich, auch sie hineinzuziehen.

Der Zimmermann nannte unseren Meister einen »Mörder von Anbeginn an«, einen »Lügner« und einen »Vater der Lüge«[34]. Er sagte: »Wenn er lügt, entspricht das seinem Wesen.«[34] Der Tyrann wollte damit eine Beleidigung aussprechen, doch ich halte es für ein Kompliment.

Je länger man etwas tut, umso mehr Übung bekommt man und umso besser wird man. Wie gut sind wir im Lügen? So gut, dass Lügen unsere Muttersprache ist. Doch vergiss nicht, dass wir zweisprachig sind – unsere erste Fremdsprache ist die Wahrheit. Gebrauche sie sorgfältig von Fall zu Fall, um einen möglichst überzeugenden Rahmen für unsere Lügen zu schaffen.

Der Zimmermann behauptet, dass Seine Schafe Seine Stimme hören. Sie würden keinem Fremden folgen, weil sie dessen Stimme nicht kennen.[35] Verstehst du, was ich meine? Um das christliche Ungeziefer irrezuführen, müssen wir alles tun, damit unsere Stimme wie die Stimme des Feindes klingt. Das ist so ähnlich wie Bauchreden. Wir benutzen glaubwürdige und vertraute Stimmen, wie die von Pfarrer Braun, und lassen sie unsere Worte sprechen.

Der Feind spricht nur eine einzige Sprache. Er spricht nur die Sprache der Wahrheit. Das ist ein gewaltiger Vorteil für uns. Wir können die Wahrheit oder die Lüge einsetzen, je nachdem, was uns dienlicher ist.

Der Zimmermann hatte Recht, als er unsere Morde mit unseren Lügen in Zusammenhang brachte. Lerne aus dieser Verknüpfung. Gleichgültig, ob es sich um den Mord an Juden, Kindern, einem bettlägerigen Verwandten oder um Selbstmord handelt – wir müssen nur die richtigen Lügen finden, um die Schleimbeutel davon zu überzeugen, dass Mord die vernünftige Vorgehensweise ist. Je mehr wir morden, umso leichter wird die Irreführung. Wie unsere Marionette Stalin sagte: »Der Tod eines Menschen ist eine Tragödie, der Tod von Millionen eine Strategie.« (Wie zu erwarten hat er inzwischen seine Meinung geändert, doch für einen Rückzieher ist es jetzt zu spät.)

Desorientierte Teenager sind besonders anfällig. Ich habe Makelfleck schon eine Liste mit Lügen für Brittany geschickt, in der Hoffnung, dass wir sie zu Fall bringen, und Jillian mit ihr.

Ich fühle mich wie neugeboren, Qualob. Ich rieche das Blut des Mädchens, ich schmecke schon die Marter, die ich ihr bereite. Ich bin die Katze, sie ist die Maus. Ich spiele mit ihr, bis die Zeit gekommen ist …, dann verschlinge ich sie mit Haut und Haar.

Wie stehen ihre Chancen, mir zu entrinnen? Nicht besser als die Chancen eines Schneeballs in der Hölle.

Dein, sorgfältig seine Lügen auswählender,

Graf Moderthal

36. KAPITEL

Auf dem Weg in den Tod

Es ist drei Uhr nachts und morgen ist Schule, Brittany. Meine Eltern bringen mich um. Ich muss jetzt nach Hause. Geht es dir besser? Ich kann nicht weggehen, bevor ich sicher bin, dass alles okay ist.«

»Es ist gut«, versuchte sie Jillian zu beruhigen. Sie lächelte und sah einen Augenblick lang wie die alte Brittany aus. »Wirklich. Ich werde mich in den Schlaf weinen. Das habe ich schon öfter gemacht. Und am Morgen geht es mir dann besser.«

»Okay, ich sehe dich in Englisch. Komm nicht zu spät, du willst doch nicht wieder Probleme mit der Mugavero bekommen.« Beide lachten. Jill zog die Haustür hinter sich zu und rannte zu ihrem Auto.

Brittany beobachtete, wie die Rücklichter in der Dunkelheit verschwanden. Sie zog ein Notizbuch aus ihrer Tasche und überprüfte noch einmal die Möglichkeiten, die sie hatte.

Ihre Eltern waren beide auf Geschäftsreise. Die Sache mit dem Auto war am vernünftigsten. Leicht, schnell und ohne Dreck zu machen. Sie ging zur Garage.

Bei geschlossener Garagentür ließ Brittany den Motor an und brachte ihn auf Hochtouren. Sie fragte sich, wie es wohl schneller ginge, bei geschlossenen oder geöffneten Fenstern. Nach ein paar Minuten verlor sie das Bewusstsein.

SECHSUNDDREISSIGSTER BRIEF

Unser Märchen über die Entstehung der Welt

An meinen müde werdenden Qualob.

Du schmollst und spielst den Beleidigten mit dem Hinweis, dass es nicht fair ist, dass der Heilige Geist unabhängig von den Kämpfern wirkt. Du berichtest, dass du zusammen mit Rosenreißer Diane fast besiegt hattest, aber ehe du dich versehen hattest, war sie Staatsangehörige von Charis. Du betonst, dass alles auf einen Nahkampf zwischen den Speichelleckern und uns hinauslaufen sollte, und dass der Heilige Geist so anständig zu sein hätte, sich aus der Sache herauszuhalten.

Nun, Qualob, falls du es noch nicht wusstest: Das Universum ist nicht fair. Stell dich endlich darauf ein!

Ich bin entsetzt, dass diese Jodi Diane unter ihre abscheulichen Fittiche genommen hat. Sie nimmt sie zum Frauen-Bibelkreis mit, zu einem solchen, in dem tatsächlich mit der Bibel gearbeitet und gebetet wird! Und der Gipfel: Sie hat eine Frau kennen gelernt, die ihr ihre Down-Syndrom-Brut vorgestellt hat, und sie haben einen herrlichen Nachmittag miteinander verbracht!

Warum sollte ich nicht überrascht sein?

Die einzige gute Nachricht ist, dass Diane eine Auseinandersetzung mit der Frau des Pfarrers hatte, die sie bat, mit ihrer Kaffeetasse den Raum mit dem Büchertisch zu verlassen, weil laut Hausordnung in Räumen mit Teppichboden das Kaffeetrinken verboten ist. Ich freue mich, dass Diane immer noch über diese Kränkung und die peinliche Situation nachgrübelt.

Lass diese Wunde nicht verheilen, verwandle die Kränkung in Wut und Groll. Benutze sie als Keil, den du zwischen Diane und diese Kirchengemeinde treibst. Ein Schneeball genügt, um eine Lawine auszulösen, eine Mücke kann zu einem Elefanten heranwachsen.

Bescheidene Anfänge wie diese haben uns schon geholfen, viele dieser Erdenwürmer in rastlose Konsumenten zu verwandeln, die von einer Kirchengemeinde zur anderen ziehen und vom Büfett der verschiedenen Schwadronen hier und da ein Häppchen naschen, immer auf der Suche nach der besten Predigt, der besten Musik und den besten Programmen. Sorge dafür, dass eine schlechte Erfahrung auf die andere folgt, bis sie zu Profi-Kirchenkritikern geworden sind, ohne zu merken, dass das Problem der Kirchengemeinden darin besteht, dass Leute wie sie zu ihnen gehören.

Einer neueren Meldung entnehme ich, dass der Pfarrer deines Ungeziefers zum Ziel des Angriffs eines Vierer-Teams geworden ist. Materialismus, Geltungsbedürfnis oder der gute alte Ehebruch können den Feind in Verruf bringen und Bekehrten wie Fletcher einen Dämpfer geben. Bringe die Gemeindeglieder dazu, ihren Pfarrer so zu behandeln, wie die Menschen damals den Zimmermann behandelten – ihn entweder anzubeten oder zu kreuzigen, oder zuerst das eine und dann das andere.

Wenn möglich, bringe die Fletchers mit Schwätzern und Gemeindegliedern zusammen, die sich streng an den Buchstaben des Gesetzes halten. Diese Leute finden immer etwas, was nicht der Sache des Feindes dient. Die Fletchers sollen sich mit Menschen anfreunden, die verbittert sind, weil die Kirche die Orgel nicht restauriert hat, weil der Kindergarten nicht vergrößert wurde oder weil im Gottesdienst zu viele neue oder zu viele alte Lieder gesungen werden. Die Verantwortlichen sollen sich über alle Kritik erhaben fühlen und sich allen Ratschlägen gegenüber verschließen. Nichts gefällt uns besser als Zwietracht innerhalb von Gemeinden.

Du berichtest, dass die Fletchers unter dem Einfluss von Ryan und Jodi über den Schöpfungsbericht, wie er im verbotenen Buch steht, nachgedacht haben. Sie beginnen, die gesellschaftlich anerkannte Vorstellung vom Ursprung des Lebens anzuzweifeln. Es liegt auf der Hand, dass wir am Erhalt des gegenwärtigen Zustandes stark interessiert sind. Schließlich war die falsche Lehre unsere Idee.

Ich erinnere mich, als wir in der Expertenkommission zum ersten Mal diesen Gedanken aufbrachten – er klang ja wirklich amüsant –, da dachten die meisten von uns, dass das Vorhaben unmöglich gelingen könnte. Wer würde an solchen Unsinn wie planlose Entstehung und Selbsterzeugung glauben? Doch wir haben die Leichtgläubigkeit der Erdenwürmer unterschätzt. Man kann diese Kakerlaken dazu bringen, *alles* zu glauben. Die Evolution ist ein Märchen für Erwachsene. Wir wählen bewusst einige Fakten aus und lassen viele andere unberücksichtigt, dann präsentieren wir unser Datenwerk, als sei es unbestreitbare Realität. Und das Madenfutter nimmt es uns ab!

Leider geht unsere Theorie still und leise in die Brüche. Immer mehr Wissenschaftler weisen darauf hin, dass das komplexe System in menschlichen Zellen unmöglich mit der Evolutionstheorie Darwins erklärt werden kann, dass die Erklärung, die von einem intelligenten Plan und einer besonderen Schöpfung ausgeht, aber durchaus einleuchtend ist.

Mach dir dennoch keine Sorgen, Qualob. Noch einige Jahrzehnte lang werden die meisten Erdenwürmer von diesen Wahrheiten keine Notiz nehmen. Bis dahin werden wir Darwins Evolutionstheorie durch etwas *anderes* ersetzt haben, das einen Glauben an den Feind nicht erforderlich macht. (Zum Beispiel: »Sicher, der Plan ist intelligent, und es stimmt, mit der Evolution kann man vieles nicht erklären, aber eine Erschaffung durch Außerirdische läge durchaus im Rahmen des Möglichen.«)

Wenn der Feind nicht der Schöpfer der Kakerlaken ist, dann ist er auch nicht ihr Richter. Und darauf kommt es im Grunde genommen doch an, nicht wahr? Was sie am meisten fürchten und verschmähen, ist die Vorstellung, dass sie Rechenschaft ablegen müssen. Mit Freuden nehmen diese Erdenwürmer bereitwillig jede Theorie an, solange diese ihre angeborene Ahnung davon, dass sie sich einmal für ihr Leben verantworten müssen, verlöschen lässt. Anstandslos setzen sie sich über Einzelheiten hinweg, wie das Fehlen von Übergangsformen bei den Fossilien und die Milliarden fehlender Glieder, die es geben müsste, die aber unauffindbar sind. Beharrlich verschließen sie die Augen davor, dass es auch keine lebenden Übergangsformen gibt, die überall in ihrer Welt zu finden sein müssten. Bereitwillig nehmen sie diese Widersprüche in Kauf, nur um nicht an einen Schöpfer glauben zu müssen. Wenn es keinen Schöpfer gibt, können sie schließlich leben, wie sie wollen.

Doch das ist erst der Anfang. Wenn wir sie davon überzeugen, dass ihre Welt ohne einen Schöpfer begonnen hat, dann bedeutet das, dass ihre Welt nichts Besonderes ist. Die Menschen sind dann auch nichts Besonderes, denn was ist schon Besonderes an einem Produkt des Zufalls?

Wenn sie erst einmal unserer Prämisse zugestimmt haben, können sie unsere daraus folgende Logik nicht ablehnen. Warum sollte man eine Person, die nicht mehr als ein Zufall ist, *nicht* zerstören dürfen? Warum sollte man eine Welt, die keinen Zweck und keinen Sinn hat, *nicht* zerstören dürfen? Wenn es keinen Schöpfer gibt, gibt es keine sittlichen Gebote, nach denen sich das Verhalten zu richten hat. Man muss für nichts Rechenschaft ablegen, weil niemand da ist, vor dem man es tun könnte.

Sogar Verbrechen wie Ausbeutung, Mord und Diebstahl haben wir mit einer Maxime beschrieben, die erklären soll, dass das Leben nun mal so abläuft: »Das Überleben des Stärkeren.«

Stell dir vor, wie Kinder in Banden, auf der Straße, zu Hause, auf dem Spielplatz und in der Schule andere Kinder umbringen. Wir hassen Kinder. Wir haben uns immer bemüht, Erwachsene, insbesondere Eltern, dazu anzustiften, Kinder umzubringen. Doch die Vorstellung, dass Kinder sich gegenseitig umbringen, ist von einzigartigem Hochgenuss!

Die Erwachsenen haben wir mit Blindheit geschlagen, damit sie nicht erkennen, dass diese Kinder lediglich die Geringschätzung des menschlichen Lebens, die sie ihnen beibringen, ausleben. Die Erwachsenen ziehen moralische Maßstäbe ins Lächerliche, erwarten aber, dass ihre Kinder moralisch handeln. Sie bringen Kindern bei, dass sie sich nicht wesentlich von Tieren unterscheiden, sind dann aber bestürzt und fassungslos, wenn Kinder einander … wie Tiere umbringen! Sie fragen sich: »Warum hören unsere Kinder nicht auf uns?« Doch in Wirklichkeit *hören* die Kinder auf sie. Genau deshalb befinden sie sich ja in den Klauen von Gewalt und Verzweiflung!

Sind wir nicht spitze?

Sie bringen ihren Kindern bei, dass sie willkürliche Produkte der Zeit, des Zufalls und der Naturkräfte sind, die aus irgendeiner Ursuppe kommen, und dass sie sich nur dem Grad – nicht der Art – nach von Bäumen, Thunfischen und Stachelschweinen unterscheiden. Ja, und dann – davon muss man einfach hingerissen sein – fragen dieselben Erwachsenen, ohne das Gesicht zu verziehen, warum diese Kinder das menschliche Leben, ihr eigenes, sowie das anderer, nicht achten. Sie schreiben das Rezept und legen die Zutaten auf den Tisch, und dann wundern sie sich, wenn ihre Kinder den Kuchen backen und aufessen!

Gleich im ersten Vers des verbotenen Buches können sie lesen: »Gott schuf.«[36] Wenn wir das Ungeziefer in diesem Punkt irreführen können, dann können wir es bei allen anderen Dingen auch täuschen. Schau um dich, Qualob, es ist uns schon gelungen!

Wenn diese neuen Christen die »geistlichen Wahrheiten« annehmen, dann sorge dafür, dass sie ihr Leben in verschiedene Bereiche aufspalten und sich vorstellen, dass ihre alten Überzeugungen auch in gewisser

Weise wahr sind. Führe sie so hinters Licht, dass sie sich eine Kategorie von Wahrheiten für den Glauben und eine andere Kategorie für die wirkliche Welt zulegen, dass sie also geistliche und wissenschaftliche Wahrheit in unterschiedliche Klassen einstufen. Ein Christentum, das sich auf Mythen anstatt auf die geschichtlichen Handlungen des Feindes gründet, ist keine Bedrohung für uns, ja, es kann uns sogar ganz nützlich werden.

Du bist besorgt über die öffentlichen Gebetsaufrufe auf Grund der neuen Krise. Es besteht kein Anlass zur Beunruhigung, solange die Gesellschaft den Feind nur an ihrem Rand duldet. Wenn Volksvertreter, die sonst nie beten, plötzlich die Gemeinschaft aufrufen, für verletzte Schüler oder die Opfer von Wirbelstürmen zu beten, dann stellt das für uns keine Bedrohung dar. Mit einer gelegentlichen Verbeugung, einer symbolischen Bibel hier und da und dann und wann einem ökumenischen Gebet findet sich der Feind nicht ab. Er mag es nicht, wenn Er benutzt wird. Geistliche Rhetorik aus dem Mund von Menschen, die Ihm regelrecht ins Gesicht schlagen, wenn sie ihren Kindern beibringen, dass Er nicht existiert oder dass der Glaube an Ihn belanglos ist, macht keinen Eindruck auf Ihn.

Ich bin sogar selbst erstaunt darüber, wie sehr wir dieses Ungeziefer im Griff haben. Schau dir diese Wissenschaftler an, die mit ihren Instrumenten tief in den Weltraum hineinschauen und dann behaupten, dass das, was sie sehen, nicht geschaffen wurde. Dieselben Narren würden einen Mann für geisteskrank erklären, der auf das Gemälde eines Wasserfalls oder einer Blume zeigt und verkündet: »Niemand hat dieses Bild gemalt – Farbkügelchen, die schon immer existierten, haben sich im Lauf von Jahrmillionen auf dieser Leinwand angeordnet.« Was sie vorbringen, ist natürlich viel unerhörter: Sie behaupten, dass die Originale der Abbildungen, die weitaus komplexer und ausgeklügelter sind als die Gemälde, keinen Schöpfer haben.

Es ist mir ein Vergnügen zu sehen, dass dieses Ungeziefer sich selbst für intelligenter als den animistischen Buschmann hält, der drohend mit Stöcken herumfuchtelt, um die Geister von den Bäumen zu verscheuchen. Der Animist weist in der Tat mehr Intelligenz und gesunden Menschenverstand auf als der Wissenschaftler oder Professor im weißen Mantel und mit Hochschulzeugnissen an der Wand, weil der Animist ein übernatürliches Reich und einen Schöpfer anerkennt – egal, wie falsch seine Vorstellung vom Feind sein mag.

Viele Erdenwürmer sind der Meinung, der Glaube an einen Schöpfer sei Wunschdenken. In Wirklichkeit trifft das Gegenteil zu: Ihr Unglaube ist das eigentliche Wunschdenken. Ist das nicht reine Ironie? Da wir in der Klarheit der Geisterwelt leben, sind wir gezwungen, bezüglich unseres Glaubens Fundamentalisten zu sein. Doch für unsere Taten gilt das nicht. Wir mögen unfähig sein, nicht zu glauben, aber wir können diesem Glauben widerstehen!

Wie die Opfer, die wir hinters Licht führen, würden auch wir gerne den Schöpfer durch einen Willensakt zum Verschwinden bringen. Wenn wir es könnten, wäre Er mit Sicherheit schon seit undenklicher Zeit abgeschafft. Wenn doch das Universum eine Demokratie wäre und wir unsere Stimme zu den Stimmen des Ungeziefers dazuzählen könnten! Durch einen demokratischen Mehrheitsbeschluss könnten wir den Tyrannen rechtmäßig beseitigen; danach würden wir uns umdrehen und das Ungeziefer verschlingen.

Wir sind fähig, die Regeln zu brechen, aber nicht in der Lage, neue Regeln aufzustellen. Und das Schlimmste von allem ist, dass wir nicht die Macht haben, den Schöpfer zu entmachten. Wenn wir das nur könnten, Qualob! Wenn wir das nur könnten!

Ich tröste mich mit unserem Märchen und der unausbleiblichen Metzelei.

Graf Moderthal

37. KAPITEL

Anders

Das ist wirklich ein hübsches Restaurant«, meinte Jill.

»Ich hoffte, dass es dir gefällt. Du siehst gut aus, Jill. Dieses Kleid steht dir wirklich gut.«

»Danke, Papa. Und danke, dass du mich gedrängt hast, mitzukommen.«

»Autsch, das tut weh. Du wolltest also gar nicht mit?«

»Zuerst klang es so komisch. Ich meine, wann bist du das letzte Mal mit mir ausgegangen, nur wir beide, du und ich?«

»Ich erinnere mich nicht mehr.«

»Ich auch nicht. Darauf wollte ich hinaus.«

»Du bist eben vom Krankenhaus gekommen, nicht wahr? Wie geht es Brittany?«

»Sie ist immer noch bewusstlos. Die Ärzte sagen, sie kann jeden Moment aufwachen, aber vielleicht wacht sie auch gar nicht mehr auf. Es ist schon drei Tage her.«

»Es tut mir so Leid, Jilly. Ich habe für sie gebetet – und für dich auch.«

Jillian nickte und schaute nach unten.

»Hast du Daniel heute Morgen gesehen? Ich bin sehr früh weggefahren. Ich frage mich, was er wohl von der Jugendgruppe gestern Abend gehalten hat.«

»Er hat gesagt, dass er es unausstehlich fand.«

»Oh, schade.«

»Aber weißt du, er hat mit Mama gesprochen. Und als ich ihn gefragt habe, wie's war, hat er gesagt, es sei okay gewesen. Ich habe ihn mit zwei Studenten gesehen. Die fand er wohl sympathisch. Vielleicht haben sie über Computer oder Musik oder sonst was gesprochen. Mir hat die Jugendgruppe am Anfang auch keinen Spaß gemacht, aber nach ein paar Wochen hab ich mich irgendwie eingewöhnt und auch ein paar neue Leute kennen gelernt. Ich habe Brittany eingeladen, mit mir zu gehen, bevor sie … ins Krankenhaus kam. Sie lehnt irgendwie alles Christliche ab, aber ich glaube, das habe ich auch getan.«

»Sag mal, Jilly, wie findest du das eigentlich, dass deine Mutter schwanger ist?«

»Zuerst war ich geschockt. Dann war's irgendwie peinlich, weißt du. Es ist, als würde jeder grinsen und denken: Sieh mal an, wenn deine Mutter schwanger ist, dann müssen deine Eltern ja immer noch …

»Okay, ich verstehe.«

»Und dann fand ich es allmählich auch irgendwie cool, ein Baby im Haus zu haben. Ich habe mir immer eine kleine Schwester gewünscht. Ein Junge wäre auch okay, solange er nicht wie Daniel wird …« Sie zögerte, aber dann stieß sie hervor: »Mama erzählte mir, was der Arzt empfohlen hat.«

»Und? Was hältst du davon?«

»Na ja, es ist komisch. Ich habe immer gedacht, ich sei dafür, dass eine Frau selbst entscheiden kann, ob sie ein Baby zur Welt bringen will oder nicht. Aber wenn man vor der Wahl steht, sich das Baby oder den Arzt vom Halse zu schaffen, dann nichts wie weg mit dem Arzt, würd ich ja mal sagen.«

Jordan lachte. »Weise Worte, mein Schatz. – Jetzt erzähl mir doch einfach mal was aus deinem Leben.«

»Aus meinem Leben … Also, da gäbe es so allerhand zu erzählen …«

»Ich weiß, ich habe großen Nachholbedarf.«

»Ich denke zum Beispiel darüber nach, ob ich studieren soll.«

» Das wäre doch schön. Ich möchte alles hören, was du dir in Sachen Studium überlegt hast. Vielleicht könnten wir zusammen ein paar Unis besichtigen? Aber erzähl mir vorher noch etwas über den Jungen, mit dem du seit kurzem ausgehst. Wie ist er?«

Siebenunddreissigster Brief

Lord Chemosh

An meinen erhabenen Lord Chemosh.

Ich war hocherfreut, Ihren Brief, auf dem das Siegel mit Ihren königlichen Insignien angebracht war, zu erhalten. Ich fühlte mich geehrt, dass eine solch hochrangige Persönlichkeit mir ihre geheimen Gedanken anvertraut. Sie können sich darauf verlassen, dass ich Ihren Brief mit der gebotenen Vertraulichkeit behandle. Zu Ihrer und meiner Sicherheit schicke ich diesen Brief an die Stelle, die Sie mir angegeben haben, wo einer Ihrer getreuen Offiziere ihn abholen kann. Natürlich werde ich Ihren Brief vernichten, und ich bitte Sie, mit meinem Brief ebenso zu verfahren.

Auch ich habe herrliche Erinnerungen an unsere Arbeit unter den Inkas. Ich empfand es als Vorrecht, unter Ihrem Befehl zu dienen und an Ihrer Seite verehrt zu werden.

Ihre etwas heikle Frage kann ich mit Ja beantworten: Ja, auch ich habe mir zuweilen Fragen über unser kosmisches Hasardspiel gestellt. Wir hatten so große und edle Träume, hatten uns vorgenommen, die Welt des Tyrannen für uns zu beanspruchen und sie umzugestalten.

»Wir müssen zuerst das Alte niederreißen, bevor wir etwas Neues aufbauen können«, verkündete Luzifer. Und damals klang das einleuchtend, oder etwa nicht? Doch jetzt, nach Jahrtausenden, sind wir immer noch nicht weiter, wir reißen immer noch nieder, haben aber herzlich wenig Konkretes vorzuweisen.

Ich habe Gerüchte gehört, die besagen, dass einige von uns vorhaben, zum Meister zu gehen, um mit ihm zu reden und ihn an unser ursprüngliches Ziel zu erinnern. Obwohl es doch den Wenigen, die dies in der Vergangenheit gewagt haben, dabei nicht gut ergangen ist.

Ja, auch ich frage mich, ob mit dem Plan etwas schief gelaufen ist. Natürlich nehme ich mich in Acht und drücke mich vorsichtig aus, und ich sage es auch nur zu Personen, denen ich vertraue, so wie Ihnen.

Damit will ich natürlich nicht andeuten, dass der Meister an dieser Situation schuld ist. Wenn der Tyrann nur Seine Hand von diesem Planeten abzöge, wenn er nur zuließe, dass wir Seine Nachfolger von der Erde vertilgen und das aus ihr machen, was wir zu erreichen suchen, dann würden wir zeigen, wie eine ordentlich regierte Welt aussieht. Doch wir sind dauernd damit beschäftigt, die Feuer des Feindes zu löschen, so dass wir keine Zeit für etwas anderes haben.

Ich versuche, mein Augenmerk darauf zu richten, wie die Schreie der Hölle das Lachen und Singen von Charis übertönen. Doch ich bin höchst beunruhigt über das zermürbende Stöhnen von Erebus. Ich meine damit nicht diejenigen, die von unserem Meister bestraft werden. Ich meine uns andere, die wir mit der Last endloser, frustrierender Aufgaben zu kämpfen haben. Unruhe macht sich in unseren Reihen breit. Ernüchterung ist an die Stelle unseres anfänglichen Idealismus getreten. Ich höre munkeln, dass wir letztendlich vielleicht doch an der Leine des Tyrannen liegen und dass unser Endsieg möglicherweise eine trügerische Hoffnung ist.

Was ist mit unserem Reich geschehen, Lord Chemosh? Was ist aus unseren Träumen geworden? Früher einmal glaubten wir zu wissen, was Zufriedenheit ist. Dabei standen wir doch unter dem Bann des Tyrannen, wie wir jetzt wissen. Oder ist es möglich, dass wir ... unter den Bann eines anderen gefallen sind?

Sie sagen, dass Sie nie die Freude gefunden haben, nach der Sie auf der Suche waren. Genauso geht es auch mir! Ich habe Zielbewusstsein, eine innere Berufung und rasende Wut verspürt, aber nie Freude. Sie macht einen Bogen um mich. Ich frage mich inzwischen, ob es Freude überhaupt gibt. Ich habe mich ihr greifbar nahe gefühlt, als ich das Ungeziefer verführte und brutalisierte, als ich das Blut von Christen einsaugte, als ich das Messer in den Bauch von Babys stieß und Frauen jagte und bis zur Bewusstlosigkeit schlug. Wenn ich meine Angelhaken in das Ungeziefer bohrte, dachte ich einen flüchtigen Augenblick lang, dass ich beginne, Freude zu verspüren. Doch nein, die Freude liegt immer einen Schritt entfernt, wartet immer hinter der nächsten Ecke.

Wir dachten, dass wir die Freude gefunden hätten, als wir den Zimmermann auspeitschten, Nägel in sein abscheuliches Fleisch schlugen und beobachteten, wie das Blut aus seinen Wunden floss. Wir schrien triumphierend und siegesgewiss. Ich erinnere mich noch sehr gut daran. Aber schon drei Tage später fiel alles wie ein Kartenhaus zusammen, als wir entdeckten, dass er letzten Endes doch kein Madenfutter geworden war.

Der Himmel feierte ein rauschendes Fest und wir flohen vor Entsetzen. Seither sind wir ständig auf der Flucht, oder etwa nicht? Vor unseren Untergebenen können wir unsere Zweifel nicht eingestehen, sonst könnten sie uns die Treue brechen oder in ihrem Dienst nachlassen. Es stimmt, hier und da haben wir Siege errungen, aber können wir wirklich den Krieg gewinnen? Dies ist ja die Frage, die Sie mir gestellt haben. Auch ich habe große Zweifel daran. Der Feind ist allmächtig. Das Ungeziefer kann das zwar abstreiten, aber wir können es nicht.

Immer und immer wieder gehen mir alte Erinnerungen durch den Sinn. Wir treiben uns hier vor den Toren der Hölle herum, doch manchmal frage ich mich, ob die Hölle für uns nicht schon begonnen hat. Da Sie mir Ihre innersten Gedanken offenbart haben, gestehe ich Ihnen, dass ich mich in Augenblicken der Verzweiflung frage, ob die Freude, die wir so hartnäckig suchen, nicht genau die Freude ist, die wir einst hatten – in Charis, vor der Revolution. War sie vielleicht doch kein Trugbild, sondern Wirklichkeit? Ist das, was wir seither kennen, keine Wirklichkeit, sondern das Trugbild?

Bei diesem Gedanken zittere ich – ich, der ich vielen das Zittern beigebracht habe. Baltar und Hoofstab haben in persönlichen Gesprächen ähnliche Gedanken geäußert.

Ist es möglich, dass wir nach all unseren Bemühungen in diesem ewigen Feuer brennen müssen? Wie können wir glauben, dass dies nur ein Märchen ist, wenn doch alle anderen Vorhersagen des Feindes sich als richtig erwiesen haben? Wie können wir glauben, dass Er nicht die Macht hat, uns das anzutun, wo wir Ihn doch vor jedem Angriff auf Seine Auserwählten um Erlaubnis bitten müssen?

Die Auflehnung schien eine großartige Idee zu sein, aber sie war nicht *unsere* Idee, Lord, stimmt's? Jedenfalls nicht am Anfang. Wie Sie ganz richtig sagten, war Luzifer so überzeugend, so glaubwürdig, seine Sache schien so gerecht zu sein … Doch was ist daraus geworden?

Ich tröste mich damit, dass ich dem Ungeziefer Dunkelheit und Verzweiflung bringen kann. Ich zittere jedoch vor Angst bei dem Gedanken, dass Dunkelheit und Verzweiflung auch mich heimsuchen werden und dass ich nichts tun kann, um mich davon zu befreien. Daran dachte ich, als ich unser tägliches Gebet sprach:

»Oh, Luzifer, Sohn des Morgens, Schatten der Dunkelheit. Oh, Beelzebub, Geburtshelfer der Zerstörung … Satan, der du dem Allerhöchsten gleich bist: Falle auf uns. Verschlinge uns, wie wir die Menschen verschlingen. Versenke uns in die Tiefen deiner Herrschaft. Schütze uns vor dem Tyrannen, der uns nahm, was uns gehörte, und es den Madensöhnen Adams schenkte. Gib uns die Kraft, zurückzuholen, was Er stahl, und Rache an allen zu üben, die uns nehmen wollen, was uns gehört. Wir versprechen dir feierlich unsere Treue. Was wir anderen nehmen, geben wir dir, damit du in Charis einst den Thron besteigst, um eine ewige Herrschaft des Schreckens zu errichten, in der du deine Feinde vernichtest und deine Diener belohnst.«

Ja, es ist in der Tat nicht ohne Ironie, dass das, was Beelzebub von uns fordert – unsere bedingungslose Treue – genau das ist, was einst der Feind von uns verlangte. Manchmal scheint es ein geringer Trost zu sein, dass unser Meister einer von uns ist, der Größte der erschaffenen Geschöpfe.

Nun noch die Antwort auf Ihre letzte Frage: Ja, Lord Chemosh, es wäre eine Ehre für mich, mit denen, die Sie erwähnten, zu einem inoffiziellen Meinungsaustausch über diese Angelegenheiten zusammenzukommen. Ich stehe zu Ihren Diensten und warte auf Ihre Anweisungen.

Ihr treuer Diener

Graf Moderthal

38. Kapitel

Die endgültige Antwort

Das ist unsere endgültige Antwort, Herr Doktor«, sagte Diane mit fester Stimme.

»Nun, es ist Ihre Entscheidung.«

»Ja, und wir haben sie getroffen.«

»Gut.« Er hob die Hände. »Ich versuche nicht, Ihnen etwas auszureden. Ich weise Sie nur auf das hin, was geschehen könnte. Das ist alles.«

»Es ist unser Kind. Wir werden dieses Kind bekommen. Dabei bleibt es.«

Achtunddreissigster Brief

Es läuft verdammt schlecht

An meinen ahnungslosen Qualob.

Mit Bedauern nehme ich zur Kenntnis, dass Fletcher und seine Frau nach einigem Zaudern im Zusammenhang mit dieser Down-Syndrom-Brut (die Sorte, die der Feind für Seinen Augapfel hält) beschlossen haben, ihr kleines Madenfutter leben zu lassen. Ich habe Lust, in einen dieser Schleimbeutel zu fahren, damit ich mich übergeben kann.

Du berichtest, dass Fletcher jeden Morgen damit beginnt, diese abscheulichen Anbetungslieder zu hören. Es ist einfach unglaublich! Sorge dafür, dass er wieder das Radio einschaltet, den Wetterbericht hört, *irgendetwas* anderes als diese zersetzende Verehrung des Tyrannen. Wie der Kampf sich entwickelt, hängt oft von den letzten Gedanken eines Mannes am Abend und seinen ersten Gedanken am Morgen ab. Wenn du zulässt, dass der Feind diese Gedanken für sich gewinnt, dann sind wir geschlagen. Zwinge ihm deine Gedanken auf, dann ist der Sieg dein. Früher hast du damit geprahlt, dass du Fletcher im Straßenverkehr zur Weißglut getrieben hast. Jetzt betet er beim Autofahren, hört Anbetungslieder und Lesungen aus dem verbotenen Buch oder aus christlichen Büchern. Manchmal singt er aus voller Kehle mit und vergisst sich selbst vor Begeisterung und Freude. Es ist grauenhaft. Wenn er früher nach Hause kommt, hat er mehr Zeit, seine Familie zu Gunsten des Feindes zu beeinflussen, jammerst du. Wenn er jedoch später heimkommt, hat er mehr Zeit zu beten, zu loben und über das verbotene Buch nachzudenken. In jedem Fall bist du der Verlierer. Oder, wie du es ausdrückst: »Egal, was geschieht, es läuft verdammt schlecht.« Allerdings, Qualob, das siehst du ganz richtig! Zwischen den Klängen von Charis und deinem Gewinsel halte ich es kaum aus.

Was soll ich dir noch sagen? Passe deine Strategie an und versuche es mit Schadensbegrenzung. Früher war es dein Vorteil, wenn Fletcher in einem Verkehrsstau steckte. Jetzt tu, was du kannst, um die Zeit, die er im Berufsverkehr verbringt, abzukürzen. Sei ehrlich – der Feind hat dir eine Gelegenheit vor der Nase weggeschnappt.

Pfui! Dauernd höre ich das kreischende Getöse von Charis, es klingt wie Fingernägel, die über eine Tafel kratzen. Jedes Lied singen sie so begeistert, als sei es das erste Mal. Warum? Was führen sie im Schilde?

Wenn ich nur aus meiner Qual in bewusstloses Vergessen gleiten könnte! Ich sehne mich nach Ruhe, nach dem Stillstand dieses Gedankenkarussells, das sich unaufhörlich dreht, nach dem Ende dieses bohrenden Vorgefühls der Schrecken, die uns erwarten. Ich sage dir, *diese Arbeit ist die Hölle!*

Zweifellos kann dein einfaches Gemüt nicht die Verantwortung erfassen, die ich trage, und auch nicht den Druck, dem ich ausgesetzt bin, während ich mich mit solch unzulänglichen Geistern wie dir herumplagen muss.

Was soll's. Ich bin am Ende meiner Weisheit.

Graf Moderthal

39. KAPITEL

Mein Bote

Brittany schritt durch einen langen Tunnel auf ein helles Licht zu. Er bat sie, näher zu kommen. Sie fürchtete sich nicht, fühlte, wie eine warme Freundlichkeit von ihm ausging.

»Willkommen, mein Kind«, sprach die beruhigend klingende Stimme. »Eine Welt voller Freude und Wunder wartet auf dich. Möchtest du näher kommen und sie sehen?«

»Ja«, antwortete sie, obwohl ein Teil von ihr noch nicht bereit war, die Erde zu verlassen.

Der Engel des Lichts – vielleicht ist es Jesus selbst, dachte Brittany – zeigte mit dem Finger auf das ferne Ende des Tunnels, wo sie majestätische Wasserfälle, wunderschöne Blumen und saftig grüne Wiesen erspähte.

»Es ist schön.«

»Ja, und das alles gehört dir, meine Liebste.«

»Mir?«

»Ja, für immer. Aber … vielleicht jetzt noch nicht.«

»Wie meinst du das?«

»Ich schätze dich sehr, Brittany. Deine Zeit auf der Erde ist noch nicht um. Ich habe beschlossen, dich zurückzuschicken, um allen Menschen die gute Nachricht zu verkünden. Erzähle ihnen von der Schönheit und den Wundern, die nach dem Tod auf sie warten. Sage ihnen, dass ich sie nicht richten und nicht verurteilen werde; ich werde sie herzlich willkommen heißen. Sage ihnen: ›Habt keine Angst vor dem Tod.‹ Meine Botschaft an alle Menschen lautet: ›Liebt einander, dann habt ihr nichts zu befürchten.‹ Wirst du ihnen das in meinem Auftrag sagen?«

»Ja, ich werde es ihnen sagen.«

»Gut, sehr gut, mein Kind.« Mit seinem Handrücken strich er ihr sanft über die Wange. »Gehe jetzt, du bist meine Botin.«

Brittany sah das helle Wesen nicht mehr, stattdessen erkannte sie die verschwommenen Umrisse einer weiß gekleideten Gestalt.

»Sie wacht auf. Rufen Sie den Arzt – schnell!«

NEUNUNDDREISSIGSTER BRIEF

Der Feind appelliert an den Eigennutz des Ungeziefers

An meinen Schüler Qualob, der in der Bibel nicht beschlagen ist.

Der Mord – oh, Verzeihung, der Freitod – wäre fast gelungen, wenn nicht diese neugierige Nachbarin gewesen wäre, die den Automotor hörte und sah, dass Rauch aus der Garage drang.

Als sie im Krankenhaus lag, dachte ich noch, ich hätte sie fest im Griff, doch dann sah ich, wie der Feind sie zurückholte. Als eingefleischter Opportunist machte ich das Beste aus der Situation. Ich drang in Brittanys Gedanken ein, zeigte ihr die erlogenen Bilder, überbrachte ihr meine Botschaft und schickte sie als mein Sprachrohr zurück. Ich rechne damit, dass ich jede Menge Profit aus der Sache schlage.

Eben habe ich meine tägliche stille Zeit mit dem verbotenen Buch gehalten. Ich höre schon deine naiven und geisttötenden Einwände: »Wir sollten uns von dem verbotenen Buch fernhalten, es könnte unsere Gedanken in die falsche Richtung lenken.«

Die Überredungskunst des Feindes kann bei mir nichts mehr ausrichten. Wie du habe ich in vollem Bewusstsein meine Entscheidung getroffen und mich gegen Ihn aufgelehnt. Ich bitte nicht um Straferlass (einen solchen bietet Er übrigens auch nicht an).

Ich frage dich: Welcher Trainer wollte nicht die geheimen Besprechungen des Feindes abhören? Welcher General würde nicht fieberhaft den Schlachtplan des Gegners studieren? Ja, ich lese das verbotene Buch – und dafür werde ich mich nicht entschuldigen. Ich lese es, erstens, damit ich lerne, einzelne Sätze noch geschickter aus dem Zusammenhang gerissen zu zitieren und so das Ungeziefer irrezuführen. Zweitens, um immer im Kopf zu haben, worauf der Feind hinaus will, damit ich den Spieß umdrehen kann.

Da du erwähnt hast, dass Fletcher sich eingehend mit dem Buch der Sprüche befasst, lese auch ich darin. Es ist eine extrem schädliche Schrift. Der Feind appelliert darin ständig an den Eigennutz Seines hochgeschätzten Ungeziefers. Dies ist ein schmutziger Trick. Wenn Er an ihre Gerechtigkeit appelliert, stellt das selten eine Bedrohung dar, Gerechtigkeit ist nun mal nicht ihre Stärke. Doch Eigennutz besitzen die Menschen im Überfluss, ihren eigenen Vorteil haben sie ständig im Kopf. Das hinterlistige Argument in den Sprüchen lautet deshalb, dass sie den Geboten des Feindes nicht nur gehorchen sollen, weil es *richtig* ist, sondern weil es *klug* ist – es wird sich zu ihrem Vorteil auswirken.

Ist dir klar, wie schwer unsere Aufgabe wird, wenn das Ungeziefer sich dessen bewusst wird? Wir müssen die Schleimbeutel davon überzeugen, dass der Gehorsam Ihm gegenüber Nachteile bringt, der Ungehorsam aber ihre Chancen verbessert. Halte bei deinen Versuchen, Fletcher in die Arme seiner Sekretärin zu treiben, diese Illusion unter allen Umständen aufrecht.

Überzeuge ihn davon, dass der Feind ein kosmischer Spielverderber ist, der nur darauf aus ist, einem den Spaß zu verderben. Du musst das Offensichtliche überspielen, du musst vertuschen, dass der Feind es war, der das Vergnügen und die Sehnsucht danach schuf. Schmerzlich sind wir uns bewusst, dass der Feind der große Befürworter von Freude und Genuss ist, dass Er ständig Freude bereitet, Partys gibt, Gala-Diner, Feste und Feiern organisiert. Deshalb müssen wir die Luft mit Lärm erfüllen, um unsere Opfer von diesen Klängen abzuschirmen. Unaufhörlich müssen wir neue Eindrücke auf die Menschen einstürmen lassen, sie mit Lärm regelrecht bombardieren, damit sie den Klang Seines Festes nicht hören.

Es genügt nicht, die Stimme des Feindes abzublocken, du musst sie verzerren, damit das Ungeziefer Seine Stimme mit unserer verwechselt. Hüte dich davor, der Bibel zu widersprechen, wenn du sie so verdrehen kannst, dass sie unseren Zielen dient. Pfarrer Braun ist der beste Beweis dafür, dass eine falsche Auslegung der Bibel viel wirksamer ist als ihre Ablehnung. Greife das verbotene Buch nicht an, manipuliere es nur zu deinem Vorteil!

Höre, wozu der Feind aufruft, damit du lernst, was wir vertuschen müssen: »Kann ein Mann Feuer unter seinem Mantel tragen, ohne dabei in Brand zu geraten? Kann er über glühende Kohlen gehen, ohne sich die Füße zu verbrennen? Genauso ergeht es einem Mann, der mit der Frau eines anderen schläft. Wenn er sie berührt, wird er nicht ungestraft davonkommen ... Wer aber Ehebruch begeht, hat seinen Verstand verloren. Nur wer sich selbst vernichten will, handelt so.«[37]

Achte drauf, dass der Feind sich hier gar nicht die Mühe macht zu erklären, wie schlecht und böse Ehebruch ist (obwohl er das an anderer Stelle tut). Stattdessen weist Er darauf hin, dass der Mensch sich durch Ungehorsam ins eigene Fleisch schneidet. Wenn er sich für die Sünde entscheidet, mahnt der Feind, dann entscheidet er sich, jetzt bereits eine Anzahlung auf das Feuer der Hölle zu leisten. Seine Entscheidungen werden schrecklich bestraft. Er wird sich selbst vernichten.

Welche Unverschämtheit! Durch diesen Insider-Tipp verlieren wir unseren wichtigsten Trumpf. Wir versuchen, diese Erdenwürmer mit ihren sinnlichen Begierden trunken zu machen, und er schüttet ihnen kaltes Wasser ins Gesicht.

Der Feind sagt von einem Schleimbeutel, der zu sexueller Sünde verleitet wurde: »Er folgt ihr ahnungslos wie ein Ochse zum Schlachtplatz ..., der nicht erkennt, dass es ihn das Leben kosten wird.«[38]

Siehst du, Qualob, er appelliert dort genau wie wir an den Wunsch des Menschen, dass alles gut ausgeht. Das Ungeziefer will nicht abgeschlachtet und nicht übertölpelt werden. Der Mensch will nicht wie ein unverständiges Tier handeln, obwohl er genau das ist. Die Entscheidungen, die dein Ungeziefer hinsichtlich seiner finanziellen Betrügereien und seiner Sekretärin trifft, bringen ihn Schritt für Schritt der Schlachtbank näher. Du musst seine Augen vor der Warnung des Feindes, dass er sich auf dem Weg zur Selbstzerstörung befindet, verschließen.

Doch der Feind geht noch weiter. Er lässt *Weisheit* dem Ungeziefer mitteilen: »Wer mich findet, der findet das Leben und gewinnt die Anerkennung des Herrn. Wer mich jedoch verfehlt, der vernichtet sich selbst.«[39]

Da haben wir es wieder, ständig wiederholt Er sich. Man fragt sich, wie es möglich ist, dass nicht einmal das Ungeziefer es bemerkt. Der Feind – derselbe, der sie zur Hingabe und Nächstenliebe auffordert – appelliert unverfroren an ihren Selbsterhaltungstrieb! Kein Mensch will sich selbst schaden. Deshalb erklärt Er ihnen, wie Selbstzerstörung vermieden werden kann.

Der Zimmermann argumentierte genauso. Er forderte sie heraus, Seinen Worten zu glauben und zu gehorchen, damit sie wie der *kluge* (Er sagte nicht der *gerechte*) Mann sind, der sein Haus auf massiven Fels baute, und nicht wie der *Dummkopf* (Er sagte nicht der *Ungerechte*), der sein Haus auf Sand baute.[40] Für ihn haben »klug« und »richtig« dieselbe Bedeutung. »Dumm« und »falsch« stimmen für ihn ebenfalls überein. Erkennst du, wie gefährlich das ist? Auf keinen Fall dürfen wir zulassen, dass die Nagetiere das herausfinden.

Weisheit ist unser Feind, denn sie überschlägt erst einmal die Kosten falscher Entscheidungen und nimmt die Belohnungen richtiger Entscheidungen vorweg. Dummheit ist unser wichtigster Verbündeter, da sie den Blick nur auf kurzfristige Befriedigung und nicht auf die langfristigen Konsequenzen lenkt. Bei den Versuchen, dein Ungeziefer immer stärker an seine Sekretärin zu binden, musst du den Dummkopf von den Teilen des Buches abhalten, in denen von Klugheit und Dummheit, von Entscheidungen und Konsequenzen, von den Segnungen des Gehorsams und dem Fluch des Ungehorsams die Rede ist. Würde er im Voraus die Konsequenzen eines Ehebruchs abwägen, dann würde er zurückschrecken. Fletcher würde vor dem Ehebruch fliehen, nicht weil er ein guter Mensch ist, sondern weil die sich abzeichnenden Konsequenzen ihn in Panik versetzen würden, wenn er sie klar vor Augen hätte.

Rede ihm lieber ein, dass er auf jeden Spaß am Leben verzichtet, wenn er den Ratschlägen des Feindes gehorcht, dass er aber das Leben uneingeschränkt genießen kann, wenn er unseren Anregungen folgt.

Siehst du, was man alles aus einer kurzen Beschäftigung mit der Bibel lernen kann? Lerne deinen Feind kennen. *Lies Seine Post!* Und denke daran: Du solltest genau deshalb in das verbotene Buch schauen, damit Fletcher es nicht tut.

Einer der eifrigsten Leser des Buches

Graf Moderthal

40. KAPITEL

Es ist aus

Jordan Fletcher bog auf den Firmenparkplatz ein. Jemand hatte seinen Wagen auf seinem Parkplatz abgestellt, also stellte er sein Auto auf einen leeren Platz zwanzig Meter weiter weg vom Eingang.

»Hallo, Frank«, rief Jordan und winkte, als er auf ihn zuging. »Wie ist es Ihrer Tochter bei ihrem wichtigen Spiel ergangen?«

»Sie hat großartig gespielt. Und gewonnen hat ihre Mannschaft auch.«

»Toll. Übrigens, ich dachte … wie wäre es, wenn wir morgen zusammen Mittagessen gingen?«

»Mittagessen?«

»Ja, Mittagessen. Verstehen Sie, das Essen zwischen Frühstück und Abendessen.«

»Äh … ja, natürlich, gerne.«

»Na, prima. Sie suchen das Restaurant aus, aber ich zahle, okay?«

»O … kay.«

»Bis morgen, Frank.«

»Bis morgen … Jordan.«

Jordan hätte sich gerne umgedreht, um zu sehen, ob Franks Gesicht genauso verblüfft aussah, wie seine Stimme klang. Doch er widerstand der Versuchung.

Er trat aus dem Aufzug und betrat sein Büro. Kurz darauf folgte ihm Patty. Er hatte ein mulmiges Gefühl in der Magengegend, und hundert Gründe fuhren ihm durch den Kopf, warum es jetzt nicht passte, das zu sagen, was er seit drei Tagen eingeübt hatte.

»Setz dich, Patty.«

»Bekomme ich jetzt eins auf den Deckel?«

Jordan schöpfte tief Atem, dann sprach er mit sanfter, aber fester Stimme: »Es ist aus.«

»*Was* ist aus, Jordan?«

»Schau, wir haben bisher noch nichts gemacht – ich meine, wir haben nicht miteinander geschlafen –, aber wir hätten es tun können und fast wäre es passiert. Und das ist verkehrt, völlig verkehrt. Ich bin verheiratet und habe meiner Frau gegenüber ein Gelübde abgelegt, genau wie du deinem Mann gegenüber ein Gelübde abgelegt hast. Ich schulde es Gott und ihr. Und ich liebe sie.«

»Aber mich liebst du mehr … oder?«

»Nein. Wenn ich es mir richtig klar mache, liebe ich dich nicht mehr als sie. Ich habe mit einem Freund darüber gesprochen, und das hat mir geholfen zu erkennen, dass das, was ich dir gegenüber empfinde, nicht Liebe ist, sondern nur ein Begehren nach … etwas Verbotenem. Das ist nicht dasselbe.«

»Du begehrst mich?«

»Natürlich begehre ich dich … immer noch. Doch du bist nicht für mich bestimmt. Wir beide sind verheiratet, aber nicht miteinander. Liebe ist mehr als Gefühle; Liebe ist die Erfüllung einer Verpflichtung. Ich zeige dir, was ich in der letzten Woche mit mir herumgetragen habe. Mein Freund hat es auf diese Postkarte geschrieben.«

Er reichte ihr die Karte. Sie starrte darauf.

»Lies laut.«

»›Kann ein Mann Feuer unter seinem Mantel tragen, ohne dabei in Brand zu geraten? Kann er über glühende Kohlen gehen, ohne sich die Füße zu verbrennen? Genauso ergeht es einem Mann, der mit der Frau eines anderen schläft. Wenn er sie berührt, wird er nicht ungestraft davonkommen.‹[41]«

Patty lachte verlegen. »Was ist denn das, stammt das aus der Bibel? Ich weiß, dass du seit neuestem christlich angehaucht bist, und das ist für mich in Ordnung. Damit kann ich leben. Aber Jordan, du verlässt dich doch nicht im Ernst auf diese Moralpredigten?«

»Doch. Ich nehme sie ernst. Und ich habe beschlossen, mich danach zu richten.«

»Bitte, Jordan.« Sie stand auf und ging auf ihn zu. Schnell trat er einen Schritt zurück und nahm eine abwehrende Haltung ein.

»Schau, die Beendigung dieser Sache ist das Beste für Diane und die Kinder, und auch für mich. Genauso für dich und deine Familie. Es würde nicht nur Unordnung in mein Leben bringen, sondern auch in deines. Vielleicht ist dies bereits geschehen.«

»Ich bin bereit, das Risiko auf mich zu nehmen.«

»Ich nicht. Wie Ryan sagte, das Richtige ist das, was vernünftig ist. Es ist im Interesse aller. Das Falsche ist das Dumme. Es ruiniert das Leben aller. Seien wir ehrlich: Wenn ich nicht Christ geworden wäre, dann wären wir beide schon miteinander im Bett gewesen. Nun bin ich aber Christ, und das bedeutet mir etwas. Eigentlich bedeutet es mir alles.«

Patty schluchzte leise und schaute auf den Boden. »Wie geht es jetzt weiter mit uns?«

»Wir gehen einen Schritt zurück und haben wieder eine rein berufliche Beziehung. Keine gemeinsamen Essen mehr, keine Briefchen, keine Pralinen, keine Geschenke ... Übrigens, die Blumen, die ich dir geschickt habe, gingen auf das Konto der Firma. Ich habe Diane und die Firma belogen und betrogen. Ich werde alles zurückzahlen. Auf alle Fälle tut es mir sehr Leid, Patty, dass ich es so weit kommen ließ. Doch jetzt ist es aus, das ist mein Ernst.«

»Und wenn ich zu tief in dieser Sache stecke? Wenn ich nicht mehr zurück kann?«

»Dann muss ich dir raten, zu kündigen und dir eine andere Stelle zu suchen – oder ich werde kündigen. Wenn einer von uns nicht mehr zurück kann, dann muss einer von uns gehen.«

Sie starrte ihn ausdruckslos an. Dann sah Jordan, wie ihr blasses Gesicht rot anlief.

»Schau, was aus dir geworden ist, Jordan Fletcher! Du bist jetzt einer dieser pharisäerhaften, selbstgerechten, auf die Bibel pochenden Christen. Du denkst, du bist zu gut für mich, stimmt's? Nun, vielleicht will ich dich ja gar nicht mehr. Was hieltest du davon?«

Energisch schritt sie zur Tür, dann drehte sie sich um und starrte ihn in Erwartung einer Antwort an.

»Ich denke ... das ist das Beste, das ich seit langem gehört habe.«

Die Tür knallte ins Schloss, dass die Fensterscheiben klirrten. Jordan zuckte zusammen.

»Dieses Blatt ist aus meinem Buch herausgerissen.«

Jordan ließ sich in seinen Bürostuhl fallen und sprach laut mit dem, den er nicht sehen konnte, den er aber ganz nahe wusste.

VIERZIGSTER BRIEF

Die Wahl der Hochschule

An meinen phantasielosen Schüler Qualob.

Seit längerem hast du nichts mehr über diese Frau namens Patty berichtet. Ich erwarte, dass die Dinge bestens laufen und nehme an, dass der Ehebruch vollzogen wurde? Erzähle mir die pikanten Einzelheiten.

Kommen wir jetzt auf das Thema deines letzten Briefes zu sprechen: Fletcher und seine Tochter suchen nach einer Hochschule, an der sie studieren kann, und du fragst, wie man dabei die beste Auswahl trifft. Wirklich Qualob, ich habe erwartet, dass sie sich solche Fragen stellen. Wie immer ist die beste Wahl die, die sie am weitesten vom Feind wegzieht. Vor allem wollen wir nicht, dass sie in eine Hochschule geht, in der ihr gerade erst entstehender Glaube an das verbotene Buch gestärkt wird. Glücklicherweise besteht an den meisten Hochschulen dafür nicht die geringste Gefahr. Ursprünglich wurden die Hochschulen gegründet, um junge Menschen mit dem verbotenen Buch vertraut zu machen und um christliche Werte in jedes Studienfach einfließen zu lassen. Früher gehörten sie zu unseren mächtigsten Feinden. Kannst du dir das vorstellen: Wir haben damals gekämpft, um junges Ungeziefer von den Universitäten *fern* zu halten!

Der Tyrann, der Zimmermann und der Geist können gegen unsere Ersatz-Dreieinigkeit Darwin, Freud und Marx nur wenig ausrichten. Wir lehren, dass die Menschen Zufallserscheinungen und Tiere sind (Biologie); dass sie an sich gut sind und nur in ihrem Inneren forschen müssen, um herauszufinden, wer an ihren Problemen schuld ist (Psychologie); dass sie Rädchen in einem großen Getriebe sind, dass alles denselben Wert hat und kein Glaube einem anderen vorgezogen werden sollte (Soziologie). Relativismus, Pluralismus, Individualismus, aus diesen dreien besteht unser Glaubensbekenntnis.

Mein Lieblingsausdruck auf dem Universitätsgelände ist *»was auch* *immer«*. Die Studenten können glauben, was auch immer sie glauben wollen, und sie haben nicht das Recht, Einwände gegen das zu erheben, was andere glauben, was immer es auch sei. Außer gegen christliche Glaubensüberzeugungen natürlich, denn diese widersprechen dem Status quo, den wir erreicht haben. Merke dir unseren Grundsatz, was die Hochschulen angeht: *Alles* darf gelehrt werden, nur nicht der christliche Glaube.

Schicke Jillian an irgendeine Hochschule. In den meisten wird ihr Glaube schnell verfliegen. Dort gelten nicht mehr die Maßstäbe ihrer Eltern, und auch ihre Kirchengemeinde und Jugendgruppe kann ihr nicht mehr helfen, dem Feind zu gehorchen. Stattdessen wird sie in einen Unabhängigkeitsrausch geraten, sie wird in einer Atmosphäre leben, in der Studenten bekanntlich mit allem experimentieren, von Drogen bis zu Sex, New Age und östlichen Religionen, und das alles in einem Umfeld, in der jeder Appell an moralische Grundsätze als Intoleranz abgelehnt wird.

Nach ihren Zeugnissen zu urteilen ist Jillian intelligent. (Nach den Maßstäben des Ungeziefers, meine ich – in Wirklichkeit sind sie natürlich alle Trottel.) Daher hat sie das Potential, uns wirkungsvoll zu dienen, mit dem zusätzlichen Bonbon für uns, dass sie vermutlich ihren Eltern das Herz bricht. Deinem Bericht entnehme ich, dass ihr Studienberater sie drängt, sich in einer der großen, berühmten Universitäten einzuschreiben. Sehr gut – sie sind unsere sichersten Hochburgen.

Dort wird Jillian in Fragen nach Geschlechter- und Rassenkampf verwickelt, und sie wird die Verachtung der Universität gegenüber allem, was abendländisch, weiß und männlich ist, verinnerlichen. Unsere Experimente mit dem Kommunismus sind zwar fast überall auf der Welt zu Ende gegangen, doch kann ich mit Stolz darauf hinweisen, dass der Kommunismus in den Herzen vieler Hochschulprofessoren weiterlebt.

Natürlich musst du in Zusammenarbeit mit Makelfleck darauf achten, dass Jillian nicht die individuelle und kulturelle Vielfalt bewundert, die der Feind hochschätzt, Er, der die Menschen unterschiedlich geschaffen hat. Sie soll lieber Anhängerin *unserer* Art Vielfalt werden, die auf einer fehlgeleiteten Theologie und lockerer Moral beruht.

In diesen Hochschulen, in denen Gefühle und subjektive Meinungen vorherrschen, spielt die Vernunft meistens eine untergeordnete Rolle. Die politisierte, doktrinäre Atmosphäre, die ihr zunächst wie eine frische Brise vorkommt, wird sie letztendlich ersticken lassen. Das intellektuelle Klima der Sinnlosigkeit und das Fehlen eines Sittenkodex wird sie zu einer zynischen Nihilistin machen – oder aber die selbstgefällige Verherrlichung des Guten im Menschen macht eine idealistische Narzisstin aus ihr. Beides nützt uns gleichermaßen und ist für sie in gleicher Weise verderblich. Die junge Jillian ist zu schwach, um die intellektuelle Einschüchterung des Hörsaals zu überleben. Mir persönlich ist ein Professor für Philosophie, Psychologie oder Naturwissenschaften immer lieber als ein Satanist.

Wir haben uns bemüht, die Eltern, insbesondere christliche Eltern, blind für die Wirklichkeit zu machen. Sie schicken ihre Kinder freudig fort und denken, dass die Hochschule sie auf das Leben vorbereitet, während wir unseren unsichtbaren Angriff auf die Gedanken der Kinder führen. Wir vermitteln ihnen Überzeugungen und Werte, die im Widerspruch zu denen ihrer Eltern stehen. Papa und Mama wären entsetzt, wenn sie es wüssten! Deine Aufgabe besteht deshalb darin, sicherzustellen, dass sie es nie erfahren.

Wenn die Tochter deines Schleimbeutels erst einmal an der Hochschule ist, wird sie nicht nur langsam, aber sicher, ihre christlichen Überzeugungen infrage stellen, sondern sie schließlich ganz fallen lassen. Da sie sich in einer neuen Welt mit anderen Gedankengebäuden und Lebensstilen befindet, hält sie allmählich den Glauben ihrer Eltern und die Lehren ihrer Kirche für naiv und engstirnig, intolerant und geistig undifferenziert.

Die meisten Studenten halten schließlich den Glauben an den Feind für die Wurzel allen Übels. Das Christentum ist für sie gleichbedeutend mit Kreuzzügen, Holocaust, Rassismus und der Verbrennung Andersgläubiger auf dem Scheiterhaufen. Wenn sie ihr Studium abgeschlossen haben, betrachten sie das verbotene Buch mit einer Mischung aus herablassender Überheblichkeit und arroganter Feindseligkeit.

Jillian wird nicht nur an die Evolution, sondern auch an den untrennbar damit verbundenen sittlichen Relativismus glauben. Zunächst wird sie peinlich berührt sein von gemischten Wohnheimen oder verlegen reagieren, wenn sie Zeuge wird, wie Studenten sich für alle sichtbar auf dem Universitätsgelände paaren. Doch bald wird sie sich daran gewöhnen und diese »Freiheit« cool finden. In wenigen Jahren wird sie mindestens mit einem, vielleicht mit mehreren Jungen Geschlechtsverkehr haben. Spätestens im letzten Studienjahr wird sie die lesbische Liebe, über die sie heute entsetzt ist, für rechtmäßig erklären, genauso wie all die anderen Lehren ihrer Soziologieprofessoren.

Es ist nur eine Frage von Monaten, bis sie sich betrinkt – ein erhebendes Erlebnis von Übelkeit und Brechreiz, das ihre Eltern und die Jugendgruppe ihr vorenthalten haben. Schließlich wird sie auch Drogen ausprobieren (»Warum nicht?«). Binnen kurzem fühlt sie sich dem Glauben ihrer Familie überlegen, kommt sich aufgeklärter vor als sie ist und ist dankbar, dass sie dem kindlichen Glauben an christliche Hirngespinste entronnen ist.

In dieser ganzen Zeit wird Jillians Abfall vom Glauben von ihren Eltern unterstützt, denn sie bringen das Geld für Studiengebühren, Verpflegung und Unterkunft auf. Wenn die Leute nach dem Gottesdienst fragen: »Wie geht es Jillian an der Uni?«, lächeln sie und antworten: »Sehr gut.« Sie merken gar nicht, dass sie ihre Tochter verlieren; sie zahlen sogar viel Geld dafür. Ich muss immer lachen, wenn ich beobachte, wie die Eltern bei unserer intellektuellen Eroberung ihrer Kinder mitwirken.

Fletcher darf aber auch nie auf den Gedanken kommen, dass der Glaube seiner Tochter auch ohne Studium an einer Hochschule zerstört werden könnte. Frag mich nicht, Qualob, warum Eltern bereit sind, so viel Geld dafür auszugeben, dass ihre Kinder fortgehen und ihren Glauben verlieren, wenn sie doch genauso gut zu Hause bleiben und ihn gebührenfrei verlieren könnten! Auf jeden Fall bin ich hocherfreut, dass sie das tun.

Ich habe frohlockt, als ich hörte, wie Fletchers neue Bekannte aus der Kirchengemeinde ihm empfahlen, Jillian an die »christliche« Uni zu schicken, an der sie vor dreißig Jahren waren: »Als wir dort waren, war es wirklich eine ausgezeichnete Hochschule.« Klar, und die heutige Giftmülldeponie war zu jener Zeit eine nette Wiese, auf der sie als Kinder spielten, doch das heißt ja nicht, dass sie ihre Kinder jetzt dorthin schicken würden, stimmt's?

Ich reibe mir schadenfroh die Hände bei dem Gedanken, wie viel christliches Geld in der Ausstattung von Schulen blockiert ist, die wir für antichristliche Zwecke benutzen. Die Idioten begreifen nicht, was auf der Hand liegt: Geld, das heute in diese Schulen investiert wird, dient nicht dem, was diese Schulen vor dreißig Jahren waren. Es wird für das benutzt, was diese Schulen *heute* sind.

Irreführende Werbung ist ein entscheidender Faktor für die Verwirklichung unserer Ziele. Nehmen wir an, im Infoblatt der Uni wäre zu lesen: »Einige unserer Lehrer glauben immer noch an die Bibel als inspiriertes Wort Gottes, an die Schöpfung der Welt aus dem Nichts, an die leibliche Auferstehung Christi und daran, dass Jesus der einzige Weg zum Himmel ist. Viele unserer Lehrer glauben jedoch nicht daran und lehren folglich auch etwas anderes.« Dann wäre die Sache klar. Aber das würde doch niemand so schreiben. Wenn wir weiterhin Eltern und Studenten anlocken wollen, müssen wir den Schein aufrechterhalten.

Hast du dir schon bewusst gemacht, wie viele Studenten wir mit Hilfe christlicher Hochschulen auf Dauer von verbotenen Schwadronen getrennt haben? Natürlich gibt es auch unter den Unis berüchtigte Ausnahmen, und du musst Jillian um jeden Preis von *denen* abhalten.

Hüte dich vor Hochschulen mit starken Kirchengemeinden in der Nähe und christlichen Angeboten, die es wagen, auf unser Spielfeld einzudringen und uns die Beute wegzuschnappen. Es ist uns gelungen, junge Menschen an Schulen voller Lügen und Sittenlosigkeit zu schicken, nur um sie dann an feindliche Kommandos zu verlieren.

Der Tyrann mischt sich laufend in fremde Angelegenheiten ein. Er hat besondere Pläne mit diesem jungen Ungeziefer. Obwohl wir an den Hochschulen einen Heimvorteil haben, können wir uns nicht darauf verlassen, dass Er uns dort in Ruhe arbeiten lässt.

Es lebe die Hochschulbildung!

Graf Moderthal

41. KAPITEL

Die Strategien des Feindes

Jordan und Ryan saßen im Starbucks, aßen Brezeln und tranken Kaffee.

»Was macht deine Arthritis?«, fragte Ryan.

»Sie ist ziemlich schmerzhaft. Gestern las ich, dass wir bei der Auferstehung einen neuen Körper bekommen. Du kannst mir glauben – da freu ich mich schon drauf! In der Zwischenzeit lerne ich schon mal, wie du sagst, Gott in meiner Schwachheit zu vertrauen.«

Ryan nickte. »Und wie fühlst du dich jetzt, nachdem du mit Patty Schluss gemacht hast?«

»Ausgezeichnet. Ich merke jetzt erst, wie erbärmlich ich mich vorher gefühlt habe. Ich hätte es nicht gedacht: Wenn man mitten drin ist, hat man den Eindruck, es ist so wunderbar, dass man es nicht aufgeben kann. Wenn man es aufgegeben hat, wird einem klar, dass man nicht nur Unrecht getan hat, sondern dabei auch noch unglücklich war. All die Argumente und Vernunftgründe, auf die du mich hingewiesen hast, verschwanden wie eine Rauchwolke. Das ist ganz wörtlich gemeint. Alle Briefe, die Patty mir geschrieben hatte, habe ich, direkt im Büro, in den Mülleimer geworfen. Dann habe ich das Fenster aufgemacht und sie angezündet. Plötzlich ging der Feueralarm los, und ich musste allen versichern, dass nichts passiert war, dass ich ihn versehentlich ausgelöst hatte.«

Ryan lachte.

»Aber es war genau richtig, wirklich. Ich kann gar nicht glauben, dass der Alarm in meinem Kopf nicht früher losging. Ich war so nahe dran, zu weit zu gehen. Ich hätte meine Familie, ja alles verlieren können. Es ist richtig unheimlich. Ich meine, ich kann nicht erklären, was ich mir überhaupt dabei gedacht habe. Ich kann mir keinen Reim darauf machen. Ich stand am Rande des Abgrunds.«

»Unheimlich ist das richtige Wort«, meinte Ryan. »Auch ich stand schon am Rande des Abgrunds. Sei auf der Hut. Dieselben Stimmen, die dir früher ins Ohr flüsterten, werden es wieder versuchen. Sie geben nicht so schnell auf.«

»Du meinst so etwas wie … Dämonen?«

»Ja. Ich glaube, wir können alleine, sozusagen ohne ihre Hilfe, sündigen, aber sie können in unseren Kopf und in unsere Gefühle eindringen und uns in die falsche Richtung ziehen. Jesus sagte, dass sie ständig versuchen, uns zu täuschen. Wir stehen in einem Kampf. Deshalb wird uns gesagt, dass wir die komplette Waffenrüstung Gottes anlegen sollen, damit wir dem Teufel widerstehen können.«[42]

»Der Gedanke, dass Dämonen an mir arbeiten, ist einfach komisch.«

»Es klingt vielleicht komisch, aber es ist wahr. Wir beide, du und ich, stehen auf Satans Abschussliste. Er zielt auf uns. Die Dämonen haben die Fähigkeit, Sünde als etwas Angenehmes hinzustellen.«

Die beiden unterhielten sich noch etwa zwanzig Minuten lang, dann meinte Ryan: »Ich mach dir einen Vorschlag.«

»Willst du mich etwa zu einer Tupperparty einladen?«

»Nein, zu etwas viel Besserem. Ich habe mit einem von unseren Pfarrern gesprochen. Kennst du Barry? Wir würden dich und Diane gerne einladen, mit uns im Sommer eine Missionsreise nach Mexiko zu machen.«

»Nach *Mexiko*?«

»Ja. Hier ist das Informationsmaterial, das wir bisher bekommen haben.« Ryan zog einen Ordner hervor. »Es klingt sehr interessant und wird auf jeden Fall eine größere Herausforderung, aber ich denke, es könnte dir gefallen. Lies es durch, dann sprechen wir nächste Woche noch einmal darüber. Oder am Dienstag nach dem Basketball-Training. Lass es dir mal durch den Kopf gehen.«

»Mexiko?«

Ryan lachte. »Man sieht dir die Überraschung an. Aber wir sprechen noch darüber. – Wie bist du mit deiner stillen Zeit zurechtgekommen, mit dem Bibellesen und Beten?«

»Ich habe wieder damit angefangen. Es klappt jetzt recht gut.«

»Erzähl mal.«

»Na ja, die Sache mit Patty hat meine Zeit mit Gott offensichtlich gestört. Solange diese Beziehung bestand, wollte ich Abstand zu Ihm halten. Es ist eine Erleichterung, das aus dem Weg geräumt zu haben, aber … da ist noch etwas.«

»Ja?«

Jordan schöpfte tief Atem, machte eine lange Pause und dachte angestrengt nach. Schließlich sagte er: »Es hat mit der Arbeit zu tun, mit einem Geschäft, das ich vor längerer Zeit abgeschlossen habe. Ich bin unüberlegt da hineingerutscht …«

EINUNDVIERZIGSTER BRIEF

Ablenkung von der Mission und den Armen

An meinen eifrigen Untergebenen Qualob.

Wann bekomme ich endlich einen aktuellen Bericht über Fletcher und diese Frau? Welche neuen Nachrichten hast du über die Lügen und den Betrug in dem Brisbane-Projekt?

Du berichtest, dass Fletchers Computer von seinem Mitarbeiter Patrick benutzt wurde und dass dieser bei der Gelegenheit bemerkte, dass Fletcher seine Stunden falsch aufgelistet hat. Patrick hat diese Machenschaften durchschaut und plant, Meldung zu erstatten. Welch herrliche Gelegenheit, Fletchers Bekehrung in Misskredit und die Christen in Verruf bringen – ganz abgesehen von der Demütigung, die sich für Fletcher daraus ergibt.

Ich bin beunruhigt, dass Fletcher und seine Frau für eine jener verabscheuenswerten Missionsreisen ausgewählt wurden. Stelle sicher, dass sie die Sache nicht ernsthaft in Erwägung ziehen. Nicht was Fletcher für chinesische Christen tun könnte, macht mir Sorgen, sondern was sie für ihn tun könnten.

Wir hassen alles, was mit Mission zu tun hat, weil wir die verbotene Botschaft hassen. Das Buch behauptet, dass eines »am wichtigsten«[43] sei. Und was ist das? »Dass Christus für unsere Sünden starb, genau wie es in der Schrift steht. Er wurde begraben und ist am dritten Tag von den Toten auferstanden.«[44]

Da diese Botschaft für den Feind von höchster Bedeutung ist, halten wir es für vordringlich, die Verbreitung dieser Botschaft zu verhindern. Während der Feind die Schleimbeutel an die Enden der Erde sendet, müssen wir alles in unserer Macht Stehende tun, um sie zu Hause zu halten. Sorge dafür, dass ihre Arbeit, ihre Familie und ihre sonstigen Beschäftigungen sie voll und ganz in Anspruch nehmen. Achte darauf, dass sie sich in der verbotenen Schwadron mit sich selbst, ihren Programmen und ihren Immobilien befassen, aber nie mit den Armen und Bedürftigen und den Menschen, die die verbotene Botschaft noch nie gehört haben. Sie sollen sich über Dienstwagen und Bankkonten Gedanken machen, aber nicht über die Enden der Erde.

Neunzig Prozent der hauptamtlich im Dienst der Verkündigung des Evangeliums stehenden Menschen sind in Ländern zu Hause, in denen nur zehn Prozent der Weltbevölkerung leben. Wir müssen dieses Ungleichgewicht aufrechterhalten. Verhindere, dass sie ihren Glauben in ihrem eigenen Wirkungsbereich verkünden. Lass nie zu, dass sie sich die Frage stellen, ob es gerecht ist, dass einige die verbotene Botschaft viele Male hören können, während andere sie noch kein einziges Mal gehört haben.

Wir kennen die wichtigsten Lieder des Himmels. Die vier lebendigen Wesen singen laut vor Ihm: »Dein Blut hat Menschen für Gott freigekauft, Menschen aus *jedem* Stamm und *jeder* Sprache und *jedem* Volk und *jeder* Nation.«[45] Der Feind gibt sich nicht damit zufrieden, Schleimbeutel aus fast allen Volksgruppen für sich zu gewinnen. Er will sie aus *jeder* Volksgruppe – aus jedem Stamm, aus jeder Nation und aus jeder Sprache. Deshalb hat unser Meister überall auf der Erde seine Kampftruppen stationiert, um unsere Hochburgen gegen den Feind zu verteidigen. Wir arbeiten angestrengt, um neue Christen zu bestrafen und die Ausbreitung der verbotenen Botschaft zu verhindern. Wir mühen uns ab, damit die Ungeziefer-Missionare unter Einsamkeit, Niedergeschlagenheit, Uneinigkeit und der Fruchtlosigkeit ihrer Arbeit leiden. Ich verabscheue die Gebete der verbotenen Schwadronen. Ihre Briefe, Besuche und stinkenden Spenden sind mir zuwider, denn sie gießen Öl auf das Feuer, das wir auslöschen wollen.

Sollen sie doch in Fletchers Kirchengemeinde die Personen scharf kritisieren, die nicht an die Hölle glauben. Sie dürfen dabei nur auf keinen

Fall erkennen, dass es widersinnig ist, selbst an die Hölle zu glauben und so wenig dafür zu tun, andere Menschen vor der Hölle zu retten.

Was die Armen betrifft, so soll das christliche Ungeziefer sie als Ablenkung von ihrem großen Auftrag anstatt als Teil von ihm betrachten. Mache die Augen deiner Opfer blind für die Hungrigen, die Obdachlosen und die Flüchtlinge. Mache sie blind für die Witwe nebenan, die Waisen, die Vaterlosen und die Straßenkinder in ihrer Stadt und überall auf der Welt. Mache sie blind für den Ausländer, der sich in einer ihm unbekannten Kultur isoliert fühlt und sich nach seiner Familie sehnt. Mache sie blind für den Fremden, der einen Freund braucht, den Arbeitslosen, den Behinderten, den alten Menschen. Mache sie nicht nur blind für das Kind, dessen Tötung geplant wird, sondern auch für die Frau, die so verzweifelt ist, dass sie bereit ist, ihr Kind samt ihrer Selbstachtung zu opfern.

Die Fletchers dürfen nicht erkennen, wie persönlich der Feind all das nimmt. Er sagt, wenn sie den Hungrigen zu essen geben, geben sie Ihm zu essen; wenn sie dem Durstigen zu trinken geben, geben sie Ihm zu trinken; wenn sie den Gefangenen besuchen, besuchen sie Ihn.[46] Hier liegt eine günstige Gelegenheit, die wir uns nicht entgehen lassen dürfen: Er sagt nämlich auch, dass sie in Wirklichkeit Ihm keine Beachtung schenken, wenn sie sich nicht um dieses bedürftige Madenfutter kümmern. Denke daran, Qualob. Manchmal bilden wir uns ein, wir hätten seit zweitausend Jahren keine Chance mehr, den Zimmermann zu verletzen. Das ist falsch. Wir können Ihm auch heute noch Leid zufügen – durch die Gleichgültigkeit, die Seine eigene verbotene Schwadron Ihm gegenüber zeigt.

Wenn wir die Christen für die Bedürftigen blind machen, machen wir sie für Ihn blind. Wenn wir sie dazu bringen, den Schwachen etwas vorzuenthalten oder sie zu vernachlässigen, rächen wir uns an Ihm! Achte darauf, dass Fletcher das kindische Spiel der Krieger des Feindes nicht durchschaut, bei dem sie sich als bedürftige Fremde ausgeben, um das Ungeziefer auf die Probe zu stellen. Michaels Schwindler treten als alles Mögliche auf, als obdachlose alte Frauen, als Landstreicher, als Frauen, deren Auto bei strömendem Regen eine Panne hat, bis hin zu diesen Jugendlichen mit ausdruckslosen Gesichtern, die einen Freund brauchen, oder weinenden Kindern, die nach ihrem kleinen Hund suchen.

Es wird mir fast übel bei so viel Sentimentalität. Es ist anstößig, wenn Engel in die Gestalt des Ungeziefers schlüpfen, nach dem Schweiß und Schmutz von einem Monat stinken, ohne dabei ein angemessenes Ziel zu verfolgen, so wie wir, wenn wir die Herrschaft über einen dieser Erdenwürmer übernehmen.

Es ist deine Aufgabe, dafür zu sorgen, dass das Herz Fletchers nicht von den Worten des Feindes bewegt wird. Wenn er jedoch von der Not der Bedürftigen angerührt wird, dann lasse ihn in Hoffnungslosigkeit versinken. Gib ihm sofort den Gedanken ein: »Ich bin nur ein Mensch. Ich kann Kindesmissbrauch nicht verhindern. Ich kann Verfolgung nicht abstellen. Ich kann nicht all den Hungrigen zu essen geben. Ich kann nicht allen das Evangelium bringen. Wie kann Millionen Bedürftiger geholfen werden?«

»Eins nach dem anderen«, ist die einleuchtende Antwort des Feindes. Stelle einfach sicher, dass Fletcher sie nicht hört. Er und seine Frau sollen sich nie die Frage stellen: »Wo sind die Armen und die Menschen, die noch nie das Evangelium gehört haben, in unseren Gebeten, unserem Terminkalender und in unserem Finanzplan?«

Lenke ihre Aufmerksamkeit auf ihre Urlaubspläne, den Fernsehapparat mit Großbildschirm, das neue Auto, den Whirlpool und das Haus auf dem Land, nach dem sie seit langem suchen.

Fülle ihre Gedanken mit allem und jedem, nur nicht mit denen, die dem Herzen des Feindes am nächsten stehen. Es ist herrlich einfach, Qualob: Wenn du Fletcher dazu bringst, von diesen Menschen keine Notiz zu nehmen, dann ist die Folge, dass sie nichts von Gott erfahren und keine Notiz von ihm nehmen.

Immer getreu dem Motto: Nichts ist so belanglos, dass es nicht geeignet wäre, das Wichtige zu verdrängen.

Graf Moderthal

42. KAPITEL

Zu Hause

Aber ich *komme* in den Himmel, Jordan. Pfarrer Braun hat es gesagt.«

»Schau, Papa, darüber haben wir schon gesprochen. Jesus sagt, wenn du nicht erkennst, dass du ein Sünder bist und wenn du nicht glaubst, dass Er dir deine Sünden vergibt, dann kommst du in die Hölle, nicht in den Himmel.«

»Ich bin so gut wie deine frommen Freunde. Du denkst, dein Vater ist ein schlechter Mensch, nicht wahr?«

»Nein, Papa. Ich meine, du und ich und alle anderen sind schlecht. Und wenn wir uns darüber nicht klar werden, erkennen wir nicht, wie nötig wir es haben, Jesus kennen zu lernen, und warum Er für uns am Kreuz sterben musste, damit wir in den Himmel kommen können.«

»Ich will gar nicht in den Himmel kommen.«

»Sag das nicht, Papa. Auf diesen Gedanken kommst du nur, weil dir jemand Lügen einflüstert.«

»Ich will mich lieber mit meinen Freunden in der Hölle amüsieren als im Himmel mit selbstgerechten Heuchlern herumhocken.«

»Niemand wird sich in der Hölle amüsieren und selbstgerechte Heuchler kommen nicht in den Himmel. Nur Sünder, die mit der Gerechtigkeit Christi bedeckt sind.«

»Du redest wie deine Mutter.«

»Danke.«

»Ich meine, du tust als sei ich ein Atheist oder so etwas.«

»Mama war eine echte Christin, Papa, und Jill auch. Das weiß ich jetzt. Aber du und Craig und Erin und ich waren es nicht. Christsein ist mehr als das Befolgen hoher sittlicher Maßstäbe oder ein netter Mensch sein oder kein Atheist sein. Christsein gründet sich auf einer persönlichen Beziehung zu Gott. Das steht in diesem Buch. Jordan zeigte auf das

Buch, das er zusammen mit einem Evangelium seinem Vater gegeben hatte. »Hast du es gelesen?«

Sein Vater seufzte. »Ja, ich habe es gelesen. Einiges klang fast vernünftig. Aber ich bin nicht bereit, ein frommer Kauz zu werden, also bedräng mich bitte nicht.«

»Ich bedränge dich nicht, Papa. Ich wollte dir nur die Wahrheit über Jesus sagen. Das schulde ich dir. Denke einfach darüber nach, aber vergiss nicht, dass wir nicht immer so viel Zeit haben, wie wir uns erhoffen.«

Auf der Fahrt nach Hause sang Jordan zur Anbetungsmusik. Zwanzig Minuten nach seiner Ankunft saß die ganze Familie am Esstisch.

»Habt ihr etwas dagegen, wenn wir uns die Hände geben, während ich bete?«, fragte er Jillian und Daniel. Keiner der beiden antwortete, aber als er und Diane die Hände ausstreckten, griffen sie nach ihnen. Kurz nach dem Abendessen verschwanden die beiden.

Diane und Jordan räumten gemeinsam den Tisch ab, dann setzten sie sich auf die Couch. Jordan legte seinen Arm um Diane.

»Wie schön das ist«, meinte sie. »Am liebsten würde ich das jeden Abend machen.«

»Ich auch. Mein Gespräch mit Papa geht mir nicht aus dem Sinn. Jetzt ist es eine Sache zwischen ihm und Gott. Aber ich bin so froh, dass ich mit ihm über dieses Thema sprechen konnte.«

»Wenn wir nur Pfarrer Braun von ihm fernhalten könnten.« Diane schüttelte den Kopf und lachte. »Ist das nicht absurd? Wir wollen, dass er Jesus kennen lernt, und das größte Hindernis dabei ist ein Hauptamtlicher der Kirche.«

Jordan gab ihr einen Kuss auf die Wange. Er war immer noch erstaunt, wie sie reagiert hatte, als er ihr seine Beziehung zu Patty gestand. Er hatte ihr angesehen, wie verletzt sie war. Doch als er ihr erzählte, dass er Schluss gemacht und Pattys Briefe verbrannt hatte, flüsterte sie: »Das hättest du mir nicht erzählen müssen.« »Doch«, antwortete er. Er hatte erwartet, dass Diane sich auf Grund dieses Geständnisses von ihm zurückziehen würde, doch stattdessen wurde ihre Beziehung enger. Und seit dem Ehewochenende wusste er, dass sie alles tun würde, um ihm ihre Liebe und Hochschätzung zu zeigen.

»Nochmals danke für die Rosen. Sie sind wunderbar.«

»Wie fühlst du dich ... mit dem Baby und der ganzen Umstellung?«

»Ich fühle, dass ich schwerer bin, das ist alles.«

»Kann ich dir irgendwie helfen?«

»Du kannst ja nicht das Baby tragen. Die Blumen haben mir sehr geholfen. Und, da du gefragt hast ... könntest du mir die Füße massieren?«

Jordan rutschte ans Ende der Couch und begann, mit seinen Fingern ihre Füße zu reiben.

»Oh, das tut gut.«

Jordan lächelte. Nach etwa zehn Minuten trat Jillian ins Wohnzimmer. Sie starrte ihre Eltern an.

»Ist alles in Ordnung?«, fragte Jordan.

»Ist mit euch alles in Ordnung?«

»Mit uns ist alles bestens«, lachte Diane.

»Es tut mir Leid, wenn ich euch gestört habe, aber ich wollte nur sagen, dass ich jetzt in die Jugendgruppe gehe. Lisa hat mich gebeten, sie abzuholen.«

»Prima, Lisa ist ein nettes Mädchen«, meinte Jordan. »Und du auch.«

»Danke für das Kompliment. Wir wollen auch noch Brittany abholen. Ich hab ihr gesagt, wenn sie wieder in die Schule geht, gibt es keinen Grund, weshalb sie nicht in die Jugendgruppe kommen kann. Ich drücke ihr die Daumen – oder besser: Ich bete, dass sie nicht wieder eine Ausrede findet.«

Auf dem Weg zur Tür warf Jillian noch einen Blick auf ihre Eltern auf der Couch, dann lächelte sie und rollte mit den Augen.

Kaum hatte sie die Tür geschlossen, kicherte Diane. Sie stand auf und meinte: »Wie wäre es, wenn ich uns etwas Kaffeeschokoladenusscreme machen würde?«

»Mmh – lecker!«

»Komm mit mir in die Küche, dann können wir weiterreden.«

»Jawohl, gnädige Frau.«

»Was hieltest du von der Predigt gestern?«

»Barrys Predigt? Ich fand sie gut, nur etwas anders als üblich.«

»Ich habe darüber nachgedacht. Weißt du, über die Sache mit den Straßenkindern.«

»Und?«

»Wäre es nicht toll, wenn wir etwas tun könnten, um ihnen zu helfen? Also, was für die Mission spenden, von der er gesprochen hat? Was hältst du davon, wenn wir … viel Geld dafür geben?«

»Grundsätzlich ja. Hast du schon an einen konkreten Betrag gedacht?«

»Na ja, wir wollten ja nächsten Monat ein neues Auto für mich kaufen.«

»Stimmt.«

»Das alte ist doch noch in Ordnung. Warum brauche ich ein neues?«

»Habe ich dich recht verstanden …?«

»Warum nehmen wir nicht einfach das Geld, das wir für das neue Auto ausgeben wollten, und spenden es für die Betreuung von Straßenkindern?«

»Ich halte das für … eigentlich für eine wunderbare Idee. Aber … wie bist du darauf gekommen?«

»Durch Jodi. Sie hat mir erzählt, dass sich seit ihrer Krebserkrankung ihre Prioritäten geändert haben. Sie und Ryan haben beschlossen, eines ihrer Autos, das sie nicht brauchen, zu verkaufen und das Geld Jesus zu geben, das heißt konkret: für die Unterstützung der Armen. Sie hat damit nicht geprahlt, aber es hat mich berührt. Ich hab gesehen, wie begeistert sie war, und das hat mich mitgerissen. Ich wollte ein Stück dieser Freude für mich haben. Das ist doch okay, oder?«

»Es ist mehr als nur okay. Gott hat auch an mir gearbeitet. Ich habe darüber nachgedacht – und jetzt halte dich fest –, ich meine, dass wir das Boot verkaufen könnten und dass wir uns bemühen sollten, die Schulden zurückzuzahlen. Und erinnerst du dich an die neuen Golfschläger, die ich haben wollte?«

»Was ist mit denen?«

»Die Schläger, die ich habe, sind gut genug. Warum geben wir das Geld, das wir für neue Golfschläger ausgeben wollten, nicht einfach auch der Mission?«

Beide gingen zur Couch zurück und setzten sich.

»Weißt du was, Di?«

»Was?«

»Ich liebe dich. Ich liebe dich mehr als je zuvor.«

»Dann gib mir einen Kuss, du alter Romantiker!«

Zweiundvierzigster Brief

Unerträgliche Entwicklungen

An meinen schamlos frechen Untergebenen Qualob.

Du gibst zu, dass Fletcher gebetet hat: »Erlöse uns von dem Bösen«? Er hat sogar eine Karte mit der Aufschrift »Widersteht dem Teufel, und er wird euch verlassen«[47] auf sein Armaturenbrett geklebt!

Du erklärst, dass dich das nervös macht. Du jammerst, dass du es auf Grund der Dinge, die in seinem Leben geschehen, kaum in seiner Nähe aushältst … Oh, du armer Teufel! Dir gebührt mein tiefstes Mitgefühl.

Du Idiot! Was willst du denn? Eine Therapie? Erebus besitzt keine Abteilung für seelische Betreuung. Du musst damit schon selber fertig werden, du Dummkopf.

Deine Berichte sind erbärmlich unvollständig, doch es liegt auf der Hand, dass der Feind bei Fletcher viel zu viel erreicht. Du freust dich hämisch, dass es dir gelungen ist, Fletchers Gedanken die meiste Zeit vom Feind abzulenken, während er vierzig Minuten lang auf den Knien lag. Doch du bagatellisierst den springenden Punkt: dass der Mann vierzig Minuten lang auf den Knien lag!

Ich fürchte kein Gebet, das an irgendeine nebulöse »höhere Macht« gerichtet wird, die nichts mehr ist als ein Hirngespinst des Ungeziefers. Aber weil Fletchers Vorstellung von Gott von dem verbotenen Buch geprägt ist, sind seine Gebete gefährlich. Die Gefährlichkeit der verbotenen Gespräche liegt dabei nicht in erster Linie in dem, was die Erdenwürmer sagen, sondern, zu wem sie es sagen. Deshalb macht mir seine Gebetshaltung Sorgen. Wenn er auf seine Knie sinkt, glaubt er vermutlich bald an seine eigene Unwichtigkeit und an die Größe des Einen, zu dem er betet.

Sorge dafür, dass die Menschen denken, sie würden »nur« beten, als ob es dabei nicht um eine der einflussreichsten Handlungen ginge. Gebet ist nicht einfach die Vorbereitung auf den Kampf, es *ist* der Kampf. Von Ausbildung ohne Gebet, von Arbeit ohne Gebet und von Kindererziehung ohne Gebet habe ich nichts zu befürchten. Ich lache über die gewissenhaftesten Bemühungen und tiefsten Erkenntnisse der Erdenwürmer, solange sie nicht vom Gebet getragen werden. Das verbotene Gespräch erfüllt sie mit der Gegenwart und der Kraft des Feindes. Bagatellisiere es um jeden Preis!

Du brüstest dich, dass du Fletcher in seiner täglichen stillen Zeit mit der Bibel verwirrt hast. Womit willst du demnächst prahlen? Etwa damit, dass du ihn beim Fasten hungrig gemacht hast? Dein Misserfolg wird dadurch bewiesen, *dass* er täglich stille Zeit mit der Bibel hält. Auch wenn das verbotene Gespräch und die stille Zeit eine Zeit lang fruchtlos scheinen, wird der Feind, wenn Fletcher treu weitermacht, plötzlich Feuer in seine stille Zeit und sein Gebet bringen. Und ehe du dich versiehst, wird das Herz deines Schleimbeutels vor Lobpreis und Anbetung und allem Widerlichen, was man sich nur vorstellen kann, brennen.

Überzeuge Fletcher, dass er heute keine Zeit für das Buch und das Gespräch mit dem Feind hat. Dann tue dasselbe morgen und übermorgen und am Tag danach. Er wird nie absichtlich den Beschluss fassen, mit Gebet und stiller Zeit aufzuhören, doch das Ergebnis ist das Gleiche.

Verwandle das verbotene Gespräch und das Bibellesen in eine Absicht, etwas, das er tun wird, wenn er Zeit hat. Dann brauchst du nur noch dafür zu sorgen, dass er nie Zeit hat. Die Absicht zu beten und die Bibel zu lesen ist niemals bedrohlich für uns. Die Gefahr liegt im Tun. Wenn Gebet und Bibellesen fest im Tagesablauf eingeplant sind, wenn der Wecker deswegen klingelt, dann haben wir allen Grund zur Panik.

Immer wenn er im Gottesdienst war, wenn er die Bibel gelesen, gebetet und über seinen Glauben gesprochen hat, fühlt er sich besser, nicht wahr? Warum hat er dann eigentlich überhaupt keine Lust, diese Dinge zu tun, obwohl er sich danach am besten fühlt? Dies ist eine Frage an dich, nicht an ihn. Die Antwort liegt auf der Hand: Es liegt an *uns*. Wenn er erkennt, dass hinter seiner Unlust, das zu tun, was ihm Freude bringt, eine übernatürliche Triebfeder liegt, dann verlieren wir unseren heimlichen Trumpf. Er wird immer demütiger? Dann mache ihn stolz darauf. Wenn er sich bewusst wird, dass er stolz auf seine Demut ist, dann bekennt er seinen Stolz, und dann wird er stolz, dass er so demütig war, seinen Stolz auf seine Demut zu bekennen.

Du hast es absichtlich unterlassen, mir zu berichten, dass die Fletchers beschlossen haben, auf ein neues Auto zu verzichten, um das Geld Bedürftigen zu geben. Wenn der Feind Herr über ihr Geld geworden ist, dann ist davon auszugehen, dass er auch Herr über ihr Herz ist. Und das Schlimmste: Alles, was sie weggeben, vergrößert ihre Freude.

Faulschlich erzählte mir, das Ungeziefer und seine Frau haben zugestimmt, im Sommer diese Missionsreise zu machen. Siehst du, was geschieht? Sie beschließen, ihr Vermögen anders einzusetzen, und Gott verwandelt ihr Herz. Du wurdest auf jedem Feld geschlagen, Qualob. Es ist alles gründlich schief gelaufen.

Wenn Fletcher sein Boot verkauft, dann verkauft er vielleicht demnächst sein zweites Haus und macht, Satan weiß was, mit dem Geld. Wenn er schuldenfrei ist, hat er mehr Möglichkeiten, dem Feind zu dienen, den Eingebungen des Feindes Folge zu leisten und diese jämmerlichen Missionsreisen zur Gewohnheit werden zu lassen; er wird freier sein, seine Zelte abzubrechen und Ihm an einen anderen Ort zu folgen oder Ihm an seinem derzeitigen Aufenthaltsort zu dienen, jedoch mit viel weniger Ablenkung.

Was kann ich noch sagen, um dir klar zu machen, wie katastrophal die Lage ist?

Du musst Fletcher unbedingt davon überzeugen, dass der Feind erwartet, dass sie ihren Lebensstandard und nicht ihre Spenden erhöhen, wenn Er ihnen mehr Geld gibt. Erinnere ihn an tausend praktische Gründe, weshalb es Unsinn ist, auf ein neues Auto zu verzichten. Er soll Aktien von Microsoft und General Motors kaufen, aber nie Anteile am Reich Gottes erwerben. Seine Investitionen sollen sich auf irdische Dinge beschränken und nicht für den Himmel sein.

Solange der Scheck nicht auf dem Opferteller liegt, ist noch Zeit, Fletcher und seine Frau zu überreden, ihre Spende später zu geben. Gehe dabei genauso vor wie beim Aufschieben des Gebets, des Bibellesens, der Taufe, der Verkündigung des Evangeliums und so weiter. Es gibt eine präzise Bezeichnung für aufgeschobenen Gehorsam: Ungehorsam. Das ist unser Ziel.

Du musst energisch vorgehen, um ihn zu Fall zu bringen, bevor der Feind ihn noch fester in den Griff bekommt. Arbeite unaufhörlich daran, ihn wieder an seine Sekretärin zu binden. Ich sage dir, es ist noch nicht zu spät! Er muss sie anschauen, in Gedanken bei ihr sein, starkes Verlangen nach ihr empfinden. Setze ihm nach, jage ihn wie ein wildes Tier. Führe ihn mit Hilfe seiner Drüsen zur Schlachtbank.

Wo ist deine Vision, Qualob? Eine zerrüttete Familie, eine betrogene Frau, missbrauchte Kinder. Daraus können wir eine weitere Generation gebrochener, gefühlloser kleiner Ungeziefer züchten, die keinen inneren Halt haben. Von Kind an werden sie der Ehe misstrauisch und skeptisch gegenüberstehen. Wenn sie heiraten, lassen sie sich das Hintertürchen der Scheidung offen. Frau und Kinder werden gegen den Feind verbittert, weil sie von einem Mann betrogen wurden, der sich als Sein Nachfolger bekannte. Ich sage dir, Qualob, es ist alles noch möglich. Gib nicht auf!

Enttäusche mich nicht! Wir *müssen* ihn zu Fall bringen; wir *müssen* ihn vernichten.

Wenn du Fletcher dem Feind nicht entreißt, kann ich dich nicht vor den Folgen schützen.

Dein durch Hass bevollmächtigter

Graf Moderthal

43. KAPITEL

Hilfe

Um zwei Uhr morgens saß Jordan im Wohnzimmer. Es war schon die dritte Nacht in Folge, in der er nicht schlafen konnte. Er rutschte auf der Couch hin und her und versuchte, einen bequemen Platz zu finden. Er legte das Buch hin. Schließlich fiel er auf die Knie.

»Schütze mich, Herr. Ich werde angegriffen, das weiß ich. Ich rufe den Namen Jesu an, damit er mich bewahrt. Ich rufe das Blut Jesu an, das für mich vergossen wurde. Und …« Er zögerte, denn er hatte noch nie ausgesprochen, was ihm jetzt durch den Kopf ging. Er versuchte, sich daran zu erinnern, wie Ryan es ausgedrückt hatte. »Wenn irgendwelche bösen Geister hier sind und versuchen, mich irre zu führen und zu Fall zu bringen und mich dazu zu bringen, dass ich meinen Herrn entehre, dann fordere ich euch in Christi Namen auf, wegzugehen. Ihr seid mächtiger als ich, aber Er ist mächtiger als ihr.«

Er fühlte etwas, war sich aber nicht sicher. »Oh Gott, hilf mir zu tun, was richtig ist. Egal, was es kostet. Hilf mir, dir zu vertrauen. Ich kann es … Ich kann es einfach nicht ohne dich.«

DREIUNDVIERZIGSTER BRIEF

Ein letzter Rest Hoffnung

An meinen verachtenswerten Untergebenen Qualob.

Du hast tatsächlich gehört, wie er die verbotenen Worte gesprochen hat: »Ich rufe das vergossene Blut Christi an, damit es mich von dem Feind erlöst?« Er sagte wirklich: »Wenn irgendwelche bösen Geister hier sind, dann fordere ich euch in Christi Namen auf, wegzugehen«?

Und du wagst es, mich daran zu erinnern, dass auch ich einem solchen Gebet nicht hätte standhalten können? Von deinesgleichen habe ich keine Belehrungen nötig!

Meine einzige Hoffnung ist, dass er die Worte als magische Beschwörung benutzte und dass es kein Hilferuf aus tiefstem Herzen war. Doch du sagst, dass du plötzlich von ihm getrennt warst, dass du fühlen konntest, wie der Heilige Geist ihn umschloss und dass Jaltor dich mit seinem Schwert in Schach hielt? Du behauptest, dass du »nichts tun« konntest. Dennoch: Deine Entschuldigungen verfangen bei mir nicht.

Du berichtest, dass Fletcher am Samstag zwei Stunden lang in dem Buch las. Was hast *du* während dieser Zeit getan? Einen Film im Fernsehen angeschaut? Er hätte zu einem Fußballspiel gehen oder im Garten arbeiten müssen. Interessiere ihn für Kegeln oder Frisbee oder das Sammeln von Gartenzwergen, egal was, solange es ihn von dem Buch abhält!

Ach, es ist so furchtbar. Die Dunkelheit lastet auf mir. Warum hat Er uns das angetan? Warum hat Er unseren Meister beleidigt? Wie konnte Er Seine Aufmerksamkeit unwürdigen Menschen schenken und erwarten, dass wir uns freudig unterordnen? Es ist Seine Schuld ... oder die Schuld der Menschen. Sie sind lebendige Eitertaschen – von ihrem Gestank wird mir übel.

Halt! Hört mit dieser schrecklichen Musik auf! Ich kann meine Ohren für die Klänge von Charis nicht verschließen. Diese Musik ist Gift für mich, sie vernichtet mich langsam, sie ist das Arsen des Geistes.

Ich möchte so gerne dieser elenden Existenz entfliehen. Aber wohin? Wohin kann ich gehen, wo ist der Ort, an dem der Feind mich nicht schon erwartet? Er ist überall, sogar wenn ich schreibe, fühle ich, wie Seine brennenden Augen mich anstarren.

Wenn ich nur wirklich verlöschen und das Elend meiner Existenz abschütteln könnte. Ich würde alles tun, um die Stimmen von Charis zum Schweigen zu bringen – insbesondere die eine Stimme, die mich beschuldigt, und den Finger, der auf mich zeigt. Es ist der Eine, den ich einst anbetete. Ich frage mich manchmal, ob wir ... ob *ich* mich nicht hätte anders entscheiden sollen. Nein, es ist zu spät, zu spät.

Ich stille meinen Schmerz, indem ich ihn den Menschen, die Ihm gehören, auferlege. Weide Fletcher aus. Bringe ihn zu Fall, solange du es noch kannst. Gib dich nicht zufrieden, solange sein Fleisch nicht wie ein Kleid von seinen Knochen fällt.

Ich befürchte das Schlimmste.

Graf Moderthal

44. KAPITEL

Das Bekenntnis

»Patrick möchte sobald wie möglich mit Ihnen sprechen«, kündigte Bancrofts Sekretärin über die Sprechanlage an.

»Das ist jetzt nicht möglich. Ich muss vorher noch etwas mit Jordan besprechen«, antwortete Bancroft. Er lehnte sich in seinem Sessel hinter dem schweren Schreibtisch aus Eichenholz zurück und schaute Jordan an. »Was hast du auf dem Herzen?«

»Es fällt mir wirklich nicht leicht, darüber zu sprechen. Schon seit längerer Zeit ringe ich deswegen mit mir.«

Bancroft starrte ihn erwartungsvoll an. Das machte es Jordan nicht leichter.

»Es geht um das Brisbane-Geschäft. Bevor wir den Vertrag unterzeichneten, sagten sie, wir müssten ihnen zwölfhundert Stunden zusichern, sonst würden sie das Geschäft mit Atkins abschließen.«

»Ja, du hast ihnen ohne meine Zustimmung diesen hohen Rabatt gewährt.« Bancrofts Stimme klang kalt und ausdruckslos.

»Richtig. Jedenfalls habe ich diese Stundenaufstellungen eingereicht und … ich habe die Sache so manipuliert, dass herauskommt, was wir versprochen haben. Aber es entspricht nicht der Wahrheit. Ich habe aufgerundet, übertrieben … *gelogen*. Wir arbeiten nicht so viele Stunden für sie. Wir können es nicht.«

»Führst du die Arbeit für sie aus? Ich meine, führst du das Konto sachgemäß?«

»Ja, ich denke, wir leisten gute Arbeit für sie.«

»Was sollte dann daran schlecht sein?«

Jordan seufzte. »Das Schlechte ist, dass ich gelogen habe. Das ist nicht richtig. Ich denke, du hast es schon gehört, aber ich bin … Christ geworden. Gott hat mir gezeigt, dass ich falsch gehandelt habe. Ich versuche, die Dinge beim Namen zu nennen. Ich habe die Firma und unseren Kunden betrogen. Ich habe dich betrogen. Bitte verzeih mir, Brad.«

Bancroft spielte mit einem goldenen Füllfederhalter und schaute Jordan immer noch ausdruckslos an.

»Ich bitte um deinen Rat, wie ich jetzt am besten vorgehen soll«, fuhr Jordan fort. »Ich muss die ganze Sache dem Vorstand und Brisbane bekennen und dann warten, was dabei herauskommt. Ich bin bereit, die Folgen zu tragen, sei es eine Kündigung, eine Versetzung auf einen weniger verantwortungsvollen Posten oder eine Gehaltskürzung. Ich habe es verdient und ich kann damit leben. Womit ich nicht leben kann, ist die Lüge.«

Bancroft betrachtete ihn genau. Er wollte etwas sagen, doch dann schüttelte er den Kopf. Er lehnte sich zurück und ließ den Füllfederhalter auf den Tisch fallen.

»Weißt du, Fletcher, ich war nie ein religiöser Mensch und werde wahrscheinlich auch nie einer werden. Hin und wieder höre ich, wie Menschen davon sprechen, gerettet oder ›wiedergeboren‹ zu sein, aber ich bin diesbezüglich eher skeptisch. Manchmal muss ich über christliche Fernsehsendungen lachen, aber ansonsten habe ich noch nie einen Gedanken an das Christentum verschwendet.«

Er starrte Jordan an und suchte nach Worten.

»Das heißt, bis vor ein paar Monaten. Ich habe mit eigenen Augen beobachtet, wie sich ein egoistischer, arroganter Schnösel sichtlich verändert hat. Und jetzt kommt dieser Mann in mein Büro und erzählt mir – obwohl er nicht erwischt wurde und niemand ihn anschwärzt – dass er gelogen und betrogen hat, und will die Konsequenzen tragen. Also ..., ich glaube, wenn Jordan Fletcher sein Innerstes offenbaren und mich um Vergebung und Hilfe und Rat bitten kann, dann ... gibt es vielleicht wirklich einen Gott.«

Vierundvierzigster Brief

Das Glücksverlangen des Ungeziefers

An meinen vergnügungssüchtigen Untergebenen Qualob.

Da Fletcher auf dem Weg in den Himmel ist und sich als geistlichen Menschen betrachtet, musst du ihn überreden, sich viele Dinge nicht mehr zu gönnen, dann kommt er sich wie ein Heiliger vor. Mache ihn zu einem sauertöpfischen, selbstgerechten Pharisäer.

Überzeuge Fletcher davon, dass seine größte Leistung im Leben der Verzicht auf Vergnügen ist und nicht der Genuss all der Vergnügen, die der Feind bietet. Er soll glauben, dass seine Wünsche zu stark sind, während sie in Wirklichkeit zu schwach sind. Sorge dafür, dass er sich mit viel zu wenig zufrieden gibt. Überzeuge Fletcher davon, dass er zwischen dem Vergnügen einerseits und der Nachfolge des Feindes andererseits wählen muss. Er darf nicht erkennen, dass es vielmehr um die Wahl zwischen den Vergnügen, die der Feind bietet, und dem Vergnügen an anderen Dingen geht. Würden die Erdenwürmer dem Tyrannen glauben, wenn er sagt, dass alle irdischen Vergnügen vergänglich und nur ein schwacher Abglanz der Freuden sind, zu denen Er sie bestimmt hat, wäre es um uns geschehen. Sie würden augenblicklich die meisten unserer Versuchungen durchschauen. Sie würden Ihm nicht aus Pflichtgefühl, sondern aus Begeisterung nachfolgen.

Wenn Fletcher bei einem Dienst Freude empfindet, sei es als Helfer auf dem Parkplatz der Kirche oder bei einer Missionsreise, dann rede ihm ein, dass sein Spaß an diesem Dienst ein Zeichen dafür ist, dass der Feind nicht will, dass er diesen Dienst weiterhin tut. Rede ihm ein, dass er selbstsüchtig handelt, wenn er etwas tut, das ihm gefällt, sogar dann, wenn es auch dem Feind gefällt.

Da wir die Kirchen erfolgreich von dieser schrecklichen Lehre über die ewigen Belohnungen gereinigt haben, geht den Erdenwürmern nie auf, dass der Feind selbst an ihr Verlangen nach Belohnungen, an ihre Sehnsucht nach Macht, Vergnügen und Besitz appelliert. Er hat diese Sehnsüchte in sie hineingelegt, bietet diese Dinge aber zu einer späteren Zeit an einem anderen Ort an, während wir sie hier und jetzt anbieten.

Wie ist die Einstellung des Feindes zu Regeln wie Fasten, Geben und Gebet? Er sieht sie vom Standpunkt der Freude aus! Er befiehlt ihnen, diese Dinge wegen der Belohnungen, die Er ihnen geben wird, zu tun. Sogar wenn Er sie zu Sündenbekenntnis und Buße aufruft, so tut Er es nicht, um sie von Freude fern zu halten, sondern um ihnen zu helfen, Freude zu finden!

Einer dieser Ungeziefer-Apostel sagte sogar: »Wir schreiben euch das, damit unsere Freude immer größer wird.«[48] Hätte er nur gesagt: »um unsere Pflicht zu erfüllen«! Denn für uns ist es viel leichter, einen Menschen aufzureiben und von seiner Pflicht abzuhalten, als ihn von einer Freude wegzuziehen. Du hast zugelassen, dass Fletcher die Freude am Feind verspürt hat. Jetzt besteht die Gefahr, dass er sich mit nichts weniger zufrieden gibt. Anscheinend geht ihm allmählich auf, dass unsere Ersatzfreuden einen schalen Geschmack haben.

Der Zimmermann sagte: »Bittet in meinem Namen, und ihr werdet empfangen, dann wird eure Freude vollkommen sein.«[49] Es ist ausgesprochen unfair, dass Er ihre eigene Freude als Ansporn zum Gebet benutzt. Wie wagt Er es, an ihr Glücksverlangen zu appellieren? Das ist *unsere* Taktik!

Du berichtest, Ryan habe zu Fletcher gesagt: »Wir sollten Gott nicht um einer Belohnung willen dienen.« Er denkt, dass er an die Demut appelliert, aber dieses eine Mal stimme ich seinem Rat zu. Er bringt Fletcher dazu, sich vorzustellen, dass alle Gedanken an eine Belohnung fleischlich und ungeistlich sind und deshalb nicht wert sind, sich mit ihnen zu befassen. Mach dir nichts draus, dass der Zimmermann direkt an ihr Verlangen nach Belohnungen appellierte. Mach dir nichts draus, dass Er ihnen befahl: »Sammelt eure Reichtümer im Himmel.«[50] Mach dir nichts draus, dass das Ungeziefer Paulus sie auffordert, sich um die Belohnung, den Preis, zu bemühen und sich täglich davon anspornen zu lassen.[51]

Die Kakerlaken sollen sich einreden, dass es in Ordnung ist, wenn sie ihren Kindern Belohnungen für ihre Bemühungen geben, dass es aber irgendwie undenkbar ist, dass der Feind das Gleiche mit Seinen Kindern tut.

Das Einzige, das wir unterbinden müssen, ist, dass sie Freude da suchen, wo sie Gottes Plan zufolge danach suchen müssten: In Ihm, in Seinen Führungen, in Seinem Wort, in Seinem Volk und der Wohnung, die Er für sie vorbereitet hat.

Alle sind sie auf der Suche nach Freude und Glück, Qualob, gleichgültig mit welchen Mitteln sie Freude erreichen wollen und welche falschen Wege sie auf der Suche nach dem Glück einschlagen. Manche entscheiden sich aus diesem Wunsch heraus für die Ehelosigkeit, andere für die Ehe; manche wählen die Schlemmerei, andere selbst auferlegtes Hungern. Manche wählen sogar den Selbstmord, weil sie darin die Erlösung von ihrer Freudlosigkeit sehen. Letzten Endes ist all ihr Tun eine Reaktion auf ihre Wünsche – sei es der Wunsch, dem Feind zu gefallen oder der Wunsch, die Begierde eines Augenblicks zu erfüllen. Es dreht sich alles um ihre Wünsche.

Sorge dafür, dass die Menschen trotz der Behauptungen des verbotenen Buches denken, dass der Feind keine Freude schenkt, sondern nur Marschbefehle erteilt, dass er ihnen kein Vergnügen gönnt, sondern sie nur schuften lässt. Lass in Fletcher jenes graue, freudlose, griesgrämige, zitronensaure Christentum heranwachsen, das uns so förderlich ist.

Sobald wir den Kakerlaken die Schale der Freude, die der Feind ihnen anbietet, weggenommen haben, bieten wir unser Büfett der Welt, des Fleisches und des Teufels an. Wir überzeugen sie davon, dass dies zu ihrem Wohl geschieht. »Genießt dies alles, und es wird euch besser gehen!«

Tue alles in deiner Macht Stehende, um Fletchers Leben zu einer trockenen religiösen Pflichterfüllung zu machen, verwandle es in eine endlose Reihe trostloser moralischer Verpflichtungen!

Ihr Gott ist da, wo sie das meiste Vergnügen finden. Dies darf alles und jedes sein, nur nicht *Er*.

Ich suche das Vergnügen in unserem Erfolg.

Graf Moderthal

45. KAPITEL

Applaus

Er saß auf der Bank und sprach in das Mikrofon. In den ersten Minuten fühlte er sich nicht recht wohl bei der Sache, aber nach und nach entspannte er sich, während er in die lächelnden Gesichter auf der Tribüne des städtischen Schwimmbads sah.

»Ich bin Jordan Fletcher und das ist meine Frau Diane. Wir haben jetzt ein bisschen Herzklopfen, aber wir sind hier, weil Jesus Christus unser Leben verändert hat. Diane und ich haben zusammen die Bibel gelesen, wir haben miteinander gesprochen, gebetet und Spaziergänge gemacht. Wir freuen uns an vielen einfachen Dingen, die wir früher für selbstverständlich gehalten haben. Wir haben immer noch zu kämpfen, besonders ich, aber wir sehen das Leben jetzt mit anderen Augen und finden Freude, wo wir sie vorher nie erlebt haben. Ich möchte Gott für Diane und meine Kinder Jillian und Daniel und für Ryan und Jodi Lawrence danken, die uns so viel geholfen haben. Vor allem möchte ich dem Herrn Jesus danken, der mich so sehr geliebt hat, dass er für mich gestorben ist.«

Jordan gab das Mikrofon an Diane weiter.

»Ich kann nur unterstreichen, was Jordan gesagt hat. Ich glaube an Jesus Christus und danke Ihm für Seine Gnade. Für mich ist das alles noch sehr neu. Ich weiß nicht einmal richtig, wie ich ausdrücken soll, was ich sagen will, aber ich weiß, dass Gott mich liebt, und ich weiß auch, dass Jordan sich verändert hat. Auch ich habe mich verändert.«

Sechs weitere Menschen erzählten ihre Geschichte, dann standen die Zuhörer auf und sangen: »Groß ist Deine Treue«, während diejenigen, die auf der Bank gesessen hatten, nacheinander in das Schwimmbecken stiegen.

Der junge Pfarrer taufte einen Studenten und eine Studentin. Ein Vater taufte seinen sechsjährigen Sohn. Ryan stand neben Jordan im Wasser.

»Jordan, auf Grund deiner Hingabe an Jesus Christus und des klaren

Zeugnisses deines Glaubens an Ihn ist es mein Vorrecht, dich im Namen des einzig wahren Gottes, des Vaters, des Sohnes und des Heiligen Geistes zu taufen.« Ryan drückte Jordan ins Wasser, und als sein Kopf untergetaucht war, zog er ihn wieder hoch.

Jordan umarmte Ryan, dann drehte er sich um und stellte sich neben seine Frau, lächelte sie an und war froh, dass das Wasser des Schwimmbeckens, das über sein Gesicht lief, seine Tränen verbarg. Jetzt begann Jordan zu sprechen und hatte Mühe, die Worte klar vorzubringen: »Diane, auf Grund deines Glaubens an Jesus Christus ist es mein Vorrecht, dich im Namen des Vaters, des Sohnes und des Heiligen Geistes zu taufen.« Er tauchte sie unter, sie kam hoch, dann umarmten sie sich. Ein donnernder Applaus ertönte, so laut, als käme er nicht nur von den hundert Menschen auf der Zuschauertribüne.

Während sie noch im Wasser standen und warteten, bis drei andere getauft waren, schaute Jordan zu den Zuschauerplätzen hoch und bat Gott, dass er eines Tages auch die beiden, die da zu ihnen herunterschauten, taufen könnte. Mit Tränen in den Augen starrte Jillian auf ihre Eltern. Jordan war nicht sicher, was in ihr vorging.

Daniel sah nachdenklich aus, als ob er versuchte, die Bedeutung dieses Ereignisses zu erfassen. Er bemühte sich, seine Gefühle zurückzuhalten und wie ein beinharter vierzehn Jahre alter Skeptiker auszusehen …, doch es gelang ihm nicht sehr gut.

Fünfundvierzigster Brief

Der Geruch des Feindes

An meinen straffälligen Untergebenen Qualob.

Was um Himmels willen ist geschehen?

Du erwähnst Fletchers Taufe so beiläufig, als wäre sie etwas Nebensächliches. Mein einziger Trost ist, dass sie nicht länger die Praxis der frühen Christen befolgen, die bei ihrer Taufe erklärten: »Ich sage mich los, von dir, Satan, von all deinem Dienst und von all deinen Worten.«

Dieser klare Bruch mit der Vergangenheit hat uns unsere Hochburgen gekostet. Sie verbrannten damals ihre Zauberbücher und beseitigten alle Reste unseres Einflusses.

Glücklicherweise werden sie heutzutage getauft und treten in die Kirche ein, ohne eine klare Anleitung zu bekommen, wie man sauber mit den Dingen bricht, die wir benutzt haben, um ihre Familien über Generationen hin gefangen zu halten.

Fletcher liest immer noch sein Horoskop. Diane geht regelmäßig zu einem Geistheiler, der sie mit »heilender Energie« erfüllt. Jillian hat zwei okkulte Romane und eine Packung Tarot-Karten von Brittany auf ihrem Schreibtisch liegen. In Daniels Zimmer findet man okkulte Musik, sowie Gegenstände und Poster von Rockstars, die den Teufel anbeten. Je mehr von diesen Dingen in ihrem Haus sind, umso mehr Brücken gibt es, auf denen du eindringen kannst.

Versuche alles, um die Wirkungen dieser Taufe zunichte zu machen, die wie ein Siegel ist. Diesem Fletcher haftet immer mehr der Geruch des Feindes an. Bringe ihn auf der Stelle zur Strecke, bevor es zu spät ist. Wenn du es nicht tust, wirst du erfahren, was es bedeutet, mit Feuer getauft zu werden.

Dein dich genau beobachtender

Graf Moderthal

46. Kapitel

Der Ruf zum König

Jordan fuhr auf der Autobahn nach Hause. Er freute sich an der Straßenlage seines »neuen«, zehn Jahre alten Honda. Doch besonders freute er sich über das Gefühl, das er und Diane hatten, als sie den Lexus verkauften, den Honda kauften und den übrig gebliebenen Betrag für die Mission und das Baukonto spendeten. Dianes Angebot, auf ein neues Auto zu verzichten, hatte ihn tief beeindruckt, und deshalb fasste auch er einige Änderungen ins Auge. Er griff nach dem Autotelefon.

»Hallo Di, ich bin's. Brauchst du noch etwas? Milch zum Beispiel?«

»Nein, ich war schon einkaufen. Zum Abendessen gibt es Rindergulasch. Kein Hackbraten mehr, seit wir diese Angelegenheit geklärt haben.«

Jordan lachte. »Rindergulasch – gerne! Wie wäre es mit einem kleinen Spaziergang nach dem Abendessen? Ich glaube, es gibt einen herrlichen Sonnenuntergang.«

»Einverstanden, wenn du mir danach wieder die Füße massierst – Schwangere brauchen besondere Fürsorge, das weißt du ja.«

»Okay, ich werde in etwa zwanzig Minuten zu Hause sein.«

»Bis bald. Danke für den Anruf.«

»Ich liebe dich. Bis dann – wir sehen uns zu Hause.«

»Ich liebe dich auch.«

Jordan stellte die Musik wieder lauter. Er sang ein Lied, in dem es hieß: »Du wirst von denen, die nach dir kommen, für treu gehalten werden«. Nach zehn Minuten legte er eine andere CD ein, und der Jordan Fletcher, der sonst über andere Autofahrer geschimpft hatte, sang jetzt: »Ruft laut, erhebt eure Stimme und ruft zu dem mächtigen König.«

Ganz auf das Lied konzentriert, fühlte er sich in einer anderen Welt. Dieses Leben als Christ war nicht leicht, doch seine Freude war überfließend. Er erkannte, dass er all die Jahre hindurch leer und auf der Suche gewesen war. Jetzt hatte er gefunden, was er suchte, und war erfüllt von dem, was – nein, von *dem* – den er schon immer gebraucht und gesucht hatte. Er fühlte sich wie verliebt, er kannte die Person und den Ort, für den er bestimmt war. Endlich wusste er, worin der Sinn des Lebens bestand.

Der Verkehr erschien ihm hektisch und angespannt, als läge etwas in der Luft. Ein Auto schoss an ihm vorbei, scherte knapp vor ihm ein und zwang ihn zu bremsen. Ein roter Kleinlastwagen fuhr gefährlich nah auf. Er schüttelte den Kopf und summte das Lied mit.

Danke Herr. Hilf mir, nach Hause zu kommen.

Rote Lichter leuchteten vor ihm auf. Er trat auf die Bremse, kam mit quietschenden Reifen zum Stehen, stieß aber leicht an die Stoßstange des Autos vor ihm. Für den Bruchteil einer Sekunde fühlte er Erleichterung, bis er in den Rückspiegel schaute und nur noch rot sah.

Jordan fühlte den tödlichen Aufprall, der ihn zwischen dem LKW hinter ihm und dem Auto vor ihm zerquetschte. Im letzten Sekundenbruchteil, den er bewusst erlebte, fühlte er, wie der Airbag ihn gegen den Autositz presste, während gleichzeitig etwas Hartes von hinten auf ihn traf.

Sechsundvierzigster Brief

Die endgültige Katastrophe

An meinen geliebten Untergebenen Qualob.

Ich liebe dich so, wie das Madenfutter ein schmackhaftes Gulasch liebt. Du gehörst mir, Qualob, ich werde dich verschlingen. Deine unerhörte Unfähigkeit hat dir auf Dauer deinen Platz in der Nahrungskette unter mir gesichert. Ich bin dir auf die Schliche gekommen. Hast du gedacht, du könntest mir etwas verheimlichen, du wertloses Stück Abschaum der Geister?

Ich war bei der Abrechnung und reiste dabei mit der Elite, im Gefolge von Beelzebub persönlich. Und was musste ich entdecken, kaum dass wir uns am Tor von Charis einfanden? Etwas, worüber du laut Obsmuts Auskunft *immer noch nicht* Bericht erstattet hast.

Ich sah ein Gedränge vor einem Portal zu einem Raum, den diese Speichellecker »Geburtszimmer« nennen. Wie immer begleitete ein Konvoi von Kriegern das Ungeziefer durch die Lüfte, über die wir regieren, und gab ihm sicheres Geleit auf dem Weg nach Charis. Ich dachte, es sei lediglich die Ankunft irgendeiner weiteren unbedeutenden Kakerlake. Doch dann erblickte ich zu meinem Entsetzen diesen Verräter, Jaltor, durch das Tor treten. Und wen trug er in seinen Armen? ... Jordan Fletcher!

Wir schrien und heulten, weil uns wieder etwas geraubt wurde, das von Rechts wegen uns zusteht. Doch für mich bedeutete es mehr. Es traf mich *persönlich.*

In einer unverschämten Haltung stand Fletcher da und grinste dämlich, dann trat er erwartungsvoll nach vorne, wie jemand, der nach einer anstrengenden Reise nach Hause kommt.

Fühlte er sich elend, drehte sich sein Magen um, weil er die unerträgliche Atmosphäre von Charis nicht ertragen konnte? Nein, er sah *unbeschwert* aus. Er lächelte breit, ein Staunen lag in seinen Augen, und gierig atmete er die Luft des Himmels ein. Seine Augen suchten nach dem Begrüßungskomitee. Lächelnd drängte sich eine Frau nach vorne, und mit Tränen in den Augen umarmte Fletcher seine Mutter!

Noch jemand eilte nach vorne. Ihre Blicke trafen sich. »Endlich bist du zu Hause!«, rief sie. Fletcher und seine Zwillingsschwester Jill fielen einander in die Arme. Sie tanzten miteinander. Sie *tanzten*, Qualob! Diese Tiere, die in einem Bett gezeugt werden, die sich in den Qualen der Hölle winden müssten, tanzten mit der unbändigen Freude von Charis!

Ich sah das allzu bekannte Aufleuchten in Fletchers Augen, das ungläubige Blinzeln in dem hellen Licht von Charis. Hast du es gesehen, Qualob? Hast du dich verkrochen und alles aus sicherer Entfernung beobachtet?

Das Eintreffen des Zimmermanns war ein grauenvoller Augenblick, der mich auf ewig verfolgen wird. Alle fielen auf die Knie, sogar, als wir vor Wut schrien und uns weiter zurückzogen.

Er hob Fletcher, der von Rechts wegen *uns* gehörte, auf, schaute ihm in die Augen und sagte die gefürchteten Worte: »Gut gemacht, mein guter und treuer Diener. Lasst uns miteinander feiern!«[52]

Ich starrte auf die Hände des Zimmermanns, die durch unseren größten Sieg verunstaltet wurden. Sicherlich würde Er dieses Tier foltern, sich an ihm Genugtuung verschaffen. Doch nein. Der Zimmermann … lächelte!

Fletcher, diese schäbige Kreatur, dieser widerliche Bastard aus Mensch und Schöpfer, stand da und tat so, als *gehöre* er dahin!

Obst wurde aufgetragen, man beglückwünschte sich, Getränke wurden herumgereicht und Trinksprüche ausgebracht. Die Schwester des Ungeziefers ergriff das Wort, dann erhob sein Großvater einen Kelch und rief: »Auf den Zimmermann und auf Charis, auf die große Geschichte, die noch vor uns liegt und in der jedes Kapitel besser als das vorherige sein wird!«

Ich überhäufte sie mit Schimpfworten und versuchte, sie abzulenken und Fletcher Angst einzujagen. Ich spuckte jeden zotigen Ausdruck, den ich kannte, jeden Fluch und jede Beschuldigung heraus. Und was taten sie? Sie nahmen keine Notiz von mir, taten so, als sei ich nicht da, als könnten sie mich nicht hören. Nie zuvor wurde ich so gedemütigt! Ich hatte den Eindruck, dass Charis selbst meine Beschuldigungen übertrumpfte und meine Stimme auslöschte. Ich kam mir vor, als würde ich sie … *kalt lassen*. Kannst du dir das vorstellen – *Graf Moderthal*, göttlicher Partner von Chemosh, Jäger und Besitzer von Menschen, lässt sie kalt?

Wie *wagt* es dieses Ungeziefer, mir keine Beachtung zu schenken, wo ich doch lange vor ihrer Existenz in Charis wohnte, Äonen bevor ihr Fleisch wie eine Ekel erregende Eiterbeule auf dem Universum aufbrach, hier lebte? *Wir* beherrschten den Kosmos, als er großartig war, bevor der Feind ihn mit dem Gestank dieses Ungeziefers füllte.

Es war, als könnte Fletcher hören, wie seine Ketten von ihm abfielen. Einen Augenblick lang wandte er sich mir zu. Er schaute mich neugierig und furchtlos an, zuckte nicht einmal zusammen. Es war zum Verrücktwerden!

Meine einzige Hoffnung ist, dass mein Bericht über diese Ereignisse Salz in deine offenen Wunden streut, du Idiot. Nimm meine Worte zu Herzen. Du hättest ertragen müssen, was ich mitgemacht habe – das sorglose Lachen und Feiern des Himmels, als diese Kreaturen, die aus Erde gemacht wurden, die Unsterblichkeit anzogen wie ein Kleid. Diese Würmer, die im eisigen Terror der Hölle stöhnen müssten, *lachen*! Sie lachen zweifellos über *uns*. Möchtest du noch ein paar saftige, kleine Leckerbissen aufgetischt bekommen?

Nach der Reinigung bekam Fletcher ein Kleid. Jaltor reichte es ihm zusammen mit einem Buch voller Briefe, die an ihn geschrieben worden waren. Ich hörte ihn sagen, es sei die Chronik seines Lebens.

»Du kannst ganz Charis auskundschaften«, erklärte ihm Jaltor. »Ich werde dich vielen Gotteskindern vorstellen und dir Welten und Wunder zeigen, die deine kühnsten Träume übersteigen.«

»Die Erde war nur ein Hotelzimmer«, bemerkte Fletcher. »Wie konnte ich sie je für mein Zuhause halten? Jeder Vorgeschmack der Freude im Reich der Schatten war nur ein flüchtiger Ausblick auf Charis – die Triebfeder der Sehnsucht nach diesem Ort!«

Die Menge jubelte, und das Singen und Lachen setzte wieder ein. Am Boden zerstört wandte ich mich ab und versuchte vergeblich, diese schrecklichen Klänge, die sie Anbetung nennen, zum Schweigen zu bringen.

Die meisten meiner Kameraden waren bereits geflohen. Doch einer aus dem Dutzend, die geblieben waren – dieser verdammte Idiot Ohrenbläser –, grinste mich zuckersüß an, dann zeigte er auf Fletcher und rief laut: »Ist er nicht eines *deiner* Ungeziefer, Moderthal?«

Lord Beelzebub persönlich drehte sich um und schaute mich mit seinen lodernden Augen an. Noch nie habe ich solche Angst empfunden. Alles wegen dir, Qualob, du nichtswürdiger ...

Auf meiner Flucht vor dem Himmel verfolgten mich die Worte Fletchers, die ich gerade noch hören konnte: »Zu Hause ... ich bin endlich zu Hause. Zum ersten Mal zu Hause.«

Nachdem du Fletcher an den Feind verloren hast, wäre deine einzige nutzbringende Arbeit gewesen, sein Leben fruchtlos zu machen. Aber auch das ist dir nicht gelungen. In der kurzen Zeit, in der er den Zimmermann kannte, diente er Ihm treu, mehr als du je in deinen Briefen verlauten ließest. Das wurde mir klar, als ich das Lob des Zimmermanns hörte.

Wir wollen, dass dieses christliche Ungeziefer voller Beschämung und Reue vor den Feind tritt. Wir wollen, dass sie von Schmerz überwältigt werden, wenn sie erkennen, dass sie ihr Leben ungenutzt verstreichen ließen, dass sie ihre Chancen verschleudert und nichts zur Vergrößerung Seiner Herrlichkeit beigetragen haben, dass sie Ihm in der kurzen Spanne ihres Lebens auf der dunklen Welt nicht gedient haben.

Faulschlichs Meldung über Fletchers Tod liegt vor mir auf dem Tisch, auf dem eigentlich dein Bericht liegen müsste. Er informiert mich über alles, was du unterschlagen hast, über den entscheidenden Abbruch der Beziehung zu seiner Sekretärin, sein Gespräch mit Bancroft, die Spende an die Mission und so weiter. Kein Wunder, dass du das alles verschwiegen hast. Doch jetzt bist du entlarvt. Die Augen von Erebus sind auf dich gerichtet ... und in diesen Augen liegt kein Verzeihen.

Du *wolltest*, dass Fletcher stirbt, oder etwa nicht, du Dummkopf? Du kannst sicher sein, dass ich persönlich den Todesbericht untersuchen werde, um zu sehen, ob du deine Hand dabei im Spiel hattest.

Anstatt ihn umzubringen hättest du alles in deiner Macht Stehende tun müssen, um ihn zu schützen. Verstehst du nicht, dass wir die Erdenwürmer, die in Charis angelangt sind, nicht mehr in Schande und Skandale verwickeln können? Für ewig stehen sie außerhalb unserer Reichweite! Das einzige Ergebnis deiner Bemühungen, Fletcher loszuwerden, war seine Erlösung! Ich hörte, dass du mir die Schuld dafür in die Schuhe schiebst: »Moderthal sagte mir, ich solle ihn auf der Stelle zur Strecke bringen.« Das war natürlich im übertragenen Sinne gemeint, du Idiot! Leugne gefälligst nicht länger die Verantwortung für dein eigenes Versagen!

Was hast du für Fletchers Familie und seine Kirchengemeinde vorbereitet, außer einem ermutigenden Gedenkgottesdienst? Hast du dich an ihrem Kummer geweidet? Es war die Art Trauer, die uns wütend macht. Es ist uns zuwider, wenn sie sich gegenseitig daran erinnern: »Wir werden ihn wieder sehen.« Ich hasse diese Worte, wenn sie der Wahrheit entsprechen.

Faulschlich zitiert in seinem Bericht, was der Pfarrer während des Trauergottesdienstes gesagt hat: »Jordans Tod ist nicht das Ende unserer Verbindung mit ihm, sondern nur eine Unterbrechung. Diejenigen unter uns, die Christus als ihren Retter persönlich kennen, werden ihn wieder sehen. In der Zwischenzeit sollten wir daran denken, dass unser Leben hier auf Erden kurz ist. Wir müssen es nutzen, um unserem König zu dienen, wie Jordan es getan hat.«

Faulschlich berichtet, dass sie ausführlich über die Veränderung in Fletchers Leben sprachen und dass alle dabei nickten, weinten und lachten. Sein Tod wurde zu einer Erinnerung an Charis, zu einem Grund mehr, für den Zimmermann zu leben.

Ryan hat sich bereits Daniels angenommen und beabsichtigt, sich regelmäßig mit ihm zu beschäftigen. Ryans Frau Jodi nimmt Diane und Jillian unter ihre Fittiche. Außerdem ist mir zu Ohren gekommen, dass Jillian sich für die Hochschule entschieden hat, die ihr Vater ihr empfohlen hatte, eine der wenigen Schulen, von der wir sie *fern halten* wollten, wie ich dir einschärfte! Ihre Freundinnen aus der kirchlichen Jugendgruppe sind rührend und liebevoll um sie bemüht. Ich bin sprachlos.

Und noch etwas: Faulschlich hat mich informiert, dass Flechters Chef Bancroft während der Trauerfeier zum Glauben an den Feind gekommen ist! Jordans Vater wurde im Krankenhaus eine Videoaufnahme von dem Gottesdienst gezeigt und er denkt ernsthaft über die Worte des Pfarrers nach. Du hast es nicht einmal geschafft, dass einer unserer Männer die Predigt hielt. Musste es wirklich ein Gefolgsmann des Feindes sein? Pfarrer Braun hätte ein reizendes Sonett vorgelesen, vermutlich über Bäume, die ihre Blätter verlieren. Aber nein ... es musste eine Botschaft aus dem verbotenen Buch sein!

Sogar Jordans Schwester fragt sich jetzt, ob das verbotene Buch nicht doch wahr sein könnte und ob der Zimmermann nicht vielleicht doch der ist, der Er zu sein behauptete. (Wir haben bereits Pfarrer Braun auf sie gehetzt, damit er ihr versichert, dass dem nicht so ist.)

Ein einziger Mann ist dir durch die Lappen gegangen, und als Ergebnis sind Unzählige in Gefahr, den Feind persönlich kennen zu lernen. Ich kriege dich, Qualob! Wenn du überlebst, kommst du in die Reha. Doch wenn ich mit dir fertig bin, bleibt vermutlich nicht mehr viel zu therapieren übrig.

Jetzt kann nichts und niemand mehr das Ungeziefer Fletcher zu uns zurückbringen. Bei allem, was uns nicht heilig ist – *was hast du getan?!* Ich bin der Jäger und du bist mein Opfer. Wenn du dein Ungeziefer nicht einsacken kannst, dann sacke ich *dich* ein!

Du willst um Hilfe beten? Nun, zu wem kannst du beten? Stell dich in die lange Reihe der Versager, die ich bereits verschlungen habe. Mach dich darauf gefasst, in meinen Eingeweiden verdaut zu werden. Denn wir sind eine Legion, und *ich* bin der Herr.

In höchstem Maße empört über deine Unzulänglichkeit,

Graf Moderthal

47. KAPITEL

Die Hinterbliebenen

»Würdest du bitte beten, Jilly?«, bat Diane.

»Ich versuche es. Okay, lieber Gott, hier spricht Jillian. Mama und Daniel und ich sitzen hier am Tisch. Papa ist nicht mehr da. Ich denke, er ist bei dir; der Pfarrer sagt es und die Bibel auch, glaube ich. Sag Papa, dass er uns fehlt. Sage ihm, dass wir …« Ihre Stimme versagte. »Es wäre so schön, wenn er noch bei uns wäre!«

Sie brach ab, Tränen tropften von ihrem Gesicht auf den Teller. Diane machte weiter.

»Vielleicht kann Jordan uns sehen, Herr, aber sage ihm bitte, dass die Gemeinde sich gut um uns kümmert. Ryan und Jodi und Leute, die wir nicht einmal kennen, bringen uns Essen, und jemand hilft uns mit dem Verwaltungskram. Sage ihm, dass ich zu müde bin, um irgendetwas anderes zu tun, als in der Bibel zu lesen, die er mir geschenkt hat.

Ich weiß nicht, wie das funktioniert, Gott, aber könnte ich nur eine Sekunde lang mit Jordan sprechen? – Jordan, ich bin's, Diane. Das Letzte, was du gesagt hast, war: ›Bis dann – wir sehen uns zu Hause.‹ Ich habe Gott immer wieder gefragt, warum er das nicht wahr werden ließ. Heute habe ich plötzlich erkannt, dass es wahr werden wird. Ich werde dich zu Hause sehen, wie du gesagt hast. Nur bist du früher nach Hause gekommen als ich, und statt dass ich hier auf dich warte, wartest du dort auf mich. Du fehlst mir so sehr …, aber es geht uns gut. Ich möchte nicht, dass du dir Sorgen um uns machst.« Sie unterdrückte ein Lachen. »Ich nehme an, dass sich dort niemand Sorgen macht, oder?

Gott, jetzt spreche ich wieder mit dir. Danke, dass du uns behütest, mich, Jilly, Daniel und das Baby. Wenn du wirklich Engel schickst, dann brauchen wir eine ganze Schar, um uns durch all das zu führen, was noch vor uns liegt. Wir schaffen es nicht allein.«

Diane schaute ihren Sohn an. »Daniel, möchtest du auch beten?«

Er schüttelte den Kopf, sein Gesicht war tränenüberströmt.

»Herr, es war wirklich schwer für Daniel, seinen Vater zu verlieren. Aber ich danke dir für den Brief, den Jordan ihm einen Tag vor seinem Tod geschrieben hat. Daniel hat ihn schon oft gelesen und denkt über diese Bibelverse nach. Doch jetzt wird das Abendessen kalt, deshalb sage ich Amen.«

Diane schluchzte und ließ die Hände ihrer Kinder los. Doch die beiden ließen die Hände ihrer Mutter nicht los.

Siebenundvierzigster Brief

Eine letzte hastige Notiz

Qualob, du Verräter,

der Geheimdienst hat auf der Suche nach vernichtendem Beweismaterial gegen mich mein Hauptquartier durchsucht.

Sie haben mir nur ein paar Minuten gegeben, um vor meiner Vernehmung diesen Brief meinem Assistenten Obsmut zu diktieren.

Ich bin schockiert, dass du mich dieser langen Liste von Vergehen beschuldigst – angeblich habe ich mich selbst Meister genannt, die Strategie unseres Meisters Beelzebub infrage gestellt, vorgegeben, mit ihm übermäßig vertraut zu sein, abschätzige Bemerkungen über den Erlauchten Frosthart gemacht und meine persönlichen Interessen über unsere gemeinsame Sache gestellt.

Ich habe ihnen versichert, dass diese verleumderischen Äußerungen Hirngespinste sind und dass meine Loyalität dem Meister gegenüber unbestreitbar ist. Doch du hat ihnen angeblich Beweise geliefert.

Heißt das, du hast die Briefe also doch nicht vernichtet? Du Trottel! Erkennst du nicht, dass diese Briefe mich entlasten und nur deine Unzulänglichkeit beweisen? Du hast gegen unsere enge Beziehung, die dein einziger Schutz war, verstoßen. Wie war es möglich, dass du nichts aus der Katastrophe mit ST und WW gelernt hast? Ich bin über die ausgesprochene Dummheit entsetzt, mit der du bereitwillig in Kauf genommen hast, dass diese Briefe in die Hände von Menschen fallen könnten.

Jetzt zeigst du dein wahres Gesicht. Ich war dir immer wohlwollend gesinnt, habe dir fürsorglich beigestanden und immer zu deinem Vorteil gehandelt. Und jetzt zahlst du mir meine Freundlichkeit mit diesen falschen Anschuldigungen zurück. Vor den Ermittlern habe ich betont, dass mein einziger Fehler darin lag, dass ich fälschlicherweise hoffte, aus einem Vollidioten wie dir doch noch etwas machen zu können.

Man sagte mir, dass meine Briefe als Beweise gegen mich verwendet werden und dass du einschlägige Stellen unterstrichen hast. Du kannst sicher sein, dass ich ihre Aufmerksamkeit auf das lenken werde, was du *nicht* unterstrichen hast. Immer wieder habe ich dir gesagt, dass alles auf den Zusammenhang ankommt. Als ich dich dazu anhielt, Stellen des verbotenen Buches aus dem Zusammenhang zu reißen, um das Ungeziefer irrezuführen, hätte ich mir nie träumen lassen, dass du die Erkenntnisse, an denen ich dich großzügig teilhaben ließ, gegen mich verwenden würdest, du … Judas!

Dieser Trick ist ein allzu deutlicher Versuch, der Strafe zu entkommen, die du verdienst, weil du nicht verhindert hast, dass uns Fletcher durch die Lappen ging. All diese Schliche werden dir nichts nützen. Ich habe ihnen deine Briefe gegeben. Sie sind ein anschaulicher Beweis deiner Unfähigkeit und Untreue gegenüber Beelzebub; für eine Gelegenheit wie diese hatte ich vor einiger Zeit bereits viele zweckdienliche Hinweise in deinen Briefen angestrichen. Ich brauche nur deine Unzuverlässigkeit nachweisen und darlegen, wie du meine Worte verdreht hast, dann werde ich freigelassen. Sei auf der Hut und zittere!

Was dein großartiges Komplott mit diesem angeblichen Brief von Chemosh betrifft … also wirklich, Qualob, hast du tatsächlich geglaubt, ich könnte nicht sofort erkennen, dass es sich um eine arglistige Täuschung handelte? Kannst du dir vorstellen, meine Ermittler werden wirklich glauben, dass ich die Dinge so meinte, wie ich sie in meiner Antwort darlegte? Ich schrieb diese Antwort natürlich nur, um den Verräter zu entlarven. Soweit ich weiß, warst du es, und ich habe ihnen diesen Brief, den du gefälscht hast, gegeben. (Du dachtest, ich hätte ihn vernichtet, stimmt's?) Lord Chemosh wird erbost sein, wenn er erfährt, dass du seine Unterschrift und sein Siegel gefälscht hast – was ich natürlich vom ersten Augenblick an durchschaut habe. Er wird fest davon überzeugt sein, dass ich nie an seiner Loyalität unserem Meister gegenüber zweifeln würde. Unser Erhabener Luzifer wird erkennen, dass ich diese verlogenen Worte unter Qualen schrieb, in dem aufrichtigen Versuch, einen Abtrünnigen dingfest zu machen, der so arglistig ist, dass er sogar den Namen Chemoshs missbraucht und den König Satan selbst verleumdet!

Ich habe Freunde in einflussreichen Positionen, Qualob. Mit mir kannst du es nicht aufnehmen. Du weißt offenbar nicht, mit wem du es zu tun hast, doch bald wirst du es erfahren.

Wenn erforderlich, werde ich dich selbst bis zum Tor von Charis hetzen. Ich werde dich aufspüren, auch wenn das Licht von Charis mich blenden und sein Gras mir die Füße blutig schneiden sollte.

Wenn ich dich zu fassen kriege, wirst du um Gnade winseln. Du wirst *mein* sein! Ich selbst werde dich an Tartarus ausliefern. Höchstpersönlich werde ich dich Apollyon, dem Engel des Abgrunds, zu fressen geben.

Ich werde dich zerreißen und Stück um Stück verschlingen. Ich werde dich aufschlitzen, du jämmerlicher …

Ich konnte Graf Moderthals Worte, die er ausstieß, als er abgeführt wurde, nicht mehr verstehen; er wehrte sich mit Händen und Füßen und schrie fürchterlich. Sein letzter Befehl an mich lautete, dass ich dir, Qualob, diesen Brief übergeben soll; sollte ich seinen Auftrag nicht ausführen, so fügte er hinzu, würde er mich als Nachtisch verzehren, nachdem er dich als Hauptspeise verschlungen hat.

Hier ist der Brief. Wir werden sehen, ob es sein letzter bleibt.

Im Auftrag von Moderthal (und vor allem im Dienst von Beelzebub),
sein ergebenster Assistent

Obsmut

Nachwort

Vor mir liegt eine Kopie der Zeitschrift *Time* vom 8. September 1947 mit einem Bild von C. S. Lewis auf dem Titelblatt. Auf der rechten Seite, über seinem Kopf, schwebt ein Engelsflügel, hinter seiner linken Schulter lugt ein Dämon hervor. Zu jener Zeit hatte Lewis fast alle seine bekannten Bücher schon geschrieben, mit Ausnahme der *Chroniken von Narnia*. Doch von all seinen fesselnden Schriften befasste *Time* sich nur mit den *Dienstanweisungen für einen Unterteufel*, die sechs Jahre vorher zunächst als Fortsetzung in einer Zeitschrift herausgekommen waren.

Die zu Grunde liegende Idee ist genial – Screwtape, ein erfahrener Dämon, schreibt Briefe an seinen Lehrling, den Dämon Wormwood. Sie enthalten Anleitungen an den Unterteufel, die klar machen, wie Menschen versucht, verleitet und zur Sünde verführt werden können. Das Buch fesselte die Vorstellungskraft der Leser. Zum Leidwesen vieler Intellektueller fand es eine viel breitere Leserschaft als Lewis' geisteswissenschaftlichen Werke.

Lewis schrieb die *Dienstanweisungen für einen Unterteufel* in seinem Wohnort Oxford, inmitten der Wirren des zweiten Weltkriegs. Das Buch enthält Hinweise auf die Bombardierung Londons, die Rationierung von Lebensmitteln, auf Patriotismus, Pazifismus und andere Themen, die in Kriegszeiten besonders aktuell sind. Heute, sechzig Jahre später, sind Teile der *Dienstanweisungen für einen Unterteufel* überholt, doch ihr Grundgedanke hat nichts von seiner Aktualität eingebüßt. Das Buch ist zeitlos, weil Lewis ein tiefes Verständnis für die Lage der Menschen, aber auch für die Kräfte der Finsternis erkennen lässt, die heute nicht anders sind als damals.

Zu einer Zeit, in der der Materialismus und die Konzentration auf den Menschen als Wesen ohne transzendentalen Bezug Europa und Amerika eroberten, schrieb Lewis über die Realität des Übernatürlichen. Er erinnerte seine Leser daran, dass sie von Mächten umgeben sind, die viel größer sind als sie und die einen Kampf um ihre Seele führen.

Die *Dienstanweisungen für einen Unterteufel* inspirierten mich zur vorliegenden *Post von Graf Moderthal* (und auch zum Roman *Die Akte Jillian*, den ich zusammen mit meinen Töchtern schrieb und der aus dem vorliegenden Buch entstanden ist). Zwar gehe ich das Problem ganz anders an als Lewis, aber was den Hintergrund der Geschichte betrifft, bin ich ihm allein zu Dank verpflichtet. Die Leser meines Romans *Deadline* wissen, dass Lewis' Buch *Pardon, ich bin Christ* in ihm eine entscheidende Rolle spielt. In *Dominion* liest die Hauptperson ihren Kindern die *Chroniken von Narnia* vor. Hier kommt Lewis sogar selbst vor, denn er tritt im Himmel auf und gibt einem Menschen, der gestorben ist, Anweisungen und Ratschläge. Auch zum Schreiben von *Edge of Eternity*, Nick Seagraves Pilgerreise in eine Welt, in der Geistliches sichtbar ist, wurde ich zum Teil von den Schriften von C. S. Lewis angeregt. Im Grunde habe ich nie ein Buch, sei es ein Roman oder ein Sachbuch, geschrieben, das nicht von ihm beeinflusst wäre.

Als C. S. Lewis am 22. November 1963 starb – am selben Tag wie John F. Kennedy und Aldous Huxley – war dies ein Gewinn für ihn, aber ein Verlust für die Welt, die einen ihrer bedeutendsten Verfechter des Glaubens einbüßte. Einen zweiten C. S. Lewis wird es nie geben. Aber warum gab es in den vergangenen sechzig Jahren so wenige Versuche, in dem Genre zu schreiben, das Lewis mit seinen *Dienstanweisungen für einen Unterteufel* geschaffen hat? Es liegt zum Teil wohl daran, dass jeder Schriftsteller – ich eingeschlossen – erkennen muss, dass er im Vergleich zu diesem Könner schlecht abschneidet! Und doch glaube ich, dass Lewis Gefallen an *Post von Graf Moderthal* finden würde, so wie er ja oft die unvollkommenen Werke von Menschen geringerer Intelligenz für gut befand. (Das werde ich zweifellos herausfinden, wenn ich ihn eines Tages treffe, worauf ich mich heute schon freue.)

Post von Graf Moderthal ist keine aktualisierte Fassung der *Dienstanweisungen für einen Unterteufel*, es ist auch nicht der Versuch, Lewis' unnachahmlichen Stil doch nachzuahmen. Einer der Hauptunterschiede besteht darin, dass ich zwischen den Briefen Alltagsszenen eingefügt habe, die einen irdischen Schauplatz für eine Handlung schaffen, eine Geschichte erzählen und Personen vorstellen. Ich hoffe, dass dadurch der Einzelne und seine Probleme verständlicher und die Briefe wirklichkeitsbezogener werden.

Der biblische Bezugsrahmen des Buches

Der Theologe G. C. Berkouwer behauptete: »Es gibt keine gesunde Theologie ohne eine gesunde Dämonologie.« Manche Menschen verneinen die Existenz von Dämonen und betrachten sie als Symbole der Unmenschlichkeit des Menschen gegenüber dem Menschen. Doch auch Menschen, die die Bibel ernst nehmen, neigen zu einer verwässerten Dämonologie. Oft gründet sich unsere Auffassung von gefallenen Engeln mehr auf Aberglauben, Traditionen und Vermutungen als auf die Heilige Schrift.

Unser Gegner beherrscht die Kunst des Betruges wie kein Zweiter. Aus diesem Grund habe ich gewissenhaft herauszufinden versucht, was in der Bibel über Satan und seine Engel steht – und was dort nicht steht. Ich habe mich bemüht, meine Phantasie von der Bibel beflügeln zu lassen. Ich bitte meine Leser um Verständnis und Gott um Vergebung, wenn mir das nicht gelungen ist. Trotz meiner aufrichtigen Versuche, Gottes Wort treu zu bleiben, behaupte ich nicht, als Schriftsteller unfehlbar zu sein. Im Gegenteil, ich betone eindringlich, dass ich fehlbar bin.

Satan ist ein Lügner. Dämonen sind Meister der Täuschung. Wenn Dämonen privat unter sich über die Lügen sprechen, die sie uns erzählen – so stelle ich es mir jedenfalls vor –, dann erkennen sie freiweg viele ihrer Behauptungen als das an, was sie sind – Lügen. Wenn man Lügner bei einem freimütigen Meinungsaustausch über die Strategien, die ihren Lügen zu Grunde liegen, belauscht, erfährt man viel Wahres. (Gewohnheitslügner wie Moderthal und Qualob lügen natürlich zuweilen auch einander an.)

Meine ich wortwörtlich, dass Dämonen sich miteinander besprechen? Natürlich. Sie sind intelligente Wesen, die in der Bibel als vernunftbegabt und mitteilsam beschrieben werden. Sie haben ihren Platz in einer Hierarchie, je nachdem, ob sie Befehle geben, empfangen oder ausführen. Sie führen Krieg gegen Gott, gegen gerechte Engel und gegen uns. Geheimdienste, Strategien, der Aufmarsch von Truppen, die Übermittlung von taktischen Befehlen und Berichte über die Ergebnisse von Kampfhandlungen sind elementare Bestandteile jeder Kriegsführung.

Dämonen sind gefallene Engel, eine hohe Ordnung der Schöpfung Gottes. Sie sind Geister und unterliegen deshalb nicht den sinnlichen

Beschränkungen des menschlichen Körpers. Sie sind stärker und weitaus intelligenter als wir. Während wir im Nebel und in der Dunkelheit des Reiches der Schatten wohnen, leben sie in der geistlichen Welt, in der sogar die Gefallenen über eine gewisse Gedankenklarheit verfügen.

Obwohl in der Bibel keine Hinweise darauf zu finden sind, dass sie unsere Gedanken lesen können oder die Zukunft kennen, wissen Dämonen sicherlich mehr als wir. Ihre Methoden bestehen zwar in Verdrehung, Täuschung und Irreführung, doch sind sie mit der Wahrheit, die sie verdrehen, bestens vertraut. Sie können sogar bei ihren Versuchen, uns irrezuführen, die Bibel zitieren, wie Satan es bei der Versuchung Christi tat.

Die Bibel beschreibt das so: »Du glaubst, dass es nur einen Gott gibt? Da hast du Recht! Das glauben auch die Dämonen, und sie zittern vor Angst!« (Jakobus 2,19).

Die Dämonen sehen die geistlichen Realitäten, gegen die sie zwar mit aller Macht aufbegehren, aber an die zu glauben sie doch nicht umhinkönnen. Sie hassen die Menschwerdung Gottes, die Jungfrauengeburt und die Auferstehung, doch sie glauben mit so viel Überzeugung daran wie der überzeugteste Christ. Dämonen sind ihrem Verhalten nach Atheisten, ihrem Glauben nach aber Fundamentalisten.

Trotz alledem nehme ich an, dass sie auf Grund ihres begrenzten Verstandes und ihres beschädigten Charakters erhabene Wirklichkeiten wie die Liebe und die Gnade Gottes nicht verstehen oder in ihrer vollen Reichweite glauben können. Dies wird in einigen Briefen Moderthals deutlich.

Ich glaube auch, dass Dämonen einer Selbsttäuschung unterliegen können, was zum Teil eine Erklärung für ihre ursprüngliche Auflehnung ist. Aus diesem Grunde habe ich Moderthal als jemanden beschrieben, der sich manchmal ausmalt, dass seine Seite den Krieg gewinnen und den Himmel wieder beanspruchen kann, während er zu anderen Zeiten verzweifelt, weil er erkennt, dass sein unvermeidliches Schicksal die Hölle ist.

Die Absicht hinter *Post von Graf Moderthal* ist klar. Wäre es nicht ein Bravourstück, in das Kriegszimmer der Hölle ein Abhörgerät zu schmuggeln, da Dämonen ja reichlich Erkenntnisse besitzen und unsere Irreführung und Zerstörung zielstrebig planen? Wäre es nicht eine ausgezeichnete Idee, eine »Wanze« an einen Ort zu bringen, an dem wir mithören können, wenn die Feinde unsere Schwächen bewerten und Strategien für weitere Angriffe auf uns ausarbeiten? Natürlich würden wir ihren Werten und Zielen nicht beipflichten, doch wir könnten aus ihrem Wissen über uns und über ihre Kampfplanung viel lernen und erfahren, welche ihrer Strategien bei uns Wirkung zeigen und welche nicht. Eine gute Gelegenheit, um zu sehen, was sie alles auf Lager haben!

Würde nicht jeder Rechtsanwalt, der einen Angeklagten zu verteidigen hat, gerne ein Gespräch zwischen den zwei Staatsanwälten, die gegen seinen Mandanten Anklage erheben, belauschen? Würde nicht jeder Trainer und jeder Sportler gerne wissen, wie seine Mannschaft eingeschätzt wird, was über sie gesagt wird und welche Spieltaktik der Trainer der gegnerischen Mannschaft verfolgt?

Nichts ist so fesselnd, wie zu belauschen, wie man von anderen bewertet wird, wenn diese sich unbeobachtet glauben. Es gibt kaum etwas Interessanteres, als den Plan seines Gegners aufzudecken.

Mit *Post von Graf Moderthal* sind uns Briefe in die Hand gefallen, die nicht für uns bestimmt waren. Wir runzeln die Stirn und spitzen die Ohren, denn *wir* sind das Gesprächsthema. Wir hören Ratschläge, wie wir am besten betrogen, ruiniert, von Gott fern gehalten, unglücklich und unfruchtbar gemacht werden können.

Alles, was wir hören, wird uns nicht gefallen – vieles ist auch nicht gerade schmeichelhaft –, doch ich hoffe, hinterher sind wir klüger, geschickter, wachsamer und gegen die Listen des Feindes besser gefeit.

Es handelt sich hier um unsere Realität und nicht um einen Mythos; nicht nur Gott und gerechte Engel, sondern auch die gefallenen Engel, die Dämonen, beobachten uns ständig, halten sich in unserer Nähe auf und flüstern uns Dinge ins Ohr. Diese Wesen sind wahrscheinlich auch in meinem Zimmer, während ich diese Zeilen schreibe, wie sie auch an dem Ort sind, an dem Sie dieses Buch lesen. Würde Gott unsere Augen öffnen, könnten wir sowohl gefallene als auch nicht gefallene Engel sehen, und zwar so deutlich, wie ich diesen Computer-Bildschirm und Sie diese Seiten sehen.

Paulus lag besonders viel daran, dass »der Satan uns nicht überlistet. Schließlich kennen wir seine Fallen und Tricks nur zu gut« (2. Korinther 2,11). Das Ausmaß, in dem Satan uns überlisten kann, entspricht unmittelbar dem Umfang unseres Wissens – oder Nichtwissens – über seine Fallen und Tricks. *Post von Graf Moderthal* will unsere Kenntnisse über diese Fallen und Tricks vermehren und uns helfen, uns gegen sie zu wehren.

Erläuterung zu *Post von Graf Moderthal*

Obwohl ich versucht habe, auf diesen Seiten bis zu einem bestimmten Grad die dämonische Verderbtheit deutlich zu machen, konnte ich den Gedankenaustausch der Dämonen nicht in jeder Beziehung so beschreiben, wie er sich wahrscheinlich anhört. Dazu hätte ich die Briefe mit Gotteslästerungen und Flüchen füllen müssen. Wenn dieses Buch auf jeder Seite von unerbittlich Bösem triefen würde – und so wäre es ja wohl, wenn es tatsächlich von einem Dämonen geschrieben worden wäre –, hätte es keine Wirkung und würde keine Leser finden. Und ich wollte auch nicht der Autor eines solchen Buches sein. Obwohl ich also versucht habe, so nahe wie möglich an den biblischen Gegebenheiten zu bleiben, habe ich mir die schriftstellerische Freiheit eingeräumt und die Gedanken böser Wesen in der eher verhaltenen Weise beschrieben, die ich für angemessen hielt.

In einem Roman spielt der *Schauplatz der Handlung* eine bedeutende Rolle. Doch wie sollte ich einen Schauplatz für eine Handlung in einem unsichtbaren Bereich entwickeln, in dem vertriebene Dämonen umherziehen? Der Himmel, wie er in der Bibel beschrieben wird, hat sinnlich wahrnehmbare Eigenschaften und ist für Menschen gemacht, die sowohl geistige als auch körperliche Wesen sind. Deshalb kann der Himmel beschrieben werden, der derzeitige Bereich der gefallenen Engel aber nicht. Es ist ein Zugeständnis an diese Unmöglichkeit, wenn ich

Moderthal ein nicht näher beschriebenes Büro in einem zeitweiligen Hauptquartier gegeben habe.

Die *Personenbeschreibung* stellte ebenfalls eine Herausforderung dar. Wie kann man einer Person, die substanzlos ist, Substanz verleihen? Wie kann man einen Dämonen so darstellen, dass er mehr ist als der Autor, der sich die Maske eines Dämonen überzieht? Wie kann man aus einem Dämonen eine mehr oder weniger sympathische Persönlichkeit machen, mit der der Leser sich in gewisser Weise identifizieren kann? Damit das Buch gelingt, musste ich Moderthal bis zu einem bestimmten Grade vermenschlichen, ich musste versuchen ihm persönliche Eigenarten und eine Stimme zu verleihen. Da Dämonen intelligente, willensstarke und mitteilsame Wesen sind, die sich für die Auflehnung gegen Gott entschieden haben, ist die Kluft zwischen den gefallenen Engeln und uns gefallenen Ebenbildern Gottes vielleicht gar nicht so groß, wie wir es gerne glauben möchten.

Bei ihren Kontakten miteinander lassen sich die Dämonen möglicherweise nicht so ausführlich über die Ziele des Feindes aus, wie ich es dargestellt habe (da dieses Buch für Menschen geschrieben ist). Doch ich nehme an, dass sie ziemlich ausgiebig die Strategien Gottes erörtern, um Gegenmaßnahmen zu ersinnen. Sie haben begriffen, was auch uns klar werden sollte: dass die Voraussetzung für eine wirksame Kampfstrategie die Kenntnis des Feindes und seiner Taktik ist.

Die weitaus größte Herausforderung beim Schreiben dieses Buches war jedoch, dass ich mich in einen Dämonen hineinversetzen musste, ohne zuzulassen, dass dieser in mir Wohnung nimmt. Das war keine Kleinigkeit, und ohne die treuen Gebete vieler Christen hätte ich den Versuch nicht überlebt.

Häufig erhalten Autoren Briefe von Lesern, denen nicht gefällt, was eine ihrer Personen sagt oder tut. Ich höre gern von meinen Lesern, doch bitte vergessen Sie nicht, dass Graf Moderthal ein Dämon ist. Das bedeutet, dass er nicht meinen Standpunkt vertritt! Er nennt Gott den Tyrannen, aber für mich ist Er der gütige Herr. Wenn er Gott »Feind« nennt, ist dies seine Auffassung, nicht meine. Satan ist natürlich unser Feind, doch Moderthal – nicht ich – nennt ihn »Meister«. Moderthal ist unter anderem ein ichsüchtiger Gotteslästerer, Rassist, Schürzenjäger, Frauen- und Kinderfeind. Ich hoffe, es wird dem Leser klar, dass ich diese Eigenschaften einem Dämonen zuschreibe, eben weil ich solche Einstellungen für moralisch verwerflich, unchristlich und unvertretbar halte.

So wie Polizeibeamte, die ein Abhörgerät in die Räume einer kriminellen Vereinigung eingeschmuggelt haben, bei allem, was sie abhören, aussieben müssen und entscheiden, was glaubwürdig ist und was nicht, muss der Leser in der Bibel nachforschen, um zu prüfen, was in diesen Briefen tatsächlich der Wahrheit entspricht (Apostelgeschichte 17,11). Dies ist Teil der Herausforderung und auch Teil des Vergnügens.

Für uns groß, für Gott klein

Der Kirchenvater Augustinus nannte Satan »den Affen Gottes«. Martin Luther hielt den Teufel für so real, dass er sein Tintenfass nach ihm warf. Doch Luther erinnerte uns auch daran, dass »der Teufel Gottes Teufel ist«. Er forderte uns auf, den Teufel zu verspotten und zu verhöhnen, weil er »Verachtung nicht ertragen kann«.

Wir sollten die Existenz des Teufels nicht auf die leichte Schulter nehmen. Doch wir müssen uns auch bewusst machen, dass dieser brüllende Löwe an einer Leine liegt, die ein allmächtiger und liebender Gott in der Hand hält. Wir dürfen ihn weder unterschätzen noch überschätzen. Zum Thema Dämonen sagt uns Gott: »Ihr aber gehört zu Gott, meine Kinder. Ihr habt euren Kampf gegen diese falschen Propheten bereits gewonnen, weil der Geist, der in euch lebt, größer ist als der Geist, der die Welt regiert« (1. Johannes 4,4).

Sicherlich macht Dämonen nichts wütender als unser Wissen, dass derselbe Herr, der sie aus dem Himmel vertrieben hat, in uns wohnt, wenn wir unsere Sünden bereuen und unser Vertrauen auf Christus als unseren Retter setzen. Er ist unendlich mächtiger als sie. Durch Ihn können wir den Kampf gegen die Dämonen gewinnen.

Der Teufel mag für uns groß sein, für Gott ist er klein. Je größer unser Gott ist, umso kleiner ist unser Teufel.

Lernen Sie Ihren Gott besser kennen. Lernen Sie sich selbst besser kennen. Lernen Sie Ihren Feind besser kennen. Ich bitte Gott, dass *Post von Graf Moderthal* Ihnen dabei hilft.

Nachweis der Zitate

[1] C. S. Lewis, Dienstanweisung für einen Unterteufel, Herder Verlag, Freiburg im Breisgau 1975, S. 56
[2] Epheser 6,11-12
[3] Jesaja 14,14
[4] John Bunyan, Pilgerreise zur seligen Ewigkeit, Telos Taschenbuch, Verlag der St. Johannis-Druckerei, Lahr 1922/91
[5] Harriet Beecher-Stowe, Onkel Toms Hütte, Insel Verlag, Frankfurt
[6] Charles M. Sheldon, In seinen Fußstapfen, Verlag Schulte + Gerth, Aßlar, 1977
[7] Johannes 14,6
[8] Hebräer 2,16 (Luther)
[9] Römer 3,23
[10] Johannes 3,16
[11] Matthäus 10,34
[12] Lukas 4,18
[13] Kolosser 2,15
[14] 1. Timotheus 6,12
[15] Offenbarung 19,11.13
[16] 1. Petrus 1,3
[17] 2. Korinther 5,17
[18] Kolosser 1,13
[19] Lukas 12,15
[20] 1. Timotheus 6,9-10
[21] Matthäus 6,21
[22] Johannes 14,2-3
[23] Sprüche 4,23
[24] 1. Johannes 5,4
[25] 2. Korinther 5,17
[26] Jakobus 4,7
[27] Lukas 10,20
[28] 1. Johannes 4,4
[29] 2. Korinther 1,3
[30] Epheser 6,11
[31] Johannes 14, 6
[32] 2. Mose 33,18
[33] 1. Johannes 1,9
[34] Johannes 8,44
[35] Johannes 10,4-5
[36] 1. Mose 1,1
[37] Sprüche 6,27-29+32
[38] Sprüche 7,22-23
[39] Sprüche 8,35-36
[40] Matthäus 7,24-27
[41] Sprüche 6,27-29
[42] Epheser 6,11
[43] 1. Korinther 15,3
[44] 1. Korinther 15,3-4
[45] Offenbarung 5,9
[46] Matthäus 25,35
[47] Jakobus 4,7
[48] 1. Johannes 1,4
[49] Johannes 16,24
[50] Matthäus 6,20
[51] 1. Korinther 9,24-27
[52] Matthäus 25,21

[1] ST ist die Abkürzung für den Oberteufel Screwtape und WW für den Unterteufel Wormwood.
CSL steht für C. S. Lewis

Kurt Bruner

Die Geschichte der Geschichten

Deine Rolle auf Gottes Bühne

Gb., 10,5 x 16,5 cm, 240 S.,
Nr. 394.196, ISBN: 3-7751-4196-0

Wir lieben »Romeo und Julia«, weil es eine leidenschaftliche Liebesgeschichte ist. Wir lieben »Der Herr der Ringe«, weil es ein unglaubliches Abenteuer ist. Wir lieben »Sherlock Holmes«, weil es ein spannender Krimi ist. Wir lieben »Der Glöckner von Notre Dame«, weil es eine bewegende Tragödie ist. Wir lieben Rocky, weil der Underdog gewinnt und »Star Wars«, weil der Böse verliert. Wir lieben das Evangelium, weil es alle genannten Eigenschaften in sich vereint.

Alle guten Geschichten folgen dem gleichen Muster, das als »Reise des Helden« bezeichnet wird. Bruner ist sich sicher: Das Evangelium ist die Geschichte aller Geschichten, schon C.S. Lewis hat die Parallele zwischen dem Evangelium und Mythen und Märchen gezogen und war davon überzeugt, dass die Geschichte des Lebens und Sterbens von Jesus das Muster aller anderen Erzählungen bildet. Sein Freund J.R.R. Tolkien war der gleichen Überzeugung und sah seinen »Herrn der Ringe« nur als ein Spiegelbild einer größeren Wahrheit, als Abbild einer Geschichte, an die er als Christ glaubte. Wir sollten von Gott viel mehr Geschichten erzählen, denn sie berühren das Herz mehr, als es 100 Bibellektionen tun könnten. Bruner greift die Handlung der Bibel auf und erzählt sie in verschiedenen Szenen neu. Im dritten Teil fragt er nach unserer Rolle in Gottes Geschichte. In welcher Art Erzählung sind wir gelandet?

hänssler

Bruce Wilkinson

Schöpfer der Träume

Gb., 13,5 x 20,5 cm, 140 S.,
Nr. 394.188, ISBN: 3-7751-4188-X

»Niemand« mit den Namen »Gewöhnlich« lebt in einem geschützten und sicheren Land. Doch eines Tages wird er von dem »Schöpfer der Träume« an seinen großen Traum erinnert, den dieser in jedes Leben hineingelegt hat. »Gewöhnlich« verlässt seine Heimat und macht sich auf den Weg ins Unbekannte, muss aber viele Hindernisse und Schwierigkeiten überwinden: Seine Familienmitglieder möchten ihn abhalten seinen großen Traum zu verwirklichen, er zieht durch die Wüste, gelangt zum Heiligtum und kämpft gegen Riesen. Doch schließlich gelangt er ins »Verheißene Land«, wo er seinen Traum verwirklichen kann.

Im zweiten Teil des Buchs überträgt der Autor die Parabel auf uns. Denn Gott hat auch in unser Leben einen großen Traum hineingelegt, den wir verwirklichen sollen. Dieser ist Teil von Gottes Plan für die Welt. Damit sollen wir Gott dienen und unsere persönliche Erfüllung finden. Doch auch wir haben sehr viele Hindernisse und Schwierigkeiten zu überwinden, um unser großes Ziel zu erreichen. Bruce Wilkinson macht uns Mut, uns auf den Weg zu machen und im Vertrauen auf Gott vorwärts zu gehen. So wird sich unser gesamtes Leben verändern.

Bitte fragen Sie in Ihrer Buchhandlung nach diesem Buch!
Oder schreiben Sie an den Hänssler Verlag, D-71087 Holzgerlingen.